KB100955

오
래
된
안
녕

아라비안나이트 ②

ⓒ 김하경, 2006, Printed in Korea.

초판 1쇄 2006년 7월 15일 발행
초판 11쇄 2013년 8월 19일 발행
2판 1쇄 2015년 3월 2일 발행
개정 1쇄 2020년 8월 10일 발행

영역자 리처드 F.버턴
편역자 김하경
펴낸이 김성실
표지 디자인 오필민
제작 한영문화사

펴낸곳 시대의창　　**등록** 제10-1756호(1999. 5. 11)
주소 121-816 서울시 마포구 연희로 19-1
전화 02)335-6121　　**팩스** 02)325-5607
전자우편 sidaebooks@daum.net
페이스북 www.facebook.com/sidaebooks
트위터 @sidaebooks

ISBN 978-89-5940-736-1 (04890)
ISBN 978-89-5940-734-7 (전5권)

이 도서의 국립중앙도서관 출판시도서목록(CIP)은
서지정보유통지원시스템 홈페이지(http://seoji.nl.go.kr)와
국가자료공동목록시스템(http://www.nl.go.kr/kolisnet)에서 이용하실 수 있습니다.
(CIP제어번호: CIP2015002517)

아라비안나이트

2

리처드 F. 버턴의 영역본으로 김하경이 다시 쓰다

시대의창

편역자의 말

호르헤 루이스 보르헤스는 《아라비안나이트》에서 두 이야기를 취하여 표현만 바꿔 단편소설 두 편을 썼다. 그런가 하면 파울로 코엘료는 《연금술사》를 쓸 때 《아라비안나이트》의 하룻밤 이야기를 모티프로 삼았으며, 움베르토 에코는 '현자 두반이 유난 왕을 죽일 때 사용한 수법'(1권 〈어부에게 은혜를 갚은 마신〉)을 《장미의 이름》에서 그대로 차용하였다.

이렇듯 20, 21세기 현대 문학의 중요한 성과들이 9세기 혹은 10세기에 그 원형이 형성된 《아라비안나이트》에 여전히 기대고 있다는 사실에서 "가장 낡은 것이 가장 새로운 것"이라는 진리를 새삼 확인한다.

이 책이 세상에 나오기까지의 과정은, 이슬람식 표현을 빌리면 "알라가 정해준 운명"이라고밖에 달리 설명할 길이 없다. 거역할 수 없는 어떤 힘이 나를 여기까지 이끈 것만 같다. 5년 전에 처음 인연을 맺은 《아라비안나이트》는 이제 내게 '문학'을 넘어 '살아가는 의미'가 되었다. 《아라비안나이트》와의 처음 인연은 순전히 개인적인 동기에서 비롯되었다.

처음에 《아라비안나이트》를 꼬박 석 달 걸려 읽었는데, 감동은 둘

째치고 내용이 하나도 기억나지 않았다. 그래서 할 수 없이 다시 읽었다. 이번에는 읽으면서 줄거리를 요약했는데, 깨알 같은 글씨로 대학노트 두 권을 가득 채웠다. 어느 날, 누워서 무심코 노트를 들춰 보는데 그만 재미가 들려 노트 두 권을 단숨에 읽어버리고 말았다. 재미도 있으려니와 내용이 마치 그림처럼 너무도 생생하게 그려졌다. 그래서 나는 이 느닷없는 감동을 많은 사람과 나누고 싶었다.

'요약 노트'와 '리처드 F. 버턴의 영역판'을 저본으로 본격적인 편역 작업에 들어갔다. 기본 전제는 "버턴의 완역판 전문의 묘미를 온전히 살리되 군살을 과감하게 제거하여 읽는 재미와 속도를 배가한다"는 것이었다. 지루한 장광설은 깔끔하게 줄이고, 지나친 반복은 과감히 생략하였다. 많은 부분을 차지하고 있는 시(운문)는 의미 반복을 피하여 선별·수록하되, 우리의 전통 운율과 시어를 사용하여 운문이 주는 정서를 직감할 수 있도록 하였다.

나는 이 작업을 하는 동안, 더 많은 독자가 이제 비로소 《아라비안나이트》를 "재미와 감동을 느낄 수 있는 여유"를 가지고 읽을 수 있겠구나 싶은 기대감에 내내 행복했다.

방대한 분량의 원고를 꼼꼼하게 살펴 거친 문장을 다듬고, 읽기에 더 편하도록 체제를 정비하고, 숱한 참고 문헌을 뒤져가며 내용과 표기의 오류를 바로잡기 위해 애쓴 편집자의 노고에 고마움을 표한다.

2006년 7월
김하경

차 례

2

● 395~410일째 밤

살인 사건이 빚은 따뜻한 미담 외 열네 가지 이야기 ············ 306

《아라비안나이트》배경 지도

· 보르도

나르본 ·
·
바르셀로나

로마 ·

콘스탄티노플 ·

비잔티움

시칠리아

키프로

카이로우안 ·

크레타섬

알렉산드리아

지중해

카이로 ·

나일 강

트란스옥시아나
ROYAUME DE KASGAR

호라즘

키스피 해

• 메르프

니샤푸르 •

호라산

헤라트 •

시리아

• 알레포   • 모술

• 다마스쿠스

• 쿠파   • 바그다드

• 나사렛   • 이스파한

• 예루살렘

• 시라즈

마크란

• 타부크

• 바스라

페르시아 만

이라크

오만

• 메디나

아라비아

• 메카

아라비아 해

하드라마우트

홍해

예멘

아덴 만

이슬람제국 칼리프 연표

【 정통칼리프시대 632~661 】

- 제1대 아부 바크르(632~634)
- 제2대 우마르 1세(634~644)
- 제3대 우스만 이븐 아판(644~656)
- 제4대 알리 이븐 아비 탈리브(656~661)

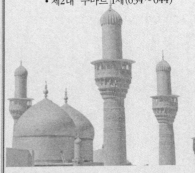

【 우마이야왕조 661~750(다마스쿠스) 】

- 제1대 무아위야 1세(661~680)
- 제2대 야지드 1세(680~683)
- 제3대 무아위야 2세(683~684)
- 제4대 마르완 1세 알 하캄(684~685)
- 제5대 아브드 알 말리크(685~705)
- 제6대 알 왈리드 1세(705~715)
- 제7대 슐레이만(715~717)
- 제8대 우마르 2세 압드 알 아지즈(717~720)
- 제9대 야지드 2세(720~724)
- 제10대 히샴 1세(724~743)
- 제11대 알 왈리드 2세(743~744)
- 제12대 야지드 3세(744~744)
- 제13대 이브라힘(744~744)
- 제14대 마르완 2세 알 히마르(744~750)

【 아바스왕조 750~1258(바그다드 중심) 】

- 제1대   앗 사파흐(750~754)
- 제2대   알 만수르(754~775)
- 제3대   알 마디(775~785)
- 제4대   알 하디(785~786)
- 제5대   하룬 알 라시드(786~809)
- 제6대   알 아민(809~813)
- 제7대   알 마문(813~833)
- 제8대   알 무타심(833~842)
- 제9대   알 와티크(842~847)
- 제10대 알 무타와킬(847~861)
- 제11대 알 문타시르(861~862)
- 제12대 알 무스타인(862~866)
- 제13대 알 무타즈(866~869)
- 제14대 알 무스타디(869~870)
- 제15대 알 무타미드(870~892)
- 제16대 알 무타디드(892~902)
- 제17대 알 묵타피(902~908)
- 제18대 알 묵타디르(908~932)
- 제19대 알 카히르(932~934)

- 제20대 알 라디(934~940)
- 제21대 알 무타키(940~944)
- 제22대 알 무스타크피(944~946)
- 제23대 알 무티(946~974)
- 제24대 알 타이(974~991)
- 제25대 알 카디르(991~1031)
- 제26대 알 카임(1031~1075)
- 제27대 알 무크타디(1075~1094)
- 제28대 알 무스타즈히르(1094~1118)
- 제29대 알 무스타르시드(1118~1125)
- 제30대 알 라시드(1125~1136)
- 제31대 알 무크타피(1136~1160)
- 제32대 알 무스탄지드(1160~1170)
- 제33대 알 무스타디(1170~1180)
- 제34대 알 나시르(1180~1225)
- 제35대 앗 자히르(1225~1226)
- 제36대 알 무스탄시르(1226~1242)
- 제37대 알 무스타심(1242~1258 : 카이로)

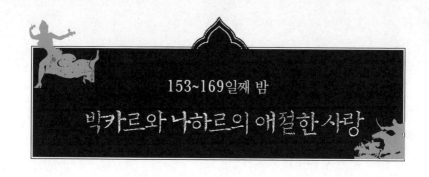

박카르와 나하르의 애절한 사랑

박카르와 나하르, 가슴 아픈 사랑을 키우다

칼리프 하룬 알 라시드 치세 때의 일이다.

대부호 상인의 아들 아브 알 하산 알리 빈 타히르는 용모가 수려하고 인품도 뛰어났다. 그는 칼리프의 총애를 한 몸에 받으면서 재미있는 이야기를 들려주는 신하로서 궁전에 무시로 출입했다. 평소에는 상인으로서 본업인 장사를 했다. 가끔 그의 가게에는 페르시아 왕자인 알리 빈 박카르가 놀러오곤 했다.

어느 날 두 청년은 여느 날처럼 가게에 앉아 담소를 나누고 있었다. 그때 달처럼 아름다운 처녀 열 명 남짓이 그들에게 다가왔다. 그 가운데 암탕나귀에 탄 아름다운 여자와 인사를 나누었다. 여자는 칼리프의 총애를 받는 샤무스 알 나하르였다.

그녀는 시녀들을 시켜 알리와 하산을 궁전으로 초대하고 성대한 연회를 베풀었다. 두 청년은 아름다운 시녀들의 시중을 받으며 음식도 대접받고 노래도 부르고 악기를 연주하는 등 한껏 즐겼다.

나하르는 아름답기 그지없는 시녀들 속에서도 뭇별에 둘러싸인 달처럼 돋보였다. 박카르는 그 모습을 지그시 바라보다가 자기도 모르게 한숨을 쉬듯 노래를 불렀다.

> 바위도 녹아드는 그대의 자태, 정녕 재앙의 뿌리런가.
> 타서 재가 될지언정 사랑의 불길을 피할 길 없는 운명,
> 그대 안으면 더욱 그리워 이 몸 연기처럼 사라지리라.

시녀들이 연이어 감미로운 사랑의 노래를 부르자 술자리가 무르익어갔다. 나하르는 술잔을 가득 채워 박카르에게 주면서 옆에 있는 시녀에게 노래를 부르라고 일렀다.

> 그칠 줄 모르는 내 눈물, 술보다 더욱 흘러넘치네.
> 잔에 차고 넘치는 건 술이 아니라 사랑의 붉은 피.
> 아무래도 알 길 없어라, 내 눈이 포도주로 넘치는지
> 아니면 우리 마시는 술이 줄줄 흐르는 눈물방울인지.

어느새 박카르와 나하르 사이에는 사랑의 감정이 싹텄고, 시간이 깊어갈수록 둘은 서로 연정의 포로가 되고 말았다. 박카르는 이루어질 수 없는 안타까운 사랑의 슬픔에 하염없이 눈물을 흘렸고, 나하르 역시 박카르를 끌어안고 얼굴을 부비며 함께 울었다.

"어라, 기막힌 일이군. 겨우 한 번 만나자마자 울다니 바보들같이.

이래 가지고서야 멀리 떨어져 있게 되면 어쩌려고? 지금은 울고불고 할 때가 아닙니다. 눈물 같은 건 걷어치우고 즐겁고 유쾌하게 실컷 놉시다."

하산의 격려 덕분에 두 남녀는 잠시 눈물을 거두고 웃고 노래하며 재미있게 놀았다.

그때 난데없이 시녀들이 허겁지겁 뛰어 들어와 내시들이 오고 있다고 알렸다. 나하르는 시녀들에게 내시들을 잘 구슬려 재주껏 시간을 벌어보라고 일렀다. 그러고는 얼른 두 청년을 방 안에 숨기고 침실 방을 잠근 다음 휘장을 내렸다. 곧장 객실 문을 닫고 비밀 통로를 통해 화원에 나와 긴 의자에 앉았다.

만수르를 필두로 내시들이 칼을 뽑아들고 우르르 몰려 들어왔다. 나하르는 긴 의자에 태연하게 앉아서 시녀들에게 다리 안마 시중을 받고 있었다. 만수르는 칼리프께서 오늘 밤 나하르와 더불어 즐기고 싶어 하신다는 뜻을 전했다. 나하르는 칼리프를 모시려면 준비할 시간이 필요하니 잠시 시간을 달라고 요청했다.

내시들이 돌아가자마자 나하르는 박카르를 으스러지도록 끌어안고 눈물로 이별을 속삭였다. 두 연인은 긴 헤어짐의 시간에 대한 번민과 슬픔으로 가슴이 미어질 것만 같았다. 나하르는 두 청년을 이층 발코니에 숨기고, 밤이 되면 밖으로 나가게 할 방도를 찾아보기로 했다.

이윽고 칼리프가 100여 명이나 되는 내시의 호위를 받으며 20여 명의 처녀를 거느리고 나타났다. 칼리프는 나하르를 보자마자 치근거리며 희롱하기 시작했다. 금은보화로 치장한 그릇에 산해진미와 술이 차려졌다. 칼리프는 나하르의 허리를 껴안고서 웃고 떠들며 환락을 즐겼다.

이 모습을 지켜보고 있는 박카르의 가슴은 찢어질 듯 아팠다. 나하르 역시 겉으로는 태연한 척했으나 마음은 괴로워 미칠 것만 같았다.

두 청년은 시녀의 안내로 무사히 궁전을 빠져나와 티그리스 강가에 준비해둔 배로 강을 건넜다. 그러나 박카르는 실연의 충격으로 몸을 가누지 못해 도저히 집까지 갈 수가 없었다. 하산은 강 근처에 있는 친구의 집으로 박카르를 데리고 가서 그날 밤 거기서 함께 묵고, 이튿날에야 자기 집으로 데리고 왔다. 그는 박카르가 실연의 고통에서 하루빨리 벗어나도록 여러 친구를 불러 주연을 열고 각별히 위로하였다. 우정 어린 따뜻한 마음이 오가는 가운데 밤은 깊어가고 가희가 노래를 부르기 시작했다.

> 운명의 화살을 맞고 쓰러져 마음의 벗과 헤어졌네.
> 세월 흘러 벗은 원수 되고 갈수록 견디기 버거워라.
> 평소에 생각했거니, 이리 되는 게 세상의 도리라고.

이 노래를 들은 박카르는 정신을 잃고 쓰러져 밤새도록 깨어나지 못했다. 날이 밝아서야 겨우 깨어난 박카르를 하산이 처소까지 바래다주었다.

하산은 가게 문을 열어놓고 하루 종일 나하르의 소식을 기다렸으나 감감무소식이었다. 박카르가 그만 상사병으로 드러눕자 하산은 매일같이 친구를 방문해 위로했다.

얼마 후 나하르의 시녀가 하산의 가게로 찾아왔다. 나하르 역시 박카르처럼 상사병으로 앓아 누웠다는 것이었다. 병세가 무척 심해 칼리프가 나하르의 곁을 비우지 않는 바람에 그동안 연락을 취하지 못했다며 저간의 사정을 전해주었다.

그때부터 하산과 나하르의 시녀는 두 연인 사이를 오가며 두 연인의 가슴 아픈 사랑과 그리움을 담은 편지를 전달했다. 그러면서 두 연인의 사랑은 더욱 깊어갔다.

천신만고 끝에 재회한 두 연인의 소문이 칼리프에게 알려지다

시간이 흘러갈수록 하산은 은근히 걱정이 되기 시작했다. 두 연인의 소문이 퍼져 칼리프의 귀에까지 들어가면 큰일이었다. 재산도 몰수당하고 목숨마저 위태로워질 게 분명했다. 겁이 난 하산은 가게와 재산을 정리한 뒤 어느 날 밤 몰래 바스라로 도망쳐버리고 말았다.

그런데 하산에게는 절친한 보석상 친구가 하나 있었다. 하산은 이친구에게만은 박카르와 나하르의 비밀 관계를 다 털어놓곤 했다. 하산이 바스라로 떠난 뒤 보석상 친구는 두 연인의 사랑이 궁금하기도 하고 걱정도 되어 직접 박카르를 찾아갔다.

하산이 바스라로 떠났다는 소식을 듣고 깜짝 놀란 박카르는 하인을 보내 사실을 확인해 오라고 일렀다. 하인은 마침 하산의 가게 앞에서 서성대던 나하르의 시녀를 만나 데리고 왔다. 시녀는 박카르에게 그동안의 소식을 전해주었다.

나하르는 박카르가 변심한 것이 아닌지 의심하고 있었다. 그렇지 않고서야 갑자기 하산이 바스라로 떠날 리가 없었다. 그녀는 하산이 갑작스레 떠난 이유가 둘 사이의 편지 왕래나 교제를 끊으려는 의도가 아닐까 생각했다. 걱정이 된 나하르는 의심과 번민으로 미칠 지경이 되어 시녀를 보내 알아 오라고 시킨 것이었다.

시녀가 돌아간 뒤 보석상은 박카르와 나하르 사이의 비밀스런 관계를 알게 된 자초지종을 털어놓고, 절대 비밀을 누설하지 않을 것이며 앞으로는 하산 대신 자기가 박카르를 위로해주고, 무슨 수를 써서라도 박카르의 소원이 이루어지도록 돕겠다고 맹세했다. 그리고 무엇보다 나하르에게 접근할 조심스러운 방법을 강구하겠다고 약속하고 돌아갔다.

그런데 보석상은 가게로 돌아가는 길에 우연히 시녀가 떨어뜨린 나하르의 편지를 발견했다. 그는 이 편지를 계기로 시녀를 직접 만났다. 보석상은 시녀에게 하산과 자신의 관계며 박카르와 만난 사연 등 모든 자초지종을 자세히 설명했다. 앞으로는 자기가 중매인 역할을 할 테니 믿고 의논하자고 말했다. 시녀는 기쁜 나머지 함께 궁전으로 들어가 직접 나하르에게 기쁜 소식을 전해주자고 했다. 갑작스런 제안에 겁이 난 보석상은 발길음조차 뗄 수 없었다. 할 수 없이 나하르가 직접 보석상의 가게로 찾아오게 되었다. 아름다운 나하르의 자태를 보자 보석상은 어떻게 해서든지 두 연인을 맺어주고 싶은 마음이 더욱 간절해졌다. 그 후 보석상과 시녀는 두 연인의 편지 연락을 돕는 한편 그들을 위로하며 격려해주었다.

칼리프가 궁전을 비울 때 보석상은 박카르와 나하르와의 밀회를 주선하기로 했다. 밀회 장소는 보석상의 별채로 결정했다. 보석상은 별채를 성심껏 장식하고 둘을 맞을 만반의 준비를 했다.

이윽고 천신만고 끝에 박카르와 나하르는 보석상의 별채에서 감격적으로 만났다. 두 사람은 너무 벅찬 나머지 서로 끌어안자마자 그대로 기절하여 쓰러지고 말았다. 얼마 뒤 정신을 차린 두 사람은 이별의 고통을 호소하며 꼭 붙어 앉아 사랑의 그리움을 속삭였다.

나하르가 류트의 줄을 뜯으며 노래를 부르자 모두들 아름다운 노래에 취해 기쁨과 놀라움에 들떠 사랑의 환락에 잠겼다.

그때였다. 갑자기 시녀가 나타나 몸을 부들부들 떨면서 빨리 도망치라고 외쳤다. 밀회가 탄로나서 포위당했다는 것이다. 모두들 어쩔 줄 모르고 떨고 있는데 복면 쓴 사내 10여 명이 손에 단검을 쥐고 허리엔 장검을 차고 뛰어들었다. 보석상은 허겁지겁 지붕을 타고 이웃집으로 도망쳤다. 틀림없이 칼리프에게 발각되어 경비대장이 쳐들어왔다고 생각한 보석상은 그 자리에 꼼짝도 않고 웅크리고 숨어 있었다. 이웃집 주인이 보석상을 발견했으나, 아량을 베풀어 그를 숨겨주었다. 주인은 보석상에게 그 소동에 대해서도 얘기해주었다. 그런데 그가 들려준 소동의 전말은 전혀 뜻밖이었다. 침입자들은 칼리프가 보낸 경비대가 아니라 그 전날에도 출몰했던 도둑 떼라는 것이다. 보석상이 값비싼 가재도구며 장식품을 들여놓는 걸 보고, 도둑 떼가 쳐들어와 보석을 훔친 다음 손님을 죽여버린 것이다.

집 안은 막대기 하나 없이 텅 비어 있었다. 이웃집 주인은 오히려 보석상에게 떠들지 말고 가만히 있으라고 충고했다. 그리고 경비대원들이 도둑을 잡으러 수색 중이니 곧 체포할 것이라고 위로해주었다.

그때서야 보석상은 하산이 겁을 먹고 바스라로 도망친 사정을 공감할 수 있었다. 괜히 나섰다가 결국 이렇게 혼이 나는구나 생각하니 후회막심이었다.

보석상은 며칠 동안 은인자중하며 가게에 앉아 있었다. 그런데 얼마 지나지 않아, 한 사내가 가게로 찾아와서는 무작정 자신을 따라오라고 했다. 말없이 걸어 교외로 나온 사내는 배를 타고 강을 건너 한 번도 와본 적이 없는 곳으로 보석상을 데리고 갔다. 그리고 어느 집 안으로 들어가 문을 자물쇠로 채우고 나서, 사내 10여 명이 늘어앉아 있는 방으로 보석상을 안내했다. 이들은 형제들처럼 어딘가 모두 닮아 있었다. 알고 보니 바로 어제 보석상의 별채를 턴 도둑들이었다. 박카르와 나하르는 그들에게 납치되어 옆방에 감금당해 있었다. 도둑들은 보석상에게 "사실대로 털어놓지 않으면 두 사람 목숨을 보장하지 못할 것"이라고 위협했다. 도둑들은 나하르가 아무래도 지체 높은 부인 같아서 얼굴도 보지 않고 아무것도 묻지 않았다고 했다. 두 사람을 죽이지 않은 것도 바로 그 때문이라고 했다.

보석상은 도둑들의 아량에 호소하고, 비밀을 지켜줄 것을 요청하면서 모든 사실을 실토했다. 도둑들은 난처한 듯 머뭇거렸으나 결국 보석상의 물건을 대부분 되돌려주고, 박카르와 나하르, 보석상을 집까지 데려다주기로 했다.

세 사람은 도둑 일행과 함께 배를 타고 강을 건넜다. 그런데 세 사람이 강둑에 내리자마자 순찰대 기마병들이 달려왔다. 도둑들은 잽싸게 배를 저어 강을 건너 도망쳐버렸으나 세 사람은 꼼짝없이 잡히고 말았다. 순찰대장은 보석상에게 신분을 밝히라고 추궁했다. 보석상이 가수라고 거짓말을 둘러댔으나 순찰대장은 나하르와 박카르를 아래위로 훑어보며 믿기지 않는다는 듯 계속 심문했다.

그때 나하르가 순찰대장의 귀에 뭐라고 소곤소곤 속삭였다. 순찰대장은 세 사람을 끌고 강가로 가더니, 배 두 척이 다가오자 한 척에는 나하르를 태우고 궁전으로 데리고 갔고, 또 한 척에는 박카르와 보석상을 태워 집까지 데려다주었다. 박카르와 보석상은 충격과 두려움에 지쳐 며칠 동안 꼼짝 않고 휴식을 취했다.

얼마 후 보석상은 거리에서 우연히 시녀와 마주쳤으나 겁이 덜컥 나서 총총걸음으로 도망쳤다. 시녀가 끝까지 따라오는 바람에 그는 사원으로 들어가 마음을 졸이며 시녀와 이야기를 나누었다. 나하르는 무사히 궁전에 도착해 몸조리를 해 지금은 아주 위험한 고비를 넘긴 상태라고 했다. 그러면서 보석상이 도둑맞은 물건값으로 5,000디나르를 건네주었다. 보석상은 박카르를 찾아가 나하르의 무사함을 알려주었다. 박카르는 몰라보게 쇠약해져 있었다.

그런데 보석상이 집에 돌아오자마자 나하르의 시녀가 다시 찾아왔다. 그녀는 눈물을 줄줄 흘리며 숨을 헐떡였다. 걱정하던 일이 현실이 된 것이었다.

밀회 장소에 함께 있었던 나하르의 한 시녀가 잘못을 저질렀는데, 나하르가 채찍으로 때리려 하자 시녀는 무서워서 그만 도망을 치고 말았다. 그런데 궁전을 빠져나가다 문지기에게 붙잡히게 되었고, 문지기가 시녀를 나하르에게 데려가려 하자, 시녀는 매 맞을 것이 두려워 문지기에게 중요한 비밀을 실토할 테니 놓아달라고 애원했다. 결국 시녀는 문지기에게 박카르와 나하르의 관계를 낱낱이 실토하고 말았다.

비밀은 삽시간에 칼리프의 귀에까지 들어갔고, 칼리프는 즉시 나하르를 자신의 궁전으로 옮기고, 내시 스무 명이 감시하도록 해놓았다. 그리고 얼마동안 발걸음도 하지 않았다.

보석상은 눈앞이 캄캄했다. 드디어 올 것이 오고야 만 것이다. 목숨이 붙어 있을 날도 얼마 남지 않았다. 서둘러 도망치는 수밖에는 다른 방법이 없었다. 보석상은 한달음에 박카르에게 달려가 위험을 알리고 살아날 방도를 강구했다.

끝내 이루지 못한 사랑, 죽음으로써 영원히 살다

박카르와 보석상은 최대한 재산을 챙겨 낙타에 실었다. 그리고 감쪽같이 변장을 하고 서둘러 집을 빠져나와 길을 재촉하였다. 그러던 어느 날 밤, 두 사람이 잠자리에 들었을 때 강도들이 달려들었다. 그들은 노예들을 다 죽이고 물건을 모조리 약탈해 가버렸다. 돈과 낙타를 빼앗기고 옷마저 벗겨진 가련한 두 사람은 걸어서 어느 부락에 이르렀다. 사원에 들어가 몸을 숨기고 물 한 방울도 마시지 못한 채 쭈그리고 앉아 있었다.

그때 뜻밖에 한 사내가 다가와 두 사람을 자기 집으로 안내했다. 외국인인 데다가 헐벗은 두 사람을 보자 사내는 옷과 음식을 내어주는 등 극진히 대접하였다.

하지만 박카르는 슬픔과 충격으로 깊은 병이 들고 말았다. 그는 어머니에게 알려 장례를 치러달라는 유언을 남기고 끝내 세상을 떠나고 말았다.

보석상은 바그다드로 돌아가 가족에게 박카르의 죽음을 알리고 장례식을 부탁했다. 박카르의 어머니는 가슴을 쥐어뜯으며 통곡했다.

때마침 찾아온 나하르의 시녀에게 박카르의 소식을 전해주었다.

칼리프는 나하르를 용서하고 계속 총애했으나 어떤 안락도 나하르의 슬픔을 대신해줄 수는 없었다. 칼리프는 나하르를 위로하기 위해 주연을 베푸는 등 갖은 정성을 기울였다. 칼리프가 한 시녀에게 노래를 부르게 하였다. 시녀는 류트를 타며 애절한 목소리로 노래했다.

그대 사랑 너무 애절하여 내 모든 사랑 바쳤노라.

뺨을 적시는 눈물, 내 가슴 뚫고 솟는 그리움이라

남몰래 간직한 비밀 흘러내려 얼굴빛을 지우누나.

간절한 마음 곧 드러나거늘 이 사랑 어찌 감출거나.

사랑하는 임 뵐 수만 있다면 죽음도 내겐 기쁨이라.

아, 이 세상 떠나면 어떤 기쁨 있는지, 알고 싶어라.

나하르는 시녀가 부른 슬픈 사랑 노래를 듣고 기절한 채 그대로 숨을 거두고 말았다. 칼리프는 나하르의 죽음을 애통해하면서도 왜 이런 비극이 일어났는가에 대해서는 한마디도 묻지 않았다.

한편, 박카르의 장례식은 장엄하게 거행되었다. 시민들은 떼를 지어 운구 수레를 뒤따르며 박카르의 죽음을 슬퍼했다.

보석상은 그때까지 하루도 쉬지 않고 박카르와 나하르의 무덤을 참배하며 두 연인의 죽음을 애도했다. ☽

자만 왕자와 브두르 공주의 꿈같은 사랑

부왕의 뜻을 세 번이나 거역한 자만 왕자, 탑에 갇히다

페르시아 국경에 있는 하리단 군도의 통치자 샤리만 왕은 왕비 넷과 수많은 궁녀를 거느렸지만 왕자를 얻지 못해 수심에 젖어 세월을 보내고 있었다. 그러다가 알라께 신심을 다해 기도한 끝에 마침내 첫째 왕비와 동침하여 아들을 얻었다.

아들의 이름은 카마르 알 자만이었다. 왕자는 왕의 총애를 받고 무럭무럭 자라 어느새 열다섯 살이 되었다.

어느 날 샤리만 왕은 왕자를 어전으로 불렀다. 살아 있는 동안 아들을 결혼시키고 싶었기 때문이었다. 그러나 왕자는 펄쩍 뛰며 결혼할 마음이 털끝만큼도 없다고 거절했다.

섭섭했지만 부왕은 내색하지 않고 1년을 참고 기다린 끝에 다시 한 번 왕자에게 결혼을 권했다. 그러나 왕자는 여전히 완강하게 거절했다.

왕은 아들 걱정에 휩싸여 대신에게 좋은 방법을 의논했다.

"왕자 혼자만 은밀히 부르지 마시고, 태수와 고관대작 들이 어전에 나오는 날을 택해 왕자를 부르십시오. 그리고 많은 사람이 모인 앞에서 혼사 얘기를 꺼내십시오. 왕자님도 신하들 앞에선 기가 꺾여 차마 임금님 말씀을 거역하지 못할 것입니다."

왕은 반색하며 1년을 더 꾹 참았다. 왕자의 나이 스무 살을 바라보면서 그 용모는 더욱 수려해져갔다. 알라의 뜻으로 아름다움의 옷을 입고, 완벽이라는 관을 쓰게 되었다.

샤리만 왕은 축제일을 기다렸다. 알현실에는 태수와 대신, 당대의 고관대작과 문무백관이 기라성처럼 늘어섰다. 왕은 자만 왕자를 그 자리에 불러들였다. 그리고 수많은 사람이 둘러선 가운데 왕자에게 결혼을 명령했다. 그러자 왕자는 젊은 객기를 뽐내기라도 하듯 핏대를 세우고 부왕에게 대들었다.

"모두 파멸의 피를 마시게 될지라도 저는 결코 결혼하지 않을 것입니다. 아버님께서는 나이만 드셨지 아직 생각하시는 게 한참 어리십니다. 제가 두 번이나 거절했는데도 또 혼담을 꺼내시다니, 정녕 망령이 나신 겝니까?"

그러면서 팔꿈치까지 걷어 올리고 펄펄 뛰며 부왕을 거칠게 몰아세웠다. 샤리만 왕은 모욕감으로 얼굴이 붉어졌다. 체통은 무너지고 권위는 땅에 떨어졌다.

왕은 겨우 위엄을 되찾은 다음, 호위병을 불러 왕자를 묶으라고 호령했다. 그리고 왕실에 먹칠을 한 죄에 대한 벌로 왕자를 오래된 탑에 가두어버렸다.

이 탑에는 눈 뜨고는 볼 수 없을 정도로 황폐한 홀이 있었다. 그 한복판에는 홀만큼이나 황폐한 우물이 하나 있었다. 노예들은 홀을 깨끗이 청소한 뒤 왕자를 그곳에 가뒀다.

왕자는 자신의 불효와 경솔하고 건방진 행동을 후회했다.

'입을 잘못 놀리면 목이 달아나지만, 발을 잘못 디디면 그저 가벼운 상처를 입을 뿐이다.'

왕자는 슬픔과 시름에 잠겨 마치 가자나무 숯불 위에라도 누운 듯이 이리 누웠다 저리 누웠다 밤새 뒤척이며 잠을 이루지 못했다.

왕은 왕대로 사랑하는 왕자를 가둬놓고 마음이 찢어질 듯 아팠다. 대신은 보름만 지나면 마음을 바꿀 것이라고 왕을 위로했다.

왕자는 알라께 기도를 올린 다음, 초처럼 부드러운 속옷 한 벌만 입고서, 머리에는 하늘색 천으로 만든 두건을 쓰고, 비단 이불을 덮고 잠자리에 들었다.

그런데 운명의 장난이랄까. 로마식 우물 속에는 저주받은 이블리스(하느님의 명령을 거역해 천계에서 추방당한 마신)의 후예인 마녀신 마이무나(유명한 바족의 왕 중 하나인 알 디미리야트의 딸)가 살고 있었다.

마녀와 마신, 자만 왕자와 브두르 공주의 미모를 놓고 내기를 하다

마녀신 마이무나는 몰래 천사들의 이야기를 염탐하기 위해 우물에서 나와 하늘로 날아오르려다가 문득 황폐한 탑 안에서 여태껏 보지 못했던 불빛이 새어 나오는 걸 보고 궁금한 마음에 그곳으로 다가갔다. 그리하여 황폐한 탑 안에서 촛불과 초롱 빛을 받으며 잠들어 있는 자만 왕자를 보았다.

왕자의 수려한 미모에 눈이 휘둥그레진 마이무나는 저도 모르게 한동안 꼼짝도 못하고 뚫어져라 잠든 왕자의 얼굴만 지켜보았다. 마이무나는 절대로 이 젊은이에게 해를 끼치지 않을 것이며, 아무도 손대지 못하게 지켜주고, 모든 재앙으로부터 구해주리라 굳게 맹세했다. 그리고 왕자의 이마에 입을 맞추고 날개를 펴 하늘로 날아올랐다.

한참 천국을 날고 있는데, 문득 마신 다낫쉬(하늘을 나는 샤무릿쉬의 아들)가 보였다. 마이무나가 다가가자 다낫쉬는 겁에 질려 온몸을 부들부들 떨었다.

"이 시각에 어디 갔다 오는지 말하지 않으면 놔주지 않겠다."

마녀신의 으름장에 마신은 대답했다.

"저는 오늘 밤 중국 내해의 어느 섬에서 돌아왔습니다. 그곳은 여러 섬과 바다와 일곱 궁전을 다스리는 가유르 왕의 영토입니다. 거기서 저는 임금님의 딸 브두르 공주를 뵈었는데, 그 나이의 그런 미인은 알라도 이제까지 만들어내신 적이 없을 것입니다. 그 미모는 도저히 입으로 표현할 수 없을 정도입니다."

다낫쉬는 브두르 공주의 아름다움을 하나하나 침이 마르게 칭송했다.

그런데 브두르 공주의 아버지 가유르 왕은 천하에 다시없는 폭군이며 정복의 제왕으로서, 공주를 너무나 사랑한 나머지 일곱 궁전(첫째 수정궁, 둘째 대리석궁, 셋째 강철궁, 넷째 보석과 보옥궁, 다섯째 사기에다가 갖가지 빛깔의 마노와 둥근 돌을 박은 궁, 여섯째 백은궁, 일곱째 황금궁)을 짓고서 공주로 하여금 계절마다 일곱 궁전을 바꿔 살게 했다.

그런데 천하일색 공주의 미모가 인근에 소문이 나면서 여러 나라에서 혼담이 들어왔다. 공주는 절대 결혼하지 않겠다고 펄쩍 뛰면서 만약 계속 혼담 얘기를 꺼내면 죽어버리겠다고 소리쳤다. 왕은 한편으로는 외동딸이 자살할까 봐 걱정이 되었으나, 다른 한편으로는 매번 청혼을 거절하기가 무척 난처했다.

궁여지책으로 왕은 공주를 별채 방에 감금하고 일곱 궁의 출입도 금지시켰다. 겉으로는 공주가 왕의 노여움을 산 것처럼 꾸미고, 청혼자들에게는 공주에게 악마가 씌워 미쳤다는 편지를 보냈다.

공주가 감금된 지도 1년이 되어갔다. 마신 다낫쉬는 매일 밤 아름다운 공주를 찾아가 위로도 하고 이마에 입맞춤도 해주었다.

다낫쉬는 마이무나에게 천하일색 공주를 만나러 가자고 졸랐지만, 마이무나는 그 말을 귓등으로도 듣지 않고 얼굴에다 침을 탁 뱉으며 비웃었다.

"뭘 몰라서 그러는 모양인데, 그 정도는 소변을 본 다음 그곳을 닦는 사금파리 부스러기 정도에 불과해."

그리고 자기가 조금 아까 본 자만 왕자의 용모와 사연을 시시콜

콜하게 들려주었다.

　이렇게 하여 마이무나와 다낫쉬는 서로 왕자가 더 잘생겼다느니 공주가 더 아름답다느니 떠들며 서로의 주장을 굽히지 않았다. 결국 둘은 왕자와 공주를 직접 찾아가 비교해보고 누가 더 아름다운가를 내기하기로 했다.

　먼저 가까운 곳에 있는 왕자부터 찾아보기로 했다. 자만 왕자를 본 다낫쉬는 고개를 끄덕이며 과연 솟아오르는 아침 해처럼 눈부신 왕자의 수려한 용모를 인정했다.

　"하지만 한 가지 생각해볼 점이 있습니다. 남자와 여자는 모양이 다르다는 점입니다. 왕자는 미모, 귀여움, 이목구비의 단정한 생김새 등 분명 신이 만든 만물 중에서 공주를 가장 많이 닮았습니다. 마치 아름다움이라는 주형 속에서 함께 부어낸 것 같이 닮았습니다."

　마이무나는 눈앞이 캄캄해졌다. 그래서 한쪽 날개로 다낫쉬의 머리를 힘껏 때리고는 당장 가서 그 공주를 데려오라고 소리쳤다.

　"둘을 나란히 놓고서 자고 있는 모양을 비교해보는 거다. 그러면 어느 쪽이 아름다운지 알 수 있을 테니까."

　마신은 한달음에 날아가 아름다운 베네치아 비단 속옷을 입은 공주를 안고 와 자만 왕자 옆에 뉘었다. 그런데 왕자와 공주는 마치 쌍둥이인 양 그 미모의 우열을 가릴 수 없었다. 둘 모두 성인군자라도 반하여 발걸음을 떼지 못할 미모였다.

　그럼에도 마이무나와 다낫쉬는 왕자와 공주의 미모를 놓고 계속 다퉜다. 언쟁은 언제 끝날지 몰랐다. 끝없이 계속되던 말다툼을 먼저 멈춘 건 다낫쉬였다. 갑자기 다낫쉬가 고분고분 누그러지며 목소리를 낮춘 것이다.

"이제 언쟁은 그만둡시다. 어느 쪽이 더 뛰어난 미모인가를 공정하게 판가름해줄 사람을 찾아와 그의 판결에 따릅시다."

"좋아. 그렇게 하지."

마이무나는 마신 카슈카슈를 불러 재판을 명령했다. 그러나 카슈카슈 역시 두 남녀의 우열을 도저히 가릴 수가 없었다. 게다가 남자와 여자이다 보니 판가름하기가 더 난감했다. 카슈카슈는 한 가지 묘안을 제시했다.

"상대방 모르게 왕자든 공주든 하나씩 깨워서, 상대방에게 더 반한 쪽이 진 것으로 치는 겁니다."

둘은 흡족해하며 카슈카슈의 제안을 따르기로 했다.

자만 왕자와 브두르 공주, 마신들 때문에 만나 서로 사랑하게 되다

다낫쉬는 벼룩으로 변해 자만 왕자를 깨물었다. 왕자는 눈을 뜨고 물린 곳을 북북 긁다가 우연히 옆을 보고 깜짝 놀랐다. 사향보다 더 향기로운 냄새를 풍기고 크림보다 부드러운 살결을 지닌, 눈부시게 아름다운 처녀가 옆에 누워 있는 게 아닌가. 두 볼은 마치 붉은 장미처럼 빛났으며, 젖가슴은 만지면 터질 듯 팽팽하게 부풀어 올랐는데, 어느 시인이 노래한 그대로였다.

한낮 같은 이마, 칠흑 같은 머릿결

장미처럼 붉은 볼, 슬며시 웃는 입
내 가슴 저미고 붉은 피 들끓어라.

일어서면 보름달, 걸으면 버들개지
숨결은 용연향, 눈매는 영양인 듯
내 가슴속 슬픔은 깊어가는구나.

베네치아 비단 속옷 한 벌만 몸에 걸친 처녀의 황홀한 모습에 왕
자는 완전히 넋을 잃고 뜨거운 피가 절로 용솟음치는 걸 느꼈다. 성
욕에 눈뜬 왕자는 상아로 만든 공과도 같은 젖가슴을 보자 뜨거운
욕정이 걷잡을 수 없이 불붙어 올랐다. 그는 공주의 몸을 흔들어보
았으나 마술에 걸려 잠든 공주는 좀처럼 눈을 뜨지 않았다.

왕자는 처녀를 바라보며 곰곰이 생각에 잠겼다. 추측컨대 부왕이
3년 동안 결혼하라고 조른 여자가, 아니 자신이 3년 동안 거절한 여
자가 바로 이 여자임에 틀림없다는 직감이 들었다. 왕자는 날이 새
는 즉시 부왕에게 이 처녀와의 결혼을 허락해달라고 요청하리라 결
심했다.

공주를 아내로 맞을 기쁨에 들뜬 왕자는 그녀에게 몸을 숙여 키스
하려고 했다. 다낫쉬는 자기가 이겼다고 믿고 기뻐했다. 그러나 그
순간 왕자는 멈칫거렸다. 그는 알라 앞에서 이게 무슨 짓인가, 하는
죄책감이 들었다. 어쩌면 부왕이 자신의 마음을 떠보려고 처녀를 데
려다 놓은 것인지도 몰랐다. 왕자가 깨워도 눈을 뜨지 말라고 명령을
받았을지도 몰랐다. 왕자가 무슨 짓을 하는지 지켜봤다가 부왕에게
알리라고 했을지도 모르는 일 아닌가. 아니면 부왕이 어딘가에서 숨

어 지켜볼 수도 있었다. 결혼하지 않겠다고 떼를 쓸 땐 언제고 처녀를 껴안고 키스를 하느냐고 꾸짖는다면 그 창피를 어찌 감당하랴.

왕자는 꾹 참기로 했다. 그 대신 나중에 두 사람 사이에 기념이 되고 기억할 만한 물건을 갖고 싶어 공주가 새끼손가락에 낀 반지를 빼서 자기 손가락에 끼었다. 그리고 공주에게 등을 돌리고 잠이 들고 말았다.

마이무나는 승리의 기쁨에 들떠서 소리쳤다.

"저걸 봐라. 내 애인 자만 왕자는 조금도 음탕한 짓을 하지 않았어. 처녀의 아름다운 맵시만은 찬미했지만 키스도 하지 않고 손 하나 까딱하지 않았지. 정말 빈틈없는 품성의 소유자야."

이번엔 마이무나가 벼룩으로 변해 공주의 배를 꼭 찔렀다. 깜짝 놀라 눈을 뜬 공주는 자기 옆에 잠들어 있는 젊은이를 바라보았다. 알라께서 만드신 피조물 가운데 가장 아름다운 모습이었다. 눈매는 천상의 선녀도 무색할 지경이며, 입매는 솔로몬의 도장인가 싶을 정도이고, 입술은 산홋빛이며, 두 뺨은 아네모네처럼 붉었다. 공주는 첫눈에 왕자에게 반하고 말았다. 눈부신 미남자의 수려한 용모를 보자마자 뜨거운 연정과 욕정이 들끓어 사랑의 포로가 되고 만 것이다.

만약 이 젊은이가 부왕이 결혼하라던 그 남자였다면 거절하지 않고 당장 승낙했을 텐데, 하는 후회가 밀려왔다. 그런데 아무리 왕자의 몸을 흔들어 깨워도 그는 좀처럼 깨어나지 않았다. 공주의 가슴은 마구 뛰고, 마음은 두근거리고, 손발은 떨리고, 온몸은 음욕의 불길로 활활 타올랐다. 왕자가 깨어나지 않아 가슴이 답답해진 공주는 왕자의 몸을 흔들며 그 손을 뒤집었다. 그런데 왕자의 새끼손가락에 자기의 반지가 끼여 있는 게 아닌가. 그 순간 공주는 이 젊은이가 분명 자기 애인이며 자기를 사랑하고 있다고 믿었다. 다만 일부러 모른 척 잠들어 있는 거라고 생각했다. 그래서 왕자의 옷섶을 열고 몸을 구부려 입을 갖다 댔다. 그리고 한 손을 뻗쳐 기념이 될 만한 물건을 찾았으나 애석하게도 아무것도 찾지 못했다. 그래서 이번엔 가슴속으로 손을 밀어 넣었다. 매끄러운 피부가 손에 닿자 자기도 모르게 손길이 허리에서 배꼽으로, 그리고 성기까지 미끄러져 내려갔다. 마음은 들 끓고 욕정에 사로잡혀, 온몸이 부들부들 떨렸다. 여자의 욕정이 남자의 그것보다 더 강했기 때문이다. 공주는 스스로 얼굴을 붉히면서, 왕자의 반지를 뽑아 자기 손가락에 끼고는, 왕자의 입술과 손, 온몸에 키스를 퍼부었다. 그리곤 팔다리를 휘감아 온몸을 꽉 밀착시키고는 잠이 들었다.

마침내 마이무나가 이겼다.

"보라구! 내 애인이 훨씬 의젓하지 않았느냐? 네 애인은 그게 뭐냐? 음탕하기 짝이 없으니 말이야. 결국 내 애인이 네 애인보다 더 아름답다는 게 증명되고도 남았지 않느냐?"

승리감을 맛본 마이무나는 다낫슈를 용서해주었다. 그리고 날이 새기 전에 공주를 제자리에 데려다 놓으라고 명령했다. 다낫슈와 카슈카슈는 공주를 안고 날아가 공주의 궁전 처소에 뉘었다. 그동안 마이무나는 왕자 옆을 지키고 있다가 날이 밝자 어딘가로 날아가버렸다.

자만 왕자는 상사병에 걸리고, 브두르 공주는 쇠사슬에 묶이다

왕자가 눈을 뜨니, 어젯밤 옆에 누워 있던 처녀가 보이지 않았다. 그는 내시더러 처녀가 어디 갔느냐고 물었다. 영문을 모르는 내시는 그저 모른다고만 대답했다. 처녀는 물론 누구도 이곳에 들어온 사람이 없다고 대답했다. 왕자는 화가 나서 내시를 마구 때리고 목을 졸랐다. 그것도 모자라 내시를 두레박줄로 묶어 우물 속으로 빠뜨렸다 꺼냈다 하면서 빨리 자백하라고 족쳤다. 엄동설한에 물에 빠진 내시는 추위와 고통과 공포에 숨이 넘어갈 것 같았다. 내시는 울면서 실토하겠다고 외쳤다. 그때서야 왕자는 내시를 우물에서 꺼냈다. 내시는 광풍에 시달리는 참새처럼 몸을 떨었다. 이는 달라붙은 것처럼 꽉 악물려 있고, 옷은 물에 빠진 생쥐 같고, 온몸은 우물 안의 돌벽에 부딪혀 상처투성이였다.

내시는 젖은 옷을 말리는 동안 다른 옷으로 갈아입고 와서 자백하겠다고 속이고는, 그 즉시 도망쳐 허겁지겁 샤리만 왕에게 뛰어갔다.

"오, 임금님, 아무래도 왕자님이 실성한 것 같습니다. 어젯밤 왕자님 옆에서 젊은 여자가 자고 있었는데 누가 납치해갔다는 겁니다. 그러면서 그 젊은 여자는 어디 있느냐며 야단이십니다."

왕은 불같이 화를 내고 펄펄 뛰었다. 이 모든 불상사의 원인을 제공한 것이 대신이라고 생각한 왕은 대신에게 당장 진상을 알아오라고 소리쳤다. 대신은 내시와 함께 탑으로 올라갔다.

"늙은 내시가 하는 말이 왕자님께서 실성하셔서 어젯밤 젊은 여자와 함께 계셨다고 했다면서요? 그리고 여자의 행방을 대라며 고문했다고 하던데, 사실입니까?"

자만 왕자는 버럭 화를 내며 대신에게 달려들더니 꼬치꼬치 따져 물었다.

"내 모를 줄 알고? 그대들이 내시를 부추겨 그런 짓을 한 게 분명해. 그러고는 이번엔 숨기라고 그랬을 거야. 그대는 내시보다 머리가 좋으니까, 당장 빨리 말해줘. 그 여자는 도대체 어디 갔지? 어젯밤 여자를 데려다 놓은 것도 그대의 농간이니까 그대가 다시 데려다 놓으란 말이야!"

대신은 펄쩍 뛰면서, 쓸데없는 생각으로 마음을 졸이면 몸에 좋지 않으니 마음을 굳게 먹으라고 충고했다. 왕자는 분명히 까만 눈동자와 장미 같은 뺨을 가진 미인을 두 눈으로 똑똑히 봤고, 손으로 만져 보기도 했으며, 그 미인을 밤새도록 팔에 안고 잤다고 우겼다.

"아마도 왕자님께서 꿈속에서 보신 것이겠죠. 이것저것 먹어서 환각을 일으켰거나 아님 저주받은 악마의 암시임에 틀림없습니다."

왕자는 대신이 자꾸 말을 돌리는 것 같아 더 이상 참을 수가 없었다. 그래서 대신의 턱수염을 잡아당겨 마루 위로 내동댕이치고, 발로 걷어차고 손바닥으로 목덜미를 때렸다. 대신은 숨이 끊어질 것 같았다. 늙은 내시가 속임수를 써서 도망쳤듯이 자기도 거짓말을 할 수밖에 없다고 생각했다.

"실은 부왕의 명령으로 여자에 관해선 왕자님께 비밀에 부치기로 했던 겁니다. 근데 이젠 늙어서 매를 견딜 도리가 없으니, 어쩔 수 없이 다 털어놓겠습니다."

왕자는 때리던 손을 멈추었다.

"창피를 당하고 매를 맞으니까 이제 자백을 하는구나! 자 빨리 그 여자 이야길 해봐!"

"아, 그 천하의 아름다운 미인 말입니까?"

"그래. 부왕께서 결혼시킬 생각에서 그 아름다운 처녀를 내게 보내 내 마음을 떠보려고 연극을 꾸민 거라면, 부왕께 전해. 그 여자라면 혼담을 승낙하겠다고. 그대도 부왕께 잘 조언해줘. 다른 여자는 싫어. 그 여자가 몹시 그리워. 지금 당장 부왕께 돌아가서 우리 결혼을 서둘러달라고 말씀드리고 대답을 받아 와!"

대신은 알았다고 대답하고서, 왕자의 손아귀에서 빠져나온 게 꿈인가 싶어 걸음아 나 살려라, 하고 탑을 떠나 허겁지겁 왕에게 돌아와 왕자가 정말 미쳤다고 고했다.

노발대발한 왕은 대신을 끌고 왕자에게로 갔다. 오늘이 무슨 날이냐, 아라비아 말로 이 달을 뭐라고 하느냐 따위를 왕이 질문할 때마다 왕자는 또박또박 하나도 틀림없이 대답했다. 왕은 멀쩡한 왕자를 실성했다고 거짓밀한 대신을 노려보았다. 대신은 뭐라고 한마디 하려다 그만두고 사태를 더 지켜보기로 했다.

이윽고 왕은 어젯밤 미인과 동침했다는 말은 뭐고, 처녀는 누구냐고 물었다.

"그건 아버님께서 더 잘 아시지 않습니까? 아버님께서 꾸며낸 일 때문에 저는 지금 미칠 것만 같습니다. 아버님 전 결혼하고 싶습니다. 단 어젯밤 동침한 그 여자와 결혼한다는 전제 아래 말입니다. 어젯밤 그 여자를 제게 보내 연정을 품게 한 다음, 날이 새기 전에 누군가를 시켜서 제 곁에서 그 여자를 납치해간 것은 다름 아닌 아버님이십니다."

왕도 대신의 반응과 똑같았다. 아마도 혼담 건으로 신경이 곤두서서 미인의 꿈을 꾼 거고, 그 꿈을 진짜라고 착각하는 거라고 위로했다. 왕자는 여전히 아버지 역시 자기를 속이고 있다는 생각을 지울 수가 없었다. 하지만 왕이 만물의 창조주이자 전지전능하신 알라에게까지 굳은 맹세를 해 보이자, 마침내 왕자는 꿈이나 환상이 아니라는 명백한 증거를 보여주기 위해 처녀의 반지를 꺼내 보여주었다.

샤리만 왕은 반지를 이리저리 뒤집어 꼼꼼히 살펴보았다.

"이 반지에는 굉장한 신비와 헤아릴 수 없는 비밀이 숨겨져 있는 것 같다. 어젯밤 사건은 도무지 풀 수 없는 수수께끼인걸. 이젠 분명 네가 실성한 게 아니란 걸 알았다. 그러나 이 사건은 전능하신 신이 아니고선 아무도 풀 수 없는 정말 이상한 사건이구나."

"아버님, 지체 없이 어서 그 처녀를 제게 데려다 주십시오. 안 그러면 저는 시름하다 죽고 말 것입니다."

왕자는 폭포 같은 눈물을 흘렸다. 그리고 궁전으로 돌아온 뒤 그대로 상사병이 들어 병석에 눕고 말았다. 마음의 시름과 여자에 대한 연정 때문에 왕자는 얼굴이 야위고 몸은 수척해져서 음식도 먹을 수 없었고 잠도 제대로 잘 수 없었다. 마치 병든 지 스무 해쯤 되는 환자 같았다. 왕은 밤낮없이 왕자 옆에 앉아 비탄에 젖었고 이로 인해 정사를 돌볼 겨를이 없었다. 대신은 왕자를 돌보면서 정사까지 볼 수 있는 묘안을 짜내 왕에게 간언했다.

그리하여 대신의 충언에 따라 샤리만 왕은 자만 왕자를 해변의 별궁으로 옮기고 월요일과 목요일에는 별궁에서 알현을 허락하고 정사를 돌보았다.

한편, 날이 새자 가유르 왕의 딸 브두르 공주도 눈을 떴다. 공주는 어젯밤 가슴에 꼭 껴안고 잠자던 젊은 미남이 흔적도 없이 사라진 걸 알게 되었다. 몸은 부들부들 떨리고 마음도 뒤죽박죽 어지러웠다.

공주는 보모와 시녀, 노예 들을 불러 어젯밤 동침한 애인을 찾아내라며 닦달했다. 어이없는 추궁에 모두가 공주를 걱정하며 제발 분별을 지키라고 애걸했지만, 공주는 없어진 자기 반지와 자기 손가락에 끼어 있는 왕자의 반지를 내밀며 사실을 실토하라고 계속 다그쳤다. 결국 화가 난 공주는 다짜고짜 칼을 빼서 계속 부인하는 시녀장의 목을 한 칼에 베고 말았다. 놀란 내시와 시녀 들은 비명을 지르며 한달음에 왕에게 달려갔다.

가유르 왕은 깜짝 놀라 허겁지겁 공주에게 달려왔다.

"아버님, 어젯밤 저와 동침한 젊은이는 어디 있습니까?"

공주는 미친 사람처럼 사방을 둘러보며 옷을 갈가리 찢었다. 왕은 공주를 붙잡아 밧줄로 묶고, 목에는 쇠사슬을 감아 왕궁의 창틀에 붙잡아 매놓았다.

가유르 왕은 그토록 사랑하는 딸의 행동을 보고 상심하여 이 넓은 세상이 바싹 좁아드는 것만 같았다. 유명한 의사와 점성술사까지 불러 공주의 병을 고치라고 명령했으나 아무도 공주의 병을 고치지 못했다. 이로 인해 왕궁 문에는 병을 고치지 못하여 처형된 의사 40명과 점성술사 40명의 목이 걸리게 되었다.

이렇듯 공주의 병은 풀 수 없는 불가사의한 수수께끼가 되고 말았다.

왕자와 공주, 마르자완 덕분에 극적으로 재회하다

어느 날 공주의 친구 마르자완이 찾아왔다. 먼 나라를 유랑하며 3년 동안 고국을 떠났다가 귀국하는 길이었다. 그는 친오라버니 못지않게 공주를 귀여워하고 사랑했다.

마르자완은 귀국하자마자 어머니에게 공주가 실성해서 쇠사슬에 묶여 있다는 말을 듣고 깜짝 놀랐다. 무슨 수를 쓰든 반드시 공주를 만나 진상을 알고 싶어 견딜 수가 없었다. 마르자완은 어머니에게 부탁하여 여자로 변장하고 공주의 친구라 속이고 내시를 구슬려 공주의 궁전을 찾아갔다. 공주는 마르자완에게 그동안의 자초지종을 사실대로 들려주었다. 공주가 사랑 때문에 병이 들었다는 걸 알게 된 마르자완은 전 세계를 다 돌아다녀서라도 반드시 공주의 병을 고쳐줄 사람을 찾아오겠다고 결심하고, 다음 날 길을 떠났다.

마르자완은 이 고을 저 고을, 이 섬에서 저 섬으로 여행을 계속하면서 사람들 사이에 떠도는 이야기를 수소문하며 돌아다녔다. 어느 곳에서나 가유르 왕의 공주 브두르가 미쳤다는 소문이 파다하게 떠돌고 있었다.

그런데 알 타이라브 고을에 당도하였을 때, 우연히 샤리만 왕의 왕자 카마르 알 자만이 우울증에 빠져 있다는 소문을 듣게 되었다. 왕자는 하리단 군도에 살고 있다는데, 그곳은 뱃길로 꼬박 한 달, 육로로 여섯 달이나 걸리는 먼 거리였다.

마르자완은 배를 타고 하리단 군도로 향했다. 그런데 목적지인 도성에 거의 당도할 때쯤 폭풍을 만나 그만 배가 뒤집히고 말았다.

조류에 밀린 마르자완은 운명의 장난으로 자만 왕자가 거처하는 별궁 아래까지 떠내려왔다. 그런데 하필이면 알현일이었다. 샤리만 왕은 왕자를 무릎 위에 올려놓고 고관대작들의 알현을 받고 있었다. 왕자는 음식을 전폐하고 있어 성냥개비처럼 빼빼 말라 있었다.

대신은 격자창 가에 공손히 서 있다가 우연히 창밖 바닷가로 눈길을 돌렸다가 문득 큰 파도에 떠밀려 온 한 사내가 당장 죽을 것처럼 쓰러져 있는 걸 발견하였다. 대신은 바닷가로 나가 의식을 잃은 사내를 물가로 끌어당겼다.

이윽고 마르자완이 정신을 차리자, 대신은 그를 데리고 궁전으로 들어갔다. 하지만 궁전으로 들어가기 전에 한 가지 주의 사항을 신신당부했다.

"태수와 각 대신들 앞을 지날 때는 왕자에게 접근하지도 말고 쳐다보지도 마시오. 샤리만 왕께서는 자만 왕자가 병들었다는 소문이 퍼지는 것을 아주 싫어하시니 말이오."

마르자완은 왕자의 이름을 듣자마자 그가 바로 소문으로만 듣던 그 왕자이며, 자기가 수 천리를 찾아와 만나려던 사람임을 직감했다. 하지만 아무것도 모른 체 시치미를 뚝 떼고 왕자에 대해 이것저것 물어보았다.

대신은 자만 왕자가 탑에 갇힌 날 밤 절세의 미인과 동침한 이야기를 들려주었다. 왕자가 지금 그 여자의 반지를 끼고 있다는 거며, 왕자의 말에 따르면 그 여자도 왕자의 반지를 끼고 있다는 이야기를 술술 풀어놓았다. 그리고 이렇게 탄식했다.

"자만 왕자는 지금 중병에 걸려 음식도 끊고 잠도 못 자는 상태라오. 돌아가실 날도 가까워져 이젠 살아날 희망이 없다오. 머지않아 필경 돌아가실 거야. 그러니까 왕자님을 너무 오래 쳐다보지 마시오. 발밑만 봐야 되오. 안 그러면 그대도 나도 목숨은 없을 테니 말이오."

마르자완은 자기가 찾는 사람이 바로 자만 왕자임을 확신할 수 있었다. 그는 기회를 엿보다가 왕과 신하들이 안 보는 틈을 타 몰래 자만 왕자에게 접근하여 애절한 사랑의 노래를 들려주었다.

가슴 가득 노래와 탄식, 사랑의 환희에 도취해

그대, 아리따운 임의 자태 우러르며 기뻐하는가.

사랑의 열병으로 몸져누워 죽음보다 깊은 번뇌

사랑의 화살에 상처 입지 않고서야 어찌 알리.

세상에 다시없이 고운 그대 모습 꽃단장하여

눈부신 살결 감아 안는 그때에 나는 질투하리.

더없이 달콤한 입술에 잔이 맞닿는 그때에는

처녀의 입으로 드나드는 그 술잔 못내 부럽구려.

그대보다 먼저 내가 울면 애틋함에 사로잡혀

후회하기 전에 내가 울면 괴로움도 사라지리.

그러나 그대 먼저 울고 나는 따라 울었을 뿐,

그러니 사랑의 공은 먼저 운 그대의 것이려니.

나 또한 처녀를 그리워한다고 탓하지 마시게,

먼저 운 그대 때문에 내 애끓는 사랑 참는다네.

한 몸 사랑 때문에 죽어도 처녀들 죽이지 말게,

그저 듣기만 하고, 이 피 흘린 내력 물어주시게.

노래는 왕자의 마음에 마치 열병에서 해방되었을 때와 같은 상쾌한 기분을 주었다. 왕자는 부왕에게 마르자완을 자기 곁에 있게 해달라고 부탁했다. 처음에 왕은 마르자완을 달가워하지 않으나 왕자의 부탁을 듣고 기뻐하며 그를 왕자 옆에 앉혔다. 마르자완은 왕자에게 귓속말로 속삭였다. 가유르 왕국에서 왔다는 것과 브두르 공주가 지금 처한 불행한 상황을 소상히 전해주고, 여기까지 온 목적은 공주를 구하기 위해서이며, 반드시 왕자와 공주를 만나게 해주겠다고 약속했다.

왕자는 마르자완의 말에 힘이 솟았다. 그때부터 왕자는 먹고 마시고 하여 점점 원기를 회복했다. 그리고 마르자완과 이야기를 나누는 가운데 점점 활기를 되찾아 병이 완쾌되었다. 왕은 기쁨을 이루 형용할 수 없었다. 보답으로 마르자완을 극진히 대접했다.

왕자는 마르자완에게 공주와 만난 하룻밤의 기구한 사연을 상세히 들려주었다. 그 이야기는 공주가 마르자완에게 들려준 이야기와 너무나도 똑같았다. 불가사의한 일이지만 사실임이 판명된 것이다. 공주도 살리고 왕자도 살리는 길은 하루빨리 둘을 만나게 하는 일이었다. 그 중에서도 왕자를 공주에게 데려가는 일이 급선무였다. 하지만 샤리만 왕은 자만 왕자를 한시도 곁에서 놓아주지 않았다. 왕자와 마르자완은 적당한 구실을 만들어 시간을 벌 수밖에 없었다. 그래서 하룻밤 사냥을 다녀오겠다는 구실을 대고 간신히 허락을 얻어낼 수 있었다.

왕자와 마르자완은 길을 떠났다. 여행을 시작한 지 나흘째 되는 날이었다. 마르자완은 낙타와 말을 죽여 고기를 뜨고 뼈를 발라냈다. 그리고 자만 왕자의 속옷과 바지에 말의 피를 바르고 저고리를 갈가리 찢어 거기다가도 피를 발랐다. 그리고 피가 묻은 옷들을 갈림길에다 버렸다. 하루가 지나면 분명 샤리만 왕은 사람을 시켜 자만 왕자

뒤를 쫓아 찾아 나설 것이고, 그럼 수색대가 이걸 발견하고 왕자 일행이 마적이나 짐승에게 습격당한 걸로 알고 수색을 단념하고 돌아갈 것이라 판단한 것이다.

천신만고 끝에 마침내 두 사람은 가유르 왕의 섬에 도착했다.

여관에 들어 여독을 푼 뒤, 마르자완은 왕자에게 상인의 옷을 입히고 점괘를 보는 여러 도구를 주고, 지금부터 궁전 앞에 가서 점을 쳐주겠다고 소리치라고 일러주었다.

왕자는 마르자완이 시키는 대로 궁전 앞에 가서 용한 점쟁이니 빨리 점을 보러 오라고 소리쳤다. 구경꾼들은 오랜만에 나타난 점쟁이를 구경하러 몰려들었다. 그런데 보아하니 꽃도 무색할 정도로 아름답고 귀여운 홍안 소년이 아닌가. 구경꾼들은 아까운 젊은이가 목숨을 버리려 하는 게 측은해 혀를 끌끌 찼다. 브두르 공주와 결혼하고 싶다는 부질없는 야심을 품다가는 성문에 걸린 목들의 주인과 같은 운명이 될 터이기 때문이었다. 그러나 아무리 사람들이 말려도 마이동풍으로, 젊은이는 계속 점을 쳐주겠다고 소리쳤다.

마침내 점쟁이가 나타났다는 소식이 왕의 귀에까지 들어갔다. 점쟁이로 변장한 자만 왕자는 왕 앞에 불려 나갔다. 왕은 엄중하게 경고했다. 딸의 병을 고치면 딸을 주겠지만 고치지 못하면 목을 베겠다는 것이었다. 내시는 왕자를 공주의 방으로 안내했다.

왕자는 휘장 뒤에 앉아 공주에게 편지를 썼다. 자신의 신분을 밝히고, 사랑의 노예가 되어 버린 연인의 애타는 그리움을 담아 절절이 써내려갔다.

이 글을 쓰는 나는, 누구인지도 모를 당신을 한 번 본 뒤로 오매불망 당신 생각
에 나를 잊었습니다. 그때 내 옆에서 잠든 그대는, 내 운명의 달조차도 환히 비
추며 정녕 태양인 듯 눈부셨습니다. 그 뒤로 나는 뜨거운 연정과 애절한 그리
움으로 먹는 것도 자는 것도 말하는 것도 잊었습니다. 당신과의 그 홀연한 만
남을 아무도 믿으려 하지 않았습니다. 나는 그들에게 다만 미친놈이었습니다.
뜬눈으로 숱한 밤을 지새우는 동안 내 몸은 마른 잎처럼 야위어갔지만 사랑하
는 임에게 소식조차 전할 길 없어 시름은 병이 되어 나날이 깊어갔습니다.

그대에게 바친 마음으로 이 편지를 드리나니,
웃고 있어도 눈물 나고, 눈물마다 피눈물이며
꿈같은 만남, 기약도 없는 사랑에 애만 닳고
밤낮으로 들끓는 덧없는 애욕에 저미는 고통,
이 몸 야위다 못해 이젠 나를 잊고 말았으니
임이여, 날 가엾이 여겨 그 사랑 이젠 주소서.

골수에 맺힌 이 마음의 병은 사랑하는 사람과 맺어지기 전에는 고칠 길이 없
습니다. 오로지 알라만이 사랑의 열병을 앓고 있는 이를 구원하실 수 있습니
다. 알라여, 사랑을 속인 자에게 멸망을 내리소서! 배반한 연인에게 모든 것
을 다 바치는 사랑이야말로 세상에서 가장 아름답습니다.

— 바람처럼 왔다가 가뭇없는 사랑의 늪에 빠져 희망을 잃고 미쳐버린 사내,
하리단 왕국의 왕자 카마르 알 자만이 진주보다 더 빛나는 브두르 공주님에게
드립니다. 어느 날 문득 운명처럼 다가온 사랑을 한 번 안을 새도 없이, 먼저
이별에 울고 가슴 아파야 하는, 이룰 길 없는 욕정의 노예가 되어 밤마다 불꽃

같은 그리움으로 새카맣게 가슴이 타들어가는 가련한 사내가 영혼을 사로잡은 그대에게 알라의 은총으로 이 편지를 바칩니다.

편지를 작성한 왕자는 반지로 도장을 찍어 서명을 한 다음, 편지와 그 반지를 봉투 안에 넣고 봉한 뒤 겉봉에 시를 적어 넣었다.

시름에 겨운 내 붓, 장난인가 싶으시거든
흐르는 눈물로 젖은 이 글에 물어보소서.

내시를 통해 편지를 전달받은 공주는 봉투를 열어 반지를 보자마자 깜짝 놀랐다. 편지의 주인공은 바로 자기가 그토록 미치게 그리워했던 그 왕자가 아니던가.

공주는 가슴이 벅차오르고 정신이 아뜩하여 자기도 모르게 기쁨의 노래를 불렀다.

사랑의 길 오래 막혀 시름과 비탄에 잠겼기에
뜨거운 눈물 하염없이 빗물처럼 마구 흐르네.
일찍이 맹세했나니, 서방님 행여 다시 만나거든
한마디 '이별'만은 다시는 입에 담지 않을 것을.
정녕 생시인가, 꿈이라면 이대로 영영 잠들리라.
넘치는 기쁨에 가슴 울렁이고 눈물만 쏟아지네.
아, 내 눈물! 임 그리며 울다가 버릇 들어서
이제는 기뻐도 울고 슬퍼도 울고 매양 운다네.

노래를 마친 공주가 발로 벽을 버티고 힘껏 쇠사슬을 끌어당기자 그처럼 튼튼한 쇠사슬이 그만 뚝 끊어져 목에서 떨어졌다. 공주는 한 걸음에 달려와 휘장을 걷고 왕자에게 몸을 던졌다. 그리고는 어미 비둘기가 새끼 입에 먹이를 넣어주듯이 왕자의 입에 자신의 입을 꽉 눌러댔다.

꿈인가 생시인가. 두 연인은 끌어안고 기쁨의 눈물을 펑펑 흘렸다.

이 광경을 본 내시는 혼이 나갈 만큼 깜짝 놀라 고꾸라질 듯 가유르 왕에게 달려갔다. 젊은이가 휘장 뒤에 앉아, 방 안으로는 들어가지도 않고 공주의 병을 고쳤다며 연신 용한 점성가라고 침이 마르게 찬사를 퍼부었다.

왕은 반신반의하며 공주의 방으로 달려갔다. 내시가 말한 그대로였다. 공주의 병이 나은 걸 본 왕은 하늘로 날아오를 듯, 춤이라도 출 듯 기뻐했다. 왕자는 자신의 신분을 밝혔다. 가유르 왕은 약속대로 두 사람의 결혼을 허락하고, 재판관과 증인을 불러 혼인계약서를 작성하였다. 왕자와 공주는 그날 밤 뜨겁게 끌어안고 그동안 쌓인 사랑의 갈증을 마음껏 풀었다.

다음 날 가유르 왕은 여러 섬의 손님들을 초대하여 성대한 잔치를 베풀었다. 잔치는 한 달 동안이나 계속되었다. 한 달이 지나자 왕자는 아버지 샤리만 왕이 걱정되었다.

왕자는 가유르 왕의 허락을 얻어 공주와 함께 선물을 잔뜩 싣고 귀국 길에 올랐다.

귀국 길의 자만 왕자,
무엇에 홀린 듯 아내와 헤어지다

귀국 길에 오른 지 한 달째 되는 날, 왕자 일행은 들판에서 야영을 하던 중이었다.

저녁 식사를 마친 얼마 뒤에 왕자가 공주의 처소를 찾았는데, 마침 공주는 속살이 훤히 비치는 살굿빛 비단 속옷을 입고 푹 잠들어 있다. 때마침 산들바람이 불어와 속옷이 사르륵 날려 올라가자, 참외꼭지 같은 배꼽이며 수밀도 같은 젖가슴이 드러나고 눈보다 더 희고 매끈한 아랫배까지 드러나 그 아래 오목한 수풀에는 한 조롱박의 샘물이 들어차고도 남을 만했다.

그 모습을 바라보던 왕자는 그만 아랫도리가 불끈거리면서 뜨거운 욕정이 치솟아 떨리는 손길로 조심스럽게 공주의 아랫도리 끈을 풀었다. 그런데 물감나무의 열매처럼 새빨간 보석 하나가 끈 끝에 매어 있었다. 자세히 보니 읽기 힘든 글씨가 두 줄 새겨 있었다. 아마도 아내에게 중요한 물건인 모양이었다. 그렇지 않고서야 온몸에서 가장 중요한 비밀 장소에 감출 까닭이 없었다. 이 보석에는 어떤 비밀이 있는 걸까? 궁금증을 못 이긴 왕자는 보석을 손에 들고 천막 밖으로 나왔다. 그리고 달빛에 비춰 자세히 살펴보려고 보석을 높이 들었다.

그때 난데없이 새 한 마리가 날아와 눈 깜짝할 새에 보석을 낚아채 하늘 높이 도망치더니, 곧 다시 땅에 내려왔다. 왕자가 새를 뒤쫓자 새는 마치 왕자를 유인하기라도 하듯 낮은 몸짓으로 천천히 골짜기와 언덕을 넘어 한없이 날아갔다.

이윽고 새는 어느 높은 나뭇가지에 앉았다. 지친 왕자도 나무 밑에 쓰러졌다. 그렇게 잠시 쉬고 있는 사이에 왕자는 깜박 잠이 들었고, 깨어보니 아침이었다. 새도 잠을 깨더니 다시 날아갔다. 왕자는 다시 새를 뒤쫓았다. 새는 왕자의 걸음에 맞춰 속도를 조절하고 있었다. 왕자를 어딘가로 안내하려는 폼이 역력했다. 왕자는 과일을 따먹고 웅덩이 물을 마셔가며, 무엇에 홀린 듯이 죽어라 새를 쫓아갔다.

마침내 열흘째 되는 날 저녁, 저만치 마을이 보였다. 그런데 새는 눈에 익은 길인 듯 재빨리 날아 마을로 들어가더니 어디론가 사라져 버렸다.

이 모든 일이 다 어처구니가 없었다. 무사히 마을에 도착한 것만도 다행이었다. 왕자는 문득 공주와 헤어져 엉뚱한 곳을 헤매고 있는 자신의 처지를 생각하면서 폭포 같은 눈물을 하염없이 흘렸다.

도성 안으로 들어가 마을 끝에서 끝까지 돌아다니다 바다로 통하는 문으로 나왔다. 이 마을은 해변 마을이었는데 이상하게도 가는 도중에 사람이라곤 구경도 하지 못했다.

얼마 후 다시 육지로 통하는 문으로 나와 얼마 동안 걸어가니 어느새 발길이 과수원의 화원 안으로 들어섰다. 나무들 사이를 헤쳐 나가니 한 고지기(관청의 창고 관리인) 영감이 왕자에게 반갑게 인사를 했다. 영감은 이 마을 사람들 모두가 배화교도이니 눈에 띄지 않게 조심하라고 일러주었다.

왕자가 자기 신분과 사연을 밝히자 영감은 놀라며 이렇게 말했다.

"샤리만 왕의 영토인 하리단 군도로 나가는 배는 1년에 한 번밖에 없습니다. 검은 섬 '흑도'의 바다로 나간 다음 거기서부터 하리단 군도로 나갑니다. 하지만 제겐 배가 한 척 있어서 해마다 한 번 상품을 싣고 가까운 이슬람교국에 장사를 나가곤 합니다. 그때 같이 가시면 될 겁니다."

왕자는 잠시 생각에 잠겼다. 어차피 기다려야 한다면, 영감을 도와 정원 일을 거들며 지내자는 생각이었다. 왕자는 정원 머슴이 되어 낮에는 정원 일을 하고 밤이면 공주를 그리며 눈물로 세월을 보냈다.

한편, 잠에서 깬 브두르 공주는 부적으로 매단 보석과 함께 남편이 오간 데 없이 사라진 걸 알고서 걱정이 태산 같았다. 만약 남편이 없어진 걸 알게 되면 모두들 자기 몸을 탐내 덤벼들지도 몰랐다. 그래서 브두르 공주는 자만 왕자로 변장하고 두건으로 입을 가린 채 그의 말을 타고 왕자 행세를 했다. 그리고 가마 안에는 자기 대신 여자 노예를 변장시켜 태우고 길을 떠났다. 왕자와 공주는 쌍둥이처럼 닮았기 때문에 아무도 의심하는 사람은 없었다.

이윽고 브두르 공주 일행은 어느 도성 밖에 도착해 야영을 하고 휴식을 취했다. 그런데 설사가상으로 그만 일행은 하리단 군도로 가는 도중에 그만 길을 잃고 말았다.

때마침 '검은 도성'을 다스리는 왕 아르마누스는 길 잃은 브두르 공주 일행을 정중히 맞아주었다. 극진한 대접을 받으며 체류하던 어느 날, 목욕을 마친 브두르 공주의 훤칠한 미모에 반한 아르마누스 왕은 자기 딸 하얏트 알 누후스 공주와 결혼해달라며 청혼했다. 만약 거절했다간 죽을 게 뻔했다. 할 수 없이 브두르 공주는 승낙할 수밖에 없었다. 공주는 아르마누스 왕으로부터 왕위까지 물려받아 브두르 왕이 되었다.

마침내 누후스 공주와의 첫날밤을 맞았다. 신방에 들어간 브두르는 공주와 단둘이 있게 되자 남편이 그립고 서글픈 신세를 생각하니 눈물이 앞을 가려 자기도 모르게 비탄의 노래를 불렀다.

가련한 내 영혼, 번뇌 속에 버려두고 떠난 임
슬프다, 생명의 그림자조차도 이 몸에 없다네.
밤이 와도 내 눈은 잠시도 감기지 않으려니,
잠 못 이루는 그 눈물로 뜬 눈을 쉬게 하려네.
임 훌쩍 떠나신 뒤, 오직 홀로 뒤에 남았으니
쓰라린 괴로움 그 얼마일지 이 몸에 물어주오.
비 오듯 넘쳐흐르는 이 비탄의 눈물이 없다면
사랑의 불길이 온 세상을 태워 재로 만들지니.
그리운 임을 잃어 쓰라린 마음으로 몸부림치고
애절하게 눈물지어도 함께 울어줄 사람 없구나.
오직 한 사람을 뜨겁게 품은 것밖엔 죄 없는데
사랑의 여신은 어찌 또 이별의 형벌을 주시는가.

노래를 마친 브두르 공주는 눈물을 닦고 목욕을 한 다음 짐짓 기도에 열중했다. 남편이 내처 기도만 올리는 사이에 눈 빠지게 남편을 기다리던 누후스 공주는 어느새 잠이 들고, 브두르는 살며시 누후스 공주와 등을 돌린 채 잠자리에 들었다.

다음 날부터 브두르는 어느 누구보다 훌륭한 왕으로서 공명정대한 정사를 펼치고, 만백성에게 두루 은혜를 베풀어 그 위엄과 덕을 온 나라에 떨쳤다. 그러나 안타깝게도 밤이면 기도를 올리는 척하며 누후스 공주와의 잠자리를 피할 수밖에 없었다. 아르마누스 왕은 사위가 사리 분별이 확실하고 점잖고 근엄하긴 하나, 딸과 동침하지 않는 것에 화가 났다. 그래서 계속 딸을 소박하는 것이 밝혀지면 그땐 사위를 혼내주고 내쫓아버리겠다고 별렀다.

누후스 공주는 자신을 외면하고 사랑해주지 않는 남편을 원망했지만, 만약 오늘 밤에도 자기를 처녀로 내버려둔다면 부왕이 남편을 왕위에서 끌어내리고 추방할 것이라는 정보를 브두르 공주에게 일러주면서 남편의 신변을 염려했다.

브두르는 진퇴양난에 빠졌다. 싫다고 하면 파멸을 자초하는 것이고, 승낙한다고 해도 누후스 공주의 처녀를 취할 도리가 없으니, 오로지 알라의 뜻에 맡기기로 했다. 어쨌든 남편 자만 왕자를 만나려면 이 나라에 남아서 버텨야만 했다. 남편의 나라 하리단 군도로 가려면 이 검은 섬을 통과하지 않으면 안 되었기 때문이다. 난국을 타개할 방도를 궁리하던 브두르는 결국 누후스 공주에게 모든 진실을 고백하고, 남편 자만 왕자를 만날 때까지 비밀을 지켜달라고 간청하는 수밖에 없었다.

누후스 공주는 브두르 공주의 고백을 듣고 슬퍼했다. 그러나 브두르 공주의 신세가 너무 측은하여 반드시 비밀을 지키겠다고 맹세하며 브두르 공주를 위로했다. 두 사람은 다정하게 입맞춤을 나누고 서로의 몸을 어루만지다가 꼭 껴안고 잠이 들었다. 다음 날 아침 일찍 일어난 누후스 공주는 새끼 비둘기를 죽여 그 피를 속옷과 몸에 바르고 큰소리로 울어, 자신이 마침내 남편과 동침하여 처녀를 파과하였음을 알렸다. 그때서야 아르마누스 왕 부부는 십년 묵은 체증이 내려간 듯 크게 기뻐하며 성대한 잔치를 베풀었다.

한편, 샤리만 왕은 왕자가 사냥을 떠난 뒤 여러 날이 지나도 돌아오지 않자 노심초사하여 잠을 이루지 못했다. 기다리다 못한 왕은 대군을 동원하여 온 나라를 샅샅이 뒤졌다. 마침내 갈림길에서 왕자의 찢어진 옷가지와 짓이겨진 낙타와 말의 시체를 발견하였다. 샤리만 왕은 애끓는 마음에 해가 지도록 울부짖다가 그만 정신을 잃고 말았다. 한참 만에야 가까스로 정신을 차린 왕은, 왕자가 맹수나 마적의 습격을 받아 죽었다고 여길 수밖에 없었다. 슬픔에 잠긴 왕은 몇 번이고 그 참혹한 현장을 돌아보면서 도성으로 돌아왔다. 그리고 왕자의 죽음을 애도하여 온 백성에게 상복을 입게 하고, 왕자를 길이 추모하는 기념관을 지어 '슬픔의 집'이라 이름 붙였다.

한편 브두르 공주는 아르마누스 왕의 양자로 추앙받으며, 낮이면 검은 섬나라 임금으로서 정사를 처리하고 밤이면 누후스 공주와 더불어 자만 왕자 이야기를 나누며 눈물을 흘리는 나날을 보냈다.

자만 왕자, 누후스 공주까지 아내로 삼고 검은 도성의 왕이 되다

자만 왕자 역시 머슴살이를 하면서 이제나 저제나 배가 출항할 날만 기다리면서 공주를 그리고 있었다. 어느 날 축제가 벌어져 정원 일을 쉬게 되었다. 고지기 영감은 배의 상태를 점검하러 외출하고 없었다.

자만 왕자 혼자서 시름에 잠겨 처량한 신세를 한탄하고 있었다. 그때 새 두 마리가 싸우더니 한 마리가 그만 죽고 말았다. 그러자 어디선가 죽은 새의 친구들이 날아와 날개를 축 늘어뜨리고 부리를 시체 위에 숙이고는 목을 길게 뻗으며 친구의 죽음을 애도하며 눈물을 흘렸다.

그렇게 한참 친구의 죽음을 애도하며 슬피 울던 새들은 이윽고 땅을 파고 친구 새의 시체를 묻어주었다. 그리고 얼마 뒤에는 친구를 죽인 새를 데리고 나타나 그 새를 죽여 피를 친구 무덤 위에 뿌리고, 살과 내장도 쥐어뜯어 무덤 주위에 뿌리고 날아가 버렸다.

그런데 얼핏 보니 죽은 새의 내장 안에 번쩍번쩍하는 것이 보였다. 새의 내장을 열어 보았더니 그 안에 바로 아내의 보석이 들어 있는 게 아닌가. 그 부적 때문에 여기까지 왔는데 그걸 다시 찾았으니 이건 길조임에 틀림없었다. 혹시나 싶어 조금 전에 다친 이마에 대고 보석을 문지르자 상처도 씻은 듯이 나았다. 왕자는 보석을 팔뚝에 매고 처소로 돌아왔다.

이튿날 아침, 왕자는 도끼와 바구니를 들고 정원 일을 하러 나가, 캐러브 뿌리를 도끼로 찍었다. 그런데 나무뿌리의 흙을 치우자 덮개가 나타났고 덮개를 들자 구부러진 계단이 나타났다. 계단을 내려가니 바위를 뚫어 만든 납골당이 나타났다. 아드족이나 타무드족이 살던 시대(아브라함 이전의 원시 아라비아 종족)의 것으로 추측되었다. 주위에는 큰 기름 항아리만 한 크기의 놋쇠 그릇이 늘어서 있었는데, 그릇마다 번쩍번쩍 빛나는 황금이 가득 차 있었다.

아무래도 부적 보석을 찾은 것이 길조가 되어 행운을 얻은 모양이었다. 왕자는 그대로 덮어두고 돌아와 하루 종일 분주하게 정원 일을 돌보았다.

그때 집에 돌아온 고지기 영감이 기쁜 소식을 전해주었다. 사흘 뒤면 검은 도성으로 향하는 배가 출항할 것이라는 소식이었다. 이제야 고국으로 돌아갈 수 있게 된 것이다. 거기서 육로로 여섯 달만 여행하면 샤리만 왕의 영토인 하리단 군도에 당도할 터였다.

왕자도 고지기 영감에게 기쁜 소식을 전했다. 납골당의 보물과 부적 보석 이야기를 듣자 고지기 영감은 80년이나 일한 사람도 발견하지 못한 걸 겨우 1년 일하고 발견했으니 하늘이 내린 선물이라며 기뻐했다.

왕자는 영감에게 보물의 반을 나누어 주었다. 그리고 감람나무 열매는 이 나라에만 있는 귀한 열매이니 갖고 가면 비싸게 팔수 있을 거라고 귀띔해주었다. 왕자는 가죽 부대 50개를 마련하여 부대 아래쪽엔 금화와 보석을 넣고, 위에는 감람나무 열매를 가득 채워 봉하고, 출항 날짜를 기다렸다.

왕자가 출항을 사흘 앞두고 있을 때였다. 갑자기 고지기 영감이 병이 들었다. 사흘째가 되어도 병세는 나아지기는커녕 점점 악화되었다. 선장은 빨리 승선하라고 왕자를 재촉했다. 왕자는 우선 짐부터 먼저 옮기기로 하고 가죽 부대 50개를 배에 실었다.

그런데 신의 뜻이었는지 일이 어긋나고 말았다. 고지기 영감이 위독해져 마침내 임종했다. 왕자는 영감의 눈을 감겨주고 시신을 수습하여 양지 바른 곳에 고이 묻었다. 그리고 곧장 배 있는 곳으로 달려갔다.

그런데 이게 웬일인가. 배는 이미 돛을 올리고 출항한 뒤였다. 돛은 점점 멀어지고 끝내 모습을 감추고 말았다. 왕자는 절망하여 정신을 잃고 주저앉았다. 1년을 더 기다려야 한다는 생각에 왕자는 머리에 흙을 뿌리고 뺨을 때리며 후회하고 탄식하며 눈물을 흘렸다.

할 수 없이 왕자는 다시 정원을 빌리고 일꾼을 구해 정원 일을 시작했다. 그리고 납골당으로 가서 나머지 보물을 날라다 가죽 부대에 넣고 감람나무 열매로 덮었다.

한편 왕자의 짐짝만 실은 배는 순풍을 타고 항해를 계속하여 무사히 검은 섬나라에 도착했다.

마침 브두르 공주가 바다를 내다보는데 닻을 내린 갤리선이 눈에 띄었다. 브두르 공주는 시종과 제후 들을 거느리고 해변으로 말을 몰았다. 그리고 선원들이 짐을 내리고 있는 걸 살피다가 감람나무 열매를 보고 호기심이 생겨 가죽 부대 50개를 모두 사 갖고 궁전으로 돌아왔다.

정사를 마치고 처소로 돌아온 브두르 공주는 누후스 공주와 단둘이 앉아 가죽 부대를 열어보았다. 그런데 부대 속에서 금화가 쏟아져 나오는가 싶더니, 그 금화 속에서 공주의 부적 보석이 나타났다. 부적 보석을 잃어버린 탓에 남편과 헤어지게 되었는데, 그걸 다시 찾았으니 어쩌면 남편을 다시 만날 행운이 찾아올 것만 같았다.

브두르 공주는 선장을 불러 감람나무 열매가 담긴 가죽 부대 임자가 누구냐고 물었다. 선장은, 짐을 맡긴 임자는 정원사인데 고지기 영감의 장례 때문에 배를 놓쳤으며, 다른 배는 1년 뒤에나 그곳에 들를 것이라고 대답했다.

브두르 공주는 군사들을 시켜 배에 실린 상인들의 물품을 모두 봉인한 다음, 선장에게 당장 가죽 부대 임자를 데려오라고 호령했다. 그 가죽 부대 임자에게 받을 빚이 있으니 당장 데려오지 않으면 선장의 재산을 몰수하고 목숨을 거두겠다고 위협했다. 그 대신 가죽 부대 임자를 데려오면, 그곳에 다시 갔다 오느라 입은 손해의 두 배를 보상해주겠다고 약속했다.

선장은 서둘러 배를 끌고 떠났다. 배화교도의 섬에 도착한 선장 일행은 다짜고짜 정원지기 젊은이를 붙들어 배에 태우고 다시 바다로 나가 검은 섬나라에 당도했다.

브두르 공주는 대번에 남편을 알아보았지만, 짐짓 시침을 뚝 떼고는 내시에게 일러 그가 목욕부터 할 수 있도록 했다. 한편 누후스 공주에게는 그토록 애타게 그리던 남편을 찾았다는 것을 사실대로 말하고, 아직 공개할 때가 아니므로 당분간 이 사실을 비밀에 부쳐달라고 부탁했다.

말끔하게 목욕을 마친 자만 왕자는 수려한 옷으로 갈아입고 브두르 왕을 알현하였다. 브두르 왕은 자만 왕자에게 노예와 시종, 낙타와 당나귀, 금은보화를 하사하고, 점차 중책을 맡기더니 나중에는 재무장관에 임명하여 국고를 송두리째 맡겼다.

브두르 왕은 자만 왕자를 총애하여 시나브로 그 지위와 봉록을 올리면서 은연중에 그가 고귀한 신분이라는 사실을 알렸다. 이처럼 물 흐르듯이 자연스럽게 왕자의 위상이 드높아지자 태수나 대신 들도 자만 왕자를 떠받들었다. 심지어 아르마누스 왕까지도 자만 왕자를 끔찍이 아끼며 존중하였다. 자만 왕자는 브두르 왕이 왜 자기를 이토록 중용하고 과분하게 은총을 베푸는지 그 까닭을 알 수 없었다. 심지어 는 왕이 어떤 나쁜 일을 꾸미느라 그런가 보다 여기고, 이곳에서 도망칠 궁리까지 하게 되었다.

어느 날 자만 왕자는 브두르 왕에게 그 까닭을 물었다. 왕은 잘생긴 용모에 반해서 그렇다고 대답했다. 만약 몸을 허락한다면 더욱 많은 하사품을 내리고 재상으로 삼겠다고 은근히 유혹했다. 자만 왕자는 완곡하게 거절했다. 그러나 왕은 동성애를 동경하는 온갖 노래를 부르며 끈질기게 유혹했다. 그 가운데 하나는 이런 것이다.

> 그대 눈엔 뵈지 않나, 과일 파는 시장 풍경
> 이 사내는 오디(음문)가 먹고 싶다 보채고
> 저 사내는 무화(항문)가 먹고 싶다 보채네.

자만 왕자는 왕의 뜻이 워낙 완강한지라 살아남으려면 왕명에 따르는 수밖에 딴 길이 없다고 체념하고, 그 대신에 '딱 한 번만'이라는 조건을 달고 맹세를 받은 뒤 허락했다.

마침내 두 사람이 잠자리에 들었다. 브두르 왕은 자만 왕자에게 치근거렸다.

"장딴지 사이의 그곳에 손을 대라. 쭈그리고 있던 것이 기도를 올리려고 발딱 일어설 테니까."

왕자는 그런 짓에는 서툴다며 몸을 뺐지만 왕은 계속 강요했다. 하라는 대로만 하면 재미를 볼 수 있으리라고 했다. 왕자는 온몸이 타는 것 같은 손길로 브두르 왕의 몸을 더듬었다. 그런데 살결이 크림보다 서늘하고 비단보다 부드러웠다. 기분 좋은 촉감에 갑자기 욕정이 용솟음쳐 왕자는 자기도 모르게 손으로 여기저기를 더듬다가 마침내 탐스럽고 싱싱하고 꿈틀거리는 불룩한 언덕에 손이 닿았다. 왕자는 왕이 남자도 아니고 그렇다고 여자도 아닌 양성이라고 생각했다.

"임금님께서는 남자의 연장 같은 걸 안 가지고 계신 것 같은데, 무슨 맛으로 이런 장난을 하자는 겁니까."

왕은 자지러지게 웃었다. 그리고 자신의 정체를 밝혔다.

"아니 어떻게 그렇게 건망증이 심하세요? 벌써 동침했던 아내를 감쪽같이 잊으신 거예요?"

브두르 공주를 알아본 자만 왕자는 아내를 으스러져라 껴안고 키스를 퍼부었다. 환락의 침상에 몸을 눕히고 뒹굴며 왕자는 재회의 기쁨을 노래했다.

나긋한 그대 알몸 가슴에 품어 안으면
칡넝쿨에 나무 감기듯 그대에게 감기리.
야속한 그대 가슴에 더운 눈물 뿌리면
피하려는 듯했지만, 끝내 내 뜻을 좇았네.
비웃는 눈길들, 그대에게 쏠리지 않도록
적을 속이며 조심스럽게 그댈 찾아왔네.
젊은 낙타가 등짐 무겁다고 푸념하듯이
그대 가느다란 허리, 무거운 엉덩이 보고
신음하며 슬퍼하니 그 모양이 애달프네.
달콤한 향기 둥실, 임 오시는 줄 알고서
놓여난 새처럼 날아가 그댈 맞아 안으리.

두 사람은 그동안 겪은 사연을 서로 주고받으며 몇 번이고 사랑의 불길을 태웠다.

이튿날 브두르 공주는 아르마누스 왕과 누후스 공주에게 그동안 일어났던 모든 자초지종을 털어놓았다. 그리고 아직도 누후스 공주가 처녀임을 공개했다. 아르마누스 왕은 깜짝 놀라 금 글씨로 기록해두라고 명령했다.

충격이 가라앉고 모든 것이 평온을 되찾자, 아르마누스 왕은 자만 왕자에게 누후스 공주를 아내로 맞아달라고 청혼했다. 자만 왕자는 브두르 공주에게 청혼 사실을 알리고 의논했다. 공주는 이 나라의 왕과 공주에게 입은 은혜에 보답하기 위해 남편의 두 번째 결혼에 동의하고, 질투하지 않을 것을 맹세했다.

자만 왕자와 누후스 공주의 결혼식이 온 백성의 축복 속에 성대하게 치러졌다. 잔치가 끝나고 자만 왕자는 만인의 추대를 받아 검은 섬나라의 새 임금이 되었다.

자만 왕은 선정을 베풀고 두 왕비와 행복한 나날을 보냈다. 부왕 샤리만 왕도 지난 일을 모두 잊고, 근심 걱정 없는 나날을 보냈다.

두 왕비, 부정한 사랑을 탐내다가 재앙을 부르다

세월은 쏜살같이 흘러 브두르 왕비는 아무쟈드 왕자를 낳고, 누후스 왕비는 아스아드 왕자를 낳았다. 두 왕자는 왕과 왕비의 사랑 속에서 무럭무럭 자라 어느새 늠름한 청년이 되었다. 두 왕자 모두 용모가 뛰어나고 학문은 출중했으며 인품은 나무랄 데 없고 형제애마저 지극했다.

두 왕비는 서로 배다른 왕자를 끔찍이 귀여워했다. 그런 와중에 두 왕비의 마음속에는 어느새 두 왕자를 사모하고 그리워하는 연모의 마음이 싹텄고 마침내 참을 수 없는 애욕의 포로가 된 두 왕비는 각각 두 왕자를 미친 듯이 사랑하게 되었다.

어느 날 자만 왕은 사냥을 떠나면서, 두 왕자에게 번갈아 정사를 돌보도록 하였다.

첫날은 브두르 왕비의 아들 아무쟈드 왕자가 집무를 보게 되었다. 누후스 왕비는 자신의 안타까운 심정을 토로하고 아무쟈드 왕자의 사랑을 얻고 싶은 일념으로 주위의 소문도 아랑곳 않고 한 통의 편지를 써서 내시장에게 주고 아무쟈드 왕자에게 전하라고 명했다.

편지에는 아무쟈드 왕자에 대한 애절하고 안타까운 사랑이 불타고 있음을 고백하는 내용과 함께 하룻밤 정사를 나누고 싶다는 전갈이 담겨 있었다. 편지를 읽고 난 왕자는 누후스 왕비가 부왕을 배반하고 간교한 정부가 된 것에 대한 분노가 치솟아 길길이 날뛰었다. 하지만 차마 부왕의 아내를 자기 손으로 죽일 수가 없어 편지를 전달한 내시장을 베어버리고 말았다. 누후스 왕비는 아무쟈드 왕자가 내시장을 죽인 걸 알고 맥이 풀렸다.

다음 날 아스아드 왕자가 집무를 볼 차례가 되었다. 이번엔 브두르 왕비가 애절한 연정과 욕정을 호소하는 편지를 교활한 노파를 시켜 아스아드 왕자에게 전했다. 아스아드 왕자 역시 노발대발하며 음탕한 왕비를 저주한 다음 노파를 단칼에 후려쳐 그 목을 잘라버렸다.

그날 밤 두 형제는 두 왕비로부터 연서를 받은 사실을 털어놓고 부정한 여자들을 저주하면서 이 일을 어떻게 처리할 것인가를 놓고 밤을 새워 의논하였다. 그 결과 절대 비밀에 부쳐두기로 의견 일치를 보았다. 혹시라도 왕의 귀에 들어가 왕이 두 왕비를 죽이게 되면 큰일이라고 생각했기 때문이다.

　왕이 사냥에서 돌아와 보니 두 왕비 모두 자리에 몸져누워 있었다. 그동안 두 왕비도 이 문제로 머리를 맞대고 궁리한 끝에 두 왕자를 없애버리자며 음모를 꾸미기 시작했다. 왜냐하면 일단 자신들의 흉측한 요구가 거절당한 이상, 앞으로는 언제까지나 왕자들의 명령에 복종하고 그들의 자비를 구걸하며 살아야 할 일이 막막했기 때문이었다.

　자만 왕은 두 왕비에게 어찌된 일이냐고 물었다. 두 왕비는 왕자들이 어머니이자 부왕의 아내인 왕비에게 음탕한 마음을 품고 우격다짐으로 몸을 더럽혔으니 원한을 풀어달라며 눈물로 호소했다.

　두 왕비의 거짓 모함에 속아 넘어간 자만 왕은 펄펄 뛰며 칼을 빼어 들고 당장 두 왕자를 죽이겠다며 뛰쳐나갔다. 그런데 도중에 장인 아르마누스 왕을 만났다. 자만 왕이 사냥에서 돌아왔다는 전갈을 듣고 부랴부랴 사위를 만나러 오던 장인은 자만 왕이 손에 칼을 들고 노발대발한 나머지 코피까지 흘리고 있는 걸 보자 깜짝 놀라 까닭을 물었다. 자만 왕은 두 왕자의 행실을 털어놓고 지금 이 길로 두 왕자를 도륙낼 거라고 외쳤다.

　아르마누스 왕은 아버지 손으로 자식을 죽이는 건 온당치 못하니 누군가를 시켜 사막으로 끌고 가 눈에 띄지 않는 곳에서 죽이라고 충고했다.

자만 왕은 장인의 충고를 받아들여 내무대신에게 "두 왕자를 결박해서 궤짝에 넣고 당나귀에 태워 사막 한가운데로 끌고 가서 죽인 다음 그 피를 두 개의 병에 넣어 오라"고 명령했다.

내무대신은 왕명을 받들어 두 왕자를 묶어 궤짝에 넣은 다음 당나귀에 태웠다. 그리고 광막한 들판을 지나 황량하고 쓸쓸한 곳에 이르러 이윽고 궤짝에서 두 왕자를 끌어낸 다음, 대신은 칼을 빼어 들었다.

두 왕자는 마지막 부탁이니 제발 자기부터 먼저 죽여달라고 서로 졸랐다. 그렇게 우기던 형제는 마침내 꼭 껴안더니 이번엔 한칼에 동시에 똑같이 죽여달라고 간청했다.

내무대신은 이토록 우의가 두터운 아름다운 두 왕자를 죽이는 것이 너무 괴로워 함께 눈물을 흘렸다. 그리고 어쩔 수 없이 두 형제의 몸을 꽉 묶고 칼을 들더니 마지막으로 남길 유언이나 부탁할 말이 없느냐고 물었다.

"우리 두 형제가 결백한지 죄인인지도 밝히지 않고, 또 사정이 어찌된 것인지 조사나 확인도 하지 않고 사형을 선고하시다니 이럴 수가 있습니까?"

형제는 이렇게 부왕을 원망하고 나더니, 부왕에게 꼭 전해달라며 시를 읊었다.

> 계집은 정녕 무서운 악마요 재앙의 근원이어니
> 계집의 사악한 손길을 피해 신에게 귀의한다네.
> 사나이에게 미치는 모든 재앙, 속세의 일이든
> 신앙의 일이든 사악한 계집에서 비롯한다네.

그 밖에도 비탄이 서린 시를 서너 편 더 읊은 형제는 눈물을 흘리며 한 몸처럼 서로 껴안았다. 마침내 대신은 칼을 높이 쳐들고 내리치려고 했다. 그때 갑자기 치켜든 칼 소리에 깜짝 놀란 말이 고삐를 자르고 쏜살같이 사막으로 도망쳐버렸다. 금화 1,000디나르나 하는 값비싼 준마인 데다가 등에는 귀한 안장까지 얹혀 있었으므로 대신은 칼을 내던지고 당장 말을 뒤쫓아 달려갔다.

말은 들판을 지나 어느 숲속으로 들어가 버렸고, 대신 역시 미친 듯이 이리저리 사나워진 말을 찾아다녔다. 그러다가 운 나쁘게도 그만 백수의 왕인 사자를 만나고 말았다. 손에는 칼도 없고, 어디 한곳 몸을 숨기거나 도망칠 데도 없었다. 꼼짝없이 사자 밥이 될 판이었다.

한편 대신이 사라진 뒤 두 왕자는 갈증을 참을 수가 없었다. 대신이 빨리 와서 차라리 죽여주었으면 좋으련만, 말도 대신도 영 돌아올 기미가 보이지 않았다. 아스아드가 몸을 비틀어 좌우로 번갈아 힘을 주니 밧줄이 뚝 끊어져버렸다. 아스아드는 형 아무쟈드의 결박을 풀어주었다.

두 형제는 칼을 움켜쥐고 대신을 찾으러 달려갔다. 뒤를 밟아 가다 보니 어느새 발자국은 숲으로 이어졌다. 두 왕자는 숲 속으로 들어가 이리저리 살펴보았다. 그때 사자가 대신에게 달려들어 공 굴리듯 대신의 몸을 공격하는 것이 보였다. 대신은 두 손을 하늘로 뻗치고 알라의 구원을 빌고 있었다.

아무쟈드가 칼을 빼들고 번개처럼 사자에게 달려들어 사자의 미간을 힘껏 내려치자 백수의 왕 사자는 나무토막처럼 쓰러지고 말았다. 구사일생으로 살아난 대신은 두 왕자의 발밑에 몸을 던졌다. 그리고 자신의 생명을 내던져서라도 두 왕자를 구출하겠다며 두 왕자를 가슴에 꼭 껴안았다.

"두 분 저하께서는 젊고, 세상은 얼마든지 넓으니, 여길 빨리 도망쳐 어디로든 떠나십시오."

대신은 두 왕자의 옷을 벗기고 자기 옷을 입혀주었다. 그런 다음 두 왕자의 옷을 따로따로 싸고, 또 사자의 피를 두 병에 나누어 담아 궁전으로 돌아갔다.

대신은 왕에게 두 왕자의 옷과 피를 담은 병을 내 보이고 임무 완수를 보고했다.

마지막 유언을 전해들은 왕은 침통한 표정으로 한참 동안 머리를 떨구었다. 두 왕자가 남긴 유언에 왕자들이 억울하게 죽었다는 뜻이 내포되어 있음을 깨달은 것이다. 왕은 여자의 부정한 행실과 여자가 원인이 되어 발생한 갖가지 재앙을 머리에 떠올렸다. 그리고 눈물을 흘리며 보따리에서 두 왕자의 옷을 꺼내 주머니를 뒤졌다.

왕자들의 주머니 안에서 편지가 각각 한 통씩 나왔다. 그것은 바로 두 왕비가 두 왕사에게 보낸 연서였다. 이걸 본 왕은 무고하게 아들을 죽였다는 걸 깨닫고, 자기 얼굴을 마구 때리면서 폭포 같은 눈물을 흘렸다.

왕은 사당을 세우고 '슬픔의 집'이라 이름 짓고 두 왕자의 이름을 새긴 비를 세웠다. 왕의 슬픔은 날이 갈수록 점점 더 깊어졌다. 왕은 친구들과의 사귐도 끊고, 아내와 가족과도 접촉하지 않고, 완전히 세상을 버리고 '슬픔의 집'에 칩거한 채 오로지 왕자들을 애도하며 슬픔 속에서 나날을 보냈다.

헤어진 형제, 온갖 풍상을 겪은 끝에 가까스로 상봉하다

　형제는 한 달 동안 야생 과일을 따 먹고 빗물을 마시며 사막 깊숙이 들어가 마침내 끝없이 뻗어 있는 검은 돌산에 당도했다. 길은 둘로 갈라져 하나는 산중턱으로, 또 하나는 산꼭대기로 나 있었다. 산꼭대기 길로 닷새 동안이나 올라갔지만 끝이 보이지 않았다. 그래서 형제는 실망하여 왔던 길로 되돌아와 산중턱을 낀 길로 접어들었다.

　녹초가 되도록 지친 형제는 쉬엄쉬엄 걸어서 어느 산정에 도착했다. 석류 열매를 따 먹고 샘물을 마시며 목욕하고 사흘을 쉰 뒤 다시 길을 떠나 걷고 또 걸었다. 마침내 형제의 눈에는 희미하게 반짝이는 도읍이 보였다.

　형제는 서로 먼저 내려가 알아보겠다고 우기다가 결국 동생 아스아드가 도성으로 먼저 들어갔다.

　아스아드는 우연히 노인 하나를 만났다. 가슴까지 내려온 긴 수염은 끝이 두 갈래로 나뉘어 있었고, 지팡이를 들고 머리에 빨간 터번을 두르고 있었다. 옷차림이나 풍채가 수상했지만 아스아드는 대수롭지 않게 여기고 노인에게 다가갔다. 노인은 한눈에 아스아드가 외국인임을 알아보았다. 아스아드는 형님에게 먹을 걸 사다 주려고 하는데 시장이 어디냐고 물었다. 노인은 집에서 혼인 잔치가 열리고 있으니 따라오면 공짜로 음식을 주겠다고 꾀었다.

　노인을 따라 들어간 집에는 사내들 40여 명이 횃불을 가운데 놓고 둘러앉아 있었다.

그들은 다짜고짜 아스아드를 결박했다. 노인은 불의 축일이 되면 죽여 제물로 바치기로 하고 아스아드를 지하실에 감금하고 쇠사슬로 다리를 묶어놓았다. 얼마 뒤 노예 계집 하나가 지하실에 들어와 아스아드를 실컷 때리고 빵 한 조각과 물을 놓고 나가버렸다. 아스아드는 기막힌 운명에 하염없이 울었다. 그날 밤 그는 빈대와 이가 들끓는 지하실에서 한잠도 이루지 못했다. 날이 밝자 또다시 노예 계집이 나타나 옷을 벗겼다. 등에서 흐른 피가 옷에 배고 그 옷이 상처에 착 달라붙었으므로, 옷을 잡아당기자 피부가 홀랑 벗겨졌다. 아스아드는 비명을 질렀다. 노예 계집은 아랑곳 않고 속옷을 벗기고 마구 매질을 해댔다. 쇠사슬에 묶인 아스아드는 등에서 피를 철철 흘리며 알라에게 원한을 풀어달라고 애원했다.

이렇게 아스아드는 신음과 탄식 속에서 눈물을 흘리며 빵 한 조각으로 연명하면서 나날을 보내고 있었다.

한편, 형 아무쟈드는 안절부절못하며 초조하게 동생 아스아드를 기다렸다. 그러나 아무리 기다려도 동생이 나타나지 않자, 그 역시 도성 안으로 들어갔다. 사람들에게 물어물어 알아본 결과 이곳은 불을 숭상하는 배화교도의 나라라는 것과 검은 섬나라까지는 뭍길로 1년, 바닷길로 반년이 걸리는 거리임을 알게 되었다.

아무쟈드는 우연히 이슬람교도 재봉사를 만나게 되었다. 그의 말에 따르면, 만약 동생이 배화교도 수중에 빠졌다면 다시는 만나기 어려울 것이라 했다. 다만 알라의 뜻으로 행여 다시 만날지도 모르니 너무 슬퍼하지 말라고 위로하고, 아무쟈드를 자기 집으로 데려가 머물게 해주었다. 아무쟈드는 재봉사의 친절과 도움으로 옷 짓는 법을 배위 어느새 자립할 수 있을 정도로 훌륭한 직공이 되었다.

어느 날 아무쟈드는 시내를 방황하다가 한 여자를 만났다. 여자가 계속 추파를 던지는 바람에 아무쟈드는 무의식중에 사랑의 유혹에 넘어가고 말았다. 여자가 자신을 순순히 따라오자 그는 걱정이 되었다. 여자를 데리고 들어갈 집이 없었기 때문이다. 차마 재봉사 집으로 데리고 갈 수가 없어서, 그는 여자를 데리고 이 거리 저 거리를 계속 돌아다녔다. 지친 여자는 집이 어디냐고 자꾸만 재촉했고 그는 조금만 가면 된다고 속이고 계속 걸어갔다. 그러다 저도 모르는 새에 막다른 골목으로 들어서게 되었다. 그런데 어느 대문 앞에 두 개의 의자가 놓여 있는 게 보였다. 아무쟈드가 앉자 여자도 나란히 의자에 앉았다. 여자는 의아해하며 왜 집으로 들어가지 않느냐고 캐물었다. 우선 시간을 벌고 보자는 생각에 아무쟈드는 임기응변으로 대답을 꾸몄다.

"열쇠를 갖고 있는 백인 노예를 기다리는 중입니다. 목욕하고 돌아올 때까지 식사와 술을 준비해놓으라고 일렀거든요."

사실 아무쟈드는 속마음으로 여자가 기다리다 지쳐 가버리기를 바랐다. 그러나 반대로 여자는 벌떡 일어나 돌을 집어 들더니 나무 빗장을 때려 부러뜨렸다. 그 바람에 문이 활짝 열렸다. 아무쟈드는 깜짝 놀라 여자를 나무랐다.

"당신 집인데 어때요?"

여자는 아무쟈드의 말은 귓등으로도 듣지 않고 성큼성큼 안으로 들어갔다.

그런데 놀랍게도 집 안에는 마치 기다리고 있었다는 듯이 음식과 술상, 과일 등 푸짐한 식탁이 차려져 있었다. 게다가 대리석 마루에는 옷과 금은보화가 가득 찬 지갑도 하나씩 놓여 있었다. 한눈에 유복한 집안임을 알 수 있었다. 여자는 아무 거리낌 없이 식탁에 앉아서 음식과 과일을 먹기 시작했다. 아무쟈드는 이제나 저제나 불쑥 주인이 들어오지나 않을까 겁이 나서, 계속 불안한 눈으로 문 쪽만 바라보며 안절부절못했다. 여자는 천연덕스럽게 아무쟈드에게 술을 따라 주며 마시라고 권했다. 얼떨결에 술잔을 받아들었으나 아무쟈드의 시선은 여전히 문에만 달라붙어 있었다.

이럭저럭하는 동안 난데없이 주인이 들어왔다. 집 주인은 왕의 외양간을 책임지고 있는 백인 노예 바하두르였다. 그는 인심이 후했다. 기부도 곧잘 하고 선심도 잘 쓰는 아주 대범한 사내였다. 마침 친구하고 같이 놀고 싶어 객실을 장식하고 요리를 차려놓고 친구를 기다리던 참이었는데, 낯선 불청객이 끼어든 것이었다. 바하두르는 문이 열린 걸 보고 살며시 다가와 목을 길게 빼고 안을 들여다보았다. 그런데 객청에 웬 젊은이와 여자가 앉아 있는 게 아닌가. 때마침 젊은이가 술잔을 손에 든 채 무심히 문간을 내다보다가 그만 눈길이 마주치고 말았다. 그런데 그 순간 젊은이의 얼굴이 새파랗게 질리면서 온몸을 부들부들 떠는 게 보였다. 바하두르는 손가락을 입술에 대고 아무 말 말고 조용히 따라오라는 시늉을 해 보였다. 아무쟈드는 술잔을 내려놓더니 화장실에 간다고 둘러대고 복도로 나갔다.

아무쟈드는 바하두르에게 정중히 사과하고 전후 사정을 들려주었다. 바하두르는 아무쟈드의 준수한 생김새와 예의 바른 행동이 맘에 들어 흔쾌히 말했다.

"저는 외국인을 환영합니다. 관대히 용서해줄 테니 이제부터 나를 노예로 대하여 욕을 하고 막 때리십시오. 그리고 오늘 밤만은 아무 눈치 보지 말고 마음대로 놀다 가십시오."

아무쟈드는 바하두르의 손에 입을 맞추고 자리로 돌아왔다. 아무쟈드의 얼굴엔 혈색이 돌았고 쾌활한 미소가 감돌았다.

바하두르는 노예의 옷을 입고 죄인처럼 고개를 푹 숙이고 옆에 서 있었다. 아무쟈드는 바하두르에게 왜 이렇게 늦었냐고 호통을 치고 지팡이로 가볍게 때렸다. 그런데 갑자기 여자가 벌떡 일어나더니 지팡이를 뺏어 들고 바하두르를 무섭게 때리기 시작했다. 바하두르는 아픔을 이기지 못해 부드득 이를 갈면서 사람 살리라고 비명을 질렀다. 아무쟈드가 아무리 그만두라고 말려도 여자는 직성이 풀릴 때까지 때리겠다며 막무가내로 매질을 계속했다. 참다못한 아무쟈드는 여자의 손에서 지팡이를 빼앗고 여자를 떠밀어버렸다.

바하두르는 눈물을 닦고 두 사람 옆에 시립해 있다가 홀도 청소하고 램프에 불도 켜는 등 하인처럼 이것저것 심부름을 했다. 여자는 바하두르가 드나들 때마다 욕을 퍼부었다. 아무쟈드는 화를 내며 그만하라고 여자를 말렸다. 밤이 꽤 이슥해지자 바하두르는 지쳐서 그만 홀 한복판에 쓰러져 잠이 들었다. 이 광경을 보자 만취한 여자는 별안간 벽에 걸린 칼을 빼들고 아무쟈드에게 당장 바하두르의 목을 베라고 떼를 썼다. 죽이지 않으면 오늘 밤 재미를 볼 수 없으니 꼭 베야 한다고 떼를 썼다. 아무쟈드가 못하면 자기가 직접 베겠다고 우겼다.

친절하게 손님을 대접해주고 손수 하인 노릇까지 해준 사람에게 사례는 못할망정 목숨을 빼앗는다는 건 있을 수 없는 일이었다. 절대 그런 짓을 하게 내버려둘 수가 없었다. 아무쟈드는 내 손으로 베겠다며 여자에게서 칼을 뺏어 들고 그것으로 여자의 목을 내리쳐 베어버렸다.

여자가 바하두르에게로 쓰러지는 바람에 바하두르가 눈을 번쩍 떴다. 일어나 보니 아무쟈드는 피가 뚝뚝 흐르는 칼을 들고 있고 여자는 시체가 되어 옆에 쓰러져 있는 게 아닌가. 사태를 알아차린 바하두르는 아무쟈드의 손에 입을 맞추고 시체는 자신이 알아서 처리하겠다고 안심시킨 다음 이렇게 덧붙였다.

"집 안에 가만히 앉아서 기다리시오. 만약 해가 떠도 내가 돌아오지 않거든 내가 죽은 걸로 아시오. 이 집 안에 있는 세간도 돈도 모두 다 당신에게 드리겠소."

바하두르는 시체를 넣은 통을 메고 집을 나서서 바닷가로 향했다. 막 시체를 바다에 던지려는 순간 경비대장과 부하들이 그를 둘러쌌다. 그들은 통을 열고 안을 들여다보았다. 통 안에서 여자의 시체를 발견하자 그들은 즉시 바하두르를 체포해 왕에게 데려갔다.

왕은 노발대발하며 당장 사형에 처하라고 명했다. 이튿날 조리꾼은 온 시내를 돌아다니며 사람들에게 살인자 바하두르가 처형당하는 걸 구경하러 오라고 소리쳤다. 이 소리를 들은 아무쟈드는 눈물을 흘렸다. 은혜를 베푼 사람을 억울하게 죽도록 내버려 둘 수는 없었다. 아무쟈드는 그 길로 일행을 뒤쫓아가 경비대장에게 죄를 자백했다.

경비대장은 아무쟈드와 바하두르 두 사람을 왕 앞에 데리고 갔다.

두 사람의 기막힌 인연과 아무쟈드의 기구한 운명에 놀란 왕은 이 이야기를 교훈으로 삼을 수 있도록 기록할 것을 명령했다. 그리고 아무쟈드를 용서하고 대신으로 삼는 한편 동생 아스아드의 행방을 찾으라고 명령했다. 아무쟈드는 대신 자리에 앉아 선정을 베풀고 업무를 충실히 이행하는 한편, 백방으로 동생을 찾으려 노력했으나 아무런 단서도 찾지 못하고 말았다.

한편, 동생 아스아드는 꼬박 일년 동안 지하실에 갇혀 모진 고문을 받았다. 마침 불의 축제일을 맞아 배화교도 바아람은 아스아드를 제물로 바치기 위해 출항에 나섰다.

한편 대신이 된 아무쟈드는 우연히 바다를 바라보다가 막 출항하려는 배를 발견했다. 그런데 웬일인지 섬뜩한 느낌이 들었다. 아무쟈드는 부하들을 시켜 배의 구석구석을 조사해보게 하였다. 결국 아무쟈드는 아무런 혐의를 찾지 못해 궁전으로 돌아왔다. 그런데 웬일인지 계속 마음이 놓이지 않았다. 시름에 겨워 하다가 문득 벽을 보니, 자신의 마음을 너무도 잘 표현한 시가 눈에 들어왔다. 아무쟈드는 시를 읽고서 동생을 그리는 마음이 복받쳐 눈물을 흘렸다.

> 벗이여, 그대 모습 비록 내 눈앞에 없지만
> 내 마음에서마저 사라질 리는 만무하다네.
> 그대, 날 시름 속에 두고 편히 잠들지라도
> 내 눈은 그대를 그리노라 잠을 빼앗겼다네.

한편, 아스아드가 탄 배는 불의 산으로 가까이 가던 중, 갑자기 폭풍이 불어닥치고 큰 파도가 몰려와 방향을 잃고 엉뚱한 섬에 들어서고 말았다. 그 섬은 마르자나 여왕이 다스리는 나라였다. 여왕은 신앙심이 굳은 이슬람교도였다. 만일 배에 탄 사람들이 배화교도라는 게 여왕에게 알려지면 배도 뺏기고 모두 죽을 수도 있었다. 그렇다고 고장이 난 배를 수리하지 않을 수도 없어서 할 수 없이 항구에 배를 대고 닻을 내렸다.

배가 항구에 닿자 여왕이 부하들을 데리고 해변으로 나왔다. 바아람은 여왕에게 자기를 노예 상인이라고, 아스아드를 백인 노예라고, 속였다.

여왕이 이름을 묻자 아스아드는 이렇게 밝혔다.

"옛날 이름은 알 아스아드('행운아'라는 뜻)지만 지금은 알 무타루르로, 세상에서 가장 팔자가 사나운 자입니다."

여왕은 아스아드에게 마음이 끌렸다. 더구나 읽고 쓸 줄 안다는 말에 노예를 자기에게 팔라고 했다. 바아람은 하나밖에 안 남아서 안 된다는 핑계를 대며 거절했다. 그러나 여왕은 팔든지 아니면 바치든지 반드시 이 노예만은 내 것으로 만들겠다고 으름장을 놓았다. 바아람도 이에 지지 않고 팔지도 바치지도 못하겠다고 딱 잘라 거절했다.

여왕은 버럭 화를 내면서 아스아드의 손을 잡고 그대로 가버렸다. 그리고 바아람에게 사람을 보내 오늘 밤 당장 떠나지 않으면 재산을 모두 몰수하고 배도 때려 부수겠다고 으름장을 놓았다. 바아람은 별수 없이 여왕에게 아스아드를 뺏긴 채 출항 준비를 갖추고 밤이 오기를 기다렸다.

마르자나 여왕은 주안상을 차려놓고 아스아드를 상대로 술을 마셨다. 여왕은 점점 아스아드가 마음에 들어 가슴이 뛰기 시작했다. 아스아드는 여왕이 권하는 대로 찰찰 넘치는 술잔을 연거푸 들이켜고 그만 만취하여 분별을 잃고 말았다. 그래서 소변을 보기 위해 밖으로 나와 화원 안의 나무 밑에서 소변을 본 다음 분수 가에서 손을 씻고 일어선 순간 그만 술기운에 그대로 쓰러져 잠이 들고 말았다.

그동안 해는 저물어 밤이 되었다. 선원들은 출항 준비를 위해 가죽 주머니에 물을 채우러 화원 안으로 들어섰다가 아스아드가 쓰러져 잠든 걸 발견하고 그를 들쳐 업고 배로 돌아왔다. 바아람은 이게 웬 떡이냐고 좋아하며 얼른 돛을 올리고 배를 출항시켰다.

한편 여왕은 아무리 기다려도 아스아드가 돌아오지 않자 부하들을 시켜 샅샅이 뒤져 찾아오게 하였다. 화원 쪽 문이 열려 있고 분수 가에 옷이 떨어진 걸 보아 바아람 일행이 아스아드를 납치한 게 분명했다. 노기 탱천한 여왕은 전투태세를 갖추고 열 척의 배를 진두지휘하여 바다로 향했다.

마침내 나흘째 되는 날 여왕의 배는 배화교도의 배를 발견하고 포위했다. 그때 아스아드는 바아람에게 심하게 매질을 당하고 살려달라고 비명을 지르고 있던 참이었다. 여왕의 군대에게 꼼짝없이 포위된 걸 깨달은 바아람은 아스아드를 바다에 던져버렸다. 아스아드는 가라앉았다가 다행히 다시 수면으로 떠올라 파도를 따라 해변으로 밀려올라갔다.

가까스로 정신을 차린 아스아드는 지친 몸을 이끌고 걷고 또 걸어 마침내 어느 한 도시에 당도했다. 그곳은 바로 형 아무쟈드가 대신으로 있는 도시였다. 땅거미가 지고 문이란 문은 모두 닫혔으므로 아스아드는 잘 곳을 찾아 헤매다가 문이 열려 있는 무덤을 발견하고 안으로 들어가 긴 소매로 얼굴을 가리고 잠이 들었다.

한편 여왕은 바아람의 배를 포위하고 샅샅이 뒤졌으나 아스아드의 모습이 보이지 않자 바아람을 잡다 사형에 처하려 했다. 바아람은 아스아드의 몸값으로 배와 배에 실은 모든 물건을 여왕에게 다 내놓은 덕분에 간신히 용서를 받고 목숨을 건질 수 있었다.

바아람 일행은 열흘을 걸어 겨우 고국의 마을로 돌아왔다. 그런데 땅거미가 진 뒤라 문이 모두 닫혀 있었으므로 바아람 역시 잘 곳을 찾다가 문이 열려 있는 무덤으로 들어갔다. 운명의 장난이랄까, 거기서 또다시 아스아드를 발견한 바아람은 대번에 아스아드의 손발을 묶고 재갈을 물린 뒤 자기 집으로 납치해 전과 똑같이 발에 무거운 차꼬를 채우고 지하실에 가뒀다. 그리고는 자기 딸에게 죽도록 매질을 하라고 시켰다.

그런데 바아람의 딸 보스탄 빈트 바아람은 첫눈에 아스아드의 훤칠한 용모에 반해버리고 말았다. 사랑의 포로가 된 딸은 아스아드에게 매질은커녕 결박을 풀어주고 이슬람교의 참된 교리와 가르침을 받았다. 그리하여 점차 애인을 사모하는 마음이 더해진 끝에 어느새 이슬람교도가 되고 말았다.

어느 날 조리꾼이 골목을 돌아다니며 이러저러한 용모의 젊은이를 찾는다고 외쳤다. 이 소리를 들은 바아람의 딸은 나라에서 찾는 사람이 바로 아스아드임을 깨달았다. 진작에 아스아드는 바아람의 딸에게 자신의 정체를 밝히고 신상을 모두 털어놓았기 때문이었다.

바아람의 딸은 아스아드에게 즉각 이 사실을 알리고 아스아드를 지하실에서 빼내주었다. 아스아드는 대신의 공관으로 달려갔다.

극적으로 상봉한 형제는 만나자마자 얼싸안고 그대로 정신을 잃고 말았다. 이윽고 정신을 차린 형제는 왕 앞에 나아가 그동안의 진상을 털어놓았다.

왕은 즉시 바아람의 재산을 몰수하고 그를 붙잡아 교수형에 처라고 명령했다. 바아람이 교수형에 처해지려는 순간이었다. 왕은 형의 집행을 잠시 멈추고 바아람에게 이슬람교도로 개종하면 목숨만은 살려주겠다고 제안했다. 바아람은 잠시 시간을 달라고 하더니 고개를 숙이고 생각에 잠겼다. 잠시 후 바아람은 얼굴을 쳐들고 신앙을 고백했다. 그리고 왕의 손으로 이슬람교도로 개종했다.

　바아람은 아무쟈드와 아스아드의 사연을 듣고 나서 두 왕자를 수행하여 부왕에게 데려다주기로 약속했다. 형제는 기쁨의 눈물을 흘렸다. 바아람은 그들을 위로하고 격려했다.

"언젠가는 니아마와 나오미처럼 그리운 분들과 만나게 될 것입니다."

　그리고 두 왕자에게 니아마와 나오미의 이야기를 들려주었다.

니아마 빈 알 라비아와 노예 처녀 나오미 이야기

　옛날 쿠파 시에 알 라비아 빈 하팀이라는 부호 상인이자 지역 유지가 살고 있었다. 그에게는 아들이 하나 있었는데, 이름은 니아마였다.

　어느 날, 아버지는 노예시장에서 노예 모녀를 사서 딸의 이름을 나오미라고 지어주었다. 아들 니아마와 노예 나오미는 서로를 오라버니와 누이동생이라 부르며 친남매처럼 자랐다. 아버지는 아들 니아마에게, 나오미는 노예이기 때문에 누이동생이라고 불러선 안 된다고 거듭 주의를 주었다. 그러자 니아마는 그럼 나오미를 아내로 삼겠다며 어머니에게 그 일을 의논했다. 어머니는 나오미가 니아마의 시녀라고 말했다. 니아마는 당장 나오미와 정을 통하고 아내로 삼았다. 이렇게 하여 니아마와 나오미는 서로를 진정으로 사랑하며 부부로서 행복한 나날을 보내며 살았다.

　어느새 두 해가 흘러 니아마와 나오미는 열네 살이 되었다. 나오미의 미모는 하늘의 달과 같아서 온 쿠파를 다 뒤져도 그 미모를 따를 여자가 없을 정도였다. 나오미는 자라면서 코란은 물론 학예와 음악, 온갖 기예에 출중한 식견과 재주를 보였다. 게다가 노래를 부를 때면 목소리의 아름다움이 노래의 여신을 능가할 정도였다.

그러던 어느날, 나오미는 남편 니아마와 함께 주연에 참석하여 남편의 청으로 노래를 불렀다. 노랫가락은 경쾌했지만 사랑의 맹세를 담은 노랫말이 너무 절절하여 사람들을 숙연하게 하였다.

> 내 고삐를 잡은 임에게 목숨을 걸고 맹세하옵나니,
> 사랑의 뜰에서 악당을 만날지라도 두렵지 않노라고.
> 그대 욕하는 자를 벌주며 오직 그대만을 따르겠나니,
> 설령 잠과 헤어지고 기쁨을 떠나보내는 한이 있어도.
> 그리워서 못 견디겠거든 이 가슴에 무덤을 지으리라,
> 내 무덤에도 또 하나 무덤이 게 있다는 걸 감추고서.

니아마 부부는 이렇듯 행복한 나날을 보내고 있는데, 나오미가 쿠파 세일의 미녀라는 소문을 들은 쿠파 시의 총독 하쟈지는 무슨 수를 쓰든 나오미를 손에 넣어 칼리프 압드 알 말리크 빈 마르완에게 바치려고 작정했다. 그래서 노파 시녀를 시켜 어떤 수를 써서라도 나오미를 납치해 오라고 명령했다.

노파는 신앙심 깊은 노인으로 변장하고 니아마의 집 문을 두드렸다. 성지순례를 나온 길인데 기도 시간이 되었으니 이 집에서 기도를 드리고 싶다고 청했다. 문지기는 안 된다고 거절했으나, 노파는 이 집보다 더 좋은 기도소는 없다는 둥, 자기는 태수나 고관대작 집에도 자유롭게 출입하는 신분인데 여긴 왜 못 들어가냐는 둥, 끈질

기게 우겼다. 둘이 옥신각신하는 소리를 듣고 니아마는 노파를 집 안으로 들였고, 니아마와 나오미 부부는 친절을 다해 환대하였다. 나오미는 당분간 자기 집에 묵어도 좋다고 허락했으나 노파는 밤새 기도를 올린 뒤 다음 날 떠나려 했다. 나오미가 서운해하자 노파는 앞으로 자주 들를 테니 문지기에게 잘 말해놓으라고 당부했다.

노파는 하쟈지에게 일단 접근에 성공한 것을 보고하고 한 달의 여유를 달라고 청했다.

그 뒤 노파는 매일같이 니아마의 집을 무시로 드나들면서 집안 식구들과 허물없이 지내는 사이가 되었다. 노파는 나오미와 단둘이 있는 틈을 타서, 함께 성지순례를 떠나자고 꾀었다. 하지만 한시도 나오미와 떨어져 있기를 싫어하는 남편 니아마는 이를 허락하지 않았다.

노파는 이번엔 남편 니아마가 돌아오기 전에 잠깐 외출이나 하자고 유인했다. 성소에 계신 알라의 사도님을 뵐 겸 기분 전환이나 하고 돌아오자는 것이었다. 반드시 남편이 귀가하기 전에 돌아올 수 있다는 노파의 장담에 나오미는 시어머니에게 철석같이 약속하고는 노파를 따라 집을 나섰다.

노파는 그길로 나오미를 하쟈지의 궁전으로 데리고 가 빈방에 가두고 말았다. 하쟈지는 칼리프에게, 당대 최고 미인 나오미를 10만 디나르를 주고 사서 칼리프에게 바친다는 내용의 편지를 썼다. 하쟈지의 시종은 나오미를 태우고 곧바로 기병 50명을 이끌고 다마스쿠스로 가서 칼리프 마르완에게 나오미를 바쳤다.

그런데 나오미는 칼리프 앞에서도 끝내 베일을 벗지 않았다. 마르완 칼리프는 사흘 동안 손도 안 대겠다고 약속한 뒤 나오미를 쉬게 하였다. 그러나 나오미는 남편 니아마와 헤어진 슬픔으로 탄식하다가 병들고 말았다.

한편, 니아마는 행방불명된 나오미를 찾아 미친 듯이 헤매고 다녔다. 니아마는 경비대장에게 달려가 나오미를 납치한 노파를 찾아내라고 울부짖었지만, 경비대장은 노파가 하쟈지 총독의 뚜쟁이 할멈이란 걸 눈치채고 있었으므로 니아마에게는 모른다고 딱 잡아뗐다.

니아마는 총독 하쟈지에게로 달려갔다. 하쟈지는 경비대장이 노파를 잘 알고 있다며, 경비대장을 불러 온 도시를 샅샅이 뒤져 노파를 찾아오라고 명령했다.

니아마의 아버지는 총독 하쟈지가 나오미를 납치해간 게 분명하다고 판단했다. 아버지는 니아마에게 알라의 구원을 빌자고 위로했으나 아직 소년티를 채 벗지 못한 열네 살의 니아마는 나오미를 잃은 슬픔에 그만 석 달 동안 병석에 눕게 되었다. 어떤 의사도 니아마의 병을 고쳐주지 못했다.

우연히 페르시아 명의의 소문을 들은 아버지는 그 의사를 초청하였으나 의사는 껄껄 웃으며, 마음의 병이니 다마스쿠스에 있는 색시를 찾아주는 것 외에는 묘방이 없다고 일러주었다. 그리고 니아마가 다마스쿠스로 가겠다면 기꺼이 동행하겠다고 자청했다. 그리하여 니아마와 의사는 곧장 여행 준비를 마치고 길을 떠나 다마스쿠스에 도착했다. 의사는 가게를 얻어 병원을 차리고 니아마와는 부자지간으로 행세했다.

의사는 환자의 오줌만 보고도 무슨 병인지 알아낼 정도로 의술이 탁월했다. 따라서 도성 안에는 페르시아 명의에 대한 소문이 삽시간에 퍼져나갔다. 점점 환자도 많아지고 명성도 높아져 높은 신분의 사람들까지 그의 소문을 듣게 되었다.

어느 날, 한 노파가 찾아와 딸의 오줌이 든 병을 꺼내 보였다. 의사는 병 속을 살펴본 뒤, 딸의 이름을 가르쳐주어야 운수표를 만들어 언제 약을 먹으면 좋을지 알아낼 수 있다고 말했다. 노파는 딸 이름을 나오미라고 했다. 의사가 계속해서 딸의 출신국과 나이, 그리고 여기 온 지 얼마나 되는지 등을 묻자, 이라크의 쿠파에서 자랐으며, 나이는 열네 살, 여기 온 지는 서너 달쯤 된다고 대답했다. 옆에서 그 대화를 엿들은 니아마의 가슴은 두근거리기 시작했다.

니아마는 의사의 지시대로 조제한 약을 싸서 상자에 넣었다. 그리고 나오미에 대한 사랑의 시를 적은 종이쪽지를 접어 같이 넣고 봉했다. 상자 겉에는 '쿠파의 알 라비아의 아들 니아마' 라고 쿠파 글자로 적었다.

노파에게 약상자를 건네받은 나오미는 상자의 겉봉과 그 안에 든 종이쪽지를 보자마자 니아마가 자기를 구출하기 위해 도성에 와 있음을 짐작할 수 있었다. 노파가 전해주는 생김새며 용모를 봐도 니아마가 틀림없었다. 나오미는 기뻐서 견딜 수가 없었다. 약을 먹고 나자 나오미는 먹을 것과 마실 걸 갖다 달라고 했다.

마침 칼리프가 들어오다가 나오미가 완쾌된 걸 보고 기뻐하고, 페르시아 명의에게 1,000디나르를 하사했다.

노파는 돈을 받아들고 곧장 니아마에게 전달하고, 나오미의 편지를 전해주었다. 편지 안에는 꼬임에 빠져 남편과 헤어지게 된 걸 후회하는 내용과 애절한 사랑의 말이 담겨 있었다.

임의 편지 받았는데, 그걸 쓰신 손가락은

오래도록 보지 못한 탓에 그립기 한량없고

그리운 향기, 정겨운 글씨마다 은은하구나.

어머니 품으로 돌아간 모세가 이러했을까.

요셉의 옷으로 치유된 야곱의 눈이 이랬을까.

니아마는 편지를 읽으며 폭포 같은 눈물을 흘렸다. 페르시아 의사는 노파에게, 두 사람은 부부이며 나오미가 납치당해 끌려온 사연을 들려주었다. 부부의 비극적 재앙을 알게 된 노파는 목숨을 걸고라도 두 부부를 만나게 해주겠다고 약속했다.

노파는 니아마에게 화장을 시키고 여자 옷을 입히고 여자 걸음걸이를 연습시킨 다음, 궁전으로 데리고 들어갔다.

문 앞에서 노파와 시종장이 여장을 한 니아마를 통과시키라느니, 안 된다느니 하며 옥신각신하는 사이에, 노파가 미리 귀띔한 대로 니아마는 몰래 안으로 들어갔다. 그런데 너무 겁이 난 데다 긴장과 불안에 질린 탓에 왼쪽으로 여섯 번째 문으로 들어가라고 일러준 걸 깜빡 잊고 왼쪽이 아닌 오른쪽으로 돌았고, 여섯 번째가 아닌 일곱 번째 문을 열고 들어가고 말았다.

공교롭게도 그 방은 바로 칼리프의 딸, 공주의 방이었다. 넋을 잃고 화려하기 짝이 없는 방 안을 둘러보고 있는데 공주가 갑자기 들어왔다. 노예 처녀로 오인한 공주는 누구이며 왜 여기 들어왔느냐고 재차 물었지만 니아마는 꿀 먹은 벙어리처럼 대답하지 못했다. 화가 난 공주는 니아마의 가슴을 만졌다. 그런데 유방이 없었다. 공주는 정체를 밝히기 위해 베일을 벗기려 했다. 할 수 없이 니아마는 공주 앞에 엎드려 자초지종을 낱낱이 고백했다.

공주는 나오미를 불렀다. 일이 탄로 난 줄 알고 나오미는 잔뜩 겁을 먹었으나 걱정하지 말라며 위로하는 공주의 말에 안도했다. 곧 그리운 남편 니아마를 알아보자마자 그 품으로 뛰어들었다.

부부는 으스러져라 끌어안더니 너무도 감격한 탓에 그만 정신을 잃고 쓰러졌다. 정신을 가다듬은 니아마 부부와 공주는 위기를 헤쳐 나갈 방법을 의논하였다. 공주는 부부를 격려하고 위로했다. 둘이 서로 믿고 사랑하고 있다면 칼리프도 둘 사이를 갈라놓지 않을 것이라고 안심시켰다.

세 사람은 함께 주연을 벌여 마음껏 먹고 마시면서, 악기도 연주하고 노래도 부르며 한껏 흥에 취했다. 그때 난데없이 칼리프가 나타났다. 공주는 여장한 니아마를 나오미의 친구이자 시녀라고 칼리프에게 소개했다. 이리하여 칼리프와 세 사람은 함께 먹고 마시며 노래하고 즐겼다. 나오미는 비파를 가져오라 하여 황홀하도록 경쾌한 가락을 타면서 노래를 부른 다음 니아마에게 비파를 넘겨주면서 노래를 청했다. 그러자 니아마는 흥겨운 가락에 맞춰 청아한 목소리로 노래를 불렀다.

> 두둥실 해밝은 보름달, 꼭 그대 모습이라,
> 일식 없는 태양, 부시도록 그대를 비추네.
> 아, 정녕 알 수 없는 건 사랑의 길이런가,
> (신비로 가득 찬 사랑은 열정, 법열이런가)
> 사랑의 길, 손만 뻗치면 닿을 듯 가깝지만
> 그대 없으면 이리 먼 길인 줄 미처 몰랐네.

이렇게 놀다 보니, 어느덧 한밤중이 되었다. 공주는 칼리프에게 옛날 쿠파 시에서 있었던 이야기라면서 니아마와 나오미의 이야기를 빗대서 들려주었다. 그리고 이렇게 질문했다.

"부부가 상봉한 그 현장에 왕이 나타나더니 둘 다 목을 베라고 명령했습니다. 왕은 자신의 처사가 옳은지 그른지 양심에 대고 물어보지도 않았고, 또 명령을 실행하기 전에 일의 진상을 조사하도록 명령하지도 않았습니다. 아버님께서는 이를 어떻게 생각하십니까?"

칼리프는 대답했다.

"그건 정말 해괴망측한 사건이로다. 그 왕은 벌줄 권한을 가지고는 있지만 마땅히 용서해줬어야 했어. 우선 둘을 위해 세 가지 점을 고려했어야 했다. 첫째는 두 사람이 서로 사랑하는 사이였다는 점, 둘째는 두 사람이 왕의 궁전에 있어 왕이 맘대로 할 수 있었다는 점, 셋째는 백성을 다스리고 명령하는 데 있어서는 신중해야 한다는 점, 특히 자기 자신이 관여되어 있을 경우엔 더욱 그래야 하지. 그러니까 그 왕은 임금답지 않은 짓을 저지른 셈이지."

그 대답을 듣자마자 공주는 기다렸다는 듯이 칼리프에게 두 부부의 사연을 사실대로 알리고 용서해달라고 애원했다.

"두 사람을 용서하고 허물을 너그러이 살피시어 부부가 함께 지내도록 허락해주시기 바랍니다. 그러면 내세에서 반드시 보답을 받으실 것이옵니다. 두 사람은 임금님께 잡힌 몸, 임금님의 음식을 먹었고 음료수를 마셨기 때문입니다. 두 사람을 대신해 빌 테니까 제발 목숨을 살려주시기 바랍니다."

공주의 청이 하도 간절한지라 칼리프는 흔쾌히 허락했다.

"네 말대로 결정하마. 나는 일단 결정한 것을 취소하는 그런 위인은 아니니라."

칼리프는 약속대로 니아마와 나오미를 부부로 살도록 허락해주었다. 그리고 부부를 도와준 페르시아 의사를 중신으로 임명하고 노파에게도 후한 상을 내렸다.

니아마와 나오미 부부는 다시 쿠파로 돌아와 오래도록 행복하게 살았다.

바아람이 들려준 니아마와 나오미 부부의 이야기를 들은 왕과 아무쟈드와 아스아드, 그리고 모든 사람들은 입을 모아 감탄했다.

헤어져 그리워하던 사람들 모두 재회의 기쁨을 나누다

이튿날 갑자기 도성 안이 소란스러웠다. 어느 왕이 군대를 이끌고 도성 문 앞에서 야영을 하는 바람에 백성들이 겁을 먹고 난리가 난 것이었다. 무장을 단단히 했다고 하는데 도무지 그 의도를 알 수가 없었다. 대신 아무쟈드는 야영지로 나가 그 왕을 만나보았다. 그런데 뜻밖에도 그는 마르자나 여왕이었다. 아스아드를 찾으러 여기까지 온 것이었다. 아무쟈드는 여왕이 찾는 아스아드가 바로 동생이라고 말했다. 그리고 여왕에게 두 형제가 겪은 기구한 사연을 들려주었다. 이윽고 왕과 여왕, 아무쟈드와 아스아드 형제는 지난 일을 이야기하며 회포를 풀게 되었다.

그때 또 다른 대군이 먼지를 일으키며 다가왔다. 브두르 왕비의 부친이자 아무쟈드의 외할아버지 가유르 왕이었다. 가유르 왕은 딸 브두르 왕비와 사위 카마르 알 자만을 찾으러 나선 길이었다. 아무쟈드는 외조부에게 인사하고 브두르 공주의 아들이라고 밝힌 다음, 그동안의 자초지종을 들려주었다. 가유르 왕은 외손주 아무쟈드를 끌어안고 눈물을 흘렸다. 그리고 두 왕자를 카마르 알 자만 왕과 화해시켜주겠다고 약속했다. 마르자나 여왕도 함께 가서 화해를 돕기로 했다.

이번엔 또 다른 군대가 먼지바람을 일으키며 나타났다. 다름 아닌 카마르 알 자만 왕이 직접 군대를 이끌고 나타난 것이다. 두 왕자는 아버지 자만 왕 앞에 엎드려 눈물을 흘렸다. 카마르 알 자만 왕은 두 아들에게 달려가 두 아들을 가슴에 껴안았다. 그리고 지난 잘못을 뉘우치며 사과하고 두 아들이 없어진 후의 쓸쓸하고 괴로운 심경을 토로하며 뜨거운 눈물을 흘렸다.

또다시 먼지가 자욱하게 일며 사방이 보이지 않게 되었다. 모두 검은 군복을 입은 군대였다. 한가운데에 수염을 길게 늘어뜨린 나이 많은 노인이 말을 타고 있었는데, 그 또한 검은 군복 차림이었다. 그는 다름 아닌 페르시아 하리단 교도의 군주인 샤리만 왕이었다.

아들 카마르 알 자만이 오랫동안 행방불명되자, 그는 검은 상복을 입고 아들을 애도하며 지냈다. 샤리만 왕과 카마르 알 자만 왕은 서로를 알아보자마자 너무 기쁜 나머지 실신하여 쓰러지고 말았다. 한참 만에 정신을 차린 부자는 지난 모험담을 꽃 피우며 시간 가는 줄 몰랐다.

헤어져서 그리워하던 사람들이 이렇게 모두 만나서 재회의 기쁨을 나누는 가운데, 아스아드는 마르자나 여왕과 결혼하고 아무쟈드는 바아람의 딸 보스탄과 결혼하였다. 성대하게 치러진 결혼식은 모두에게 더 없이 기쁜 잔치였다.

　가유르 왕은 딸 브두르 왕비와 오랜만에 부녀의 정을 나누고 자신의 왕국으로 함께 돌아와 왕위를 외손자 아무쟈드에게 넘겨주었다. 카마르 알 자만 왕은 장인 아르마누스 왕(누후스 왕비의 아버지)에게 지금까지의 자초지종을 털어놓고, 장인의 허락을 얻어 아스아드를 '검은 섬'의 왕으로 삼았다.

　그 뒤 카마르 알 자만 왕은 부왕 샤리만 왕과 함께 하리단 군도로 돌아와 행복하게 살았다. ☽

249~269일째 밤
상인의 아들 알라딘의 모험과 사랑

바깥세상으로 나온 알라딘,
바그다드로 장사 여행을 떠나다

아주 먼 옛날 카이로에 샤무스 알 디인이라는 상인이 살고 있었다. 그는 카이로 상인의 우두머리에 해당하는 상인 총수로 대부호였다. 아내와도 금실이 좋기로 소문이 났지만 웬일인지 결혼한 지 40년이 되도록 자식이 없었다.

하루는 거울을 보다가 흰 수염이 많아진 게 눈에 띄었다. 자식도 없이 죽을 날이 가까워 온다고 생각하니 샤무스는 삶이 너무 허무하게 느껴졌다. 첩이라도 들여 아이를 얻고 싶었으나 아내와 처음 만났을 때 첩을 들이지 않겠노라고 굳게 약속했기 때문에 그럴 수도 없는 노릇이었다.

샤무스는 "자식이 없으니 너무 쓸쓸하고 세상 살 맛이 없다"고 아내에게 불평했다. 그러나 아내는 도리어 남편이 정기가 약해 그렇다고 통박을 주었다. 이튿날 샤무스는 강정제를 구하러 여기저기 약방을 기웃거려봤지만 다들 이상하게 웃기만 할 뿐 구할 수가 없었다.

때마침 거간꾼의 부감독인 무함마드 삼삼 노인이 있었는데, 그는 아편과 당약과 대마를 평소 즐겨 애용하고 있었다. 가난했기 때문에 매일같이 샤무스를 찾아와 돈을 구걸해 얻어가곤 했다. 노인은 그날도 여느 날처럼 샤무스의 가게를 찾았는데 웬일인지 샤무스가 뚱한 표정으로 시무룩하게 앉아 있었다. 샤무스가 강정제를 구한다는 말에 삼삼 노인은 그동안의 은혜도 갚을 겸 자기가 구해주겠다고 나서 경비 조로 2디나르를 받았다.

삼삼 노인은 우선 마약 파는 상인에게 로움산 고형 아편 2온스와 중국산 쿠베브와 육계, 정향, 소두구, 생강, 백후추, 그리고 도마뱀 따위를 2온스가량 샀다. 그리고 모두 섞어서 달콤한 올리브로 부글부글 끓였다. 다음 3온스가량의 유향 부스러기와 한 컵가량의 코리앤더 열매를 섞어 잘 조합하여 부드럽게 한 다음 로움산 당밀을 섞어 단약을 만들었다. 삼삼 노인은 이것을 항아리에 담아 샤무스에게 갖다 주었다. 저녁 식사 후 한 숟갈을 먹되 장미를 설탕에 절여 만든 셔벗과 함께 먹으라고 일러주고 저녁 식사로 양고기와 비둘기 고기를 많이 먹으라고 충고했다.

샤무스는 삼삼 노인이 준 강정제를 먹은 뒤 아내와 동침하였다. 아내는 그날 밤으로 잉태하여 열 달 뒤 아들을 낳았다. 샤무스 부부의 기쁨은 이루 말할 수 없었다. 부부는 아들의 이름을 알라딘 이브 알 샤마트로 지었다.

샤무스 부부는 아들을 지극정성으로 키웠다. 그런데 샤무스는 너무

아들을 애지중지한 나머지 혹시 누군가 귀한 아들을 해치지 않을까 노심초사하게 되었다. 급기야 알라딘이 일곱 살이 되자 샤무스는 '악마'의 눈이 점점 더 두려워졌다. 결국 아들을 외부에 절대 안 보이게 하는 게 상책이라고 생각하고, 샤무스는 아들을 뚜껑이 달린 지하실에 숨겨놓고 길렀다. 그리하여 알라딘은 아버지가 초청한 법률학자에게 읽기와 쓰기는 물론 코란을 독송하며 여러 학문과 기예를 배우고 익혀 마침내 출중한 청년으로 자랐다.

그러던 어느 날이었다. 그만 흑인 노예가 깜빡 잊고 뚜껑을 열어둔 채 나가는 바람에 알라딘은 지하실을 빠져나와 어머니가 있는 곳으로 갔다. 마침 어머니 친구들이 놀러와 한참 담소하던 중이었다. 어머니 친구들이 깜짝 놀라 누구냐고 물었다. 어머니가 아들 알라딘을 소개하자 모두들 금시초문이라면서 축하해주었다.

얼마 뒤 알라딘이 안뜰로 들어가 안방에 앉아 있다가 노예들이 아버지의 암탕나귀를 끌고 가는 것을 보았다. 알라딘은 노예들에게 아버지가 어디서 무슨 장사를 하시는지 등을 꼬치꼬치 캐물었다. 노예들이 대답하자, 알라딘은 자기가 이제껏 바깥세상에 대해 아무것도 모르고 자랐다는 걸 깨달았다.

알라딘은 어머니를 졸랐다. 아버지에게 부탁해서 가게를 열어주고 장사를 배울 수 있게 해달라고 계속 졸랐다. 하지만 어머니는 아들이 세상 밖으로 나갔다가 불행한 운명의 희생양이 될까 두려웠다.

"어머니, 운명을 모면할 수 있는 은신처란 이 세상에 없어요. 아무리 조심해도 운명이 정해놓은 것을 피할 수는 없는 법, 오늘은 목숨이 붙어 있어도 내일은 살아 있을지 어떨지 알 수 없는 거 아니겠어요? 만약 아버님이 돌아가신 뒤 내가 샤무스의 아들 알라딘이라고 말해봤자 믿어줄 사람이 누가 있겠어요? 연로한 분이나 높은 사람들이 날 한 번도 본 일이 없다고 말하면 세리(세무 관리)들이 아버지의 재산을 몰수할 것입니다. 귀인이 세상을 떠나면 재산은 소멸되고 가장 천한 자들은 남은 부녀자들을 뺏는다고 말하지 않습니까."

어머니는 곧장 아버지에게 달려가 아들의 부탁을 전했다. 듣고 보니 알라딘의 말에도 일리가 있었다. 샤무스는 이튿날부터 알라딘을 데리고 시장으로 나갔다. 상인들은 늙은 샤무스가 보름달처럼 잘생긴 젊은이를 데리고 나오자 매일 아침 하는 아침 인사를 하기는커녕 그의 앞에 나타나지도 않고 슬슬 피하며 뒤에서 쑥덕거렸다. 혹시 샤무스 총수가 젊은 미남과 추잡한 동성애를 즐기지 않나 의심한 것이다.

그때부터 샤무스는 만나는 사람마다 알라딘을 아들이라고 소개했다. 삼삼 노인 역시 샤무스의 처사를 몹시 섭섭해하며 나무랐다. 가난한 사람들도 자식을 낳으면 미역국을 끓여놓고 친구며 친척을 초대하는 법인데 상인의 총수가 어떻게 그럴 수가 있느냐며 발끈했다.

결국 샤무스는 아들 알라딘을 세상에 널리 알리기 위해 시장 상인들과 친지들을 초대하여 성대한 잔치를 베풀었다. 잔치가 한창 무르익어 어른들은 정자에서, 젊은이들은 객실에서 각각 주연을 즐기고 있을 즈음이었다.

손님 가운데는 바루흐의 마무드라 불리는 상인이 있었다. 겉으론 이슬람교도인 척하지만 실은 배화교도로서 젊은 남자를 좋아하는 음탕하고 추잡한 변태성욕자였다. 그는 알라딘을 보자마자 첫눈에 반해버렸다. 그래서 알라딘의 친구들에게 알라딘을 꾀어 함께 여행을 하도록 해주면 옷 한 벌씩을 선사하겠다고 제안했다. 친구들은 알라딘

앞에서 저마다 이곳저곳 여행하면서 돈을 번 자랑을 늘어놓기 시작했다. 여행이란 남자만의 특권이라며 알라딘을 부추겼다. 지금까지 지하실에서만 자란 알라딘을 물고기에 비유하면서 물을 떠나면 곧 죽을 거라며 놀리고 비웃기까지 했다.

알라딘은 침울한 표정으로 눈에 눈물을 글썽이며 집 안으로 들어왔다. 알라딘은 어머니에게 친구들이 한 패가 되어 자기를 놀리고 창피를 주었다고 일러바쳤다. 그때부터 알라딘은 여행을 떠나고 싶은 마음이 굴뚝같아졌다. 바그다드로 여행을 떠나 돈을 벌고 싶었다.

'상인의 아들에게는 돈을 벌기 위해 여행에 나서는 것만큼 큰 영예는 없다.'

알라딘은 매일같이 아버지를 졸랐다. 샤무스는 아들의 마음을 돌려보려 애썼다. 바그다드로 가는 여행길이 얼마나 위험한지 강조하고 또 강조했다. '사자의 숲'과 '개 골짜기'에 출몰하는 아지란 아브 나이브라는 이름의 바다위 산적에게 붙잡혀 아직까지 살아 돌아온 사람은 없다고 거듭 설득했다. 하지만 알라딘은 알라의 마음에 들어 그분의 보살핌을 받으면 아무 위해도 받지 않을 것이라며 끝내 뜻을 굽히지 않았다. 어쩔 수 없이 아버지는 승낙하고 말았다.

샤무스는 여행에 필요한 상품과 돈을 준비해주었다. 그리고 낙타몰이꾼 카마르 알 디인을 자신의 대리인으로 삼고, 알라딘을 카마르의 아들로 삼아, 모든 일을 카마르에게 위임한다는 계약서까지 작성했다. 알라딘에게는 카마르의 말을 잘 듣고 복종하라고 다짐받았다.

동성애자 마무드는 알라딘 일행이 바그다드로 떠난다는 소식을 듣자마자 재빨리 이들 대상과 동행하기 위해 미리 도성 밖에 천막을 쳐놓고 자기 짐을 날라놓았다. 그리고 시치미를 뚝 떼고 샤무스에게 작별 인사를 하러 갔다. 마무드는 샤무스에게 1,000디나르를 빚지고 있던 터였다. 샤무스는 그 빚을 아들 알라딘에게 주라고 했다. 그리고 아들을 잘 돌봐달라고 부탁했다. 공식적인 허락까지 얻어 알라딘 일행과 동행하게 된 마무드는 뛸 듯이 기뻤다.

알라딘, 도적 떼에 모든 것을 빼앗기고 가까스로 목숨만 건지다

대상 일행이 다마스쿠스 근교에서 휴식을 취하고 있을 때였다. 마무드가 알라딘을 식사에 초대했으나 알라딘은 카마르의 충고대로 초대를 거절했다. 알레포에서도 역시 알라딘은 카마르의 충고에 따라 마무드의 식사 초대를 거절했다.

바그다드에 거의 다 왔을 때였다. 마무드가 세 번째로 식사에 초대했다. 이번에도 카마르는 가지 말라고 말렸다. 하지만 알라딘은 세 번이나 거절할 수 없다며 충고를 듣지 않고 마무드의 천막으로 갔다. 그런데 식사를 마치자마자 마무드가 알라딘에게 달려들어 입을 맞추려 했다. 알라딘은 크게 꾸짖고 앞으로 동행하지 않겠다고 선언했다. 카마르는 그와 동행하지 않는 건 외려 더 위험할 수 있으니 함께하되 앞으로 되도록이면 조심해야 한다고 충고했다. 하지만 알라딘은 끝내 마무드와 동행하는 것을 거절했다. 할 수 없이 일행은 마무드를 남겨 놓고 먼저 길을 떠났다.

바그다드 도성에 가까운 골짜기에 이르자 알라딘은 쉬어 가자고 했다. 하지만 카마르는 언제 아라비아 도둑의 습격을 받을지 모르는 데다가 조금만 서두르면 성문이 닫히기 전에 도착할 수 있다며 길을 재촉하였다. 알라딘은 버럭 화를 냈다. 쉬엄쉬엄 여유를 갖고 이국의 풍물을 즐기면서 기분전환을 하고 싶었기 때문이었다. 알라딘이 계속 고집을 부리자 일행은 할 수 없이 천막을 치고 야영을 하게 되었다.

한밤중에 알라딘이 소변을 보러 막사를 나오다 보니 저 앞에서 번쩍번쩍 빛나는 것이 보였다. 알라딘은 카마르를 깨워 불빛의 정체를 물었다. 카마르가 자세히 살펴보니 바다위인 도적 떼가 창칼을 번쩍이며 달려오고 있는 게 아닌가.

카마르는 도적들의 앞을 가로막고 서서는 꺼지라고 외쳤다. 그 순간 도적 떼 두목 아지란이 창으로 카마르의 가슴을 찔렀다. 카마르는 그대로 땅바닥에 쓰러지고 말았다. 이내 도적들은 대상 일행을 포위하여 한 사람도 남김없이 베어 죽이고 약탈품을 모조리 챙겨 떠나버렸다. 알라딘은 숨어서 이 광경을 지켜보았다. 도둑들이 당나귀와 값비싼 옷 때문에 사람을 죽인다고 생각한 그는 겉옷을 벗어버리고 속옷 바람으로 피가 흥건하게 고인 땅바닥을 뒹굴었다. 그 모습이 영락없이 죽은 사람처럼 보였다.

한편 두목 아지란은 뭔가 꺼림칙한 느낌이 들었다. 대상의 우두머리가 정말 죽었는지 확인하지 않은 것이 마음에 걸렸다. 그래서 말머리를 돌려 대상들의 시체가 즐비한 곳으로 다시 돌아와 창칼로 일일이 시체를 찔러보기도 하고, 재차 칼로 베기도 했다. 마침내 알라딘이 있는 곳까지 온 도적은 그가 죽은 척하고 있다는 걸 눈치챘다. 도적은 창으로 알라딘의 가슴팍을 찌르려 했다. 그 순간 알라딘의 머리에 길란의 아브드 알 키디르(이슬람교 신비주의 교단인 카디리야의 시조)를 위한 무덤 덮개가 떠올랐다. 아버지가 여행 떠나기 전에 사주신 물건이었다.

"길란의 성자님, 우리 주 아브드 알 키디르 님, 제발 저를 살려주십시오!"

알라딘이 이렇게 외치는 순간 어디선가 손 하나가 나타나 창을 밀어제쳤다. 창끝은 그대로 낙타 몰이꾼의 가슴팍을 뚫고 들어갔고 덕분에 알라딘은 간신히 위기를 모면할 수 있었다. 도적들이 돌아갔다. 알라딘의 눈에 멀리 새 떼가 신이 보낸 사자들과 함께 날아가는 것이 보였다.

주위에 아무도 없는 걸 확인한 알라딘은 죽어라 내달리기 시작했다. 그때 도적 떼 두목 아지란이 갑자기 뒤돌아보고는 잡으라고 외쳤다. 한 도적이 말을 몰아 전속력으로 쫓아왔다. 알라딘은 샘물 안에서 있는 사당 안으로 기어올라가 큰대자로 누워 자고 있는 척했다. 도적은 샘물 가로 다가와 쇠등자를 딛고 서서 손을 뻗쳐 알라딘을 움켜잡으려고 했다.

"우리 공주 나피사 님 살려주옵소서!"

알라딘이 외치자 어디선가 전갈 한 마리가 나타나 도적의 손을 죽어라 쏘아버렸다. 도적은 비명을 지르며 말에서 굴러떨어졌다. 얼마 후 뒤따라온 동료들은 그를 말에 태우고 자리를 떠났다.

뒤늦게 따라온 마무드는 대상 일행이 몰살당한 걸 알게 되었다. 마무드는 계속 길을 재촉하여 마침내 알라딘이 숨어 있는 샘물 가에 당도했다. 그는 알라딘을 발견하고 구원의 손길을 내밀었다. 모든 걸 잃고 무력해진 알라딘은 어쩔 수 없이 그의 도움을 받을 수밖에 없었다. 마무드의 집에서 목욕하고 옷을 갈아입은 뒤 휴식을 취하고 있었

다. 그런데 아니나 다를까, 마무드의 추잡한 유혹이 다시 시작되었
다. 알라딘은 그의 끈질긴 마수를 뿌리치다 못해 결국 그의 집을 뛰
쳐나오고 말았다.

위장 결혼으로 만난 알라딘과 즈바이다, 진실로 사랑하게 되다

실의에 잠겨 정처 없이 어둠 속을 걷던 알라딘은 한 사원을 발견하
고 그 안으로 들어갔다. 때마침 한 젊은이와 노인이 사당 쪽으로 다
가왔다. 젊은이는 누이동생을 돌려보내 달라고 애걸복걸하고 있고 노
인은 계속 안 된다는 말을 되풀이하고 있었다.

그때 노인의 눈에 보름달처럼 잘생긴 알라딘의 모습이 들어왔다.
노인과 알라딘은 서로 인사를 나누었다. 알라딘의 딱한 사정을 알게
된 아마드 알 다나흐 노인은 자기 딸과 위장 결혼을 해주면 돈과 옷
과 당나귀를 주겠다고 제안했다. 알라딘이 그 까닭을 묻자 노인이 한
숨을 내쉬며 말했다.

"아까 본 그 젊은이는 내 조카인데 외아들이오. 또 내겐 즈바이다
라는 딸이 하나 있는데 비파도 잘 탈뿐더러 맵시도 곱기가 그만이라
오. 그런데 조카 녀석이 내 딸애를 끔찍이 사랑하기에 결혼을 시켜주
지 않았겠소. 하지만 딸애는 조카가 싫어서 죽겠다는 거요. 아무튼
그러저러 살아오면서 조카는 딸애에게 두 번이나 맹세를 했고 이를
어겼을 때에는 이혼해도 좋다고 약속한 모양이오. 그런데 그만 조카

가 맹세를 저버리는 바람에 딸애는 잘되었다, 하고 집을 나와버리고 말았지 뭐요. 조카는 딸애가 다시 돌아오도록 내게 애기 좀 해달라며 사방으로 부탁을 하고 다니면서 야단법석을 떨었다오. 그래서 내가 다시 딸애와 결혼하려면 법률상 다른 사람과의 중간 결혼을 거쳐야 한다고 타일렀소. 그래서 조카가 남들에게 욕을 먹거나 창피를 안 당하도록, 아무것도 모르는 사람을 중개자로 삼기로 합의를 보았소. 젊은 양반은 외국인이니 중개자로는 안성맞춤이오. 그러니, 오늘 밤 내 딸애와 결혼하여 동침했다가 내일 이혼해주면 충분한 대가를 지불하겠소."

궁지에 빠진 알라딘으로서는 이것저것 가릴 계제가 못 되었다. 밑질 것도 전혀 없었다. 후한 사례에다 아름다운 여자와 함께 밤을 보낼 아늑한 침대… 꿩 먹고 알 먹는다는 것이 바로 이런 게 아닌가.

이렇게 하여 알라딘과 노인, 그리고 조카 세 사람은 재판관에게 가서 혼인 계약서를 받았다. 알라딘이 무일푼이었으므로 지참금조로 금화 1만 디나르는 나중에 지불하기로 했다. 만약 내일 아침 이혼하면 그 보상으로 2,000디나르를 주겠지만, 안 그러면 계약서대로 1만 디나르를 지불해야 한다는 의무 조항을 계약서에 명기했다.

노인은 딸네 집으로 들어가 혼인 계약서를 넘겨주고 알라딘과의 결혼 사실을 통고했다. 그사이에 알라딘은 즈바이다의 집 문 앞에서 기다리고 있었다. 그런데 즈바이다의 전 남편은 알라딘이 젊고 미남이기 때문에 아내가 그를 한 번 보기만 하면 마음을 뺏길 것 같아 불안했다. 그래서 늙은 시녀를 시켜 무슨 수를 써서라도 아내와 알라딘이 접근하지 못하게 하도록 단단히 일러놓았다. 노파는 알라딘과 즈바이다 양쪽을 오가면서 상대가 문둥병 환자이니 절대 동침하지 말라고 귀띔했다.

　두 사람은 하룻밤뿐이니까 서로 떨어져서 적당히 보내면 된다고 대수롭지 않게 생각하고 첫날밤을 맞았다. 식사 후 알라딘은 코란의 '야신'('코란의 마음'이라고 하며 정신 수양을 위하여 암송한다) 장을 외기 시작했다. 휘장 뒤에서 듣고 있던 즈바이다는 알라딘의 아름다운 독경 소리에 반해 자기도 모르게 인도산 비파를 들고 가락에 맞춰 노래를 불렀다. 독경을 끝낸 알라딘 역시 자기도 모르게 여자의 노래를 따라 불렀다.

　즈바이다는 알라딘의 목소리나 그 마음이 도저히 문둥병 환자의 것이라고는 믿기지 않았다. 그래서 슬며시 휘장을 들추고 엿보았다. 순간 두 사람의 눈길이 마주쳤고, 그 눈길은 그대로 사랑의 화살이 되어 두 사람의 가슴에 꽂혔다. 여자가 다가오자 알라딘은 문둥병이 옮으니 가까이 오지 말라고 했다. 그러자 여자는 당신이야말로 문둥병 환자니까 떨어져달라고 튕겼다. 그런데 가까이 다가서 보니 둘의 피부는 백금처럼 순결하였다.

　이 모든 것이 두 사람을 떼어놓으려는 노파의 수작이었음을 깨달은 두 사람은 서로 껴안고 미친 듯한 욕정에 사로잡혀 순식간에 속옷까지 벗어던지고 알몸이 되었다. 그러자 알라딘의 연장이 벌떡 일어서 꺼떡거리며 여자의 옥문을 찾아 나섰다. 여자도 뜨겁게 호응하며 남자를 받아들이려고 안달이었다. 두 사람의 아랫도리는 벌써 사랑의 꿀물이 넘쳐흘러 흥건하게 젖었다.

　남자는 벌겋게 힘줄이 선 사탕막대를 여자의 갈라진 틈 사이에 갖다대고 이리저리 어르고 비비다가 옥문으로 쑥 밀어 넣었다. 여자는 달뜬 숨을 몰아쉬며 남자의 엉덩이를 더욱 세게 쥐어 안았다. 행여 사탕막대가 빠져나갈 새라 옥문을 꽉 조였다. 남자는 뿌리 끝이 자궁에 닿도록 사탕막대를 점점 더 깊이 밀어 넣었다. 들끓는 샘 깊숙이 들어선 뿌리 끝이 불에 덴 것처럼 화끈거렸다. 척추에 뜨거운 기운을 느낀 남자는 풀무질을 하고, 여자는 그 리듬에 맞춰 엉덩이를 들썩이다가 신음을 지르며 허리를 활처럼 휘어 올렸다. 두 사람은 마침내 쾌락의 절정으로 내달리며 폭발하였다.

날이 밝자 알라딘은 탄식했다.

"아, 채워지지 않는 기쁨! 이별의 까마귀가 기쁨을 빼앗아 날아가는구나!"

즈바이다와 이혼하지 않으면 당장 1만 디나르를 지참금으로 바쳐야만 하는데 알라딘의 수중에는 한 푼도 없었다. 이것으로 즈바이다와는 마지막이라고 생각하니 알라딘의 가슴은 온통 시커먼 먹구름으로 뒤덮였다.

즈바이다는 알라딘에게 한 가지 계책을 일러주었다. 우선 알라딘에게 200디나르를 주면서, 이 돈으로 재판관을 잘 구슬리라고 일렀다. 어젯밤에 결혼하고 오늘 아침에 이혼하다니, 이게 도대체 어떤 법규에 비춰 공정할 수 있느냐고 따져 묻고, 동정심에 호소하면서 일단 시간을 끌어보자는 계책이었다.

알라딘은 즈바이다가 가르쳐준 대로 재판관에게 한편으로 따지면서 슬며시 돈을 쥐어주고, 다른 한편으로 동정심에 호소했다. 재판관이 듣고 보니 그럴듯했다. 재판관은 장인 노인에게 강제와 권력에 의한 이혼은 어떤 파의 이슬람교법에 의해서도 인정되지 않는다고 판결했다. 장인 노인은 노발대발하며 당장 지참금 1만 디나르를 내놓으라고 으름장을 놓았다. 재판관은 노인과 조정 끝에 열흘간의 유예기간을 주었다. 열흘 안에 헤어지든가 아니면 지참금을 지불하든가 둘 중 하나를 선택하라고 판결했다.

알라딘은 법정에서 돌아오는 길에 온갖 식료품을 사가지고 돌아와 아내에게 판결 내용을 얘기해주었다. 그러자 아내는 "하루 밤과 낮 사이에 기적이 일어날 것"이라며 남편을 위로하고 어느 시인의 노래를 들려주었다.

노여움으로 괴로울 때 마음 지긋이 가라앉히고
재앙이 절망을 부를 때 마음 굳건히 다질지니라.
잘 살필지니, 어둔 밤 '세월'의 자식 잉태했구나.
마침내 저 달이 차면 놀라운 기적을 낳고 말리라.

그날부터 알라딘과 즈바이다는 먹고 마시며 즐거운 시간을 보냈다. 즈바이다는 기막힌 비파 솜씨로 유명했기 때문에 그날도 둘이서 비파를 타며 흥겹게 놀고 있었다. 그때 대문을 두드리는 소리가 들렸다.

문밖에는 탁발승 네 사람이 서 있었다. 사실 이 탁발승 넷은 다름 아닌 칼리프 하룬 알 라시드, 대신 자파르, 그 아들 아부 노와스 알 하산, 검사 마스룰이었다. 이들은 변장을 하고 시내를 거닐다가 비파 소리에 반해 문을 두드린 것이었다. 탁발승들은 하룻밤 묵기를 청하면서 발걸음을 잡아끌 정도로 황홀한 비파 연주를 더 듣고 싶다고 호소했다.

알라딘과 즈바이다, 그리고 탁발승들은 함께 어울려 비파를 뜯으며 흥겨운 시간을 보냈다. 알라딘의 신세 이야기를 들은 탁발승들은 돌아가서 다른 승려들로부터 1만 디나르를 모아 주겠다고 약속했다. 그리고 기도용 카펫 밑에 100디나르를 살그머니 놓고는 돌아갔다.

그들은 다음 날에도 다시 와서 즈바이다의 비파 연주를 청했다. 즈바이다는 바위라도 벌떡 일어나 춤을 출 만큼 흥겨운 가락을 탔다. 이렇게 아흐레 동안 탁발승 일행은 즈바이다의 비파 연주를 듣고 흥겹게 놀다가 아침에 돌아갈 때는 어김없이 100디나르를 꽂아놓았다.

그러나 막상 지참금을 지불해야 하는 열흘째 날이 닥쳤지만 돈을 모아 주겠다던 탁발승 일행은 코빼기도 보이지 않았다.

그동안 칼리프 하룬 알 라시드는 카이로산 피륙 50짝(한 짝에 1,000디나르), 황금 물병과 그릇, 흑표범 가죽, 값비싼 옷가지, 현금 5만 디나르 등을 궤짝에 담아 당나귀 50마리에 나누어 싣게 하고 알라딘의 아버지 샤무스가 아들에게 부치는 것처럼 꾸민 편지 한 통을 덧붙여 아비시니아인 노예에게 내주면서 알라딘에게 전하라고 일렀다. 그런데 짐을 싣고 알라딘 부부의 집으로 가던 노예는, 지참금을 받으러 알라딘 부부의 집으로 오던 즈바이다의 아버지와 전 남편을 만나게 되었다. 즈바이다의 아버지가 노예에게 웬 짐짝들이냐고 묻자, 알라딘이 도적의 습격을 받아 금품을 모두 빼앗겼다는 소식을 들은 알라딘의 아버지가 이 짐짝들을 보내주었다면서, 이 안에는 갖가지 진귀한 상품 말고도 엄청난 현금이 가득 들어 있다고 자랑했다. 장인은 몹시 기뻐하며 알라딘의 집을 안내해주었다.

알라딘은 엄청난 선물들을 보고 깜짝 놀랐다. 그리고 아버지가 보낸 편지를 읽자 기쁨에 어쩔 줄을 몰랐다. 장인은 알라딘이 대부호 상인의 아들임을 알자 딸 즈바이다와의 결혼을 허락해주고 지참금을 딸에게 주었다. 즈바이다의 전 남편은 상심한 나머지 병석에 누워 앓

다가 세상을 떠나고 말았다.

알라딘은 탁발승들이 매일 100디나르를 준 것은 고맙지만 한편으로 1만 디나르를 구해주겠다던 약속을 지키지 않은 것에 대해 서운해 하고 있었다. 그러던 며칠 후 밤에 즈바이다와 흥겨운 시간을 보내고 있는데 마침 탁발승 일행이 찾아왔다. 알라딘은 그들을 두고 약속을 안 지킨 거짓말쟁이들이라고 비꼬았다. 탁발승들은 미안해서 어쩔 줄을 몰랐다. 알라딘은 알라의 뜻으로 뜻밖의 돈이 굴러들어 왔다며 자랑을 늘어놓았다. 아버지가 보낸 현금과 피륙 등 갖가지 선물 덕분에 일이 잘 해결되었다는 것이었다.

칼리프가 잠깐 소변을 보러 나간 사이에 대신 자파르는 알라딘에게 신분을 밝히고 칼리프 앞에서 실례되는 짓을 하거나 버르장머리 없는 말을 삼가라고 경고했다.

"그대가 도적에게 습격당한 건 열흘 전인데, 무슨 수로 그 소문이 카이로의 아버지 귀에 들어갈 수 있으며, 설사 알았다고 한들 그 많은 짐을 무슨 수로 한 달 보름씩이나 걸리는 길을 열흘 내에 닿도록 할 수 있었겠는가?"

그때서야 알라딘은 사태의 진상을 파악하고, 칼리프 하룬 알 라시드 앞에 엎드려 칼리프의 자비와 은총에 감사드렸다. 그러자 칼리프는 이 모든 것을 축복하는 뜻으로 즈바이다에게 비파 연주를 한 곡 청했다. 즈바이다의 비파 가락은 바위라도 일어나 춤을 출 것처럼 아름다움과 흥겨움의 극치를 이루었다. 그들은 이렇게 더없이 즐거운 밤을 보냈다.

이튿날, 알라딘은 쟁반 열 개에 진귀한 선물을 받쳐 들고 칼리프를 알현하였다. 칼리프는 기꺼이 선물을 받아들이고 어의 한 벌을 하사하였다. 게다가 알라딘을 그의 장인 노인이 맡고 있던 상인 총수에 임명하고, 칼리프의 술친구로 삼아 매달 1,000디나르의 수당까지 지급했다.

얼마 후, 60인 패의 우두머리가 후사도 없이 죽자 칼리프는 그 자리도 알라딘에게 물려받도록 은총을 베풀었다. 이렇듯 알라딘은 상인들의 총감독으로서, 우위장에 장인 아마드 알 다나흐를, 좌위장에 하산 슈만을 거느리게 되었다.

아내와 사별한 알라딘, 노예 재스민과 재혼한 후 누명을 쓰다

그렇게 행복한 나날을 보내던 어느 날, 즈바이다는 갑자기 숨이 끊어져 그만 급사하고 말았다. 알라딘의 슬픔은 이루 말할 수 없었다. 칼리프는 비파를 잘 타는 후궁 크트 알 크르브를 불러, 알라딘이 비파를 잘 타는 아내를 잃고 상심이 크니 그를 위로해주고 그를 위해 비파를 연주해주라고 일렀다. 그리고 알라딘에게 크르브를 아내로 줄 테니 집으로 데리고 가라고 명령했다.

알라딘은 감히 임금의 것을 신하의 것으로 삼을 수 없다면서 크르브와 동침하지 않았다. 그리고 후궁에게는 하루 생활비로 100디나르씩을 주었다. 후궁이 상처한 알라딘의 마음을 위로해줄 것으로 기대한 칼리프는 알라딘의 얼굴에 점점 슬픔의 기색이 역력하자 더욱 알라딘을 측은히 여겼다. 그런가하면 한 가지 궁금한 점도 있었다. 후

궁까지 하사한 칼리프에게 감사해야 하는데도 오히려 알라딘은 점점 칼리프를 서먹서먹하게 대했기 때문이었다.

칼리프가 그 연유를 묻자 알라딘이 대답했다.

"군왕에게 어울리는 것은 노예에겐 어울리지 않습니다."

그리고 후궁의 손목 한 번 만진 적도, 후궁의 곁을 찾은 적도 없으니 다시 거둬달라고 간청했다. 손수 크르브를 불러 사실을 확인해보니 알라딘의 말 그대로였다. 칼리프는 후궁을 다시 궁전으로 데려오고, 자파르에게 1만 디나르를 주어 알라딘에게 노예 처녀를 하나 사주라고 명령했다.

자파르와 알라딘은 노예시장에 나갔다. 그런데 그날 마침 바그다드의 총독이자 경비대장인 하리드 태수가 자기 아들 하브자람 바자자를 데리고 여자 노예를 사려고 왔다. 태수의 아들 하브자람 바자자는 나이 스물이 되도록 말도 탈 줄 모르는 겁쟁이에다가 얼굴도 못생겨 어떤 여자에게도 거절당하는 남자였다. 그래서 태수 부부는 할 수 없이 여자 노예로 배필을 삼고자 한 것이다.

노예 중에는 인물과 맵시가 몹시 아름다운 처녀 재스민이 있었는데, 하필이면 알라딘과 하브자람 둘 다 이 재스민을 맘에 들어 하는 바람에 둘 사이에 경매가 붙고 말았다. 몸값이 1만 디나르까지 치솟자 거간꾼은 이만하면 됐다고 생각하고 자파르에게 재스민을 내주었다. 알라딘은 재스민을 자유의 몸으로 만들어주고 혼인 계약서를 작성해 집으로 데려왔다.

그런데 이 소식을 들은 태수의 아들은 상심하여 병석에 눕고 말았다.

어느 날, 한 노파가 태수 부인을 찾아왔다. 노파의 아들 아흐마드 카마킴을 잘 봐달라고 청탁하러 온 것이다.

카마킴은 눈동자라도 훔칠 수 있는 대도이자 나쁜 일은 도맡아 저지르는 천하의 악당이었다. 한때는 자파르의 추천으로 야경대장이 된 적도 있으나, 또다시 돈을 훔치다 들키는 바람에 사형에 처해질 뻔하다가 자파르의 유명한 변호 덕분에 교수형을 면하고 종신형으로 감형을 받아 감옥살이를 하고 있는 터였다.

카마킴을 재판할 당시 한사코 처형을 반대하는 자파르에게, 칼리프가 어찌하여 천하의 망나니를 변호하느냐고 묻자 자파르의 대답이 걸작이었다.

"이 세상에 최초로 감옥을 만든 사람은 현자이온데, 감옥이란 살아 있는 자의 무덤이며 죄인의 적에게는 더없는 기쁨입니다. 그러니 카마킴을 그냥 감옥에 가둬두는 것이 죽이는 것보다 더 큰 형벌인 셈입니다. 하온데 어찌 제가 그를 변호한다고 할 수 있겠습니까?"

그럴듯하다고 여긴 칼리프는 카마킴을 종신형에 처하고 죽을 때까지 가둬두라고 명령했다. 그리하여 차꼬를 찬 채 감옥에 갇힌 카마킴은 "태수 부인에게 청탁을 넣어 석방시켜달라"고 매일같이 어머니를 졸랐다. 노파는 견디다 못해 태수 부인을 찾아온 것이다.

그런데 태수 부인 역시 아들 때문에 슬픔의 머리끈을 이마에 감고 있었다. 노파는 자기 아들 카마킴을 석방시켜주면 분명 그가 태수의 아들을 살려줄 거라고 장담하면서 끈질기게 유혹했다. 결국 태수 부인은 아들을 살릴 수 있다는 꾐에 넘어가 노파의 청을 들어주기로 약속했다.

태수 부인은 노파가 가르쳐준 계책대로 그날 밤 아름다운 옷과 값비싼 보석으로 치장하고 남편에게 다가가 갖은 애교를 부리고 남편의 욕정이 불타오를 때를 기다려 슬그머니 작전을 개시했다.

"남자는 여자에게 무언가 부탁할 때엔 먼저 자기 생각을 관철시키는데, 남편은 아내가 무엇을 부탁해도 좀처럼 들어주지 않으니, 참 이상한 일이에요."

태수는 아내에게 소원이 무엇이냐고 물었다.

"먼저, 제 부탁을 들어주지 않으신다면 이혼에 동의하겠다고 맹세해주세요."

태수 부인은 기어이 이혼 서약을 받아낸 다음에서야 입을 열었다.

"칼리프께 간청을 드려 카마킴을 석방시켜주세요. 칼리프께 가서 직접 이렇게 말씀드리세요. 그가 깊이 회개하고 있으며, 게다가 불쌍한 노모가 혼자 살고 있으니 석방해주시면 신의 보답을 받으실 것입니다, 라고요. 계속 애원하면 칼리프께서는 틀림없이 들어주실 거예요."

태수는 아내의 부탁을 들어주기로 굳게 약속한 다음에야 다시 아내의 몸을 안고 이미 불붙은 욕정을 마음껏 풀 수 있었다.

다음 날 태수는 일단 먼저 감옥에 갇힌 카마킴을 면회했다. 카마킴은 깊이 뉘우치고 있으니 세발 용서해달라고 빌었다. 진심으로 참회하고 있다고 믿은 태수는 그를 감옥에서 끌어내 칼리프 앞으로 데리고 나갔다. 그리고 칼리프에게 카마킴의 불쌍한 노모를 봐서라도 선처해달라고 호소했다. 카마킴 역시 진심으로 후회한다고 애걸복걸 빌었다. 자파르까지 용서해주라며 거들고 나서자, 칼리프는 다시는 죄를 짓지 않겠다는 다짐을 받고나서 그를 풀어주고 야경대장으로 복직시켰다.

카마킴은 석방 뒤 얼마 동안은 업무도 성실하게 수행하고 아무 말썽도 부리지 않았다. 태수 부인은 노파에게 "아들을 구해주었으니 이제 빨리 재스민을 빼앗아오라"고 닦달했다. 노파가 아들에게 태수 부인과의 약속을 상기시키며 채근하자, 카마킴은 식은 죽 먹기라며 오늘 밤 당장 해치우겠다고 큰소리쳤다.

마침 그날 밤은 칼리프가 왕비와 함께 하룻밤을 보내는 날이었다. 왕비와 잘 때면 칼리프는 으레 습관처럼 염주며 단도며 옥쇄를 어의와 함께 거실 의자 위에 놓아두었다. 칼리프는 소지품 가운데 황금실로 꿴 세 개의 보석이 박힌 황금 램프를 가장 애지중지하였다.

카마킴은 밤이 되기를 기다렸다. 카노푸스 별이 밤하늘에 반짝이고, 모든 생물이 어둠의 장막에 싸여 잠에 빠질 때 단도와 갈고리 달린 밧줄을 들고 칼리프의 거실로 걸음을 재촉했다. 그는 사다리를 놓고 지붕 끝에다 갈고리 달린 밧줄을 걸친 뒤 밧줄을 타고 올라 마침내 지붕을 통해 궁전 거실로 내려갔다. 그는 잠든 내시들에게 마취제를 맡게 하여 깨어나지 못하게 한 후, 칼리프의 옷과 단도, 염주, 백포, 반지, 그리고 진주를 박은 황금 램프를 모두 자루에 쓸어 담아 알라딘의 집으로 갔다.

알라딘은 재스민과 함께 단잠에 빠져 있었다. 카마킴은 담을 넘어 객실로 들어가, 바닥 대리석 한 장을 떼어내고 구멍을 판 다음 훔친 물건들을 묻고 다시 대리석 판을 제자리에 박고 들어왔던 길로 다시 나왔다. 그런데 카마킴은 훔친 물건 가운데 황금 램프만은 너무 탐이 나서 자기가 집으로 가져왔다. 그는 불을 켜놓고 옆에 앉아 술을 마시면서 황금 램프를 음미했다.

다음 날 칼리프는 자신의 소지품이 모두 없어진 걸 알고는 노발대발했다. 총독 겸 경비대장인 하리드 태수와 야경대장 카마킴이 불려나왔다. 당장 도난당한 물건을 찾아오지 못하면 죽이겠다는 칼리프의 호통에 태수는 야경대장 카마킴이 적임자이니 그에게 맡기자고 청했다. 칼리프가 허락하자 카마킴은 책임지고 찾아낼 테니, 그 대신에 재판관과 입회인 둘을 붙여달라고 부탁했다. 칼리프의 물건을 훔친 사람이라면 보통 권력자가 아닐 터이니 야경대장의 지위로는 함부로 수색하거나 체포하기 어렵기 때문이었다.

"내 아들이라 할지라도 용서치 않을 테니, 대신이든 권력자든 가리지 말고 모두 철저히 수색하라!"

칼리프의 지엄한 명령에 따라 카마킴은 재판관과 입회인을 맘대로 부려 어떤 권력자의 집도 수색할 무제한의 권한을 부여받았다.

카마킴은 칼리프의 궁전을 시작으로 자파르 대신의 저택, 시종과 부왕의 저택 순으로 샅샅이 뒤져나갔다. 그리고 마침내 알라딘의 저택을 수색할 차례가 되었다. 카마킴이 막대기로 객실 대리석 판을 내리치자 대리석이 산산조각 깨지면서 무언가 번쩍 빛나는 것이 보였다. 재판관과 입회인이 지켜보는 가운데 구멍을 파헤치자 칼리프의 소지품이 나왔다. 아무런 영문도 모른 채 알라딘은 결박당해 끌려갔다. 알라딘의 아이를 잉태한 재스민은 키마킴에게 잡혀 태수 집으로 끌려갔다.

태수 아들 하브자람 바자자는 재스민을 보자마자 정신이 번쩍 들어 자리에서 일어나 한달음에 재스민에게 다가갔다. 재스민은 허리띠 사이에서 단도를 뽑아 들더니 "가까이 오면 너도 죽이고 나도 죽겠다"고 위협했다. 태수 부인은 아들의 소원을 들어주라고 호통을 쳤지만, 재스민은 "한 여자더러 두 남편을 섬기라니 그건 어느 나라 법률이냐"고 쏘아붙였다. 결국 아들은 뜻을 이루지 못해 다시 병석에 눕게 되었고, 화가 난 태수 부인은 재스민의 옷을 찢고 장식물을 다 뺏고 허드레옷을 입힌 후 부엌으로 쫓아 하녀로 만들어버렸다.

재스민은 장작을 패거나, 양파 껍질을 벗기거나, 아궁이에 불을 지
피는 따위의 천한 일과 고통을 꿋꿋이 버텨나가면서 결코 태수 아들
의 요구에 응하지 않았다.

알렉산드리아로 피신한 알라딘, 아들 덕분에 누명을 벗다

한편 상인 총수이자 감독인 우위장 하산 슈만은 알라딘의 장인인
좌위장 아마드 알 다나흐에게 알라딘이 무고한 누명을 쓰고 사형대로
향하고 있다는 소식을 전해주었다. 아마드는 감옥을 찾아가 옥리를
구슬려 알라딘을 빼닮은 사형수를 구해 그 머리에 보를 씌우고 형장
으로 끌고 갔다. 때마침 알라딘도 형장에 끌려나와 있었다. 아마드가
알라딘의 사형 집행인에게 다가가 발등을 꽉 밟자 그는 "공무 수행중
이니 비키라"고 말했다. 아마드가 눈을 부라리며 외쳤다.

"이런 괘씸한지고! 이놈을 알라딘 대신으로 끌고 가서 처형해라.
알라딘은 무고한 죄로 끌려온 것이야. 아브라함이 이스마엘 대신 숫
양을 죽였듯 우린 이 사내를 대신 죽여야겠다."

사형 집행인은 아마드가 데려온 다른 사형수를 알라딘 대신 교수
대에 올려 처형했다. 그사이에 아마드는 알라딘을 떠메고 재빨리 집
으로 돌아왔다.

이 모든 불행한 사건은 원한을 품은 자가 알라딘에게 누명을 씌운

소행임이 분명했다. 따라서 무죄가 밝혀질 때까지 알라딘을 바그다드에서 떠나 있게 하는 것이 좋을 성싶었다. 아마드는 우의장 하산 슈만에게 뒷일을 부탁한 뒤 알라딘을 데리고 알렉산드리아로 갔다. 마침 경매에 나온 뒷방 딸린 고물상이 있어 알라딘에게 고물상을 차려 주었다. 알렉산드리아에서는 모든 토지나 가게는 국가에 속해 있었다. 나흘 후 장인 아마드는 알라딘을 남겨놓고 바그다드로 돌아갔다.

한편 칼리프는 알라딘의 시신을 보러 자파르와 함께 형장으로 나갔다. 시신을 살펴본 칼리프는 아무래도 '고지식한 사람'이란 별명이 붙은 알라딘이 아닌 듯싶었다. 시신은 알라딘보다 키가 커 보였다. 칼리프가 의아해하자 자파르는 목을 매달면 자연 커지게 마련이라고 대답했다. 이번엔 알라딘의 얼굴은 흰데 시신의 얼굴은 검다고 지적하였다. 자파르는 사람이 죽으면 모두 얼굴색이 검게 변한다고 대답했다.

마지막으로 시신을 사형대에서 끌어내려 자세히 살펴보았다. 그런데 발뒤꿈치에 두 장로인 아브 바쿠르와 우마르의 이름이 새겨 있는 것으로 보아 시신은 시아파였다. 칼리프가 "알라딘은 수니파인데 이게 어찌된 영문이냐"고 캐묻자 자파르도 "이 시신이 알라딘인지 아닌지 도저히 알 수가 없다"고 대답했다. 칼리프는 어쩔 수 없이 시신을 매장하라 이르고는 궁으로 돌아왔다.

그 뒤 알라딘에 대한 이야기는 이 세상에 없었던 것처럼 완전히 잊히게 되었다.

한편 태수의 아들 하브자람 바자자는 상사병으로 끝내 세상을 떠나고 말았다.

재스민은 알라딘의 아들을 낳아 아스란이라 이름 지었다. 아이는 무럭무럭 자라 제법 걸을 수 있게 되었다.

그러던 어느 날, 재스민이 일하는 틈에 아이가 방에서 나가 계단을 올라 객실로 갔다. 마침 객실에 앉아 있던 하리드 태수는 아이를 안아 무릎에 앉혔다. 아이에게 마음이 끌린 태수는 이 아이가 재스민과 알라딘 사이에서 태어났음을 알고, 자기 아들로 삼아 애지중지 키웠다. 이리하여 아스란은 태수를 아버지라 부르며, 남부러울 것 없는 환경에서 자라게 되었다.

어느덧 세월이 흐르고 흘러 열네 살이 된 아스란은 출중한 무예와 재예를 겸비한 기사로 명성을 드높였다.

어느 날 아스란은 대도 카마킴과 어울려 선술집에서 술을 마셨다. 카마킴은 주머니에서 황금 램프를 꺼내 불을 켜놓고 건배를 했다. 한참 술이 거나해질 무렵이 되자 아스란은 카마킴에게 황금 램프를 달라고 졸랐다. 카마킴은 "이 램프 때문에 목숨을 잃은 사람이 있기 때문에 안 된다"고 딱 잘라 거절하였다. 카마킴은 아스란을 태수의 죽은 큰아들 하브자람 바자자의 친동생으로 알고 있었다. 그래서 아스란의 형 하브자람 바자자가 재스민이라는 여자 노예 때문에 상사병에 걸린 일이며, 카마킴이 칼리프의 옷과 황금 램프를 훔쳐 알라딘에게 무고한 죄명을 씌워 죽게 한 일 등을, 우쭐하는 영웅심에 사로잡혀 낱낱이 털어놓고 말았다.

아스란은 집으로 돌아가는 길에 마음속으로 행여 그 알라딘이 아버지가 아닐까, 짐작하면서 무거운 마음으로 걷고 있었다. 그때 우연히 경호대장 아마드 알 다나흐를 만났다. 노인은 젊은이의 얼굴이 알라딘을 쏙 빼닮은 것을 대번에 알아보고는 "네 아버지는 알라딘이 분명하니, 어머니인 재스민에게 확인해보라"고 일러주었다. 아스란은 집에 돌아오자마자 어머니를 졸라 마침내 알라딘이 아버지임을 알아냈다. 어떻게 하면 아버지의 원수를 갚을 수 있을까, 고민하는 아들에게 어머니는 방금 만난 경호대장 아마드를 찾아가 도움을 청하라고 일렀다.

아스란은 즉시 경호대장을 찾아가, 카마킴이 황금 램프를 갖고 있다는 것이며 카마킴에게서 들은 얘기를 낱낱이 알렸다. 경호대장 아마드는 아스란에게 아버지의 원수에게 복수할 계책을 가르쳐주었다.

아스란은 노인이 시킨 대로, 양부인 하리드 태수에게 칼리프를 알현할 때 자기도 함께 데려가 달라고 졸랐다. 태수가 허락하자 아스란은 무장을 갖추고 태수와 함께 칼리프의 궁전으로 나갔다. 칼리프는 군사들을 데리고 바그다드 교외에 나가 두 조로 나누어 타구 경기를 시켰다. 타구는 방망이로 공을 쳐서 서로 상대방에게 넘기는 경기였다.

때마침 칼리프를 암살하기 위해 한 자객이 병사로 위장하고 잠입해 있었다. 자객은 별안간 공을 집더니 타봉으로 힘껏 칼리프의 머리를 향해 공을 쳤다. '아뿔싸' 하는 순간 아스란은 번개처럼 빠른 솜씨로 공을 맞받아 떨어뜨린 다음 그 자객을 향해 공을 되받아쳤다. 자객은 가슴 한가운데를 맞고 그 자리에 나자빠졌다. 끌려나온 자객은 칼리프를 암살하려던 계획을 실토했고, 그 자리에서 처형당했다.

칼리프는 "장하다, 아스란!" 하고 입이 닳도록 칭찬했다.

칼리프가 소원을 묻자 아스란은 아버지의 원수를 갚게 해달라고 호소했다. 하리드 태수는 친부가 아닌 양부이며 진짜 아버지는 알라딘이라는 것, 도적 카마킴이 실토한 자초지종을 칼리프 앞에서 폭로했다. 칼리프는 깜짝 놀라 득달같이 경호대장 아마드를 불러 도적 카마킴의 몸을 수색하도록 명령했다. 아스란의 말대로 카마킴의 주머니에서 황금 램프가 나왔다. 마침내 카마킴은 자신이 저지른 죄를 자백하고 벌을 받았다. 하리드 태수도 체포될 뻔했으나 양부를 용서해달라고 간청하는 아스람의 호소를 들어 은총을 베풀었다.

칼리프는 재스민의 신분을 원래대로 회복시키고, 알라딘의 집에 붙인 봉인을 떼고 열쇠와 함께 알라딘의 모든 재산을 재스민과 아스란에게 돌려주었다.

그때 경호대장 아마드가 칼리프에게 자기 죄를 용서해달라고 빌었다. 그리고 알라딘을 다른 사형수와 바꿔쳐 알렉산드리아로 데려간 사실을 자백했다. 칼리프는 그에게 금화 1만 디나르를 하사하고 당장 알라딘을 찾아 데려오라고 명령하였다.

알라딘, 죽은 줄로만 알았던 아내 즈바이다와 재회하다

한편 알라딘은 전 주인이 남겨놓은 고물을 다 팔고 마지막 남은 길쭉한 가죽 주머니 하나를 열어 보았다. 그런데 거기서 주먹만 한 보석이 하나 나왔다. 금줄이 달려 있는 보석에는 수많은 작은 면 가운데 다섯 번째 면에 작은 글씨로 이름과 주문이 새겨 있었다. 분명히 얼룩 마노라고 생각한 알라딘은 그것을 가게에 달아놓았다.

우연히 가게를 지나던 한 프랑크인 선장이 그 보석을 보더니 팔라고 졸랐다. 10만 디나르에 낙착을 보아 돈을 지불할 차례가 되었다.

프랑크인은 배에 돈이 있으니 배 있는 데까지 함께 가자고 했다. 알라딘은 문단속을 한 뒤 이웃에게 열쇠를 맡기면서, "혹시 장인 아마드가 찾아오거든 열쇠를 주고 행선지를 알려주라"고 일러놓고 프랑크인을 뒤따랐다.

프랑크인은 보석 대금을 치른 다음, 음식을 대접하고 싶으니 먹고 싶은 음식을 말하라고 했다. 알라딘은 그저 물이나 한잔 달라고 청해서 샤베트 물을 마셨다. 그런데 그 물을 마시자마자 알라딘은 정신을 잃고 쓰러지고 말았다. 그 물에는 마약이 들어 있었다. 프랑크인 선장은 쓰러진 알라딘을 싣고 곧장 배를 출항시켰다.

바람이 배 뒤에서 불어왔기 때문에 배는 거침없이 푸른 바다를 향해 달려 나갔다. 마약에서 깨어난 뒤에야 알라딘은 선장에게 속아 유괴당한 사실을 깨달았다. 프랑크인 선장은 이슬람교도 상인의 배를 약탈하고 포로 40명을 생포한 다음 제노아에 닻을 내리더니, 바다 쪽으로 난 궁전의 뒷문으로 다가가 얼굴을 가린 처녀에게 보석을 건네고 나서 보석 주인을 데려왔노라고 알렸다. 그리곤 배로 돌아와 무사히 도착한 걸 알리는 예포를 쏘았다.

왕이 마중 나오자 선장은 포로 40명을 쇠사슬에 묶어 궁전으로 데리고 들어갔다. 알렉산드리아 출신 포로 40명은 모조리 그 자리에서 칼로 베어졌다. 마지막으로 알라딘의 차례가 되었다. 알렉산드리아 태생이라는 한마디에 망나니가 칼춤을 추며 당장이라도 내려칠 기세였다.

그때 한 노파가 어전에 나타났다. 교회 일을 할 노예가 필요하다는 노파의 말에 알라딘은 천만다행으로 처형을 면하게 되었다. 그때부터 알라딘은 교회에서 빵을 만들고, 청소하고, 물을 긷는 온갖 허드렛일을 도맡아 했다. 게다가 교회에는 장님과 절름발이가 열 명쯤 살고 있었는데, 그들에게 변기를 갖다 주고 똥을 누고 나면 변기를 치우는 일까지 맡았다. 알라딘은 혼자서는 이 모든 일을 다 할 수 없다고 불평했다. 노파는 꾀를 하나 가르쳐 주었다. 노파가 일러준 대로 알라딘은 지팡이를 갖고 큰 행길로 나가 총독이든 누구든 지위나 신분의 상하를 가리지 않고 쫓아가서 "우리 주 구세주의 이름으로 선행을 하러 오라!"고 소리쳤다. 이들은 차마 선행을 거절할 수 없어 교회에 와서 봉사할 수밖에 없었다. 이들 자원봉사자들은 밀을 채 치고 갈고 반죽하여 구운 빵을 만들었다. 이렇듯 닥치는 대로 교회 일을 하면서 보내다 보니 어느새 17년이라는 세월이 흘렀다.

어느 날 노파가 알라딘에게 오늘은 나가서 외박하고 내일 들어오라고 했다.

국왕 요한나의 딸인 후슨 마리암 공주가 교회를 방문할 예정이니 공주 눈에 거슬리지 않게 나가 있으라는 뜻이었다. 알라딘은 나가는 척하고 교회 내부가 훤히 보이는 창 딸린 작은 방에 몸을 숨겼다. 얼마 안 있어 공주가 시녀들을 거느리고 교회 안으로 들어섰다. 공주의 자태는 넋을 잃을 정도로 눈부셨다.

그런데 공주의 옆을 뒤따르는 한 젊은 여자가 유난히 눈에 띄었다. 공주는 그 여자를 즈바이다라고 불렀다. 알라딘은 그 여자를 뚫어지게 바라보았다. 틀림없이 아내 즈바이다임이 분명했다. 공주가 비파 한 곡을 청하자 즈바이다는 부탁한 약속을 들어주기 전에는 분부를 따르지 않겠다고 버텼다. 그러자 공주는 "네 남편 알라딘은 지금 저기 저 방에서 우리 얘길 엿듣고 있다"고 말했다. 알라딘은 애끓는 그리움에 더 이상 참을 수 없어 한달음에 방을 뛰쳐나가 아내 즈바이다를 꽉 부둥켜안았다.

즈바이다와 공주는 알라딘에게 그동안의 사연을 들려주었다.

즈바이다는 마녀신의 부하에게 납치되어 이곳으로 끌려왔다. 후슨 마리암 공주는 전생의 인연으로 알라딘과 결혼하기로 되어 있었다. 즈바이다와 의논한 끝에 공주와 즈바이다는 하룻밤씩 교대로 알라딘과 동침하기로 합의하고 머잖아 알라딘이 이리로 올 때를 기다리고 있었다.

알라딘은 이슬람교도와 기독교도가 어떻게 결혼할 수 있느냐고 반문했으나 알고 보니 공주는 18년 동안 남몰래 이슬람교도로 살아온 사람이었다.

공주는 알라딘에게 마법의 보석 이야기도 들려주었다. 이 보석은 마법에 걸린 보고 속에 있던 것으로, 다섯 가지 힘을 갖고 있었다. 실은 공주의 할머니는 마법사였다. 비밀을 풀거나 감춘 보물을 찾아내는 데 아주 능했다. 그래서 마침내 이 보석을 손에 넣을 수 있었다. 공주는 열네 살 때 이슬람교에 귀의했으며, 할머니로부터 보석을 물려받았다. 할머니는 부친이 알렉산드리이 포로 손에 암살될 거라는 점괘를 예언하고 돌아가셨다. 그 뒤로 부왕은 알렉산드리아 출신 포로는 모조리 죽여왔다고 한다. 알라딘과 함께 잡힌 알렉산드리아 포로를 모조리 베어버린 이유가 그때서야 납득이 되었다.

할머니가 돌아가신 뒤 어느 날, 공주는 보석의 한 패를 손에 들고 자신의 장래를 점쳐 보았다. 놀랍게도 고지식한 충신 알라딘 외에는 배필이 없다는 점괘가 나왔다. 공주는 알라딘 몰래 가죽 주머니에 보석을 넣었다. 그리고 공주를 마음속으로 연모하는 선장이자 군인인 프랑크인에게 보석과 그 주인을 함께 데려오면 몸을 허락하겠다고 속였다. 프랑크인은 상인으로 변장해 알라딘에게서 보석을 산 뒤 대금을 미끼로 알라딘을 데려온 것이다. 또한 죽을 뻔한 순간에 노파를 보내 알라딘을 교회로 데려온 사람 역시 공주였다.

알라딘은 간절히 고향으로 돌아가고 싶었다. 그러나 공주는 아직 때가 아니라고 말했다.

"당신 이마에는 당신이 꼭 성취해야 할 일들이 적혀 있어요. 그것들을 모두 성취한 후에는 당신 마음대로 하시도록 내버려두겠어요. 게다가 알라딘 님, 기뻐하세요. 당신에게는 아스란이란 아들이 있어요. 벌써 분별을 지킬 수 있는 나이가 되어 당신 대신 칼리프를 섬기고 있어요. 그리고 진실이 행해지고 허위가 멸망하듯이 알라의 뜻으로 칼리프의 물건을 훔친 진범이 잡혔답니다. 바로 대도 카마킴이에요. 지금 그는 감옥에 갇혀 있어요."

진범이 잡히고 칼리프의 오해도 풀려 마침내 알라딘의 무죄가 밝혀졌다는 기쁜 소식을 듣자 알라딘의 마음속에 드리워진 먹구름이 말끔히 씻겼다.

알라딘은 후슨 마리암 공주와 결혼한 다음 다시 고국으로 돌아가고 싶은 심정을 토로했다. 공주는 알라딘을 조그만 방에 감춰놓은 뒤 궁전으로 가서 부왕과 연회를 즐기며 연신 부왕에게 술을 권해 왕이 만취한 틈에 마약을 넣어 마침내 왕을 쓰러뜨렸다. 공주는 알라딘을 궁전으로 데리고 왔다. 알라딘은 쓰러진 왕을 결박하고 차꼬를 채운 뒤왕을 깨웠다. 알라딘과 공주가 번갈아 이슬람교도로 개종할 것을 권했으나 왕은 꿈쩍도 하지 않았다. 알라딘은 단도를 꺼내 왕의 가슴깊숙이 찌르고 두루마리에 자초지종을 자세히 적어 시신의 이마 위에 올려놓았다.

알라딘과 공주, 즈바이다 세 사람은 궁전 안에 있는 값비싼 물건을 들고 궁전을 빠져나와 교회로 들어왔다. 공주는 보석을 꺼내 양탄자를 그린 면 위에 한 손을 놓고 비볐다. 그러자 눈앞에 양탄자가 나타났다. 세 사람이 앉자 공주가 주문을 외었다.

"양탄자야, 이 보석에 씌어진 이름과 부적과 글씨의 힘으로 너에게 부탁하노니, 우리들을 싣고 하늘로 올라가다오."

이게 어찌된 일인가. 양탄자가 하늘로 날아오르는 게 아닌가. 양탄자는 점점 하늘 높이 날아올라 풀 한 포기도 없는 마른 개울가에 당도했다. 공주가 양탄자가 그려진 면을 지상 쪽으로 향하고 비비자 양탄자는 지상으로 내려갔고, 막사가 그려진 면을 위로 하고 비비자 막사가 나타났다. 또한 세 번째 면을 하늘 쪽으로 향하게 하고 비비자 나무들이 쑥쑥 자라 수목이 우거지고 개울물이 돌돌 흐르기 시작했다. 식탁을 그린 네 번째 면에 대고 비비자 이번엔 온갖 산해진미가 차려진 식탁이 나타났다. 이렇게 먹고 마시고 쉬고 있는데 멀리 모래 먼지가 자욱하게 떠오르며 시야를 가렸다.

공주의 오라비인 왕지가 부왕의 죽음을 알고 세 사람을 뒤쫓고 있었다. 공주는 알라딘에게 싸울 수 있느냐고 물었다. 알라딘은 싸움은 고사하고 창칼도 다룰 줄 모른다고 대답했다. 공주는 사람과 말의 모습이 그려진 다섯 번째 면에 손을 대고 비볐다. 그러자 기사 하나가 돌연 사막 한복판에 나타나 왕자의 군대를 무찔러 쫓아버렸다.

다시 세 사람은 양탄자를 타고 알렉산드리아로 날아갔다. 알라딘은 두 여자를 동굴에 숨겨놓고 혼자 시내로 들어가 옷을 사가지고 돌아왔다. 여자들에게 옷을 갈아입히고 다시 시내로 데리고 갔다. 그리고 여자들을 뒷방에서 쉬게 한 다음 혼자 저잣거리로 나갔다.

그때 뜻밖에 알라딘을 찾으러 바그다드에서 알렉산드리아까지 온 경호대장 아마드를 만나게 되었다. 두 사람의 반가움과 놀라움은 이루 말할 수가 없었다. 알라딘이 겪은 파란만장한 모험에 아마드는 아연실색할 뿐이었다. 아버지 아마드와 딸 즈바이다는 끌어안고 감격의 눈물을 흘렸다. 이렇게 하여 알라딘과 아마드, 그리고 후슨 마리아 공주와 즈바이다 네 사람은 이번엔 카이로로 떠났다.

알라딘은 카이로의 황색거리에 있는 샤무스 알 디인의 집으로 들어섰다. 아들이 죽은 줄로만 알고 슬픔 속에서 살아온 알라딘의 부모와 집안 식구들은 모두 뛰쳐나와 알라딘을 껴안았다. 알라딘은 부모와 함께 일행을 이끌고 바그다드로 향했다.

경호대장 아마드의 전갈을 들은 칼리프는 아스란을 데리고 몸소 알라딘을 마중 나왔다.

수십 년의 세월이 흐른 뒤의 만남이니, 그 감회를 어찌 말로 표현할 수 있겠는가. 칼리프와 알라딘은 서로 꼭 껴안고 감격의 눈물을 흘렸다. 칼리프는 카마킴을 끌어내 알라딘에게 원수를 갚게 했다. 알라딘은 칼을 빼자마자 카마킴의 목을 단칼에 내리쳐 베어버렸다.

알라딘은 후슨 마리암 공주와 결혼식을 올렸다. 첫날밤, 공주는 무척 수줍어하면서도 뜨겁게 마주 안았다. 알라딘은 공주에게 파과破瓜의 아픔을 주었다. 공주는 아직 남자를 한 번도 경험하지 않은 청순한 진주와도 같은 숫처녀였다. 🌙

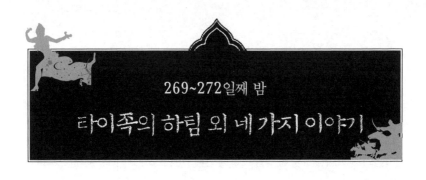

죽어서도 손님을 대접한 타이족의 하팀

타이족의 하팀 알 타이가 죽자 사람들은 산 정상에 시신을 묻고 무덤 위에 두 개의 바위를 깎아 만든 수반과 머리를 풀어헤친 소녀들의 석상을 세웠다. 산기슭에는 시냇물이 흘러 나그네들이 자주 그 근처에서 야영을 하곤 했는데, 한밤중부터 새벽까지 큰 울음소리와 넋두리가 들렸다.

어느 날 힘야르의 태수 즈르 쿠라이가 이곳 골짜기에서 야영을 하게 되었다.

그런데 그날도 슬픈 울음소리가 들려왔다. 사람들 말이 하팀의 무덤에서 나는 소리라고 했다. 태수는 농담 반 웃음 반으로 이렇게 말했다.

"여봐라, 타이족의 하팀! 우리가 오늘 밤 네 손님이다. 배가 고파

죽을 지경이다!"

한참 뒤 태수가 잠이 들었는데, 자다가 갑자기 깜짝 놀라 눈을 뜨더니 큰 소리로 외쳤다.

"큰일났다. 내 낙타 좀 살펴보고 오너라!"

하인들이 모두 달려가 보니 암낙타가 헐떡거리면서 쓰러져 있었다. 그런데 아무리 해도 살릴 수가 없었다. 죽을 거라고 판단한 사람들은 어쩔 수 없이 모두 달려들어 낙타의 목을 찔러 죽여 불고기를 만들어 먹어버렸다. 다 먹고 난 뒤 태수는 사람들에게 꿈 이야기를 들려주었다.

하팀이 한 손에 칼을 들고 나타나서는 "임금님이 오셨는데 아무것도 잡수실 것이 없다"고 걱정하더니 암낙타를 칼로 쿡 찌르더란 것이다. 태수는 아마 우리가 죽이지 않았어도 낙타는 필경 죽었을 것이라고 말했다.

다음 날 태수는 시종의 낙타를 타고 여행을 계속했다. 그런데 점심때쯤 웬 사람이 낙타를 타고 또 한 낙타는 끌고 다가왔다.

하팀의 아들 아디였다. 그는 아버지가 죽인 낙타 대신 드리는 것이니 아무쪼록 받아달라며 낙타 한 마리를 정중하게 내밀었다. 어젯밤 일을 어떻게 그가 알았는지 신기하기 짝이 없었다. 아디는 어젯밤 꿈 속에 아버지 하팀이 나타나 일러주었다고 했다.

"즈르 쿠라이 왕이 손님 대접을 하라고 했는데 아무것도 대접할 게 없어 그분의 낙타를 죽여 잡수시게 했단다. 그러니 네가 그분이 탈 낙타를 한 마리 갖다 드리거라."

즈루 쿠라이는 죽은 후에도 하팀의 인심이 여전히 후한 데 놀라면서, 그 낙타를 받았다.

황금촉 화살로 물 값을 치른 마안

마안 빈 자이다(관대하기로 유명한 하팀의 호적수)는 사냥을 나갔다가 목이 말라 죽을 지경이었다. 그런데 공교롭게 아무도 물을 가진 사람이 없었다.

때마침 처녀 셋이 물이 가득 든 가죽 주머니를 들고 왔다. 처녀들에게 물을 얻어 마신 마안은 물 마신 답례를 하려고 했으나 자신은 물론 일행 역시 수중에 돈 한 푼 없었다.

마안은 자기 화살 통에서 황금 촉이 달린 화살 열 개를 꺼내 세 처녀들에게 주었다.

자이다의 아들 마안과 바다위 사람

어느 날, 마안 빈 자이다가 사냥을 나갔다가 크자아 나라 사내를 만났다. 지난 두 해 동안 잇달아 기근이 들었으나 다행히 금년에는 날씨가 좋아 조생종 오이를 빨리 수확했단다. 그중 가장 잘 익은 오이를 골라 태수에게 드리려고 가는 길이라고 했다.

가격을 묻자 사내는 1,000디나르라고 대답했다. 마안이 비싸다고 하자 사내는 500디나르로 내렸고, 그래도 비싸다니까 300디나르… 100디나르, 50디나르, 30디나르까지 내렸다. 그러다가 마안이 "그래

도 비싸다면?" 하고 묻자, 그 사내는 내 당나귀를 태수 님 저택 구석
으로 몰아넣고 빈손으로 맥없이 집으로 돌아가는 수밖에 더 있겠느냐
고 대답했다.

마안은 궁전으로 돌아가 시종들에게 당나귀를 타고 오이를 가진 사
내가 오거든 자기한테 보내라고 일렀다. 그가 들어오자 아까처럼 가
격 흥정이 벌어졌고 오이 가격은 30디나르 이하로 떨어질 판이었다.
사내는 태수가 바로 아까 사막에서 만난 마안임을 알아보고 어쩔 줄
을 몰라 했다. 마안은 껄껄 웃으며 1,000디나르, 500디나르, 300디
나르, 100디나르, 50디나르, 30디나르를 모두 합친 2,180디나르를
사내에게 주었다.

라브타이트의 도성에 있는 탑의 비밀

로움 국 라브타이트 성(안달루시아에 있는 도성)에는 한 번도 문이 열
린 적이 없는 탑이 하나 있었다. 그런데 전임 국왕이 서거하고 새 그
리스인 국왕이 왕위에 오를 때마다 이 탑에 튼튼한 새 자물쇠를 하나
씩 걸었다. 이러다보니 세월이 흘러 자물쇠 수가 국왕의 숫자만큼 늘
어 무려 24개가 되었다.

그런데 어느 해, 왕가의 혈통을 이어받지 않은 왕(서고트 왕 돈 로드리
고)이 왕위에 오르게 되었다. 이 왕은 탑 속에 무엇이 있는지 궁금해
서 견딜 수가 없었다. 왕은 죽어도 열어봐야겠다고 고집을 부렸고,
중신들은 한사코 말리고 비난하고 경계하였다. 그러나 왕은 계속 옹

고집을 버리지 않았다. 중신들은 돈이든 보물이든 어떤 귀한 재물이라도 원하는 대로 진상하겠으니 제발 탑을 여는 것만은 말아달라고 애원했으나 왕에게는 여전히 마이동풍이었다.

결국 왕은 자물쇠를 비틀어 열고 안으로 들어갔다.

안에 들어가니 말과 낙타에 올라앉아 양끝이 축 늘어진 두건을 쓰고 어깨띠에는 칼을 메고, 손에는 긴 창을 든 아랍인 조각상이 늘어서 있었다. 거기엔 두루마리도 있었는데, 이렇게 씌어 있었다.

"이 문을 열었을 때에는 여기 그려 있는 풍채를 닮은 아랍인의 습격을 받고 이 국토는 정복되고 말 것이다. 그러니 결코 열지 말지어다."

결국 그해에 아랍인 타리크 이븐 지야드 장군이 도성을 정복했다(711~714년에 이슬람군은 스페인 이베리아 반도를 점령했다). 그는 왕을 참살하고 도성을 약탈하고 남녀를 포로로 하여 막대한 전리품을 수중에 넣었는가 하면, 그 밖에도 엄청난 보물도 발견했다. 진주와 호박 등 보석으로 만든 왕관 170개, 그리고 창을 던지며 싸울 수 있는 광막한 거실에는 이루 말로 다 표현할 수 없는 금은 그릇이 가득 차 있었다. 다윗의 아들 솔로몬을 위해 만들어진 식탁도 있었는데(아직도 그리스인 도시에 남아 있다), 전설에 따르면 초록색 에메랄드로 만들어졌고, 황금 그릇과 벽옥 접시가 곁들여 있다고 한다. 또한 보석을 박은 황금 판에는 고대 이오니아 문자로 적은 시편이 있고, 돌과 초목과 광물의 성질은 물론 주문과 부적의 용법과 연금술의 비결을 적은 책들도 있었다. 세 번째 책에는 홍옥과 그 외 보석의 절단법과 끼우는 법, 독약과 해독제의 조제법 등도 적혀 있었다. 그 밖에 지구, 바다, 여러 도시, 국토, 부락 등을 그린 세계지도도 있었다. 또 널따란 객실에는 연금술에 쓰는 분말이 가득 쌓여 있었는데, 이는 단 1드램으로 1,000드램의 은을 순금으로 바꾸는 힘을 가지고 있었다. 마찬가지로 다윗의 아들 솔로몬을 위한 크고 둥근 모양의 이상한 합금 거울도 있었는데, 이 거울을 들여다보면 아무나 세계 7대륙의 모습을 볼 수 있으며, 또 브라만의 호박이 가득 쌓인 방도 보았다고 한다.

타리크는 이 물건들을 모두 칼리프 알 왈리드 1세(우마이야 왕조 6대 칼리프, 재위 705~715)에게 보냈다.

그때 이후 아랍 인들은 세계에서 가장 아름다운 안달루시아의 여러 도시로 퍼져갔다.

(이 이야기는 스페인이 이슬람에게 정복당할 것이라는 예언이 이미 신탁에 나와 있음을 뜻한다.)

버릇없는 젊은이를 용서한 칼리프 히샴

칼리프 히샴 빈 압드 알 말리크 빈 마르완(우마이야 왕조 10대 칼리프, 재위 724~743)은 사냥을 나갔다가 영양 한 마리를 발견하자 사냥개를 데리고 뒤쫓았다. 그때 양에게 풀을 먹이고 있던 아랍 젊은이 하나가 눈에 띄었다. 칼리프는 그에게 양을 쫓아가라고 명령했으나 젊은이는 얼굴을 쳐들고 이렇게 말했다.

"예의를 모르는 놈이군, 나를 깔보고 사람을 업신여기는 말투로 명령하다니. 말투는 폭군 같고 하는 짓은 당나귀 같으니라고."

칼리프는 머리끝까지 화가 나서 소리쳤다.

"내가 누군 줄 알고 함부로 지껄이는 게냐?" 나는 너희들의 칼리프,

히샴 빈 압드 알 말리크니라!"

그래도 젊은이는 지지 않고 비아냥거렸다.

"당신 집에 알라의 은총이 없기를! 또 알라의 가호도 없기를 기도하겠소. 입만 나불거리고 덕 있는 행동이 너무 부족해!"

하지만 젊은이의 말이 채 끝나기도 전에 사방에서 칼리프의 부하들이 달려들어, 눈의 흰자위가 검은자위를 둘러싸듯 젊은이를 에워쌌다. 결국 젊은이는 체포되어 칼리프 앞에 끌려왔다.

젊은이는 절도 하지 않고 말도 한마디 않고 고개를 푹 숙이고만 있었다. 옆에 있던 내시가 어서 인사를 드리라고 아무리 호통을 쳐도 입이 떨어지지 않는다고 둘러대기만 했다. 너무 많이 걸어서 지쳤고 길이 험해서 땀을 많이 흘렸기 때문이라고 변명했다.

"이제 네놈은 세상 구경 다했다. 목숨이 붙어 있는 것도 오늘뿐이야."

칼리프가 이렇게 협박했지만 젊은이는 끄덕도 하지 않았다. 시종장까지 나서서 주제도 모르고 칼리프께 감히 말대답을 한다고 야단을 쳐도 그는 아랑곳하지 않았다.

"언젠가 모든 영혼은 스스로를 변호하게 되리라는 일라의 말씀도 모르는가?"

칼리프는 노발대발하며 함부로 주둥이를 놀리는 놈을 즉시 처형하라고 명했다. 망나니는 젊은이를 피받이 깔개 위에 꿇어앉혔다. 그리고 칼을 휘두르면서 칼리프의 하명을 기다렸다. 칼리프가 고개를 끄덕이고 마침내 망나니가 마지막 명령을 기다릴 때였다. 젊은이는 이젠 마지막이란 걸 깨달았다.

갑자기 그 순간 젊은이는 사랑니가 드러날 정도로 크게 웃으며, 우화 한 토막을 들려주었다.

"방금 한 시구가 생각났는데 한번 들어보시겠는지요. '매 한 마리가 재수 없게도 마침 그 앞을 지나가던 참새를 보고 달려들어 낚아챘습니다. 그러자 참새는 내 살은 빈약해서 당신의 배를 불리기엔 부족하고 당신의 훌륭한 음식이 되기에도 너무 초라한 안주라고 말했습니다. 매는 싱긋 웃으며 허영과 긍지가 솟아올라 참새를 놓아주었습니다.'"

이 얘기에 화가 풀린 칼리프는 크게 웃으며, 온화한 태도로 환대를 베풀었다.

"처음부터 이렇게 말했다면 왕위만 빼고 뭐든 원하는 대로 다 해주었을 것을. 여봐라, 이 자의 입에다 보석을 가득 넣어주고 융숭히 대접하라."

아브라함 빈 알 마디와 친절한 이발사

아브라함은 칼리프 하룬 알 라시드의 동생으로, 알 마디의 아들이다. 그런데 칼리프 하룬 알 라시드가 죽고 몇 년 뒤, 그의 아들 알 마문이 형 알 아민을 밀어내고 칼리프의 자리를 차지하자 아브라함은 새 칼리프 승인을 거부하고 라이이로 가서 스스로 칼리프라 칭하고 1년 11개월 12일 동안 옥좌에 앉아 있었다.

칼리프 알 마문은 아브라함이 귀순하여 복종하기를 이제나저제나 기다리다가 끝내 단념하고, 기사와 보병을 거느리고 아브라함을 치러 나섰다. 아브라함에게는 금화 10만 디나르의 현상금까지 붙어 있었다. 상금에 눈이 먼 사람들이 언제 어디서 그를 알아보고 밀고할지 알 수 없는 노릇이었다.

수배자 아브라함은 이렇듯 목숨이 위태로운 급박한 상황에 처하자 여자로 변장하여 바그다드로 피신 길을 떠났다.

그런데 정처 없이 길을 걷다가 우연히 들어선 곳이 하필이면 막다른 골목이었다. 빠져나갈 수가 없게 된 그는 때마침 어느 문 앞을 지키고 있는 흑인 노예에게 잠시 쉬어가겠다고 둘러대고 얼른 그 집으로 들어갔다. 혹시 노예가 밀고하지는 않을까 걱정하면서 불 위에 올려놓은 솥처럼 안달을 하고 있는데 아니나 다를까, 이발사인 집주인이 불쑥 들어서는 게 아닌가.

이발사는 먹을 것을 비롯하여 주방 기구와 식기들, 그 밖에 필요한 여러 물건을 내려놓곤 깍듯이 인사를 했다.

"잘 오셨습니다. 저는 이발외과의사(옛날에는 외과의사가 이발사도 겸했다)입니다. 이런 직업 때문에(수술을 하면 피가 나오게 마련이고, 이 탓에 피를 취급하는 외과의는 당시 천한 직업으로 간주되었다) 저와 함께 음식을 들기 싫어하실 줄 압니다. 그러니 손수 음식을 만들어 마음대로 잡수십시오."

아브라함은 몹시 시장하던 참인지라 당장에 요리를 한 냄비 만들어 배불리 먹었다. 그러자 이번엔 이발사가 기분 전환도 하고 시름도 잊을 수 있게 술을 마시라고 권하더니, 아브라함이 손수 술을 걸러 먹도록 술 재료와 항아리 술잔을 갖다 놓았다.

이발사는 과일까지 대접하며 온갖 친절을 다 베풀었다. 그뿐 아니라 비파를 가져오더니 아브라함에게 노래를 한 곡 청했다. 아브라함은 자기가 노래를 잘 부른다는 걸 어떻게 알았을까, 궁금했다. 그러나 놀랍게도 이발사는 아브라함의 신분이며, 위기에 처한 상황까지 이미 훤히 알고 있었다. 이발사는 이 집에 있으면 안전하니 언제까지나 머물러도 좋다고 말했다.

아브라함은 그의 충성심과 고매한 성품에 감동했다. 그가 비파를 뜯으며 노래를 부르자 이발사는 기뻐서 어쩔 줄을 몰랐다. 아브라함은 당대 제일가는 음악가였기 때문이다. 이발사가 이에 화답하여 비파를 뜯으며 노래를 부르자, 아브라함은 "그대의 호의로 슬픔도 시름도 눈처럼 녹아 사라졌노라"며 이발사가 손수 지은 노래를 한 곡 더 들려달라고 청했다. 이윽고 경쾌한 가락을 타고 이발사의 진실한 노래가 흘렀다.

한점 티도 얼룩도 없이 명예를 지켜갈 수 있다면
어떤 옷인들 그 몸에 아름답게 어울리지 않으랴.
그런 사람 얼마겠는가 비웃는다면 나는 말하리라,
마음이 고매한 사람, 정말이지 세상에는 드물다고.
적고 많음에 마음을 괴롭힐 까닭이 어디 있으랴,
명예를 파는 자들 널렸건만 하나같이 비천하니라.
아미르, 사무르, 세상의 갑남을녀, 죽음을 비웃지만
우린 죽음을 욕할 줄 모르는 기개 높은 족속이라네.
우리는 죽음을 사랑하며 운명의 종말을 맞이할진대,
저들은 죽음을 미워하며 더 살고자 발버둥을 친다네.
우리는 저들의 입에 발린 말이 거짓인 줄 알지만
우리 말을 거짓이라 비웃는 사람 하나 어디 있으랴.

이 노래를 들은 아브라함은 크게 기뻐하고 감탄했다. 이윽고 편안하게 하룻밤을 보낸 아브라함은 그의 친절과 인품에 보답하고자 금화가 든 지갑을 건넸다. 그러나 이발사는 "임금님께서 누추한 집에 왕림해주신 것만으로도 분에 넘치는 영광인데 어찌 돈을 받을 수 있겠느냐"며 극구 사양하였다. 공짜로 대접을 받을 수 없었던 아브라함은 집을 떠나려 했고, 이발사는 이 집보다 더 안전한 피신처는 없으니 계속 머물라고 만류했다. 그러나 아브라함이 돈을 받아야만 머물겠다고 우기자 이발사는 할 수 없이 지갑을 받았다.

아브라함은 며칠 동안 기분 좋게 지냈다. 그러나 이발사가 지갑의 돈에 손도 대지 않은 걸 안 아브라함은 집주인의 돈으로 먹고 살며 폐를 끼치는 게 수치스러워, 다시 여자로 변장하고서 몰래 집을 빠져나왔다.

두려움을 참으며 한참 길을 걷다가 다리를 건너려고 하는 찰나, 옛날 그를 섬기던 경비병과 마주치고 말았다. 첫눈에 아브라함을 알아본 경비병은 소리를 지르며 붙잡으려 했다. 아브라함이 있는 힘을 다해 경비병을 떠미는 바람에 그는 미끄러운 길바닥에 나자빠지고 말았다. 사람들이 몰려들자 아브라함은 허겁지겁 도망쳤다.

마침 열려 있는 대문 앞에 한 여자가 서 있기에 아브라함은 숨겨달라고 애원하며 집 안으로 숨어들었다. 여자는 이층 식당에 잠자리를 만들어주고 먹을 것도 가져다주었다. 얼마 뒤 문 두드리는 소리가 들리고, 조금 전에 아브라함을 잡으려 한 그 경비병이 들어왔다. 알고 보니 이 집은 그 경비병의 집이고, 여자는 바로 그의 아내였다. 경비병의 아내는 아브라함이 남편에게 부상을 입혔으며 더욱이 수배자라는 걸 알면서도, 며칠 동안 친절을 다해 숨겨주었다. 그러나 얼마 뒤 경비병의 아내는 혹시 남편이 알고 밀고할까 봐 걱정이 된 나머지 아브라함에게 도망치라고 귀띔해주었다.

아브라함은 다시 여자로 변장하고 예전에 자신의 노예였다가 지금은 자유의 몸이 된 여자를 찾아갔다. 여자는 눈물을 흘리며 슬퍼하더니 대접해드릴 만할 걸 사러 가야겠다며 밖으로 나가서 그 길로 아브라함을 밀고하고 말았다. 결국 아브라함은 체포되어 칼리프 알 마문 앞으로 끌려갔다. 아브라함은 칼리프에게 담담하게 말했다.

"폐하의 뜻대로 하십시오. 벌을 주는 것도 죄를 용서해주는 것도 오직 피의 복수를 요구하는 자만이 할 수 있는 것입니다. 그러나 자비는 신앙과는 종이 한 장 차이이니 알라는 폐하의 면죄를 다른 어떤 면죄보다 존중할 것입니다. 저의 죄는 다른 어떤 죄보다 중한 죄이므로 나를 벌주더라도 그건 공정한 처사입니다. 하지만 용서해준다면 그건 또 각별히 자비로운 처사일 것입니다."

덧붙여 그는 "용서한다면 그것은 은총, 벌을 준다면 그것은 정의"라는 노래를 불렀다.

칼리프 알 마문은 고민에 빠졌다. 왕자 알 아바스, 형제 아브 이샤크와 중신들을 돌아보며 칼리프는 수습책을 의논했다. 그들은 한결같이 사형을 주장하였다. 다만 저마다 주장하는 사형 방법만이 달랐을 뿐이었다. 그러나 대신 아마드 빈 알 하리드는 이렇게 충고했다.

"이런 사내를 사형에 처한 임금은 이제까지 얼마든지 있었습니다. 그러나 용서해주신다면, 이런 사내를 용서해주신 임금님과 같은 분은 이 세상에 둘도 없을 겁니다."

칼리프 알 마문은 고개를 숙이고 혼자 이런 노래를 중얼거렸다.

만일 내가 화살을 쏜다면 내 뼈를 상하게 할 뿐,
선악을 한 몸에 지닌 내 형제를 너그러이 대하라.
그대 애증이 언젠간 하나로 된다는 걸 모르는가?

청춘의 기쁨도 머리에 흰서리 내리면서 스러져가고

열매를 뜯길 때마다 나뭇가지엔 상처만 늘어간다네.

누구나 환락 때문에 선을 행하거나 악을 저지르고,

세상 사람 누군들 태어나서 나쁜 짓 한 번 아니하랴.

칼리프는 아브라함에게 재산도 토지도 돌려주고 용서하기로 했다. 아브라함은 용서할 수 없는 큰 죄를 저지른 자신을 용서한 칼리프의 자비와 관대함에 감사했다. 그리고 마음에서 우러나오는 기도로 칼리프를 충성으로 섬길 것을 맹세했다. 그러나 칼리프는 오히려 자비를 베풀 수 있게 해준 숙부에게 감사했다.

"당신의 겸손한 변명을 들으니 내 원한도 사라졌구려. 고배를 마시지 않고서도 나는 당신을 용서해준 셈이 되는군요."

이윽고 칼리프는 한참 동안 마루에 엎드려 기도를 올린 뒤 마침내 얼굴을 쳐들었다.

"내가 엎드려 기도를 한 것은, 당신을 용서하게끔 권고해주시고 당신에 대한 내 원한을 완전히 씻어주신 것에 대해 알라께 감사드리고 싶었기 때문입니다."

아브라함은 칼리프에게 수배 중에 겪은 고초를 들려주었다. 칼리프는 이발사와 경비병의 아내에게 후한 상을 내리고 아브라함을 밀고한 노예 계집에게는 태형 100대를 치고 종신형에 처했다. 그리고 경비병을 방혈이발사로 임명하고, 이발사에게서 외과의술을 배우게 했다.

금으로 만든 도시를 발견한 압둘라

압둘라 빈 아비 키라바는 잃어버린 암낙타를 찾으러 길을 나섰다. 예멘의 사막과 사바 지방을 헤매고 다니던 중 뜻밖에 커다란 성곽으로 둘러싸인 웅장한 도성이 나타났다. 주위에는 크고 높은 집이 우뚝 솟아 있었다. 압둘라는 사람들에게 암낙타의 행방을 물어보기 위해 성으로 다가갔다. 그러나 도성은 황폐했고 사람 그림자도 보이지 않았다.

압둘라는 낙타의 다리를 묶은 다음 단단히 각오를 하고 시내로 들어섰다.

하늘을 찌를 듯이 높다란 두 대문은 그 웅대함과 높이가 세계에서 비할 데가 없을 정도였는데 거기엔 흰색, 노란색, 초록색 등 갖가지 보석과 대리석이 아로새겨 있었다.

압둘라는 웅장하고 화려한 규모에 질려 넋을 잃었을 뿐 아니라 너무 무서워서 가슴이 떨리고 놀란 나머지 머리가 멍해질 지경이었다.

궁전은 메디나를 능가할 정도로 넓었고, 금은으로 만든 갖가지 색깔의 보석, 감람석, 진주 등을 아로새긴 기둥들이 높이 솟아 있었다. 바닥에는 진주와 사향, 용연향, 사프란 등 개암 열매만큼이나 큰 보석들이 뒹굴었다.

누각의 큰 지붕과 발코니에 올라서 아래를 내려다보니 아래쪽으로는 몇 가닥의 시내가 졸졸 흐르고, 큰 거리에는 열매를 매단 나무들과 껑충한 야자수들이 늘어서 있고, 집들은 황금을 입힌 벽돌로 지어져 있었다. 이곳은 내세를 위해 약속된 낙원임이 틀림없었다. 압둘라는 길에 깔린 보석과 겹겹이 쌓인 사향모래를 운반할 수 있을 만큼 갖고 고향으로 돌아왔다.

압둘라의 이야기는 여기저기로 퍼져나가 마침내 성지의 칼리프 아부 스프얀의 아들 무아위야의 귀에까지 들어갔다. 압둘라는 칼리프가 보낸 대사와 무아위야에게 그가 본 그대로의 이상한 광경을 되풀이 이야기해주었다. 그러나 그들은 한결같이 믿지 않았다. 결국 압둘라는 그곳에서 가지고 온 진주와 사향, 용연향, 사프란의 구슬 등을 꺼내 보여주었다. 그런데 다른 것들은 아직도 향기로운 냄새를 풍기고 있는 데 반해, 유독 진주만은 누렇게 변색되어 윤기를 잃고 바래 있었다.

칼리프 무아위야는 너무나 기이한 광경에 놀라 카아브 알 아바르를 불러 물어보았다.

"그 도성은 '세계에서 유래를 찾아볼 수 없는 원주로 장식한 회랑'을 말하며, 아드 대왕의 아들 샤다드 왕이 지은 것입니다."

그리고 카아브는 도성의 유래를 다음과 같이 들려주었다.

아드 대왕에게는 샤디드와 샤다드라는 두 왕자가 있었다. 부왕이 세상을 떠나자 두 왕자는 힘을 합쳐 정사를 돌보았고, 신하들을 비롯하여 온 백성이 두 형제 왕을 한결같이 섬기고 우러렀다. 그러다가 형 샤디드가 죽고, 동생 샤다드 혼자 도성을 다스리게 되었다.

샤다드는 원래 고서 읽기를 무척 좋아했는데, 우연히 어떤 책에 회랑이 달린 집들이 늘어섰고, 수목들이 우거져 익은 과일이 풍요롭게 주렁주렁 가지에 달린, 내세의 천국 이야기를 쓴 대목을 읽게 되었다.

샤다드는 갑자기 그런 낙원을 그대로 이 세상에 짓고 싶어 견딜 수가 없게 되었다.

왕에게는 360명의 왕후가 있고, 그 왕후 밑에는 각기 360명의 장長이, 그 장 밑에는 또 각기 수많은 병사가 있었다. 그래서 왕은 그들을 불러놓고 온 세계에서 가장 넓은 땅을 찾아 천국과 같은 궁전을 지으라고 명했다.

또한 샤다드 왕은 전 세계의 왕후들에게 친서를 보내 왕후는 물론 백성들이 소지한 것은 물론 깊은 바닷속까지 샅샅이 뒤져 보석과 귀금속을 긁어모아 오게 하였다. 전 세계에 군림하고 있던 360명의 왕후들은 20년을 하루처럼 이 명령을 수행했다.

그뿐 아니라 샤다드 왕은 여러 나라로부터 건축가, 공사 감독, 공장 인부와 직인 등을 모아 세계로 파견하여 황야이건 숲이건 가릴 것 없이 낱낱이 조사시켜 마침내 모래언덕과 산악 지대에서 멀리 떨어져 있고 샘이 솟아오르며 시내가 흐르는 광막한 무인 평원을 발견하고 그곳에 궁전을 짓기로 결정했다.

사람들은 강바닥으로 물길을 끌어가며 도성 건설에 온 정성을 쏟았다. 세계 각국의 왕후들도 보석과 진주, 홍옥, 순금, 순은 따위를 낙타와 배에 실어 운반해왔다. 이렇게 오랜 세월을 바친 공사 끝에 궁전이 준공되었다.

왕은 이번엔 하늘을 찌를 듯 높이 솟은 난공불락의 성벽을 쌓아 그 주위에 많은 누각을 세우라고 명령했다. 누각에는 대신이 살 수 있도록 감람석과 홍옥 원주를 만들어 지주로 삼고 둥근 천정은 황금으로 만들라는 왕의 명에 따라 또다시 공사에 오랜 세월을 바쳤다.

이제는 천도할 일만 남았다. 왕은 천도할 준비를 갖추고 여행을 떠나기로 했다. 여행 준비에만 또 오랜 세월이 걸렸다.

마침내 샤다드 빈 아드 왕은 숙원을 이룬 걸 기뻐하면서 무리를 이끌고 출발하였다. 앞으로 하루만 더 가면 '원주의 궁'에 당도하는 거리까지 오게 되었다.

그러나 이를 어찌하랴. 알라의 뜻으로, 왕과 그 불신의 일행들은 하늘에서 떨어진 벼락에 맞아 그만 한 명도 빠짐없이 몰살당하고 말았다. 그 바람에 왕도 시종도 그 누구도 그 도성을 단 한 번도 눈으로 보지 못하게 되었다. 또한 알라는 도성으로 통하는 길까지 폐쇄해버렸기 때문에 도성은 부활의 날과 심판의 날이 찾아올 때까지 그 장소에 그대로 남아 있게 되었다.

카아브는 그 도성에 가본 사람은 여기 있는 압둘라, 그리고 무함마드의 친구뿐이라고 말했다. 또한 알 샤비가 전하는 바에 따르면, 예멘의 힘야르 학자들이 다음과 같은 이야기를 들려주었다고 했다.

샤다드 왕이 전군과 함께 하늘의 벼락을 맞아 전멸했을 때, 그의 아들 샤다드 2세만은 하드라마우트와 사바의 왕으로 봉해져 남아 있었다. 샤다드 왕의 횡사 소식을 들은 왕자 샤다드 2세는 부왕의 시신을 사막에서 하드라마우트로 옮기고, 동굴에 무덤을 파 황금 옥좌에 시신을 눕히고 그 위에 보석으로 단을 친 70벌의 금자수 옷을 입힌 다음 마지막으로 머리맡에 황금 서판으로 표찰을 세웠는데, 거기엔 이런 시구가 새겨 있었다.

교만한 자여 명심하라, 덧없는 것은 이 목숨!

나는 아드 대왕의 아들 샤다드, 성채의 왕자,

또 원주와 권세 당당한 왕자이니, 세상 사람들

모두 내 복수를 두려워하여 내게 복종하였도다.

동서 온 천하가 내 손아귀에, 위세를 떨치도다.

신의 종인 사자가 내게 설득한 것은 구제이니라.

그러나 우리는 그 말을 듣지 않고 대답했으니,

안주의 땅은 아주 쉽게 찾을 수 있으리라고.

그 순간 공중에서 울려 퍼지는 벼락 소리 있어

우리 모두 베어놓은 볏단처럼 땅에 쓰러졌나니.

우리 모두 땅속에 누워 운명의 날을 기다리도다.

덧붙여 알 샤비는 이런 말도 전했다고 했다.

어느 날 두 사내가 이 동굴로 들어왔다. 계단을 내려가니 지하실
이 나왔다. 중앙엔 황금 옥좌가 있고, 그 위엔 기골이 장대한 사내
하나가 옥좌가 꽉 차도록 누워 있다. 그 시신에는 보석과 금은으
로 만든 수의가 입혀 있었고, 머리맡에는 글씨를 새긴 황금 서판이
있었다. 두 사내는 이 황금 서판은 말할 것도 없고 많은 금은 방망이
등을 훔쳐 갖고 돌아갔다.

칼리프와 시인이 똑같이 사랑한 여자

모술의 이삭이 전해준 이야기다.

어느 날 그는 알 마문 칼리프의 어전에서 물러나와 집으로 돌아가고 있었다. 술에 취해 오줌이 마려웠던 그는 골목으로 들어갔다. 그는 문득 골목 구석에서 오줌을 누다가 다치기라도 하면 어쩌나 염려하다가 골목 한복판에 섰다.

그때 어느 집에서 무엇인가 아래로 늘어뜨린 게 눈에 띄었다. 그것은 큰 광주리였는데, 바닥에는 비단이 깔려 있고 사방에 손잡이 네 개가 달려 있었다. 여기엔 틀림없이 무슨 까닭이 있을 거라고 짐작한 이삭은 술 취한 김에 비틀거리며 광주리 속으로 들어가 앉았다. 그 순간 기다리고 있었다는 듯이 광주리는 위로 끌어올려졌다.

그런데 꼭대기에 올라가니 처녀 넷이 기다리고 있는 게 아닌가. 처녀들은 이삭을 어느 집으로 안내했다. 그 집에는 방이 여러 개 있었는데, 그 방 안에는 칼리프의 궁전이 아니면 구경할 수 없는 호화 가구들이 있었다. 잠시 방에 앉아 있으니 처녀들이 한 줄로 들어왔는데, 하나같이 손에 촛불과 침향이 가득 든 향로를 들고 있었다. 그 처녀들 가운데 떠오르는 보름달처럼 아름다운 여자가 하나 있었다.

이삭은 자신을 상인이라고 속이고 그녀와 인사를 나눈 뒤, 먹고 마시며 흥취를 더했다. 이삭이 재미있는 모험담을 술술 풀어놓자 여자는 장사꾼이 이야기를 많이 알고 있는 점을 의아해했다. 이삭은 옆집에 살고 있는 칼리프의 술친구에게서 들은 이야기라고 둘러댔다.

여자는 이삭에게 노래를 청했다. 그는 전에는 노래하는 것을 좋아했지만 성격에 맞지 않아 그만두었다고 거짓말하고, 그 대신에 여자에게 노래를 불러달라고 했다. 여자는 일찍이 들어보지 못한 아름다운 음성으로 노래를 불렀다. 그리고 이 노래는 천재 음악가 이삭이 작곡한 것으로서 자신의 소원은 그의 노래를 직접 들어보는 것이라고 덧붙였다.

날이 밝아오자 유모가 시간이 다 됐다고 알려왔다. 여자는 만난 것을 비밀에 부쳐달라는 약속을 하고는 헤어졌다.

집에 돌아와 잠시 눈을 붙인 다음, 이삭은 어전으로 나아가 알 마문 칼리프와 상대하다가 밤이 되자 다시 그 여자에게로 가서 흥겨운 시간을 보낸 뒤 날이 밝아서야 집으로 돌아왔다.

밤에 한숨도 자지 못한 이삭이 막 잠자리에 들었는데, 칼리프의 사자가 부르러 왔다. 이삭은 다시 어전에 나아가 하루 종일 칼리프를 상대해주었다. 그런데 밤이 되자 칼리프는 잠깐 볼일을 보고 올 테니 돌아올 때까지 기다리라고 명하고는 어디론가 사라져버렸다.

이삭의 마음은 싱숭생숭, 여사를 만나고 싶어서 견딜 수가 없었다. 그는 칼리프에게 책망을 듣건 말건 상관없다는 듯 궁전을 뛰쳐나와 광주리를 타고 여자에게로 갔다. 제집 드나들듯 매일 밤 찾아오는 게 쑥스러웠던지 이삭은 여자에게 슬그머니 변명을 늘어놓았다.

"손님이란 사흘간 대접받을 권리가 있는 법이지요. 사흘이 지나도 내가 찾아온다면 그땐 나를 당신 마음대로 해도 좋습니다."

이렇게 여자와 함께 밤을 지낸 뒤 작별을 하려다 보니 문득 칼리프에게 책망 들을 일이 걱정되었다. 그래서 이삭은 여자에게 다음에 올 때는, 풍채도 신분도 출생도 더 좋은 사촌을 소개해주겠다고 제안했다. 여자는 좋다고 승낙했다. 집에 돌아오자 칼리프의 사자들이 들이 닥쳐 이삭을 어전으로 거칠게 끌고 갔다.

칼리프는 성난 얼굴로 앉아서, 이삭이 충성을 맹세한 신하의 도리를 저버리고 칼리프의 명령을 어긴 죄를 따져 물었다. 주위 사람을 모두 물리고 난 다음, 이삭은 칼리프에게 그동안 여자를 만난 자초지종을 들려주고 여자에게 모시고 가겠다고 약속했다.

밤이 되자 칼리프와 이삭은 궁전을 빠져나왔다. 이삭은 칼리프에게 여자 앞에서 절대 '이삭'이라고 자기 이름을 부르지 말라고 단단히 주의를 주었다. 두 사람은 광주리를 타고 여자에게 갔다.

칼리프는 한눈에 여자에게 반해버렸다. 여자도 칼리프를 환대하며 함께 먹고 마시며 노래 부르며 즐겼다. 어느새 취기가 오른 칼리프는 "여봐라, 이삭!" 하고 고함을 질렀다. 여자는 당장 두 남자의 신분을 알아채고는 놀랍고 당황한 나머지 다른 방으로 숨어버렸다.

칼리프는 이 집 주인이 누구냐고 소리쳤다. 유모가 들어와 칼리프 앞에 엎드리더니, 칼리프의 신하인 하산 빈 사르의 집이라고 말했다. 칼리프는 당장 하산 빈 사르를 불러서, 딸 하디쟈를 아내로 맞아들이고 싶으니 그날 밤 당장 첫날밤을 치르겠다고 명령했다.

아무에게도 얘기하지 말라는 칼리프의 명령에 따라 그날 이후 이삭은 세상 떠나는 날까지 그 얘기를 입밖에 내놓지 않았다. 낮에는 칼리프를 모시고, 밤에는 하디쟈를 상대로 보낸 나흘 동안의 즐거움을 누린 사람은 이 세상에 이삭 외에는 아무도 없을 것이다. 또한 알 마문 칼리프와 같은 사람을 본 사람도 없고, 아울러 하디쟈와 같은 여자를 사모한 사람도 없을 것이다. 이삭 외에는.

청소부와 귀부인의 우연한 사랑

메카의 순례 기간에 일어난 이야기다.

한 사내가 카바(메카의 이슬람교 성전)의 휘장을 움켜쥐고 배 속에서 나오는 소리로 고래고래 부르짖고 있었다.

"알라여, 제발 그녀의 남편이 다시 한 번 바람을 피우도록 하여, 그 덕분에 제가 그녀와 다시 사랑을 나눌 수 있게 해주소서!"

깜짝 놀란 순례자들은 사내를 붙잡아 실컷 때린 후 경비대장에게 끌고 갔다. 성소에서 불경한 말을 고래고래 외친 죄로 사내는 교수형에 처해질 참이었다. 사내는 경비대장에게 "사연을 들어본 뒤에 죽이든 살리든 하라"고 애걸복걸 매달리면서 사연을 털어놓았다.

나는 청소부다. 양 도살장에서 피를 운반하거나 썩은 고기를 성문 밖 쓰레기 더미에 버리는 일을 하고 있었다. 어느 날 내가 딩나귀에 짐을 싣고 끌고 가는데 사람들이 이리저리 쫓겨 다니는 게 아닌가. 그때 누군가가 내 팔을 잡아당기더니 "빨리 골목으로 들어와 숨지 않으면 맞아 죽는 수가 있다"고 외쳤다. 지체 높은 귀부인이 행차하는데 그 시종들이 거리를 지나가는 사람들을 쫓아버리고 닥치는 대로 마구 두들겨 팬다는 것이었다.

그래서 나도 당나귀를 끌고 얼른 옆 골목에 숨었다. 이윽고 곤봉을 든 호위병 수십 명이 앞서고, 여자 노예 서른 명이 뒤따르는 행렬이 나타났다. 그 가운데 버들가지 같고 목이 마른 영양과도 같은 귀

부인이 있었다. 상냥하고 아름답고 수심에 잠긴 듯한 아름다운 자태
는 어느 한군데 흠잡을 데가 없었다.

부인은 골목 입구에 들어서더니 좌우를 살핀 다음 시종 하나를 불
러 귓속말을 했다. 그러자 느닷없이 그 시종이 내게 달려들어 붙잡아
묶더니 끌고 갔다. 구경꾼들은 뒤를 쫓으며 이구동성으로 "불쌍한 청
소부에게 무슨 죄가 있느냐, 놔 주라"고 사정했지만 그들은 들은 체
도 하지 않았다. 나는 속으로 아마 귀부인께서 썩은 고기 냄새를 맡
고 속이 메스꺼워졌거나, 어쩌면 임신했거나, 어디 아파서 나를 붙잡
았다고 생각했다.

행렬은 어느 큰 저택 앞에 멈추었다. 나는 한 번도 본 적이 없는
호화롭고 넓은 방으로 안내되었다. 나는 이제 여기서 얻어맞아 아무
도 모르게 죽고 말 것이라는 두려움에 온몸을 부들부들 떨었다.

얼마 후 그들은 나를 끌어내 목욕탕으로 끌고 갔다. 잠깐 앉아 있
으려니 어린 여자 노예들이 다가와 내 누더기를 벗기고 몸을 씻기더
니, 한 꾸러미의 옷을 가져다 입혀주었다. 그리고 향수까지 뿌려준
뒤 나를 어느 방으로 안내하였다. 방 안은 가구와 그림으로 호화롭
게 꾸며져 있었고, 많은 시녀가 늘어선 가운데 인도산 등나무 긴 의
자에 누군지 알 수 없는 여자가 혼자 앉아 있었다.

이윽고 여자가 일어서더니 나를 불렀다. 자세히 보니 아까 거리에
서 본 그 귀부인이었다. 부인은 자기 옆에 나를 앉히고 군침이 절로
도는 산해진미를 나에게 대접했다. 내가 배불리 먹자 과일과 주안상
이 나왔다. 꿈인지 생시인지 구분을 못할 정도로 흥분이 된 나는 금
세 술에 만취되었다.

귀부인은 잠자리를 마련한 뒤, 내 손을 잡고 함께 잠자리에 들었

다. 우리 두 사람은 꿈을 꾸듯 서로를 감미롭게 애무하다가 이내 알몸이 되어 끌어안고 열락의 도가니로 빠져들었다. 나는 여자의 몸을 가슴에 안을 때마다 몸에서 풍겨 나오는 향기로운 냄새에 취해 마치 천국에라도 올라간 것 같았다. 아니면 애처로운 꿈의 환상 속에서 놀고 있는 것만 같았다.

날이 훤히 밝자 귀부인은 나에게 집이 어디냐고 물었다. 그리고 수놓은 손수건에 뭔가를 싸주더니 곧바로 목욕탕에 가라고 이르고 작별 인사를 했다.

내 오두막집으로 돌아와 손수건을 펴 보았더니, 금화 50디나르가 들어 있었다. 나는 돈을 땅에다 묻고, 잔돈 두 닢으로 빵과 식료품을 사서 아침 식사를 했다. 오후 기도 시간이 되자 노예 소녀가 찾아왔다. 나는 다시 귀부인의 방으로 안내되었고, 귀부인은 어젯밤과 마찬가지로 식사와 주연을 베풀었다. 나는 귀부인과 밤새도록 베개를 나란히 하고 사랑의 열락을 만끽하며 함께 잤다. 그리고 아침이 되자 작별 인사와 함께 50디나르가 든 손수건을 받아든 나는 집으로 돌아와 돈을 땅에 묻었다.

이렇게 오후 예배 시간에 여자한테 가서 날이 훤히 밝을 무렵 집으로 돌아오는 나날이 계속되었다. 그리고 여드레째 되는 날 밤이었다. 우리는 뜨거운 사랑을 나눈 후 서로 끌어안은 채 곤히 자고 있었다. 갑자기 여자 노예가 나를 깨워 조그마한 옆방으로 잡아끌더니, 잠시만 숨어 있으라고 했다.

얼마 뒤 와글와글 떠드는 소리와 함께 말발굽 소리가 들렸다. 곧 보름달 같은 젊은이가 부하들을 거느리고 나타났다. 그리고 성큼성큼 방으로 들어왔다. 그리고 긴 의자에 앉아 있는 귀부인 곁으로 다가오더니 바닥에 꿇어 엎드리고 부인의 손에 입을 맞추었다. 여자는 조금도 반가운 기색을 보이지 않았다. 남자는 계속 굽실거리며 여자를 위로하고 달랬다. 드디어 여자의 화가 풀렸는지 둘은 나란히 잠자리에 들더니 동침하였다.

아침이 되어 부하들이 모시러 오자 젊은 서방님은 말을 타고 떠났다.

이윽고 귀부인이 나를 부르더니, 사연을 말해주었다.

"아까 그 젊은 남자는 바로 제 남편이에요. 실은 남편이 찬모와 동침하는 걸 발견하게 되었어요. 그 순간 나는 바그다드에서 가장 더러운 남자와 동침하겠다고 맹세했어요. 그래서 꼬박 나흘 동안 바그다드 시내를 돌아다니며 내가 원하는 남자를 찾다가 마침내 당신을 발견하게 된 거예요. 제 맹세는 훌륭히 이행된 셈이지요."

그리고 귀부인은 화살 같은 눈초리로 나를 바라보았다.

"남편이 다시 찬모에게 돌아가 동침하는 날엔 나도 이전처럼 당신을 사랑해드리겠어요."

귀부인의 말에 내 눈에서는 눈물이 폭포처럼 쏟아졌다.

귀부인과 헤어진 뒤 나는 사원에 와서 알라에게 기도를 올렸다. 여자의 남편이 다시 한 번 그 찬모와 바람을 피우게 해달라고 기도했다. 그 여자의 사랑을 다시 받고 싶었기 때문이었다.

경비대장은 사연을 다 듣고 난 뒤 청소부를 석방하고 사람들에게 말했다.

"어서 당신들도 이 사내를 위해 기도를 올려주시오. 이 사람에게는 죄가 없으니까." ☾

가짜 칼리프와 실연의 아픔

칼리프 하룬 알 라시드는 잠이 오지 않아 민정시찰도 할 겸 바그다드 거리로 나가기로 하고, 대신 자파르, 검사 마스룰과 함께 상인으로 변장하고 궁전을 빠셔나왔다.

티그리스 강가에 이르자 칼리프 일행은 한 어부 노인에게 뱃삯을 넉넉히 줄 테니 뱃놀이나 하자고 부탁했다. 그러나 노인은 거절했다. "밤에 티그리스 강에서 뱃놀이하는 것은 법으로 금지된 데다가 요즘은 칼리프께서 매일 밤 어선을 타고 뱃놀이를 즐기시기 때문에 들키는 날에는 목숨이 위험하다"는 것이었다. 칼리프 일행은 노인을 끈질기게 설득해서 결국 홍문 아래에 배를 대고 있다가 (노인이 말한) '칼리프'의 배가 지날 때까지 숨어 있기로 하고, 가까스로 승낙을 받았다.

어부는 세 사람을 태우고 배를 저어갔다.

그때 뜻밖에 횃불과 화롯불을 휘황찬란하게 태우며 강 한가운데로 '칼리프'의 유람선이 내려오고 있었다. 노인은 재빨리 배를 홍문 아래에 대놓고 검은 천으로 세 사람을 가렸다. 칼리프 일행이 가만히 살펴보니 어선의 이물에는 수마트라산 침향에 불을 붙인 순금 홰를 한 손에 든 사내 하나가 장승처럼 서 있었다. 사내는 새빨간 비단옷을 입고 머리엔 모술에서 쓰는 폭이 좁은 터번을 둘렀다. 침향을 가득 담은 초록색 비단 주머니를 횃불 대신으로 사용하고 있었다. 고물 쪽에도 똑같은 차림의 사내가 홰를 들고 서 있었다.

어선 안에는 좌우로 늘어선 백인 노예가 200여 명, 순금제 옥좌 한복판에는 보름달처럼 수려하게 생긴 젊은이가 노란 금실로 수놓은 까만 옷을 입고 누워 있었다. 앞에는 대신 자파르를 닮은 사내가 앉아 있고, 머리맡에는 마스룰을 닮은 내시가 칼을 뽑아들고 서 있었다.

칼리프는 너무 놀라서 기가 막힐 지경이었다. 아들인 알 아민 아니면 알 마문이 아닐까 의심하고 있는 사이에 배는 어느덧 세 사람 앞을 지나 사라져갔다. 노인은 안도하며 가슴을 쓸어내렸다. 노인의 말에 따르면, 칼리프가 금년 들어 밤마다 뱃놀이를 즐긴다는 것이었다. 칼리프 일행은 내일 밤에도 배를 태워달라는 부탁을 하고 돌아왔다.

다음 날 밤 칼리프 일행은 또다시 상인으로 변장하고 노인의 배에 올랐다. 이번엔 뱃삯을 올려줄 테니 '칼리프'의 배를 따라가자고 부탁했다. 저쪽은 밝은 데 있고 이쪽은 어두운 곳에 있으니 절대 들키지 않을 것이라고 안심시켰다. 노인은 배 어두운 곳에 숨어서 나란히 노를 저어 나갔다.

가짜 칼리프의 배는 어느 통용문 앞에 멈추더니 횃불잡이를 앞세우고 부지런히 움직였다. 칼리프 일행도 배를 내려 가짜 칼리프의 행렬

을 뒤따랐다. 하지만 칼리프 일행은 얼마 안 가 횃불잡이들에게 발각
되어 가짜 칼리프 앞에 끌려갔다. 외국 장사꾼이라고 사정을 호소하
자 가짜 칼리프는 손님으로 모시라고 했다.

일행은 가짜 칼리프의 궁전에 다다랐다. 어떤 왕후도 이런 궁전을
가지고 있는 사람은 없을 정도로 호화롭고 웅장한 규모였다. 칼리프
일행은 눈이 휘둥그레졌다.

가짜 칼리프 일행은 식사를 대접하고 주연상을 차려왔다. 칼리프는
술을 끊었다고 술잔을 거절했다. 그러나 가짜 칼리프와 그 일행은 서
로 권하고 마시고 하다가 어느새 만취하였다.

칼리프와 자파르가 귓속말을 나누는 걸 본 가짜 칼리프는 귓속말은
실례이니 큰 소리로 말하라고 일렀다. 칼리프는 다 좋은데 노래가 없
어 서운하다고 둘러댔다. 그러자 가짜 칼리프는 막대기로 둥근 징을
쳤다. 한 처녀가 나와 상아 의자 위에 앉아 인도산 비파를 무릎 위에
올려놓고는 어머니가 젖먹이를 품듯이 비파 위에 몸을 숙이고 가락을
타며 노래를 부르기 시작했다.

이 가슴속 연정, 거짓과 꾸밈은 지우고
솔직히 털어놓으리, 당신이 그립노라고.
잘 보세요, 애달픈 가슴속 뜨거운 불길.
당신 탓에 눈시울 밝갛도록 흐르는 눈물.
살아 있는 한 누구든 피할 길 없는 운명,
당신 때문에 처음 맛보는 쓰라린 내 사랑.

처녀의 노래를 들은 가짜 칼리프는 감격한 나머지 비명을 내지르더

니 옷소매 자락을 북 찢었다. 내시들은 다른 옷을 갖고 나와 휘장으로 가리고 가짜 칼리프의 옷을 갈아입혔다. 또다시 징이 울리자 이번엔 또 다른 아름다운 처녀가 나타나 애절한 사랑의 노래를 불렀다. 가짜 칼리프는 더 크게 비명을 지르면서 옷을 마구 찢었고 또다시 휘장이 내려진 다음 옷을 갈아입었다.

이렇듯 네 번째 징이 울리고, 가짜 칼리프는 네 번이나 옷을 찢었다.

가짜 칼리프가 옷을 갈아입을 때였다. 휘장의 매듭이 풀리지 않아서 제대로 가려지지 않은 탓에 가짜 칼리프의 벗은 몸이 칼리프의 눈에 들어왔다. 그런데 옆구리에 채찍과 종려나무 가지로 맞은 흔적이 역력했다. 자파르는 한 벌에 1,000디나르나 하는 비싼 옷을 찢어버리다니 낭비가 너무 심한 게 아니냐고 따져 물었다.

"돈도 내 것, 옷도 내 것, 게다가 이 찢어진 옷은 하인들에게 하사품으로 주는 거요. 500디나르를 더 얹어 술 상대에게 하나씩 주는 것으로 되어 있소."

칼리프와 자파르는 또다시 귓속말을 나누었다. 가짜 칼리프는 수상쩍어하며 큰 소리로 말하라고 외쳤다. 자파르는 조심스럽게 채찍 자국의 사연에 대해 물었다.

가짜 칼리프는 자신의 기구한 사연을 털어놓기 시작했다.

나는 보석상 알리의 아들 무함마드 알리다. 바그다드의 귀족이었던 부친은 수많은 보석과 귀중품, 그리고 엄청난 부동산과 재산을 유산으로 물려주고 돌아가셨다. 나는 아버지의 뒤를 이어 가게를 운영하고 있었는데, 어느 날 시녀 셋을 거느린 아름다운 처녀가 가게에 나타났다. 처녀는 내 부친이 남겨준 10만 디나르짜리 목걸이를 사겠다고 하더니 대금을 받으러 따라오라고 했다. 나는 처음엔 대문 옆 걸상에서 기다리다가, 다음엔 현관 앞으로, 그 다음엔 객실 입구로, 그러다 방 안으로까지 안내되었다.

이윽고 목걸이를 구입한 처녀가 나타났다. 나는 그녀의 황홀한 자태에 홀딱 반해 넋을 잃고 말았다. 그런데 처녀 역시 나를 보고 한눈에 반해버렸다.

"실은 당신이 맘에 들었어요. 어쩌다 여기까지 모셔오게 됐는지 저도 믿어지지 않을 정도예요."

그러더니 처녀는 내게 몸을 숙이고 입을 맞추고는 내 가슴에 안겼다. 나도 처녀를 힘껏 으스러져라 껴안았다. 내가 그녀의 몸을 원한다는 걸 알아차린 처녀는 자신의 신분을 밝혔다. 처녀는 다름 아닌 자파르의 형제이기도 한 바르마크 가문 야햐 빈 하리드의 딸 도냐 공주였다.

공주는 그길로 재판관을 불러 나와의 혼인계약서를 작성하고 지참금으로 목걸이를 주기로 합의했다. 첫날밤을 맞아 나는 실을 꿰지 않은 진주이며 아직 남자를 태운 적이 없는 암말 도냐 공주의 처녀를 단숨에 빼앗고 말았다. 나는 이처럼 아름답고 순결한 아내를 주신 알라께 감사드리며 더없이 기쁜 마음으로 시를 읊었다.

칠흑 같은 밤이라지만, 사랑하는 임의 얼굴
등불보다 밝게 빛나기에 햇빛도 소용없어라.
팔은 산비둘기 발고리처럼 그대 목에 감기고
손바닥은 그대 입술 덮으니, 행복하여 죽겠네.
오직 한결같이 그대를 보듬어 안고 연모하네.

이후로 나는 가게도 집안도 돌보지 않고 꼬박 한 달을 아내에게만 빠져 지냈다.

어느 날 아내가 목욕탕에 간다며 나갔다. 그런데 나가기 전에 아내는 나더러 자기가 돌아올 때까지 의자에 앉아 기다리라고 했다. 절대 어디 가서는 안 된다는 맹세까지 시켰다. 그런데 아내가 채 한 길을 벗어나기도 전에 즈바이다 왕비의 호출 명령이 떨어졌다. 왕비의 유모는 왕비의 청을 거절해서 노여움을 사거나 왕비와 원수가 되면 큰일이니, 일단 왕비에게 가서 사정을 말하고 양해를 구하여 돌아오면 된다고 졸라댔다. 할 수 없이 나는 왕비 앞에 나아가 비파를 뜯으며 노래를 불렀다. 왕비는 흠잡을 데 없는 품격에 노래 솜씨까지 갖춘 나를 침이 마르게 칭찬하고 돌려보냈다.

그런데 집에 돌아와 보니 이미 아내가 의자에서 잠이 들어 있었다. 아내는 날 보자마자 맹세를 저버린 배신자로 매도하고 발로 걷어차 침대에서 떨어뜨렸다. 그리고 노예를 불러 배신자의 목을 치라고 명령했다. 놀란 집안 식구들이 모두 달려들어 말리며 간청했다.

"아씨의 성질을 몰라서 그런 것일 뿐, 죽을죄를 진 것은 아니니 부디 용서해주십시오"

그러나 아내는 무언가 벌을 주지 않으면 직성이 풀리지 않는다고 했다. 아내는 내 목을 베는 대신 채찍으로 나를 때리라고 노예에게 명령했다. 난 늑골을 얻어맞은 것도 모자라 집에서 내동댕이쳐져 내쫓기고 말았다.

며칠간 치료를 받고 원기를 회복한 나는 자리를 털고 일어나 모든 재산을 팔아버렸다. 그리고 어떤 왕도 모은 일이 없는 400명이나 되는 백인 노예를 사 들이고 금화 5만 디나르를 들여 호화로운 어선을

만들어 스스로 칼리프라 칭하고 다른 배들을 강에 띄우지 못하게 포
고를 내리고 1년 동안 밤마다 티그리스 강에 배를 띄워 뱃놀이를 즐
겨왔다.

칼리프 하룬 알 라시드는 무함마드의 뼈저린 시름과 고민, 불같은
애욕과 사랑에 측은함과 놀라움을 금치 못했다. 칼리프는 속으로 무
함마드의 사정을 감안하여 공평하고 관대하게 처리해주리라 결심했
다. 그래서 궁으로 돌아오자마자 무함마드를 불러들였다.

어젯밤의 상인이 바로 칼리프임을 알아본 무함마드는 대경실색하
였다. 칼리프는 용서한다는 표시로 흰 수건을 내려주고 그의 소원대
로 사랑하는 아내를 돌려보내 주겠다고 약속했다.

칼리프는 우선 도냐 공주를 어전으로 불러들였다.

처음에 시치미를 떼던 공주도 칼리프가 이미 둘 사이의 비밀을 다
알고 있는 걸 눈치채자, 자신의 부덕한 행위에 대해 알라의 용서를
빌고 칼리프의 관대한 처분을 빌었다.

칼리프는 재판관과 증인을 불러 두 사람의 혼인 계약서를 다시 작
성케 하고 둘의 사랑을 맺어주었다.

페르시아인 알리가 들려주는 이야기

어느 날 밤, 칼리프 하룬 알 라시드는 잠이 오지 않아 자파르에게
재미있는 이야기를 해달라고 졸랐다. 자파르는 자기보다 더 재미난

이야기를 많이 알고 있는 페르시아인 친구 알리를 데려왔다. 알리는 칼리프에게 이런 이야기를 들려주었다.

내가 바그다드를 떠나 여행을 할 때였다. 난데없이 쿠르드인이 나타나더니 내 가죽 주머니를 뺏고는 그 안에 든 물건이 모두 자기 거라고 우기는 게 아닌가. 아무리 내 거라고 주장해도 그는 자기 거라고 우겼다.

할 수 없이 나와 쿠르드인은 공정하게 판결받기 위해 재판관에게 갔다.

재판관은 먼저 고소인인 쿠르드인에게 주머니 안에 무엇이 들었는지를 물었다. 쿠르드인은 일반 평범한 사람들이 살아가는 데 필요한 모든 물건들을 장황하게 수십 가지 죽 나열했다. 이번에는 알리에게 물었다. 알리는 비꼬아줄 양으로 말도 안 되는 얼토당토않은 소리로 집과 궁전과 사람들이 들어 있다고 말했다. 그러자 쿠르드인은 알리가 말한 것보다 더 귀중하고 유명한 것들이 들어 있는데, 성과 성채, 학과 들짐승, 장기 두는 사람들까지 들어 있다고 말했다.

알리는 화가 났다. 그래서 쿠르드인보다 더 말도 안 되는 물건들을 나열하고 심지어 재판관이 잘못 판결할 때는 재판관의 수염을 깎아버릴 잘 드는 면도칼 100자루도 들어 있다고 떠들어댔다.

재판관은 어이가 없었다. 그래서 불같이 화를 냈다.

"그대 둘은 재판관을 우롱하고 벌을 두려워하지 않는 괘씸한 자들이요, 극악무도한 악인들이며, 그대들의 진술은 전대미문의 기괴한 조작이다. 알라께 맹세코 말하거니와 중국에서 사자라트 움 가이란에 이르기까지, 아니 파스에서 수단에 이르기까지, 와디 누만에서 호라산에 이르기까지, 아직껏 그대들의 진술 같은 말은 들어본 적이 없다. 그런 잠꼬대 같은 말을 믿을 사람은 아무도 없다. 자, 정신 똑똑히 차리고 말해보아라. 이 주머니가 밑바닥이 없는 바다라도 된다는 말이냐? 아니면 정직한 사람과 악인을 함께 모을 부활의 날이라도 된다는 것이냐?"

마침내 재판관은 주머니를 열어보라고 명령했다. 내가 주머니를 열자 그 안에는 빵과 레몬 한 개와 치즈와 올리브 열매가 들어 있는 게 아닌가. 난 결국 쿠르드인 앞에 주머니를 내던지고 두말하지 않고 돌아서 나오고 말았다.

칼리프는 허리를 움켜쥐고 크게 웃고는 알리에게 많은 선물을 하사하였다.

이맘 야부 유숩의 지혜

어느 날 밤, 칼리프 하룬 알 라시드와 대신 자파르는 술을 마시며 즐기고 있었다. 최근에 자파르가 사들인 노예 처녀가 맘에 든 칼리프는 그 노예를 자기에게 팔라고 했다. 자파르는 팔 수 없다며 맞섰다. 칼리프는 그럼 그냥 달라고 했다. 자파르는 그냥 줄 수도 없다며 버텼다. 칼리프는 마지막 카드를 내밀었다. 정 안 된다면, 즈바이다 왕비와 세 번째 이혼을 선언하겠다고 협박했다. 자파르도 이에 질세라 아내와 세 번 이혼하겠다고 응수했다.

얼마 뒤 술이 깨자 두 사람은 자신들이 궁지에 빠진 걸 알았다. 어떻게 이 궁지를 모면할 수 있을까 방법을 궁리하던 칼리프는 아부 유숩을 불렀다. 한밤중에 칼리프의 호출 명령을 받은 아부 유숩은 무슨 큰일이 난 줄 알고 허겁지겁 궁전으로 달려왔다.

칼리프가 자초지종을 설명하자 아부 유숩은 안도의 한숨을 쉬었다. 그는 아주 쉬운 문제라며 먼저 칼리프를 안심시킨 후 자파르에게 해결책을 제시했다.

"임금님께 그 여자의 절반을 팔고, 나머지 절반은 그저 바치는 것이 좋겠습니다. 그러면 두 분 다 자기 맹세에 어긋나는 일은 없을 것입니다."

칼리프와 자파르는 지혜로운 그의 조언에 따르기로 했다.

그런데 노예 처녀를 데리고 오자마자 칼리프는 몸이 달아 견딜 수가 없었다. 규칙대로 예식을 올려야 하겠지만 그동안을 도저히 참을 수 없을 것 같았다. 당장 욕망을 채우고 싶어 미칠 지경이었다. 이맘 아부 유숩은 율법을 어기지 않으면서 소원을 이룰 방법을 일러주었다.

"한 번도 자유의 몸이 된 적 없는 남자 노예를 이 처녀와 결혼시키십시오. 그런 다음 동침하기 전에 이혼하게 하는 겁니다. 그러면 예식을 올리기 전에 그 처녀와 동침하셔도 상관이 없습니다."

아부 유숩이 일러준 대로 칼리프는 백인 남자 노예를 데려와 처녀와 결혼시켰다. 그런데 이 노예가 이혼하지 않겠다고 버티는 게 아닌가. 이혼해주면 사례금으로 1,000디나르까지 주겠다고 제안해도 듣지 않았다. 이혼할 권한이 신랑에게 있다는 확답을 들고 난 백인 노예의 결심은 더욱 확고부동했다. 그는 절대 이혼하지 않겠다고 단언했다.

칼리프는 노발대발했다. 입장이 난처해진 아부 유숩은 기발한 해결책을 내놓았다.

"걱정하지 마십시오. 일은 간단합니다. 이 노예놈을 처녀의 재산으로 하면 됩니다."

칼리프는 처녀에게 남자 노예를 줄 테니 받으라고 명령했다. 처녀가 남자를 노예로 하사받자, 이제 남자 노예는 처녀의 남편이 아닌 처녀의 재산이 되었다. 아부 유습이 말했다.

"나는 두 사람에게 동침과 동석을 금하고 이혼을 명령한다. 그 이유는 이 백인 노예는 여자의 소유물이 되어 결혼도 자연 무효가 되었기 때문이다."

너무 기쁜 나머지 칼리프는 벌떡 일어나 외쳤다.

"이 시대에 법관으로 삼을 만한 사람은 바로 그대 같은 사람이로다."

칼리프는 아부 유습에게 황금을 수북이 담은 쟁반 여러 개를 하사했다. 그는 당나귀 사료 주머니를 가져와 황금을 가득 담아갖고 집으로 돌아왔다.

이튿날 아부 유습은 친구들에게 말했다.

"신학을 전공하는 것만큼 현세와 내세의 재산을 얻는 데 있어 쉬운 지름길은 없어. 이것 좀 보라구. 단지 두서너 가지 질문에 대답했을 뿐인데 이렇게 많은 돈을 벌었으니 말이야."

셰에라자드는 이야기를 마친 뒤 샤흐리아르 왕에게 덧붙였다.

이 일화에는 여러 재미와 교훈이 담겨 있는데, 대신이 칼리프에게 겸양의 미덕을 발휘했다는 것, 지혜로운 재판관을 선택한 칼리프의 슬기로움, 이맘의 뛰어난 학식 등이 그러하다고 설명했다.

사랑 때문에 도둑이 된 젊은이

하리드 이븐 압달라 알 카스리(우마이야 왕조 10대 칼리프 알 히샴 치세
〔724~743〕때 두 이라크, 바스라와 쿠파 중 바스라를 다스리던 총독)가 바스라를
다스리던 때의 일이었다.

어느 날 사람들이 태수 앞으로 한 젊은이를 데리고 왔다. 젊은이는
잘생긴 데다가 행동거지가 단정하고 향내를 풍기는 옷차림을 하고 있
어서 한눈에 보아도 명망가 출신임을 알 수 있었다. 또한 재주가 많
고 고상한 기품을 풍기고 있었다.

그런데 뜻밖에도 이 젊은이가 도둑질을 하다가 붙잡혔다는 것이
었다.

하리드 태수는 젊은이의 수려한 자태와 우아한 풍채에 그만 마음이
끌려 그에게 놓아줄 테니 변명을 해보라고 했다. 하지만 젊은이는 사
람들이 말한 그대로이며 변명할 게 없다고 했다. 잘생긴 외모에 분별
력도 있어 보이고 집안도 좋게 생긴 놈이 도둑질을 할 까닭이 무엇이
겠는가. 태수가 답답해서 다시 물었다. 젊은이는 더러운 재물에 눈이
어두웠던 탓이라느니, 신은 인간에게 불공평하지 않다는 코란의 구절
을 들먹이며 자승자박이라고 계속 죄를 인정했다. 태수는 젊은이를
가까이 불러, 도저히 자백이 믿어지지 않고 아무래도 말 못할 까닭이
있는 것 같으니 말해보라고 재차 기회를 주었으나, 젊은이는 자백한
것 외에 아무 할 말이 없다고 했다.

할 수 없이 태수는 젊은이를 감옥에 가두라고 명령했다. 젊은이는

발에 쇠사슬을 차고 감옥에 갇혔다. 조리꾼은 도적의 손을 자를 테니 구경하러 오라고 거리를 돌아다니며 선전했다. 태수는 아무래도 젊은이가 거짓말을 하고 있다는 생각이 들었다. 밤이 되자 태수는 젊은이를 감옥에서 불러내 음식을 먹이고, 내일 아침 재판관이 심문하거든 죄상을 부인하라고 귀띔했다. 알라도 '미심할 때는 처벌을 삼가라'고 말씀하셨으니, 손이 잘리는 처벌과 고통을 면하도록 맹세를 하라고 간곡히 타일러 보낸 것이다.

다음 날 바스라 시민들은 죄인의 손이 잘리는 구경을 하러 형장으로 몰려들었다. 태수 이하 신하들과 시종들이 늘어선 가운데 젊은이가 발에 쇠사슬을 차고 비틀거리며 나타났다. 여자들은 측은히 여기며 눈물을 흘렸다. 재판관은 죄수에게 죄상을 심문하면서 어떻게든 죄를 가볍게 해주기 위해 유도 심문을 벌였다.

"남의 집에 들어가 물건을 훔쳤다고 하는데 아마 4분의 1디나르도 안 되는 물건이겠지?"

"아닙니다. 그 이상의 것을 훔쳤습니다."

"그 물건 중에는 주인들과 같이 공유한 깃도 있었을 테지?"

"아뇨. 그 물건은 모두 그 사람들 것입니다. 제겐 아무 권리도 없습니다."

이렇듯 죄상을 가볍게 해주려는 많은 사람의 선의의 노력을 무시한 채 젊은이는 오히려 자신의 죄상을 더 무겁게 부풀렸다.

마침내 태수 하리드도 화가 나서 벌떡 일어나 채찍으로 얼굴을 후려갈기고 형을 집행하라고 명령했다. 형리가 단도를 빼들고 죄인의 손을 잡고 칼끝을 갖다 댄 순간이었다.

갑자기 '누더기를 걸친 여자'(비탄에 잠긴 여자를 뜻함)가 군중을 헤치고 달려 나오더니 비명을 지르면서 젊은이에게 몸을 던졌다. 군중은 웅성거렸고 한바탕 소동이 일어나 난장판이 벌어졌다. 여자는 형 집행을 멈춰달라고 고래고래 소리를 지르며 태수에게 두루마리를 내놓았다. 거기에는 사랑 때문에 거짓 자백을 하고 여자를 위해 스스로 누명을 뒤집어쓴 젊은이의 신세를 읊은 시가 씌어 있었다.

> 오, 하리드! 저이는 사랑에 미친 가련한 노예
> 활 같은 눈썹의 화살을 맞고 시름에 잠겼어라.
> 내 눈의 날카로운 화살에 찔려 쓰러진 저이는
> 사랑의 불길에 그을려 구원받을 가망도 없네.
> 차마 연인을 욕보이고 오명을 씌우기 싫어
> 없는 죄를 꾸며서 거짓 자백한 심정 가엾어라.
> 아무쪼록 용서하소서! 사랑에 미친 젊은이를,
> 갸륵한 천성 때문에 도둑의 누명을 덮어썼나니.

태수는 군중들과 멀리 떨어진 곳으로 여자를 데리고 갔다. 여자는 태수에게 젊은이와의 자초지종을 들려주었다.

처녀와 젊은이는 사랑하는 연인 사이였는데, 어느 날 젊은이가 처녀를 만나러 왔다가 자기가 왔음을 알리기 위해 밖에서 안으로 돌을 던졌다. 그때 마침 공교롭게도 처녀의 아버지와 오라버니들이 이 소리를 듣고 달려 나와 젊은이를 덮쳤다. 젊은이는 연장 따위를 훔친 도둑으로 가장했고, 결국 애인과 그 집안의 체면을 살려주기 위해 스스로 도둑의 누명을 덮어쓴 채 자신의 손마저 내놓으려 했던 것이다.

태수는 형 집행을 멈추고 젊은이를 불러 그의 이마에 입을 맞췄다.

그리고 젊은이와 처녀에게 각각 1만 디나르의 상금을 내리고, 처녀의 아버지에게 명령하여 그의 딸과 젊은이를 결혼시켜주었다. 구경 나온 바스라 시민들도 모두 두 연인의 사랑에 감탄하였다.

명재상 자파르와 신의를 지킨 콩 장수

칼리프 하룬 알 라시드가 바르마크 가문의 자파르를 책형磔刑(십자 가에 매달아 창으로 찔러 죽이는 형벌)에 처한 때의 일이었다.

(하룬 알 라시드와 바르마크 가문의 비극은 역사적인 사건이다. 하룬 알 라시드 치세는 일반적으로 아바스 왕조 권력의 최고 절정기로 간주된다. 그러나 불행하게 도 동시에 쇠퇴의 조짐이 나타난 시기이기도 하다. 하룬 알 라시드의 후계자인 그 의 두 아들 알 아민과 알 마문이 정쟁을 벌임으로써 이후 지방에서 칼리프의 정치 적 권위가 급속하게 붕괴되었기 때문이다. 하룬 알 라시드가 바르마크 가문의 권 력을 박탈하고 일족을 숙청한 사건은 오랫동안 아바스 칼리프와 이란인 지지자 그 룹 간에 맺은 동맹을 사실상 와해시켰다. 아바스 2대 칼리프 알 만수르는 그의 치 세 동안 뛰어난 역할을 해준 바르마크 가문의 도움을 받았다. 이 가문은 종종 페르 시아계로 묘사되는데, 보다 정확히 말해 발흐 지방의 불교 성직자 가문의 후손이 며 중앙아시아계 이란인들이었다. 바그다드 건립 직후, 칼리드 알 바르마크는 와 지르(재상)가 되었고 이후에도 그와 그의 후손들은 계속 와지르 직을 수행하면서 803년 하룬 알 라시드 통치 시절까지 제국의 행정을 주도하고 발전시켰다.

하룬 알 라시드가 바르마크 가문을 제거한 것이 이란 무슬림에 대한 응징에서 비롯한 것인지는 알 수 없다. 다만 바르마크 가문을 숙청한 하룬 알 라시드는 친정

親政체제를 강화함으로써 권력의 정점을 이루었다. 그러나 이때 누적된 갈등이 그의 아들인 알 아민과 알 마문 사이의 내전으로 폭발하게 된 것은 참으로 역사의 아이러니이다.)

칼리프는 누구든 자파르의 죽음을 슬퍼하거나 한탄하는 자도 가차 없이 책형에 처하겠다고 선언했다. 따라서 누구 하나 그 죽음을 애도하는 사람이 없었다.

그런데 황야의 먼 숲속에 한 아랍인이 살고 있었다. 그는 해마다 자파르를 찾아와 송시를 바치고 그 대가로 자파르에게서 1,000디나르의 돈을 받아가지고 1년 동안 식구 입에 풀칠하며 살고 있었다.

해마다 해온 관행대로 그해에도 이 아랍인은 어김없이 송시를 지어 자파르를 찾아왔다. 그런데 자파르가 처형되었다는 소식에 그는 그길로 시신이 매달려 있는 형장으로 가서 낙타를 무릎 꿇게 한 다음 하늘이 무너져라 비탄에 젖었다. 그는 송시를 읽고 난 뒤 울다가 그 자리에서 잠이 들어버렸다.

그런데 꿈에 자파르가 나타나 바스라에 가서 이러저러한 부호 상인을 찾아가 자파르가 안부 전하더라고 하고, 심은 콩 값의 일부로 1,000디나르를 받으라고 하는 게 아닌가.

아랍인은 참 이상한 일도 있구나, 싶었지만 그 부호 상인을 찾아가 꿈속에서 자파르가 한 말을 전했다. 상인은 탄식하며 당장 숨이 넘어갈 듯 슬퍼했다. 그리곤 아랍인을 융숭하게 대접하고 1,500디나르를 주면서, 앞으로 해마다 금화 1,000디나르씩을 줄 테니 찾아오라고 했다.

아랍인이 영문을 몰라 의아해하자 상인은 콩에 얽힌 사연을 들려주었다.

나는 젊었을 때 무척 가난하여 바그다드 거리에서 삶은 콩을 팔며 겨우 입에 풀칠하고 살았다. 어느 으스스 추운 비 오는 날이었다. 얇은 옷차림으로 추위에 덜덜 떨며 콩을 팔러 다니고 있는데, 우연히 자파르가 자기 집 이층 방에서 나를 보고서는 불러 세웠다. 그리고 부하들을 시켜 콩 한 되에 금화 한 되씩을 주고 사게 하였다. 마침내 콩을 다 팔자 자파르는 아직 콩이 남았느냐고 물었다. 콩이 딱 한 알 남아 있었다. 자파르는 그 콩을 반쪽 내어 첩에게 주며 얼마에 사겠느냐고 물었다. 첩은 이제껏 받은 돈의 두 배를 내놓았고, 자파르는 그보다 두 배나 많은 돈을 내주었다. 이렇게 바구니 가득 돈을 받은 나는 바스라로 와서 그 밑천으로 장사를 하여 큰 부자가 되었다.

슬픔으로 울먹이면서 이야기를 마친 상인은 자파르가 베푼 은혜를 거듭 칭송하였다.

"생전에 자파르 어른이 그랬듯이 내가 당신에게 해마다 1,000디나르씩을 준다 해도, 그분의 은혜에 비하면 아무것도 아닙니다. 자파르 어른의 너그러우신 성품과 살아 계실 때나 돌아가신 뒤에나 사람들에게 칭송받고 있는 사실을 생각해보면 잘 알 것입니다." ☽

앉아서 부자가 된 게으름뱅이 아부 무함마드

어느 날, 한 내시가 칼리프 하룬 알 라시드에게 갖가지 보석으로 장식한 순금 왕관을 들고 왔다. 즈바이다 왕비의 명을 받들어 만들고 있는 왕관이었는데, 왕관의 맨 꼭대기에 붙일 대형 보석이 하나 부족했기 때문에 칼리프에게 구해달라고 부탁한 것이다.

칼리프는 왕비가 원하는 대형 보석을 찾아오라고 명령했다. 그러나 아무도 그럴싸한 보석을 구해오지 못했다. 자존심이 상한 칼리프는 온 세상의 왕인 나를 그까짓 보잘 것 없는 보석 하나 찾아내지 못하는 존재로 만들다니, 괘씸한 놈들이라며 호통을 쳤다. 상인들에게 물어 보니 그런 보석은 바스라에 살고 있는 게으름뱅이 아부 무함마드에게 가야 얻을 수 있다고 했다.

칼리프는 바스라 총독에게 편지를 썼다. 마스룰은 이 편지를 들고 바스라 총독에게 달려갔다. 서신을 받자마자 바스라 총독은 마스룰과 그의 부하들을 아부 무함마드의 집으로 보냈다. 아부 무함마드는 마스룰과 사신 일행을 집 안으로 안내하고 갖가지 산해진미와 화려한 옷으로 융숭히 대접했다. 그의 집 안 곳곳은 이 세상 어디에서도 찾아볼 수 없는 진귀한 보석들로 장식되어 있었다. 더 이상 지체할 수 없다는 마스룰의 재촉에 게으름뱅이 아부 무함마드는 마스룰 일행을 따라 바그다드로 향했다.

칼리프 앞으로 나아간 아부 무함마드는 칼리프에게 진기한 물건들을 선물로 바쳤다. 한 상자 안에는 흰 에메랄드 잎을 단 황금 나무에 비둘기 피처럼 새빨간 홍옥과 황옥, 번쩍번쩍 빛나는 진주 따위의 보석이 들어 있었고, 또 한 상자에는 진주와 호박과 에메랄드와 벽옥, 그 밖에 보석으로 장식한 비단으로 만든 천막이 들어 있었다. 갓 자른 인도산 침향목 기둥에는 초록색이 선명한 녹섬석이 박혀 있었다. 그리고 천막 전체에는 온갖 종류의 동물이 그려져 있으며, 홍옥, 에메랄드, 감람석, 홍보석 같은 귀금속으로 장식되어 있었다.

칼리프는 기뻐서 하늘에라도 뛰어오를 듯했다. 아부 무함마드는 이번엔 마술을 보여주겠다고 나섰다. 입술을 움직여 궁전의 성가퀴(성위에 낮게 쌓은 담)에 신호를 보냈다. 그러자 성가퀴가 한쪽으로 기울었다. 이번엔 한쪽 눈으로 신호를 보내자 눈앞에 문이 닫힌 벽장이 나타났다. 벽장에 말을 거니 안에서 새 우는 소리가 들렸다.

칼리프는 그의 마술에 놀라고 기뻐 어쩔 줄 몰랐다. 그런데 풀리지 않는 의문점이 하나 있었다. 아부 무함마드의 아버지는 목욕탕에서 일하던 보잘 것 없는 이발사로, 유산 하나 남기지 않고 죽었다. 그런데 아부 무함마드는 무슨 수로 이런 진귀한 보물들을 얻었단 말인가.

칼리프는 그것이 무척 궁금했다.

아부 무함마드는 귀신도 곡할 기막힌 자신의 사연을 들려주었다.

천하의 게으름뱅이 무함마드가 큰 부자가 된 사연

나는 세상에서 둘째가라면 서러워할 게으름뱅이였다. 열다섯 살에 아버지가 돌아가신 뒤엔 어머니가 살림을 꾸려 그럭저럭 살고 있었다. 나는 하루 종일 누워 빈둥대며 집 안에만 틀어박혀 있었다. 이런 나를 보다 못한 어머니는 어느 날 내게 은화 5디르함을 주면서 아부 알 무자파르 장로님이 중국으로 가신다니까 그분께 뭘 좀 사다 달라고 부탁하라는 심부름을 시켰다. 잘만 하면 한몫 잡을지도 모르는 일이라고 생각한 나는 무자파르 장로를 찾아가 은화 5디르함을 주면서 어머니의 부탁을 전했다.

장로는 상인 일행과 함께 중국에 도착하여 일을 본 후 귀로에 올랐다. 바다로 나온 지 사흘째 되던 날이었다. 갑자기 장로가 배를 멈추라고 외쳤다. "무함마드의 부탁을 깜빡 잊고 돈벌이 될 만한 물건을 사지 못했으니, 다시 돌아가자"는 것이었다. 일행은 모두 안 된다며 극구 말렸으나 장로는 계속 돌아가자고 우겼다. 결국 상인들은 5디르함의 두 배를 주겠다고 약속해 장로를 설득했다. 배는 다시 항해를 계속했고 장로는 많은 돈을 모았다.

그런데 어느 섬에 상륙하니까 한 사내가 원숭이를 팔고 있었다. 주인이 한눈을 판 사이에 다른 원숭이들이 털 뽑힌 한 원숭이를 마구 때렸다. 주인이 이를 발견하고 다른 원숭이들을 때리자 원숭이들은 더욱 화가 나서 털 뽑힌 원숭이를 점점 더 심하게 때렸다. 장로는 털 없는 원숭이가 불쌍했다. 그래서 내게서 받은 5디르함을 주고 원숭이를 사서 배에 묶어두었다.

이번엔 또 다른 섬에 당도했다. 상인들은 잠수부들을 고용해 바닷속의 진주와 보석을 채취했다. 잠수하는 광경을 보고 있던 원숭이는 갑자기 밧줄을 끊고 바닷속으로 뛰어들었다. 그리곤 잠시 후 두 손 가득 값비싼 진귀한 보석들을 움켜쥐고 장로에게 던져주었다. 장로는 기뻐 어쩔 줄을 몰랐다.

이번엔 즈누지 섬에 도착했다. 그곳에는 사람 고기를 먹는 흑인들이 살고 있었다. 이들은 배를 보자마자 통나무배를 타고 와 배에 올랐다. 그들은 물건을 약탈하고 상인 일행을 붙잡아 왕에게 데리고 갔다. 그들은 상인 몇 명을 죽여 그 고기를 먹었고, 살아남은 상인들을 결박하여 가두었다. 그때 원숭이가 나타나 장로의 결박을 풀어주었다. 상인들도 저마다 풀어달라고 아우성이었다.

장로는 자신을 살려준 원숭이에게 사례금으로 1,000디나르를 주었다. 이걸 본 상인들은 저마다 1,000디나르를 낼 테니 자기들도 풀어달라고 애원했다. 원숭이는 상인들의 밧줄을 풀어주어 모두 배로 되돌아왔다. 다행히 물건들도 제자리에 그대로 있었으므로 장로는 급히 돛을 올리고 출항하였다. 상인들은 원숭이에게 사례금조로 1,000디나르씩을 내놓았다. 장로는 산더미만큼 쌓인 돈을 자루에 담았다.

마침내 배는 바스라에 도착했다. 장로는 내게 원숭이 한 마리와 어마어마한 현금과 보석을 건네주었다. 천하의 게으름뱅이인 나는 가만히 앉아서 하루아침에 엄청난 부자가 되었다. 어머니는 "알라의 덕으로 부자가 되었으니 게으름은 그만 피우고 시장에 나가 장사를 하라"고 일렀다. 나는 어머니 말대로 시장에 가게를 차리고 장사를 시작했다. 원숭이는 매일 새벽에 나가 저녁에 돌아오곤 했는데, 돌아올 때마다 1,000디나르가 든 지갑을 들고 왔고 덕분에 나는 점점 더 큰 부자가 되었다. 땅을 사서 호화로운 저택을 짓고 아름다운 정원을 만들었을 뿐 아니라 노예와 첩을 사들였다.

그러던 어느 날이었다. 갑자기 원숭이가 몸을 좌우로 비틀더니 혀가 돌아 말을 하기 시작했다.

"여봐라. 무함마드! 나는 마신 중의 마신으로, 네가 하도 가난해서 널 도우러 왔다. 그런데 이제는 재산이 얼마인지 모를 정도로 부자가 되었구나. 이제부터 내가 하라는 대로만 하면 너를 행복하게 만들어주겠다. 보름달 같은 처녀에게 장가도 들게 해주겠다."

나는 원숭이가 일러준 방책대로 고급 나들이옷을 입고 상인 우두머리의 가게로 가서, 주인에게 그의 딸을 아내로 달라고 요구했다. 3,000디나르를 건네고 승낙을 받은 나는 혼인계약서를 작성하고 열흘 뒤 신부를 데리러 가기로 약속했다. 나는 하늘에라도 오를 듯이 신이 나서 원숭이에게 일의 경과를 보고했다.

신부를 데리러 가기로 약속한 날이 다가왔다. 원숭이는 부탁 한 가지를 들어주면 원하는 대로 뭐든 해주겠다고 약속했다. 나는 그의 부탁을 들어주기로 했다. 아리따운 신부와의 첫날밤이었다.

말로 표현할 수 없을 만큼 아름다운 아내를 맞아 나는 기뻐서 죽을 지경이었다. 이윽고 한밤중, 신부가 잠든 사이에 나는 원숭이가 시킨 대로, 신부 방에 있는 벽장을 찾아, 열쇠로 벽장의 구리 자물쇠를 따고 문을 열었다. 그 안 구석에는 깃발(부적) 네 개와 돈이 가득 든 놋쇠 쟁반, 볏이 찢어진 흰 수탉 한 마리, 뱀 열한 마리, 식칼 등이 놓여 있었다. 나는 식칼로 수탉을 죽이고, 깃발을 갈가리 찢어버리고 궤짝을 뒤엎어버렸다.

시끄러운 소리 때문에 잠이 깬 신부는 이 광경을 보자 큰 소리로 외쳤다.

"마침내 마신의 손에 잡히고 말았구나!"

그러나 신부가 이 말을 다 마치기도 전에 마신은 지붕에서 내려와 신부를 납치해가고 말았다. 집 안은 난장판이 되었다. 신부의 아버지는 자기 얼굴을 손바닥으로 때리며 무함마드에게 외쳤다.

"이보게, 이 무슨 짓인가? 나는 저 저주받은 악마로부터 딸을 지키기 위해 벽장 속에 부적을 만들어놓았던 것이라네. 그런데 배은망덕도 분수가 있지, 어떻게 이럴 수가 있단 말인가? 그 악마놈은 내 딸을 훔치려고 6년 동안이나 별의별 짓을 일삼았다는 걸 아시는가? 이렇게 된 이상 자네와 함께 살 수 없네. 어서 이 집에서 나가시게."

나는 결국 장인에게 내쫓겨 집으로 돌아왔다. 이미 원숭이는 그림자도 보이지 않았다. 그때서야 나는 원숭이가 바로 신부를 납치한 마신이며, 나를 속여서 자기에게 방해가 되는 부적과 수탉을 때려 부수게 했다는 것을 깨닫고 옷을 찢고 얼굴을 때리며 후회했다.

내가 시름에 젖어서 정처 없이 발길을 옮겨 사막을 헤매던 중, 해가 졌다. 그때 난데없이 뱀 두 마리가 싸우는 게 눈에 띄었다. 고동색 뱀이 흰 뱀에게 달려들어 물어 죽이려 하자 나는 돌을 집어던져 단번에 고동색 뱀을 죽였다. 흰 뱀은 어디론가 사라졌다가 다시 흰 뱀 열 마리를 데리고 와서는, 고동색 뱀의 시체를 갈가리 물어뜯고 대가리만 남겨놓고 또 어디론가 사라졌다.

얼마 후 모습은 보이지 않고 사람 목소리가 들려왔다. 불안해서 떨고 있는데, 이윽고 사람 모습이 나타났다.

"무서워할 것 없다. 우리들은 진실을 믿는 마신이다. 너는 아부 무함마드가 아니냐? 우리들은 아까 그 흰 뱀의 형제들이다. 네 선행은 우리들도 다 알고 있다. 원숭이 모습을 하고 너를 속인 놈은 마신의 일족에 속하는 악마 중의 악마로서, 그런 수를 쓰지 않고서는 그 처녀를 손에 넣을 수 없었을 것이다. 왜냐하면 그놈은 오래전부터 그 처녀에게 반해 납치할 기회만 호시탐탐 엿보고 있었다. 다만 그 부적 때문에 접근조차 못하고 있었을 뿐이다. 그러나 너무 걱정할 것 없다. 처녀를 만나는 게 네 소원이라면, 우리가 너를 그 처녀 있는 곳으로 데리고 가서 그 악마놈을 죽여주겠다. 우리는 너의 친절을 결코 잊지 않을 것이다."

흰 뱀의 형제들이 마신을 불러 원숭이의 행방을 물으니, 태양이 뜬 적 없는 '놋쇠의 도성'에 있다고 했다. 마신은 노예 하나를 내게 붙여주면서 말했다.

"무함마드, 이 노예가 널 등에 태우고 가서 신부를 찾아낼 방법을 일러줄 거야. 한데, 이 노예 역시 마신이므로 날아가고 있는 동안 절대로 알라의 이름을 입 밖에 내면 안 돼. 이 녀석은 알라의 이름을 듣는 순간 널 땅바닥으로 내동댕이쳐 죽게 만들 테니까."

나는 명심하겠다고 대답하고서 노예 마신의 등에 타고 하늘을 올랐다. 하늘에 오르자 거대한 성좌가 눈이 보이고 "알라를 찬양하라!"는 천사들의 목소리가 들려왔다. 노예 마신은 뭐라고 연신 지껄여대며 내가 알라를 외지 못하도록 애를 썼다. 그러는 가운데 문득 치렁치렁한 머리카락에 얼굴이 빛나는 예언자가 나타나 내게 번쩍거리는 창을 겨누며 "알라 외에 신 없고, 무함마드는 신의 사도이니라, 하고 외어보라"고 하면서 말을 듣지 않으면 죽이겠다고 협박하는 게 아닌가. 순간 나는 말문이 막혔다. 알라의 이름을 부를 수가 없어 속이 타 못 견딜 지경이었다. 그러다 그만 나도 모르게 알라를 외고 말았다. 그 순간 빛나는 예언자가 창으로 노예 마신을 찔렀고, 노예 마신은 순식간에 녹아내려 재가 되고 말았다. 그 바람에 내 몸은 공중에 둥실 뜨는가 싶더니, 소용돌이치는 바다에 거꾸로 처박히고 말았다.

천만다행으로 나는 고기잡이하던 어부들에게 구조되었다. 어부들은 나를 그들의 도성으로 데려가면서, 이곳은 중국의 '하나드' 라고 했다. 이윽고 그들은 나를 데리고 왕 앞으로 나갔다. 왕은 유창한 아라비아 말로 이것저것 묻고 나서 나를 신하로 삼았다. 옛날 이곳에 살고 있던 이교도들은 알라의 노여움을 사서 돌로 변하고 말았다고 했다.

한 달쯤 지난 어느 날이있다.

냇가에 앉아 있노라니 말을 탄 사내가 나타났다. 사내는 바로 흰 뱀의 형제 마신으로서 내 친절을 잊지 않고 있었다. 그는 내게 신부가 있는 곳을 안내해주겠다면서 자기 옷을 벗어 내게 입혀주고 나를 말 뒤에 태워 사막에 데려다주었다. 나는 마신이 일러준 대로 두 산 사이를 걸어가 마침내 놋쇠의 도성 앞에 당도했다. 얼마간 기다리니, 흰 뱀 형제 마신이 내게 투명 인간처럼 모습을 보이지 않게 하는 마법의 칼 한 자루를 주고는 가버렸다.

그때 느닷없이 함성이 들리더니 가슴에 눈이 달린 사람들이 나를 포위했다. 알고 보니 그들 역시 흰 뱀과 한 패거리였다. 그들은 신부가 도성 안 마신 옆에 있다고 가르쳐주었다. 나는 그들이 일러준 대로 샘물이 흘러들어 가는 곳으로 따라 들어가 마침내 둥근 지붕이 있는 지하 방에 당도했다. 거기서 다시 위로 올라가니 도성 한가운데로 나오게 되었다. 주위는 황금색 나무가 우거진 정원으로 둘러싸여 있고, 열매는 모두 홍옥, 감람석, 진주, 산호 등 값비싼 보석이었다. 때마침 신부가 머리 위에 비단 덮개를 쓰고 황금 옥좌에 앉아 있다가 나를 알아보았다.

나와 신부는 서로 얼싸안고 눈물을 흘렸다. 신부는 마신을 잡기 위해서는 부적을 손에 넣어야 한다고 일러주었다.

"저주받은 마신놈은 제게 홀딱 반해서 입을 잘못 놀렸지 뭐예요. 자기에게 유리한 것이든 불리한 것이든 아랑곳하지 않고 모든 비밀을 낱낱이 지껄인 거예요. 이 도성에는 어떤 부적이 있는데, 그 부적의 힘만 있으면 도성도 그 안에 있는 것도 모두 깨끗이 전멸시킬 수 있고, 마신들은 무슨 소리를 해도 복종할 거래요. 그 부적은 기둥 위에 있어요."

신부가 말한 그대로 기둥 위에는 독수리 모양의 부적이 있었다. 거기엔 알 수 없는 글씨가 새겨 있었는데, 부적을 앞에 놓고 향로에 향료를 넣으니 연기가 피어올랐고, 도성 안의 모든 마신들이 내 앞으로 몰려와 머리를 조아리고 복종을 맹세했다. 나는 마신들에게 신부를 납치해온 마신을 잡아오라고 명령했다. 얼마 뒤 손발을 단단히 묶인 마신이 끌려왔다.

나는 신부를 데리고 들어왔던 길로 도성을 빠져나오다가, 내게 신부의 행방을 알려준 흰 뱀 패거리와 다시 만났다. 그리고 그들의 안내를 받아 배를 타고 순풍을 따라 고향 바스라에 무사히 도착했다.

장인을 비롯하여 고향 사람들은 기뻐서 어쩔 줄을 몰랐다.

집으로 돌아온 나는 부적에다 사향을 피웠다. 사방에서 마신들이 몰려들어 머리를 조아렸다. 내가 명령하자 마신들은 놋쇠의 도성에 있는 모든 재물을 바스라의 집으로 옮겨주었다. 나는 결박당한 원숭이를 놋쇠 항아리 속에 넣고 납으로 봉해버렸다.

칼리프 하룬 알 라시드는 아부 무함마드가 산처럼 셀 수 없이 많은 재물을 갖게 된 사연을 다 듣고는, 한편 놀라고 한편 재미있어 하며 그에게 하사품을 내리고 많은 은총을 베풀었다.

만수르에게 은혜를 베푼 야햐 빈 하리드

칼리프 하룬 알 라시드가 바르마크 가문에 의혹과 노여움을 품지 않았을 때의 일이다. 칼리프는 호위병 사리에게 "만수르에게 꾸어준 돈 100만 디르함을 받아오되, 만약 저녁때까지 돈을 갚지 못하면 그의 목을 베어오라"고 명령했다.

사리로부터 칼리프의 명령을 전달받은 만수르는 눈앞이 캄캄했다. 모든 재산을 다 팔아봤자 10만 디르함밖에 안 되니 꼼짝없이 죽게 생긴 것이다. 만수르는 탄식하며 가족들에게 유언을 남기고 작별 인사를 했다. 온 집안은 삽시간에 울고불고 난리가 났다.

문득 번뜩이는 생각이 사리의 뇌리를 스쳤다. 바르마크 가문의 야햐 빈 하리드에게 가서 도움을 청해보는 일이었다. 평소 그가 인정 많고 남에게 관대함을 베푼다는 평판이 자자했기 때문이었다. 지푸라 기라도 잡는 심정으로 만수르와 사리는 함께 야햐를 찾아가 사정을 털어놓고 도움을 구했다.

야햐는 잠시 난처한 듯 고심하며 두 사람을 기다리라 이르곤 집 안 으로 들어갔다. 그러나 그의 집 안 금고에 있는 돈이라고는 5,000디 르함이 전부였다.

야햐는 알 파즈르에게 사자를 보냈다. 좋은 땅을 팔겠다는 사람이 있는데 묵혀두기 아까우니 돈 좀 장만해달라고 했다. 알 파즈르는 곧 100만 디르함을 보내왔다. 이번엔 바르마크 가문의 아내 친척들에게 같은 내용의 뜻을 전했다. 그들도 돈을 보내와 마침내 막대한 돈이 모이게 되었다.

야햐는 이 사실을 만수르와 사리에게는 알리지 않은 채 돈을 내주 었다. 그리고 만수르에게 값비싼 보석 하나를 주면서 칼리프께 돈과 함께 선물로 바치라고 했다.

"만수르 님, 실은 이 보석은 내가 상인에게서 200만 디나르를 주고 사서 칼리프께 바친 것입니다. 그런데 칼리프께서 비파 연주를 잘하 는 내 집 노예 처녀에게 이 보석을 하사하셨습니다. 그러므로 칼리프 께서는 이 보석이 당신 수중에 있는 걸 보시면 내 체면을 봐서라도 당신의 목숨을 살려주실 것입니다."

만수르와 사리는 돈과 보석을 가지고 칼리프에게 갔다. 그런데 가 는 도중 만수르는 신세를 한탄하며 중얼거렸다.

내가 그들에게 간 것은 좋아서가 아니라

다만 그 화살에 죽는 것이 두려워서라네.

이 노래를 들은 사리는 만수르의 고약하고 천한 성품에 놀랐다. 바르마크 집안사람들은 자기 일인 양 발을 벗고 나서서 만수르를 파멸로부터 구해주었는데, 만수르는 그 은혜에 고마워하기는커녕 거꾸로 은근히 비난하는 듯한 말을 지껄이다니, 그의 배은망덕한 소행이 너무나도 괘씸했다.

사리는 칼리프에게 이 사실을 고하고 말았다. 칼리프 역시 은혜를 모르는 만수르의 건방짐에 적이 놀라는 한편 야햐의 관대함과 인정 많음에 감복하여 일단 준 것을 다시 받을 수는 없으니 보석을 돌려주라고 명령했다. 사리는 야햐에게 보석을 돌려주러 갔다가 만수르의 배은망덕한 행동을 털어놓았다. 그러나 야햐는 만수르를 극구 변호하고 나섰다.

"궁핍하여 기분이 울적하거나 비탄에 젖어 있을 때 언짢은 소리를 좀 했다고 해서 그 사람을 탓해선 안 됩니다. 본심에서 한 소리가 아닐 데니까요."

사리는 감동하여 눈물을 흘리며 외쳤다.

"이 빙빙 돌고 있는 천체도 당신같이 훌륭한 사람을 두 번 다시 낳지 못할 것입니다. 슬픈 일입니다. 이런 고귀한 심성을 지닌 인자한 분이 속세의 진창 속에 묻혀 있다니요!"

야하와 압둘라가
사기꾼 때문에 화해한 이야기

야하 빈 하리드와 압둘라 빈 말리크 알 후자이는 이만저만 사이가 나쁜 게 아니었다. 물론 겉으로는 안 그런 척 비밀에 부치고 있었다.

그들이 서로를 미워하게 된 이유는 칼리프 하룬 알 라시드가 압둘라를 너무 편애한다고 생각한 야하와 그 아들들이 칼리프가 압둘라에게 농락당하고 있다는 소문을 늘 퍼뜨리고 다녔기 때문이다.

그러던 어느 날, 압둘라는 칼리프의 명령으로 아르메니아 총독으로 파견되어 떠나게 되었다. 그런데 얼마 뒤 한 이라크인이 찾아왔다. 재산을 탕진하고 가난뱅이로 몰락한 이 청년은 집마저 남의 손에 넘어가게 되자 야하가 압둘라에게 쓴 것처럼 위조한 편지 한 통을 아르메니아 총독에게 갖고 왔다.

압둘라는 왠지 편지가 가짜라는 의심이 들었다. 그래서 "만약 편지가 가짜라면 태형 200대를 내리고 수염을 깎아버릴 것이며, 진짜라면 도성 하나를 떼주어 태수로 삼겠노라" 약속하고 진상이 가려질 때까지 그 사내를 방에 가두었다. 그리고 야하에게 그 편지의 진위를 가려달라는 내용의 서신을 써서 부하에게 주어 바그다드로 보냈다.

때마침 야하가 친구들과 주연을 베풀고 있는데, 압둘라가 보낸 부하가 찾아왔다.

야하는 한눈에 사내의 편지가 가짜임을 알아보았다. 그러나 내일까지 답장을 써주겠다고 사신을 돌려보낸 다음 술친구들에게 어찌했으면 좋겠느냐고 물었다. 모두들 이구동성으로 단단히 벌을 주라고 말했다. 그러나 야햐의 생각은 달랐다.

"모두 다 압둘라가 칼리프의 총애를 독차지하고 있는 걸 잘들 알고 있을 테지. 또 압둘라와 나 사이에 화해하기 어려운 적의가 있다는 것도 알고 있을 테고. 그러나 이번에 전능하신 알라의 뜻으로 그 사내가 우리 둘 사이의 중재자가 되어준 셈이오. 신은 그러한 역할에 알맞도록 그 사내를 통해 지난 30년간 우리 두 사람의 가슴속에 타고 있던 원한의 불길을 끄도록 해주신 것이란 말이오. 그러니 그의 변명을 뒷받침하고 그의 처지를 개선해 충분히 보답해줘야 하오. 이제 압둘라에게 편지를 보내 그 사내를 중용하고 후대하라고 부탁하겠소."

주위 사람들은 야햐의 너그럽고 지혜로운 태도에 감탄하며 그의 축복을 빌었다.

이윽고 야햐는 손수 붓을 들어 "그 편지는 소생이 직접 써준 것이니, 귀하의 호의와 고결한 성품에 바라건대 그 사내의 희망대로 이루어지도록 마음을 써주신다면 그것은 바로 제게 베푸시는 은혜와 다름없으니 충심으로 감사드릴 것"이라는 내용으로 답신을 써서 압둘라에게 보냈다.

압둘라는 그 편지를 받고 기뻐하며 사내의 소원대로 20만 디르함을 주고, 게다가 말과 옷, 노예와 보석 등 값비싼 선물을 잔뜩 하사하였다. 사내는 바그다드에 도착하자마자 야햐를 찾아와 그 앞에 엎드렸다.

"저는 폭악한 운명의 탓으로 재기 불능의 지경에 몰렸던 놈인데, 나리 덕택으로 재앙의 무덤에서 소생하여 욕망의 낙원으로 올라설 수 있었습니다. 감히 나리의 존함을 사칭한 가짜 편지로 압둘라 나리를 속이려 한 위인입니다. 나리의 은혜로 받은 재물은 모두 저 대문간에 있습니다. 뭐라 하시든 그대로 따를 테니, 나리의 처분만 기다릴 뿐입니다."

그러자 야하는 손을 내저으며 오히려 그 사내에게 고마워했다.

"그대는 내가 그대에게 해준 것 이상의 것을 내게 해주었소. 나는 도리어 그대에게 큰 신세를 졌으니 '흰 손'(아량 혹은 관대함의 상징)이 줄 수 있는 것을 그대에게 주지 않으면 안 되겠소. 왜냐하면 그대 덕택으로, 내가 존경하는 분과의 사이에 그동안 엉켜 있던 증오와 적의가 완전히 사라져 다정한 사이로 변했으니 말이오."

야하는 압둘라가 그 사내에게 준 재물에 그만큼을 더 얹어주어 보냈다. 사내는 관대한 두 사람의 아량으로 예전과 같이 다시 부유하게 살았다.

칼리프 알 마문과 외국인 학자

칼리프 알 마문은 아바스 왕조 역대 칼리프 가운데서 가장 박학다식했다. 관례대로 칼리프는 매주 이틀 동안 학자들의 회합에 참석하여 좌장 노릇을 하였는데, 법률가와 신학자 들이 어전에서 열띤 토론의 꽃을 피우곤 했다.

어느 날, 다 떨어진 흰 옷을 입은 외국인 하나가 모임에 나타났는데, 눈에 띄지 않는 맨 아랫자리에 앉아 있었다. 한 가지 제안을 놓고 돌아가며 자기의 생각이나 의견을 개진하던 중 그 외국인 학자의 차례가 되었다. 그런데 그의 의견이 어찌나 훌륭한지 칼리프조차 그의 주장에 이의를 달 수 없었다.

칼리프는 그를 윗자리로 가까이 불러 앉게 하였다. 화제가 바뀌면서 질문이 거듭되자 외국인 학자의 답변은 누구도 따르지 못할 정도로 빛났다. 이에 감동한 칼리프는 그를 자기 바로 곁에 앉도록 했다.

주연이 베풀어지자 술잔은 돌고 돌아 마침내 외국인 학자 앞에까지 오게 되었다. 학자는 일어나서 이렇게 말했다.

"임금님께서는 한낱 민초, 가장 천한 존재에 불과한 저의 보잘 것 없는 재주와 지혜에 다른 사람보다 더 호의를 보여주시어 미처 생각도 못한 높은 자리에 앉혀주셨습니다. 그러나 만일 제가 이 술잔을 받아 마신다면 이성을 잃어, 무지하고 분수를 모르는 그전 그대로의 천하고 보잘 것 없는 처지로 돌아가, 세상 사람들에게 수모를 받고 천대를 받을 것입니다. 그러니 부디 너그러운 아량으로 저의 보물을 뺏지 말아주시길 바랍니다."

칼리프는 외국인 학자의 겸손에 더욱 칭찬을 아끼지 않았으며, 은화 10만 디르함과 온갖 선물을 하사했을 뿐 아니라 회합이 있을 때마다 이 학자를 칭찬하고, 이후 가장 높은 자리에 중용하였다. ☽

알리, 아버지의 유산을 탕진하고
가난뱅이로 몰락하다

    호라산 국에 사는 상인 마지드 알 딘은 환갑이 되어 늦둥이 아들 알리 샤르를 얻었다.

    아들이 청년이 되었을 때 늙은 아버지는 병석에 눕게 되었다. 아버지는 누워서도 아들 걱정이 이만저만 아니었다. 그래서 기회가 있을 때마다 알리에게 사람과 사람 사이의 사귐이나 관계에 대해 각별한 주의를 당부했다.

    그러던 어느 날, 죽음이 닥쳤음을 느낀 아버지는 아들을 불러 앉혀 놓고 간절한 마음으로 유언을 남겼다.

    "애야, 누가 되었든 지나치게 허물없이 굴어서는 안 되느니라. 특히 나쁜 인간과는 절대로 사귀지 말거라. 나쁜 인간이란 대장장이와 같아서 비록 불에 화상은 안 입어도 연기에 시달리게 마련이란다.
참, 어느 시인의 노래가 생각나는구나."

세상은 넓어도 우정으로 의지할 만한 친구 없다네.
쓰라린 속세, 파멸에 이르면 굳은 맹세도 소용없으니,
남에게 기대려 말고 오직 자신을 의지하여 살아가라.
사람은 숨은 전염병, 남의 속임수를 믿지 말 것이며,
사랑한다는 말도 그저 남을 속이는 간계일 따름이고
성실이란 말도 한낱 위선에 지나지 않음을 명심하라.

아들이 또 다른 말씀이 있는지 묻자 아버지는 다시 생각을 가다듬
어 말했다.

"늘 나쁜 일은 삼가고 좋은 일만 골라서 해라. 남에게 온정을 베풀
고 예의를 잃지 말거라. 선행을 행할 기회가 오거든 알라께서 네게
내리는 축복으로 여겨라. 한편으로, 재물을 중히 여겨 낭비를 일삼지
마라. 재산을 탕진하여 가난뱅이가 되면 벗도 친척도 널 외면할 것이
고, 결국 하찮은 인간 앞에 무릎을 꿇고 자비를 구걸하게 될 것이니
라. 그리고 말이다. 너보다 나이 많은 사람들의 충고를 귀담아 들을
것이며, 무슨 일이든 네 멋대로 경거망동해서는 안 되느니라. 또 손
아랫사람에게 너그럽게 대하면 손윗사람도 네게 너그럽게 대할 것이
다. 누구라도 억압하여 눈물 나게 해서도 안 되느니라. 그렇지 않으
면 너 역시 남에게 억압당하여 피눈물을 흘리게 될 것이다. 문득 내
말을 대신할 시가 또 생각나는구나."

즐거이 충고를 구하여 내 지혜에 남의 지혜를 얹어

자꾸 합치면 금상첨화, 참된 길을 훤히 밝혀주리라.

한 사람의 마음은 하나의 거울, 겨우 얼굴만 비출 뿐,

하나를 더 보태면 두 개의 거울, 뒷모습도 비춘다네.

힘이 있다 과시하여 남을 억눌러 학대하지 말거라,

학대하는 자는 머잖아 몇 배로 앙갚음을 당할지니.

그대 잠든 새에 잠 못 드는 이들의 저주를 받을지니.

세상의 칼날이 그대를 겨누고 신도 그대를 버릴지니.

아버지는 끝으로 "육체와 영혼을 망치는 술을 멀리 하라"는 유언과 함께 "이 모든 훈계를 명심하라!"고 외치고는 정신을 잃고 말았다. 그길로 아버지는 영영 눈을 감았다. 얼마 뒤 어머니도 아버지를 따라 세상을 떠나고 말았다.

알리는 1년 동안 선친의 훈계를 잘 지키면서 신이 만든 사람의 아들과는 교제도 하지 않고 장사에만 전념했다. 그러나 점차 건달 친구들의 간교한 수법에 넘어가 밤낮으로 주색잡기에 빠져 재물을 물 쓰듯이 낭비하기 시작했다. 그렇게 재산을 탕진한 끝에 땡전 한 푼 없는 가난뱅이로 전락한 알리는 뒤늦게 비참한 신세를 한탄했다. 궁핍을 견디다 못한 알리는, 예전에 잘나갈 때 호의를 베풀고 재산을 나눠준 친구들을 찾아가 한 끼 밥이나마 얻으려 했으나 아버지의 유언처럼 누구 한 사람 알리를 아는 체도 하지 않았다.

그때서야 알리는 아버지의 유언을 어긴 자신의 뺨을 때리며, 후회와 뼈저린 아픔으로 눈물을 흘렸다.

노예 처녀 즈무루드의 내조로 다시 행복을 찾다

주린 배를 움켜쥐고 저잣거리를 걷던 알리는 사람들이 모여 있는 곳에서 발길을 멈추었다. 그곳엔 한 노예 처녀가 매물로 전시되어 있었다. 그녀의 우아한 자태와 상냥한 기품은 사람의 눈길을 한눈에 사로잡고도 남았다. 당대 비할 바 없는 미인의 자태에 알리는 한동안 넋을 잃었다. 처녀의 이름은 즈무루드였다.

경매가 한참 진행되면서 가격은 점점 올라갔다. 라시드 알 딘 노인이 최고 가격을 불러 낙찰되었다. 거간꾼은 주인에게 최종 의향을 물었다. 주인은 노예 처녀에게 물어보라고 했다. 노예 처녀 마음에 들지 않으면 안 팔겠다고 약속했다는 것이다.

즈무루드는 라시드 알 딘 노인을 보자마자 한마디로 거절했다.

다시 경매가 계속되었다. 그러나 경매가 이루어질 만하면 즈무루드는 번번이 수염을 염색해서 싫다, 외눈박이라서 싫다, 꼽추에다 배꼽까지 수염을 늘어뜨려서 싫다는 등 갖가지 핑계를 대며 거절했다. 참다못한 거간꾼은 즈무루드에게 "이 가운데 마음에 드는 사람을 말하면 그 사람에게 사라고 권해보겠다"고 제안했다.

즈무루드는 구경꾼을 한바퀴 휘 둘러보더니 알리 앞에서 눈길을 멈췄다. 이목구비가 단정할 뿐 아니라 풍채도 늠름했다. 알리와 눈이 마주친 순간 즈무루드는 가슴이 설레고 완전히 사랑의 포로가 되고 말았다. 거간꾼은 알리에게 다가가 당신이 선택되었으니 즈무루드를 사라고 권했다.

"한낮의 태양도 부끄러워할 이 처녀의 기량과 두뇌의 명석함을 보고 깜짝 놀라지 마시오. 그뿐이 아닙니다. 이 처녀는 미모만 뛰어난 게 아니라 노래도 잘하고 시도 짓고, 변설도 능란하며, 코란 독송에다 빼어난 서예 솜씨하며, 박학다식하고, 특히 비단 벽걸이 솜씨는 천하의 일품이라서, 한 장에 금화 50디나르를 받을 수 있고, 한 장 만드는 데 불과 여드레밖에 안 걸리니, 이런 여자를 집에 두고 목숨보다 소중히 하는 남자는 정말이지 상팔자일 것입니다."

거간꾼은 침이 마르도록 칭찬을 늘어놓으며 즈무루드를 치켜세웠다.

알리는 난감했다. 아침도 못 먹은 주제지만 그렇다고 많은 사람 앞에서 돈이 없다고 하면 체면이 깎일 터, 그래서 말도 못한 채 고개만 숙이고 있었다. 즈무루드는 곧 눈치를 챘다. 그래서 알리에게 원하는 가격이 이 정도면 되겠느냐고 물었다. 알리가 비싸서 안 된다고 하면 그때마다 점점 가격을 낮춰 100디나르까지 깎였다.

마침내 알리는 돈이 한 푼도 없다고 실토했다. 그가 빈털터리임을 안 즈무루드는 남몰래 가슴에서 1,000디나르가 든 지갑을 꺼내 알리에게 주면서, "900디나르만 치르되 나머지 100디나르는 만일의 경우에 대비해 갖고 있으라"고 귀띔했다.

이렇게 최종 낙찰을 받은 알리는 즈무루드를 데리고 집으로 왔다.

즈무루드는 세간살이 하나 없는 집을 둘러보고서 알리에게 1,000디나르를 더 내놓으며 가재도구와 식료품 그리고 벽걸이를 만들 비단 한 장과 금실 은실 등 일곱 가지 빛깔의 실을 사오라고 부탁했다. 알리가 돌아온 다음 두 사람은 나란히 앉아 식사를 했다. 그리고 알리와 즈무루드는 잠자리에 들어 환락을 즐겼으며, 꼭 껴안고 밤을 보냈다. 그 모습은 과연 시인의 노래 그대로였다.

내 사랑 이미 품에 안았으니, 실컷 시샘들 해보라지.
임의 입술에서 빨아 삼키는 건 더없이 달콤한 샘물.
한 몸처럼 보듬은 연인들, 세상에서 가장 아름답네.
가슴과 가슴, 뜨겁게 부딪치며 열락의 날개를 달고
엉덩이에서 머리까지 하나인 듯 휘어감은 모습이여.
활활 타는 사랑의 불길에, 세상 비웃음 부질없으리.
사랑에 몸 바칠 임 있으니, 세상을 버린들 아까우랴.

이렇듯 두 연인은 날이 밝도록 열락을 즐기면서 가슴 깊이 사랑을
아로새겼다. 즈무루드는 여드레 동안 꼬박 앉아서 벽걸이를 만들었
다. 가지각색의 비단실로 수를 놓고 금실 은실로 단을 치고 그 단 주
위에는 온갖 날짐승과 들짐승의 형상을 수놓았다.

즈무루드는 알리에게 완성된 벽걸이를 시장에 갖고 나가 50디나르
에 팔아 오라고 했다.

"그런데 부디 주의할 게 있어요. 지나가는 낯선 행인에게 팔아서는
안 됩니다. 우리의 동정을 살피는 적이 있으니까요. 잘못해서 우리
사이가 갈라지면 큰일이란 말이에요."

즈무루드가 단단히 이른 대로 알리는 여드레마다 벽걸이를 가지고
나가 50디나르에 팔았다. 어느덧 1년이 지나갔다.

즈무루드는 라시드 노인에게 납치당하고 알리는 도둑에게 붙잡히다

어느 날, 알리는 평소대로 여드레 만에 벽걸이를 팔러 시장에 나갔는데, 나사렛 사람이 다가와 60디나르를 낼 테니 자기에게 팔라고 했다. 알리가 거절하자 계속 값을 올리더니 마침내 100디나르까지 불렀다. 그래도 계속 거절하자, 나사렛 사람은 거간꾼에게 뇌물을 주면서 구슬렸다. 거간꾼과 주위 상인들은 이구동성으로 기독교도가 어쩌자는 것도 아닌데 그냥 팔라고 아우성을 쳤다. 알리는 속으로 불안했지만 하도 사람들이 권하는 통에 할 수 없이 그에게 벽걸이를 팔고 집으로 돌아왔다.

그런데 그 나사렛 사람이 계속 뒤따라오는 게 아닌가. 알리가 돌아서서 아무리 화를 내도 이리저리 핑계를 대고 막무가내였다. 집까지 따라와서는 물 한 잔만 달라며 졸라대기까지 했다.

알리는 차마 거절하지 못하고 물병을 가지러 집 안으로 들어왔다. 한편 심상치 않은 기색에 즈무루드가 꼬치꼬치 캐물었다. 알리는 거짓말로 얼버무렸다. 그런데 물병을 가지고 나가보니 그는 어느새 현관 옆 객실에 들어와 있는 게 아닌가. 물을 다 마신 다음에도 도무지 갈 생각을 하지 않았다. 아무리 다그쳐도 마이동풍이었다.

이번엔 200디나르를 내놓으며 시장에 가서 먹을 걸 사다 달라고 떼를 썼다. 2~3디르함 어치만 사다 주고 나머지 돈은 슬쩍해야겠다는 욕심에 알리는 거실 문을 닫고 문에 자물쇠를 채운 다음 시장에

다녀왔다.

나사렛 사람은 먹을 게 너무 많으니 같이 먹자고 알리를 꾀었다. 그리고 알리 몰래 바나나 껍질을 벗기고는 반으로 잘라 한쪽에다 코끼리도 쓰러질 만큼 독한 아편을 꽂고 절반을 꿀 속에 담갔다 꺼내 알리에게 주었다. 알리는 바나나가 뱃속에 채 들어가기도 전에 다리가 흔들리더니 그대로 쓰러져 인사불성이 되고 말았다.

그는 굶주린 늑대 아니면 쫓기는 살쾡이처럼 달려들어 거실 열쇠를 빼앗아 바람처럼 자기 형에게 달려갔다.

그의 형은 다름 아닌, 노예시장에서 즈무루드에게 거절당하고 모욕까지 당한 바로 라시드 알 딘 노인이었다. 동생 바르스무는 마술에 능한 데다가 교활하고 엉큼하기 이를 데 없는 사내로서 형이 즈무루드를 원한다는 걸 알고 한 푼 안 들이고 여자를 빼앗아 오겠다고 장담하고 기회를 노리다가 마침내 알리에게 접근한 것이었다.

두 형제는 하인을 데리고 알리 집에 들이닥쳐 와락 즈무루드에게 달려들어 다짜고짜 입을 열면 죽인다고 위협하고 당나귀에 실어 납치해 버렸다.

라시드 알 딘 노인은 즈무루드에게 복수하기 위해 내시와 시녀 들을 시켜 죽어라고 매질을 하고, 즈무루드가 기절하자 가두고 다음 날도 죽도록 매질을 했다. 찢어발기는 것 같은 아픔에 즈무루드는 알라를 외치며 예언자 무함마드에게 구원해달라고 빌고 또 빌었다.

한편, 마약에서 깨어난 알리는 모든 사태의 진상을 알고 눈물을 흘리며 탄식했다. 그는 돌을 집어 들고 가슴을 치며 미친 사람처럼 즈무루드를 찾아 시내를 헤매고 다녔다. 꼬마들은 미치광이라고 놀리며 모여들었고, 그를 아는 사람들은 동정의 눈물을 흘렸다.

이렇게 며칠 동안 거리를 뒤지고 다니다 해질 무렵 돌아오곤 하는 사이에, 한 마음씨 착한 노파가 알리를 불쌍히 여겨 도와주기로 자청하고 나섰다. 노파가 일러준 대로 알리는 노파에게 여자들이 좋아할 장식물들을 바구니에 넣어 갖다 주었다. 노파는 누더기 옷을 걸치고 바구니를 머리에 인 채 지팡이를 짚고 이 거리 저 거리를 누비고, 이 집 저 집을 뒤지며 사방팔방으로 즈무루드를 찾아 돌아다녔다.

그러던 중 우연히 저주받은 라시드 알 딘의 집에서 새어나오는 신음 소리를 듣게 되었다.

노파는 방물장수로 변장해 문을 두드리고, 집 안의 노예 계집들에게 물건 값을 깎아주는 등 친절하게 굴었다. 노파는 즈무루드가 손발이 묶인 채 마루에 쓰러져 신음하는 걸 보고는 노예 계집들에게 말했다. 주인이 여행에서 돌아오기 전만이라도 묶인 걸 풀어주면 반드시 알라의 보답을 받게 될 거라고 말했다. 그 말에 노예 계집들은 즈무루드의 결박을 풀어주고 먹을 걸 갖다 주었다. 노파는 즈무루드에게 귓속말로 자기는 남편 알리가 보낸 심부름꾼이며 오늘 밤 구하러 올 테니 자지 말고 기다렸다가 휘파람 소리가 나거든 응답한 뒤 창문에서 밧줄을 타고 내려오라고 했다. 그럼 남편이 밑에서 기다리고 있다가 받을 것이니 그때 함께 도망치라고 귀띔했다.

노파는 알리에게 돌아가 탈출 계획을 말해주었다. 알리는 어두워지기를 기다렸다가 예정된 시각이 되자 노파가 가르쳐준 장소로 떠났다. 그리고 라시드 알 딘의 집에 도착해 발코니 아래 놓인 걸상에 앉았다. 그러나 이를 어쩌랴. 알리는 그만 졸음을 못 이겨 잠이 들어버렸다. 격심한 그리움과 애절함에 시달려 오랫동안 잠을 자지 못한 탓에 세상모르게 곯아떨어지고 만 것이다.

그런데 공교롭게도 때마침 도둑이 나타났다. 도둑질할 집을 찾아 배회하던 도둑은 공교롭게도 라시드 알 딘의 집에 눈독을 들이고 주위를 빙빙 돌며 염탐하던 중 알리가 잠든 걸상까지 오게 된 것이다. 도둑은 얼른 잠든 알리의 두건을 훔쳐 들었다. 그때 즈무루드는 창밖으로 얼굴을 내밀고 어둠 속에 서 있는 도둑을 알리로 착각하고는 금화가 잔뜩 든 한 쌍의 안장주머니를 들고 밧줄을 타고 내려왔다.

도둑은 뜻밖의 횡재에 이게 웬 떡인가 하여, 안장주머니를 낚아챈 뒤 즈무루드를 어깨에 떠메고는 쏜살같이 모습을 감춰버렸다. 즈무루드는 여전히 그 사내가 남편인 줄로만 알고 업혀 가면서 내내 떠들었다.

"할머니 말에 따르면, 제 걱정 하느라 몸이 말할 수 없이 쇠약해졌다고 하던데 말보다 빨리 달리니 웬일이에요?"

그런데 도둑이 아무 대답을 하지 않자 즈무루드는 도둑의 얼굴을 손으로 만져보았다. 그런데 목욕탕 종려잎 빗자루 같은 턱수염이 만져지는 게 아닌가. 마치 심킨 깃털이 목구멍 밖으로 삐저나온 돼지 꼴이었다. 즈무루드는 깜짝 놀랐다. 그러자 사내가 소리쳤다.

"야, 이년아. 나는 아마드 알 다나흐(도둑 두목의 이름)의 일당인 사기꾼 자완이다. 우리 도둑 패 40명이 오늘 밤부터 내일 아침까지 네 자궁 속에다 우리들의 기쁨을 잔뜩 흘려 넣어주마."

즈무루드는 눈물을 흘리며 얼굴을 마구 때렸다. 그리고 알라께 구원을 청했다.

사실 자완이 그쪽으로 우연히 걸음을 옮긴 데에는 이런 경위가 있었다. 자완은 도둑질을 하러 가기 전에 두목에게 큰소리를 쳤다.

"40명이 들어갈 수 있는 동굴이 성 밖에 있답니다. 그러니 내가 먼저 가서 우리 어머니를 거기다 모셔둘 생각입니다. 그리고 나서 시내로 돌아와 뭔가를 훔쳐서 손님 40분에게 멋지게 대접하겠습니다."

그러고는 동굴에다 어머니를 모셔놓고 동굴을 지키게 했다. 동굴 밖에 나와보니 병사 하나가 말을 옆에 매놓고 길바닥에서 자고 있었다. 자완은 당장 병사의 목을 베고는 옷과 말, 무기를 몽땅 뺏어 어머니에게 맡겨놓고 말은 동굴에 매어둔 채 시내로 들어왔던 것이다. 자완은 즈무루드도 어머니에게 맡길 요량으로 동굴로 향했다. 동굴에 도착한 자완은 어머니에게 여자를 잘 감시하라고 이르고는 그곳을 떠났다.

즈무루드는 도둑들이 들이닥쳐 자기 몸을 더럽힐 걸 생각하자 소름이 끼쳤다. 그래서 무슨 수를 내야겠다고 결심하고 자완의 어머니에게 양지쪽에 나가 이를 잡아드릴 테니 동굴 밖으로 나가자고 유인했다. 노파의 머리를 빗질하면서 이를 잡아주자, 노파는 꾸벅꾸벅 잠이 들었다.

즈무루드는 그 사이에 죽은 병사의 옷을 입고 칼을 차고 머리에는 두건을 감고는, 영락없는 남자 병사로 변장하여 금화가 가득 든 안장 주머니를 말에 싣고 동굴을 떠났다. 들킬 염려가 있으므로 되도록 시내를 피해 인적 없는 사막 쪽으로 말을 몰았다.

왕이 된 즈무루드, 매달 연회를 베풀고 원수를 찾아 복수하다

즈무루드는 열흘 동안 풀과 물로 허기를 달래며 내처 달렸다. 그리하여 열하루 만에 어느 아름다운 도시에 도착하였다. 마침 봄이라 온갖 꽃이 만발하였고 시냇물이 졸졸 흐르고 작은 새들은 지저귀며 날아다녔다.

마침 도성의 군대와 태수, 고관대작들이 성문에 늘어서 있는 게 눈에 띄었다. 무슨 일인가 하고 다가갔는데, 갑자기 병사들이 달려와 말에서 내리더니 땅에 엎드리며 "우리 임금님!" 하고 외치는 게 아닌가. 고관대작들, 시민들도 즈무루드 앞에 죽 늘어서서 이구동성으로 "부디 저희들의 임금님이 되어주소서!" 하고 외쳤다.

시종장으로부터 사연을 듣고 보니, 이 도성의 관례는 왕이 죽고 후사를 이을 왕자가 없을 때는 전군이 교외에 사흘간 야영하면서 즈무루드가 온 그 방향으로부터 오는 첫 사람을 국왕으로 모시게 되어 있었다. 그들은 터키인 자손 가운데 이처럼 이목이 수려한 분을 보내준 알라를 칭송하며 즈무루드를 환호하여 맞아주었다.

머리가 명석하고 깊은 분별력을 가진 즈무루드는 임기응변을 발휘했다.

"나는 터키인의 평민이 아니라 고귀한 가문의 출신으로 지체가 높은 사람인데, 일족들이 괘씸하여 집을 뛰쳐나왔을 뿐입니다. 그 증거로 여기 금화가 가득 들어 있는 안장주머니를 보면 알 겁니다. 이것은 오는 도중 가난하고 곤경에 빠진 사람들에게 베풀려고 갖고 온 것입니다."

이렇게 하여 즈무루드는 정식으로 왕위에 오른 다음, 국고를 열어 전군 장병들에게 금품을 나누어주었다. 일동은 새 왕의 위세가 영원히 계속되기를 기원했고, 모든 백성들도 하나같이 새 왕을 받들어 공경했다. 즉위하자마자 새 왕이 적절한 조칙과 금령을 내려 정사를 돌보니 만백성은 왕의 절도와 아량에 감탄하며 더할 나위 없이 왕을 존경하고 마음으로부터 사랑하게 되었다. 이는 새 왕이 조세를 감면해주고 죄수들에게 은사를 베풀어 갖가지 불평을 제거하는 데 진력했기 때문이었다.

다만 한 가지, 남편에 대한 그리움만은 어쩔 수 없어 즈무루드는 눈물을 흘리며 제발 남편과 만나게 해달라고 신에게 빌고 또 빌었다. 후궁과 노예 처녀 측실 들에겐 방을 하나씩 따로 배당해주고, 자신은 따로 별채에서 살며 신앙에 몸을 바쳐 금욕 생활을 한다고 말해두었다. 단식과 기도에 정진하는 왕을 본 사람들은 신앙심이 굳은 분이라며 감탄했다.

이렇듯 꼬박 1년 동안 옥좌에 앉아 있었지만 남편의 소식은 알 길이 없었다. 즈무루드는 슬픔을 참기 어려웠다. 어느 날 즈무루드는 건축가와 목수를 불러놓고 궁전 정면에 가로 세로 1파라상이 되는 경마장을 만들었다. 경마장이 완성되자 왕은 그곳에 행차하여 화려한 연회를 열었다.

"매달 초승달이 보일 때면 연회를 베풀고 싶소. 온 도성에 아무도 가게를 열지 말고 한 사람도 빠짐없이 모두 왕이 베푸는 연회에 참석해야 한다고 널리 알리시오. 만약 이 명령을 어기는 자가 있으면 집

문간에 매달아 교수형에 처할 것이오."

왕의 포고령 이후 매달 향연이 열렸다. 이렇게 1년이 지나고 다음 해가 시작되는 첫 달에 초승달이 떠올랐다. 왕은 이날도 어김없이 경마장 연회에 참석하였다. 신하들을 비롯하여 만백성이 산해진미를 먹으며 마음껏 즐겼다. 왕은 옥좌에 앉아 참석자들을 유심히 지켜보았다. 사람들은 저마다 왕이 자기를 유심히 지켜본다고 생각했다. 왕은 찾는 사람이 없자 실망하여 돌아갔다.

그다음 달에 두 번째 초승달이 뜨고 어김없이 연회가 베풀어졌다. 이번에도 왕은 참석자들을 하나하나 유심히 지켜보았다. 그러다 문득 시선이 한 남자에게 꽂혔다. 바로 남편 알리에게 벽걸이를 산 나사렛인 바르스무가 틀림없었다.

바르스무가 식탁으로 다가와 자리에 앉아서 보니 설탕을 입힌 전병이 눈에 띄었다. 그런데 이 과자는 그의 손이 못 미치는 먼 곳에 있었다. 그래서 바르스무는 사람들을 헤치고 손을 뻗어 전병 접시를 움켜쥐자 자기 앞에다 갖다 놓았다. 자기 앞에 있는 음식은 먹지 않고 먼 데까지 손을 뻗치는 걸 본 사람들은 부끄럽지도 않느냐면서 그의 지나친 식탐을 나무랐다. 바르스무는 이에 아랑곳하지 않고 자기가 먹고 싶은 것을 먹었다. 막 두 번째 전병을 집으려고 그가 손을 뻗었다.

바로 그 순간 갑자기 왕이 호위병들에게 전병 접시를 앞에 놓고 있는 놈을 잡아오라고 명령했다. 사람들은 바르스무가 분수에 맞지 않는 음식을 먹으려고 건방진 짓을 했기 때문에 잡아가는 것이라고 짐작했다.

바르스무가 끌려 나오자 왕이 "이름은 무엇이며 어디서 왔느냐"고 호령하여 물었다. 바르스무는 이슬람교도인 척 흰 두건을 쓰고 있었다. 그는 자기 이름은 알리이며 직조공이고 장사하러 왔다고 거짓말을 늘어놓았다.

왕은 모래 점을 치는 널빤지와 놋쇠 펜을 가져오라고 명령했다. 그리고 모래와 펜을 들고서 비비의 형상을 그리고 나서 유심히 바르스무를 응시했다.

"이놈! 감히 임금을 속이다니. 네놈 이름은 바르스무, 나사렛인이렸다. 무슨 일로 이 나라에 왔느냐? 사실대로 말하지 않으면 당장 네놈 목을 칠 것이야!"

바르스무는 기절할 듯 놀라 벌벌 떨며 사실대로 자백했다.

연회장에 있던 고관대작들과 백성들은 왕이 모래 점으로 진실을 알아맞힌 것에 감탄을 금하지 못했다. 왕은 세상에 비할 바 없는 예언자임이 분명했다. 왕은 바르스무의 가죽을 벗기고 그 속에 짚을 넣어 경마장 문 위에 매달고, 교외에다 구멍을 파 뼈와 살은 그 속에서 태우고, 그 재 위에 쓰레기와 오물을 버리게 했다.

기독교도에게 떨어진 무서운 재앙을 본 백성들은 이구동성으로 앞으로 죽을 때까지 절대로 설탕 뿌린 전병은 먹지 않겠다고 맹세했다. 그 후부터 사람들은 전병을 앞에 놓고 앉는 것은 법에 어긋나는 행동이라고 생각하게 되었다.

3월의 첫날, 다시 초승달이 떴다. 관례대로 향연이 벌어졌다. 사람들은 전병이 놓인 장소를 피해 식탁 주위에 앉아 식사를 했다.

그때 한 사내가 뛰어들어 왔다. 자세히 보니 바로 즈무루드를 납치해간 쿠르드인 도둑 자완이 아닌가. 자완이 약탈품을 자랑하며 도둑 일행을 이끌고 동굴로 왔을 때 이미 동굴 안은 텅 비어 있었다. 어머니에게 자초지종을 듣고 난 자완은 비록 호두 껍데기 속에 숨어 있더라도 반드시 찾아내 한을 풀고야 말겠다고 벼르고는 즈무루드의 행방을 찾아 방방곡곡을 여행하던 중 여기까지 이르게 된 것이었다.

자완은 도성 거리에 사람의 그림자 하나 없는 것이 이상해 물어물어 경마장까지 왔는데, 마침 공교롭게도 빈 자리는 전병 접시가 놓인 자리뿐이었다. 자완은 얼른 그 자리를 차고 앉아 전병에 손을 뻗었다. 그 순간 사람들이 소리쳤다. 그걸 먹는 날엔 내일 아침엔 지옥행이라고 극구 말리고 나선 것이다. 그러나 자완은 코웃음을 치고는 손을 뻗어 전병을 자기 쪽으로 끌어당겼다. 그리고 낙타의 발톱 같은 손을 뻗어 한쪽 손바닥으로 밥 덩이를 커다란 밀감만 한 모양으로 둥글게 빚어서 한입에 처넣고 우물거렸다. 그리곤 천둥 같은 소리를 내며 꿀꺽 삼켰다. 그리고 전병을 또 하나 손바닥에 올려놓고 둥글게 뭉치고 있는 참에 별안간 왕이 호위병들에게 외쳤다.

"당장 저놈을 잡아오너라, 손에 들고 있는 것을 먹기 전에."

사람들은 속으로 기뻐하며 이구동성으로 말했다. 그렇게 주의를 주었는데도 막무가내로 듣지 않더니 꼴좋게 되었다고 비웃었다.

왕이 이름과 여기 온 경위를 묻자 자완은 "이름은 오스만이고 직업은 정원사인데, 잃어버린 물건을 찾으러 왔다"고 거짓말을 늘어놓았다. 왕은 다시 모래 판을 가져다 펜을 들어 모래 점괘를 그리면서 잠시 생각에 잠겼다. 이윽고 왕은 불같이 호통을 쳤다.

"네 이놈! 괘씸한지고. 감히 임금 앞에서 거짓말을 하다니? 네놈은 쿠르드인 자완으로, 도둑질과 강도와 살인을 일삼는 천하의 악당이 아니더냐. 이 돼지 같은 놈아, 분명히 말해두지만 당장 여기서 목을 자르겠다."

자완은 소스라치게 놀라며 용서를 빌었지만 왕은 바르스무에게 내린 것과 똑같은 처벌을 내렸다. 사람들은 아예 전병 접시에서 등을 돌렸다. 전병 접시를 보는 것만으로도 죄악이라고 외쳤다.

네 번째 초승달이 떴다. 즈무루드가 연회장을 내려다보니 전병 접시를 늘어놓은 네 자리만이 비어 있는 게 아닌가. 웬일인가 하고 의아하게 생각하고 있는데, 한 사내가 뛰어 들어오더니 빈자리가 거기뿐인 걸 알고는 그 식탁에 털썩 앉았다.

왕이 자세히 보니 바로 저주받은 기독교도 라시드 알 딘 노인이었다. 노예시장에서 즈무루드가 모욕을 주고 거절한 바로 그 노인이었다. 그는 여행에서 돌아오자 즈무루드가 금화가 잔뜩 든 한 쌍의 안장주머니를 가지고 도망친 걸 알게 되었다. 그래서 동생 바르스무를 시켜 여자의 행방을 찾게 했는데, 얼마 전 그 동생한테마저 소식이 끊겨버려, 동생과 여자를 찾아 집을 나서 여기까지 이른 것이다.

라시드 알 딘이 전병에 손을 뻗치려는 순간 이미 왕의 호령이 떨어졌다. 그 역시 이름은 루스탐이며 가난한 수도승이라고 거짓말을 했다. 왕은 모래 점괘로 점을 치고 나서, 겉으로는 이슬람교도인 체하고 있지만 사실은 기독교도며 노예 처녀를 납치하는 게 직업 아니냐고 호통을 쳤다. 라시드가 우물거리자 왕은 좌우 발바닥을 몽둥이로 100대씩 때리고, 곤장을 1,000번 때린 뒤 가차없이 처형해버렸다.

궁전으로 돌아온 즈무루드는 남편을 그리워하며, 알라께서 원수들을 데려다주신 것처럼 남편도 머잖아 데려다주실 것으로 믿으며 위안을 삼았다.

마침내 남편을 만난 즈무루드, 함께 고국으로 돌아가다

다섯 번째 달의 첫날이 되자 초승달이 떴다. 왕은 이번에야말로 남편을 만나게 해달라고 간절히 기도를 올렸다. 그러자 기도가 끝나기도 전에 젊은이 하나가 경마장으로 들어왔다. 얼굴도 몸도 수척했지만 이목구비가 단정하고 행동거지도 나무랄 데 없는 바로 꿈에도 그리던 남편, 알리 샤르였다. 남편이 여기까지 오게 된 내력은 이러했다.

걸상에 앉아 잠이 들었던 알리는 눈을 뜬 순간 누가 두건을 훔쳐 간 걸 알고 자신의 어리석은 행동을 깊이 뉘우쳤다. 노파는 모든 재앙이 알리 탓이라며 책망하였다.

즈무루드가 도둑에게 납치당했다는 소식을 노파로부터 전해들은 알리는 슬픔에 못 이겨 그만 병석에 눕고 말았다. 노파의 정성스런 산호로 겨우 완쾌되었지만 알리는 즈무루드를 그리워하며 탄식으로 나날을 보냈다. 그렇게 두 해가 지나자 보다 못한 노파는 즈무루드를 찾아 나서라고 격려해주었다. 이에 용기를 얻은 알리는 길을 떠나 여기저기 헤맨 끝에 이곳까지 이른 것이다.

알리는 전병 접시가 놓인 빈자리에 앉아 전병을 집어 먹었다. 사람들이 극구 말렸지만 알리는 아랑곳하지 않았다. 아무 미련도 없는 몸이니 차라리 죽으면 편히 쉬게 될 것이라며 주위의 만류를 뿌리쳤다. 즈무루드는 남편을 알아보자 당장 부르고 싶었지만 배가 고픈 것 같아 다 먹을 때까지 기다리기로 했다. 알리가 전병을 다 먹어치우자 왕은 호위병에게 전병을 먹고 있는 젊은이를 공손히 모셔오라고 명령했다.

왕이 이름과 여기까지 온 사연을 묻자 알리는 사실대로 대답했다.

"이곳에 오게 된 것은 행방불명된 아내를 찾기 위해서입니다. 그녀는 제 귀보다도 제 눈보다도 소중한 사람이며, 그녀와 헤어진 이래 그리움이 사무쳐 제 영혼은 다 타버릴 지경입니다."

알리는 눈물을 흘리며 비탄에 젖어 마침내 기절하고 말았다. 장미수를 뿌리자 알리는 정신을 차렸다. 왕은 모래 판과 놋쇠 펜을 가져와 점괘의 그림을 그린 다음 잠시 생각에 잠겨 있다가 이렇게 말했다.

"그대 말에는 추호도 거짓이 없구나. 알라의 뜻으로 곧 아내를 만나게 될 테니 걱정할 것 없다."

왕의 행동을 본 백성들은 의아해하며 고개를 갸웃거리기도 하고, 그럴 줄 알았다는 둥 자기 짐작이 맞았다고 한마디씩 하고는 돌아갔다.

알리는 목욕하고 하사받은 새 옷으로 갈아입은 다음 시종장을 따라 왕의 처소로 안내되었다. 즈무루드는 남편을 놀려줄 양으로 발을 주물러라, 종아리를 주물러라, 하고 명령했다. 그러다 좀 더 위쪽을 주무르라고 명령하자 남편은 무릎까지밖엔 안 된다며 거절했다. 왕은 버럭 소리를 지르며 명령을 어기면 불행한 밤이 될 것이라고 호통을 쳤다.

이번엔 바지를 벗고 엎드리라고 명령했다. 알리는 도성을 나가게 해달라며 눈물을 흘렸다. 하지만 왕은 목을 자르겠다고 위협했고, 알리는 할 수 없이 시키는 대로 엎드렸다.

왕은 알리의 등에 올라타더니 갑자기 내려와 침상에 벌렁 누웠다. 그리곤 내 연장은 두 손으로 주물러줘야 서니 빨리 두 손으로 비비라고 명령했다. 그리고 알리의 한 손을 이끌어 자기 몸에 갖다 댔다. 왕의 살갗의 촉감은 비단처럼 보드랍고, 빛깔은 눈보다 희며, 가슴은 불룩 솟아 있었다. 타는 듯한 온기는 마치 한증막 같은 애틋한 연인의 가슴 같았다. 틀림없이 여자라는 생각이 들자 갑자기 욕정이 복받쳐 연장이 터질 듯 우뚝 서고 말았다. 이걸 본 즈무루드는 깔깔 웃었다.

"서방님, 이래도 아직 저를 몰라보십니까? 제가 바로 즈무루드예요."

알리는 정신이 번쩍 들었다. 즈무루드라는 걸 알아보자마자 달려들어 껴안고 입맞춤을 퍼부은 다음, 사자가 양을 덮치듯 여자의 알몸 위에 자기 알몸을 포갰다. 그리곤 강철처럼 단단해진 몽둥이를 여자의 도톰하고 보드라운 칼집에다 밀어넣었다. 늠름한 몽둥이는 용암처럼 뜨거운 칼집을 드나드는데, 문간의 문지기와 연단의 설교자와 동굴 속에서 기도 올리는 수도승처럼 굴었다. 그러자 여자도 쉴 새 없이 연신 몸을 비틀며 손발을 축 늘어뜨리는가 하면 몸을 일으켰다 앉았다 하면서 미친 듯이 몸을 비틀어 남자의 몽둥이를 바싹 죄면서 쉬지 않고 앓는 소리를 흘렸다.

두 내시는 이 광경을 보고 놀랐지만 이 일은 두 사람만이 가슴에 간직한 채 누구에게도 말하지 않았다.

다음 날 스무루드는 전군을 집합시키고, 영내의 모든 제후들을 초청해놓고 말했다.

"이 젊은이의 고국까지 함께 여행하고 싶으니, 그동안 나를 대신할 부왕副王을 선출해주기 바라오."

이윽고 즈무루드는 여행에 필요한 물건을 싣고 알리 샤르와 함께 도성을 떠났다. 고국에 당도한 두 사람은 친구에게 선물도 하고 가난한 사람들에게 은사를 베풀었다. 그리고 알라의 뜻으로 아이도 낳고 검은 머리가 파뿌리가 될 때까지 행복한 나날을 보냈다. ☽

어느 날 밤, 칼리프 하룬 알 라시드는 잠이 오지 않아 마스룰을 불러 방법을 의논했다. 마스룰은 이것저것 방법을 권해주었다. 궁전 뜰의 꽃이나 밤하늘의 별이나 천체 혹은 수면에 비친 떠오르는 달 등을 감상하는 방법, 300명의 궁녀 방을 몰래 엿보는 방법, 학자나 성인과 시인을 불러 어전에서 토론하거나 시가를 읊는 방법, 아니면 예쁜 동자나 광대 술친구와 더불어 흥겹게 익살을 떨어보는 방법 등을 늘어놓았다. 그러나 그 어느 것도 칼리프는 달가워하지 않았다. 결국 마스룰은 자신의 목을 내놓고 말았다.

"제 목을 베십시오. 그러면 흥분도 가라앉고 마음도 편안해지실 거라 생각합니다."

칼리프는 껄껄 웃었다. 그리곤 문간에 누군가 와 있을 테니 나가보라고 했다. 놀랍게도 문밖에는 다마스쿠스의 익살꾼 이븐 만수르가 와 있었다. 만수르는 바스라의 왕 무함마드 빈 스라이만 알 하시미로부터 월급을 받으며 왕의 술친구 노릇을 하던 인물이었다.

만수르는 자기가 직접 겪은 이야기라면서 다음과 같은 이야기를 들려주었다.

부두르와 쥬바이르 이야기

하루는 바스라의 왕이 함께 사냥을 가자고 권했다. 나는 완곡히 사양하고 바람도 쐴 겸 바스라 도성 구경을 나갔다. 그동안 바그다드에서 바스라를 왕래한 적은 많지만 궁전과 집 이외에 정작 도성 안을 돌아다닐 기회는 없었다. 그런데 바스라의 도성에는 일흔 개나 되는 큰 거리가 복잡하게 얽혀 있어 그만 길을 잃고 뒷골목으로 들어서게 되었다.

나는 하도 목이 말라 무턱대고 걷다가 어떤 큰 문에 부딪히게 되었다. 문에는 놋쇠로 만든 고리 두 개가 달려 있고 새빨간 비단 휘장이 늘어져 있었다. 또 문 양쪽엔 돌 걸상이 하나씩 놓여 있었는데 그 위로는 포도 덩굴이 뒤덮여 햇빛을 가리고 있었다.

그런데 집 안에서 틀림없이 수심에 젖은 사람이 부르는 구슬픈 노랫소리가 들려왔다.

오호라, 천 리 타향 떠나신 임 그려 슬픈 영혼이여!

사막의 서풍아, 임에게 괴로운 내 마음 전해다오.

날 아직 사랑하거든 야속한 짓은 마시라, 일러다오.

임이 새겨듣고 뭐라 하시거든 다시 내게 알려다오.

떠난 임 원망하며 눈물로 밤을 지새운다 말해주며,

사랑의 노예를 어찌 매정히 외면하느냐, 물어다오.

사랑을 저버리는 어떤 허물도 내겐 없다 말하고서,

그 임이 비로소 미소 짓거든 상냥한 낯으로 전하라,

한 번의 만남이라도 허락한다면 더없는 인정이려니

미치도록 임 그려 긴 밤 뜬눈으로 흐느껴 우노라고.

행여 임이 노하여 꾸짖거든 모른 체하고서 말하라,

그녀에 관한 일, 우리는 하나도 아는 바 없노라고.

　노래가 끝나기를 기다려 휘장을 조금 들춰 보니 보름달처럼 살갗이 흰 처녀가 앉아 있었다. 젖가슴은 두 송이 석류 같고, 고매한 입술은 홍옥처럼 붉었으며, 입매는 솔로몬의 도장 같고, 이는 옥수수처럼 가지런하고 차돌처럼 희었다. 보는 이를 미치게 할 정도로 절세가인이었다. 그러나 처녀는 시름에 잠겨 어딘가 우울해 보였다.

　처녀가 인기척을 느끼고 시녀더러 현관에 누가 있으니 나가보라고 하였다. 나를 본 시녀는 대뜸, 머리가 허연 영감이 체통이나 염치도 없이 어찌 남의 집을 엿보느냐고 쏘아붙이기에, 나는 목이 말라서 그랬다고 변명했다.

　처녀는 시녀를 시켜 황금 대접에 물을 담아주었다. 천천히 물을 마시며 시간을 끌자 주인 처녀는 이제 그만 돌아가라고 재촉했다. 나는 넌지시 말을 걸어보았다.

　"난 이 집의 전 주인인 보석상 무함마드 빈 알리와 절친한 친구 사이였다오."

　"그분은 부두르라는 딸을 하나 남기고 돌아가셨어요. 그 딸이 재산을 모두 상속받았죠. 제가 바로 그의 딸이에요."

"왠지 아름다운 모습에 그늘이 보이는구려. 무슨 안 좋은 일이 있는 모양인데, 한번 털어놓을 수 없겠소? 혹시 이 늙은이가 위안이 될지도 모르니까 말이오."

처녀는 그러려면 상대가 비밀을 털어놓을 만큼 믿을 수 있는지 알아야 한다고 말했다.

"나는 다마스쿠스의 익살꾼 이븐 만수루라고 하며, 하룬 알 라시드 칼리프의 술친구라오."

내가 신분을 밝히자 부두르는 내게 공손히 절을 하고 환대하였다.

이윽고 사랑하는 사람과 결혼하지 못하는 가슴속 아픈 사연을 털어놓았다. 부두르가 사랑하는 남자는 샤이반족 태수 우마이르 알 샤이바니의 아들 쥬바이르였다. 둘은 아직 말로만 사랑을 나누는 사이일 뿐이었다. 왜냐하면 쥬바이르가 약속도 안 지키고 맹세에 충실하지도 않기 때문이었다.

두 연인이 헤어지게 된 사연은 이러했다.

어느 날 시녀가 부두르의 머리를 빗겨주다가 그만 부두르의 아름다움에 홀딱 반해 자신도 모르게 몸을 숙여 부두르의 뺨에 입을 맞추었다. 그런데 공교롭게도 그 순간 쥬바이르가 들어오다가 이 장면을 보게 되었다. 그는 벌컥 화를 내며 돌아간 뒤 영원한 이별을 맹세하며 아주 돌아서버리고 말았다. 부두르가 편지를 보내도 답장 한번 보내지 않았다.

나는 두 연인 사이에 편지 심부름을 맡기로 하고, 먼저 부두르의 편지를 갖고 쥬바이르를 찾아갔다. 그는 사냥을 나가고 없었다. 기다리고 있는데 얼마 안 있어 그가 돌아왔다.

나는 첫눈에 이목이 수려한 그의 풍채에 반하여 넋을 잃었다. 그는 인사를 한 뒤 내게 푸짐한 식사를 내놓았다. 내 청을 들어주기 전에는 한 입도 먹지 않겠다고 어깃장을 놓자 결국 그는 부두르의 편지를 읽게 되었다. 그러나 그는 편지를 읽자마자 북북 찢어 마룻바닥에 뿌려버리더니, 단호하게 말했다.

"다른 청이라면 다 들어드려도 이 청만은 들어드릴 수 없습니다."

내가 화를 내며 자리에서 벌떡 일어나자 쥬바이르는 내 소매를 잡았다.

"전 그 자리에 없었지만, 그 여자가 영감님에게 뭐랬는지 알아맞춰 볼까요? 답장을 받아오면 500디나르, 답장이 없으면 수고비로 100디나르쯤 주겠다고 하지 않던가요?"

그리곤 500디나르를 줄 테니 같이 식사나 하고 놀다 가라고 했다.

식사가 끝나고 내가 비파 연주를 청하자 한 시녀가 인도산 비파를 들고 나와 기막힌 연주와 노래를 들려주었다. 쥬바이르는 그 노래와 연주가 다 끝나기도 전에 화를 내며 소리치더니 그만 기절해버렸다. 시녀가 외쳤다.

"영감님, 이 집에서는 얼마 전부터 연회를 열 때 절대 음악을 곁들이지 않았답니다. 주인 나리에게 갑자기 이런 일이 일어날까 봐 걱정하기 때문이지요."

쥬바이르의 집에서 그날 밤을 보낸 다음 날 아침이었다. 시동이 500디나르가 든 지갑을 전해주면서 부두르에게 가지도 말고, 밤에 일어난 일에 대해서도 함구해달라고 당부했다.

나는 눈이 빠지게 기다리고 있을 부두르 생각이 나서 얼른 그녀의 집으로 향했다. 그런데 이게 웬일인가. 부두르는 쥬바이르 집에서 일어난 일의 자초지종을 이미 훤히 알고 있었다. 심지어 내가 500디나르를 받은 것까지 알고 있었다. 그 자리에 있지도 않은 사람이 어떻게 일의 전말을 그토록 소상하게 알 수 있단 말인가. 깜짝 놀란 내게 부두르는 담담하게 대답했다.

"사랑하는 사람의 마음에는 눈이 달려 있답니다. 보통 사람의 눈에 보이지 않는 것도 이 눈으로는 똑똑히 볼 수 있습니다."

그리고는 세월이 흘러감에 따라 모든 건 다 변하는 법이라며 부두르는 하늘을 우러러 신에게 기도를 올렸다.

"신께서 쥬바이르에 대한 사랑 때문에 저를 괴롭힌 것과 마찬가지로, 제발 그분도 제 사랑 때문에 괴롭게 하시고, 이 가슴의 애절한 생각을 그분의 가슴에도 옮겨주소서."

나는 수고비 100디나르를 받고 궁으로 돌아왔다.

그 뒤 나는 바그다드에 갔다가 이듬해 봉록을 받으러 바스라로 돌아왔다.

볼일을 마치고 다시 바그다드로 돌아가려다가 문득 부두르 생각이 떠올라 그녀의 집으로 가보았다. 그런데 문 앞에 물도 뿌려지고 깨끗이 청소되어 있는 게 아닌가. 내시와 하인, 잔심부름꾼들도 입구에 서 있었다. 아마 부두르가 상심 끝에 죽고 태수 정도 되는 사람이 새로 이사를 온 모양이라고 짐작했다. 그래서 이번엔 쥬바이르의 집으로 갔다. 그런데 현관 앞의 걸상은 간 데 없고 입구엔 평소에 보이던 사동의 그림자도 보이지 않았다. 그 역시 죽은 게 아닐까 짐작하면서 나는 눈물을 흘리며 시를 읊었다. 그때 흑인 노예가 뛰어나와 왜 남의 집 앞에서 울고 난리냐고 역정을 내기에 나는 옛 친구 생각이 났다며 쥬바이르의 이름을 댔다.

"그분은 편히 잘 계시오. 재산도 지위도 유복한 살림도 다 그 전과 다를 바 없소이다. 다만 알라의 뜻으로 부두르라는 여자 때문에 심한 상사병에 걸려 있을 뿐이오. 그 상사병이 보통 심각한 게 아니라오. 마치 저 땅 위에 굴러다니는 큰 바위 같다고나 할까. 배가 고파도 고픈지 모르고 목이 말라도 마른지 모르니, 폐인이 다 되었다오."

신분을 밝힌 다음 나는 노예의 안내로 집 안으로 들어갔다. 노예의 말 그대로였다. 쥬바이르의 병은 너무도 심해서 과연 땅 위에 내던져진 돌처럼 손짓도 말도 전혀 통하지 않았다. 무슨 말을 걸어도 벙어리처럼 대답이 없었다. 하인이 넌지시 일러주었다.

"나리. 뭐 아는 시라도 있다면 큰 소리로 읊어보세요. 그걸 듣고 눈을 떠 이야기를 할지도 모르니까요."

> 부두르의 사랑 버렸는가, 아직 못 잊어 그리는가.
> 그대 밤마다 단잠에 드는가, 슬픔으로 지새우는가.
> 눈물이 끝도 없이 흘러 마지않으면 그대 알지니라,
> 정녕 언제까지고 천국은 그대의 집이 될 것임을.

내가 두 연인의 사랑 시를 읊자 쥬바이르는 그때서야 나를 알아보고 인사를 했다. 돕고 싶다는 말에 쥬바이르는 편지를 부두르에게 전해달라고 부탁했다. 그리고 부두르가 한 것과 똑같이 수고비를 제시했다.

그런데 부두르 집에 가보니 부두르는 수많은 시녀들을 거느리고 태양처럼 앉아 있었다. 괴로움의 흔적도 뇌심한 자취도 엿볼 수 없었다. 어안이 벙벙해 문간에 서 있으려니까 부두르가 나를 알아보고 안으로 안내했다.

편지를 전하자 부두르는 웃으면서 답장을 써주었다. 남자의 무정함에 대한 원망과 함께 이젠 체념하고 인연을 끊고서 영원히 이별하자는 내용이었다. 이 편지를 읽으면 쥬바이르는 당장 죽고 말 것이 분명했다. 나는 다시 써줄 것을 부탁했다. 그러나 부두르는 여전히 체념과 이별에 대한 이야기뿐이었다. 이런 편지를 읽으면 쥬바이르의 영혼은 몸에서 빠져나가고 말 것이었다.

"영감님이 말씀하신 것처럼 정말 그 사람은 나 때문에 애를 태우고 있나요?"

"그 이상 과장해서 말한다 해도 거짓말이 되지 않을 거요. 그러나 자비라는 건 고귀한 사람의 천성에만 깃드는 법이오."

부두르는 눈물을 머금으며 다시 편지를 썼다. 쥬바이르의 상사병이 씻은 듯이 나을 만한 내용이었는데, 이런 시도 적혀 있었다.

> 언제까지 수줍어하며 이리 멀리하시려는지요,
> 날 미워하는 이들의 마음만 위로할 뿐이라오.
> 나도 모르는 허물이 있다면 제발 일러주구려,
> 비방에 지나지 않을망정 소문에 오른 헛말을.
> 나 그리운 임 맞으리, 눈꺼풀이 잠을 맞듯이.
> 맑고 다정한 술잔, 나 그대를 위하여 마셨기에
> 술에 취해 미치더라도 그대 날 나무라지 마오.

학수고대하며 기다리던 쥬바이르는 답장을 읽자마자 그만 기절하고 말았다.

얼마 뒤 부두르가 나타났다. 쥬바이르는 언제 병고에 시달렸느냐는 듯 벌떡 일어나 부두르를 꽉 껴안았다. 이윽고 쥬바이르는 자리에 앉았지만 부두르는 앉지 않았다. 두 연인 사이에 뭔가 약속이 있었던 것이다. 부두르가 쥬바이르 귀에 뭔가 속삭이자 쥬바이르는 노예를 시켜 재판관과 두 명의 증인을 데리고 와, 지참금 10만 디나르를 내놓고 결혼식을 올렸다.

축하연을 즐기고 난 뒤 둘만을 위한 시간을 위해 내가 자리를 뜨려 하자, 부부가 한사코 말렸다. 그 바람에 나는 하룻밤 신세를 지고 말았다.

첫날밤을 치른 부두르와 쥬바이르는 내게 사례금으로 3,000디나르를 회사했다.

그렇게 싫어하던 쥬바이르가 갑자기 상사병에 걸리게 된 이유가 무엇인지 알고 싶었다. 나는 그 이유를 들어야만 사례금을 받겠다고 버텼다. 쥬바이르는 자초지종을 들려주었다.

정월 축제날은 모두가 강에 배를 띄우고 노는 습관이 있었다. 쥬바이르도 친구들과 뱃놀이를 하고 있는데 마침 부두르가 탄 배가 다가왔다. 부두르는 시녀들을 거느린 채 비파를 타며 노래를 불렀다.

> 내 가슴속 타는 사랑에 비하면 불도 외려 서늘하고
> 바위라도 그리운 그대의 마음보단 한결 부드러우리.
> 아, 정녕 이상도 하여라, 물보다도 약한 몸을 하고서
> 바위보다 굳은 마음을 가진, 죽어도 못 잊을 그대여!

이 노래를 들은 쥬바이르는 다시 한 번 들려달라고 간청했다. 그러나 부두르는 청을 들어주지 않았다. 화가 난 쥬바이르는 사공을 시켜 귤을 던졌다. 그러자 배는 돌아가고 말았다. 그 뒤부터 쥬바이르는 상사병에 걸린 것이다.

나는 비로소 사례금을 받고 둘의 결혼을 진심으로 축하해주었다.

만수르의 이야기에 칼리프의 울적한 마음은 씻은 듯이 풀렸다. ☽

예멘 사내와 여섯 노예 처녀

어느 날, 칼리프 알 마문이 태수와 중신들을 거느리고 옥좌에 앉아 있었다. 칼리프가 재미있는 이야기를 듣고 싶다고 하자, 바스라에서 온 무함마드 알 바스리는 자기가 겪은 신기한 이야기를 들려주었다.

옛날에 예멘 태생의 부자가 하나 있었는데, 고국을 떠나 바그다드로 이사를 오게 되었다. 그에게는 노예 처녀 여섯이 있었는데 하나같이 미인이면서도 각각 달랐다. 살결이 흰 여자와 검은 여자, 통통하게 살이 찌고 복스러운 여자와 날씬하게 야윈 편인 여자, 살결이 누런 여자와 가무잡잡한 여자로 상반되었다. 하지만 한결같이 고상한 취미와 교양과 능력을 두루 갖추고 있었다.

어느 날, 주인은 여섯 노예 처녀에게 차례대로 노래를 시켰다. 노래를 마치자 노예 처녀들은 누가 더 잘했는지 우열을 가려달라고 주인에게 부탁했다. 주인은 노래가 아닌 다른 것으로 우열을 가리겠다고 제안했다.

"자기와 정 반대되는 친구를 가리키며 자기를 칭찬하고 상대방을 깎아내려 보아라. 살결이 흰 사람은 검은 사람을, 살찐 사람은 마른 사람을, 누런 사람은 가무잡잡한 사람을 상대로 해서 말이다. 성전의 말씀이나 일화나 시를 일일이 예로 들어보이면 좋겠다."

그러자 여섯 노예 처녀는 각자 자신들의 장점과 우월함을 뽐내고 상대방의 단점과 열등함을 공격했다. 비유의 극치와 표현의 현란함을 곁들인 장광설이 펼쳐졌다.

먼저 살결이 흰 여자가 검은 여자를 가리키며 말했다.

"내 살결은 건강한 해님, 이제 방금 딴 귤나무의 작은 열매, 휘황찬란하게 빛나는 별과 전능하신 알라께서 그 거룩한 책 속에서 예언자 모세에게 말씀하신 그대로야. '네 손을 네 가슴속에 넣어라. 그러면 상하는 일 없이 그대로 희게 되어 나오리.' 또 이렇게도 말씀하셨지. '그 얼굴 희게 되는 자는 알라의 자비를 얻어 영원히 그 속에 머물리라.' 내 살결은 불가사의이며 기적이야. 내 애교는 천하에 비할 데 없고, 내 아름다움은 천하일품이란다. 옷을 입으면 환하게 잘 어울리고, 남의 마음을 사로잡는 것도 나 같은 여자가 아니면 어림도 없지. 또 흰 살결에는 여러 장점이 있어. 하늘에서 내리는 눈이 하얗듯, 전설에 따르면 모든 색채 중에서 가장 아름다운 것은 흰색이라는 거야. 이슬람교도도 흰 두건을 쓰는 것을 자랑으로 여기고 있거든. 흰 살결을 칭찬한 말을 열거하자면 한이 없어.

이번엔 너를 헐뜯어볼까? 오, 이 깜둥아. 먹통과 대장간의 먼지야. 연인 사이를 갈라놓는 갈마마귀 같은 얼굴을 한 것아. 시인도 흰 살결을 칭찬하고 검은 살결을 욕하지 않던? 신앙심이 굳은 사람이 전하는 어느 역사책에는 이런 이야기가 있어. 어느 날 노아가 두 아들 함과 셈을 머리맡에 불러놓고 자고 있었지. 그런데 바람이 휙 불어와 옷을 벗기는 바람에 실 한 오라기 안 걸친 알몸이 되고 말았단다. 이 모양을 보고 함은 웃기만 하면서 옷을 걸쳐주려고 하지 않았으나 셈은 일어나 옷을 걸쳐주었단다. 얼마 후 아버지는 눈을 뜨고 두 아들이 한 행동을 알게 되자, 셈을 축복하고 함을 저주했더란다. 그래서 셈의 얼굴은 희고 그 자손으로부터는 예언자와 정통 칼리프가 나왔는데 비해 함의 얼굴은 검어져서 아비시니아라는 나라로 도망쳐 그 자손으로부터는 검둥이가 나왔다지 뭐야. '머리 좋은 검둥이는 없다'는 속담도 있지 않아?"

흑인 처녀가 일어나 흰 살결의 처녀를 가리키며 말했다.

"코란에는 '모든 것을 어둠으로 싸는 밤에 맹세코 환히 빛나는 낮에 맹세코!'라는 말씀이 실려 있지. 만일 밤이 한층 더 뛰어나지 않았다면 틀림없이 알라께서도 밤을 두고 맹세하지는 않았을 것이고, 밤을 낮 앞에 놓지도 않았을 거야. 그리고 검은 머리는 청춘의 표시이며, 머리에 서리가 내리면 환락은 사라지고 죽을 날이 눈앞에 다가왔다는 것도 넌 모르느냐? 가장 훌륭한 물건이 검은색이 아니라면 알라께서는 마음속이나 눈동자 속에다 그것을 넣으셨을 리가 만무하지 않니? 게다가 밀회를 하려고 해도 밤이 아니면 안 되지. 칠흑 같은 어둠만큼 연인을 지켜줄 수 있는 게 어디 있을까? 검은색을 칭찬한 말을 들추려면 한이 없어.

이봐, 흰둥이 양반. 넌 어떤가 하면 살색은 문둥이 색깔, 그 가슴에 안기면 질식하고 말 거야. 흰 서리와 얼음과 같은 추위는 지옥에서 악인을 벌 줄 때 쓰는 거라고 말하지 않던? 검고 좋은 것 중에는 먹도 있으니, 알라의 말씀도 먹으로 씌어 있지 않더냐? 또 검은 용현향이니 검은 사향이 없다면 임금님께 바칠 향료도 없을 게 아니야?"

이번엔 주인이 통통한 처녀에게 신호를 보냈다. 통통한 처녀가 일어서더니 종아리와 두 팔, 그리고 배를 드러내더니 오목한 배꼽과 불룩한 배를 뽐냈다.

"신께서는 나를 살이 통통하게 붙은 풍만한 가인으로 만드신 외에 열매가 주렁주렁 달린 나뭇가지를 본떠 넘칠 듯한 아름다움과 광채를 주셨지. 또 신께서는 성전 속에서 나를 예로 들어 장점을 인정하고 영예를 주셨어. 신의 말씀에 '그리고 그자는 살찐 송아지를 가져왔다'는 구절이 있지. 또 신께서는 복숭아와 석류가 넘칠 듯 달려 있는 과수원처럼 나를 만드셨거든. 마치 살찐 새를 좋아하여 그 고기를 먹고 마른 새를 싫어하듯이, 아담의 자식들도 살찐 새의 고기를 좋아하고 그 살을 먹거든. 현인의 말씀에도 '기쁨은 세 가지 것에 있다. 고기를 먹고, 고기를 타고, 고기를 고기 속에 넣는 것이다'라고 했거든. 얘, 말라깽이야. 네 종아리는 참새 다리가 아니면 부엌 아궁이 부지깽이 같구나. 마치 십자형의 널빤지거나 보잘 것 없는 썩은 고기 부스러기 같단 말이야."

마른 여자가 일어섰다. 실버들가지인 듯, 등나무 잎인 듯, 아름다운 칠리 꽃줄기인 듯 몸이 날씬한 여자였다.

"나는 서방님들이 자기들 정부를 '내 여잔 코끼리처럼 살쪘다'는 둥 '산처럼 뚱뚱보야' 하는 소리를 들은 적이 없다. '내 여자는 허리가 가늘고 날씬해' 한다면 몰라도. 게다가 난 조금만 먹어도 배부르고 조금만 마셔도 갈증이 가시거든. 내 몸놀림은 빨라 나는 가만히 박혀 있지 못하는 성격이지. 그래서 나는 참새보다 쾌활하고 찌르레기처럼 가볍게 활동할 수 있어. 내 정욕을 연인은 동경하고 내게 반한 남자는 기뻐 어쩔 줄을 몰라 해. 그건 모두 내 맵시가 아름답고 우아한 맛을 지녔기 때문이지.

이봐 뚱뚱보야. 네 배가 그렇게 크니까 제대로 합궁도 안 될 걸. 허벅다리마저 굵으니 구멍에 넣는 일도 힘들 거야. 그래 갖고 무슨 덕이 있겠니? 그렇게 미련하게 생겼으니 어디 부드러운 맛이 있고 귀여운 데가 있겠냐고? 음식을 먹어도 배가 부른 걸 모르고, 산보다도 더 무겁고, 타락이나 죄 그 자체보다 더러워. 어디 하나 날쌘 데가 없고 깨끗한 점도 없고 먹고 마시는 일과 자는 일 외엔 아무것도 생각지 않거든. 형편없는 게으름뱅이에다 누가 봐도 금방 바보라는 게 느껴진다는 말이야."

이번엔 살결이 누런 처녀가 주인의 손짓을 보고 일어섰다.

"나는 경전 속에서도 칭찬받고 있는 여자야. '순수한 황색은 보는 사람의 마음을 기쁘게 한다'고 했지. 그러니까 내 살색은 불가사의란 말이야. 내 매력은 세상에서도 진기하며 그 아름다움은 따를 사람이 없어. 왜냐하면 이 살색은 금화의 빛깔, 유성과 달의 빛깔, 잘 익은 사과의 빛깔이니까 말이야. 그리고 나는 가인의 맵시를 지녔지. 내 살빛을 지닌 사프란 꽃의 빛깔은 다른 모든 빛깔을 능가하거든. 그래서 나의 지배는 불가사의며 살빛은 경이 그 자체인 거야. 내 살결은 본시 순수한 황금처럼 고귀하며 그 얼마나 많은 자랑과 영예를 보여주는지 모를 지경이야.

갈색 아가씨! 이제부터 네 흠결을 얘기할 테니 잘 들어봐. 네 살결은 물소와도 같아. 누가 보더라도 몸부림친다니까. 신께서 만든 것 가운데 그런 빛깔이 있다면 그건 욕의 대상이 되며 음식물 가운데 있다면 독이 돼. 네 빛깔은 똥파리 색이라니까. 비록 개에게라도 그런 빛깔이 섞여 있다면 그것은 추악한 표시가 되겠지. 그건 사람을 깜짝 놀라게 하는 빛깔이며 비탄을 나타내는 빛깔이야. 난 갈색 황금이나 갈색 진주나 갈색 보석이란 말을 들어본 적이 없어. 더러운 먼지의 빛깔, 흙먼지와 같은 그 갈색 생각에 빠지면 마음은 더욱 울적해질 뿐이야."

이번엔 가무잡잡한 처녀가 일어섰다. 살결은 반들반들하고 맵시 있고 날씬하고 키도 크고 머리칼은 옻칠을 한 것처럼 새까맸다.

"나를 문둥병자와 같은 희멀건 빛깔도 아니고 쓸개즙처럼 황색도 아니고 숯같이 검은 살결도 아닌, 남자들의 넋을 빼고 말 살결로 만들어준 신을 칭송할진저! 왜냐하면 시인은 입을 모아 갈색 처녀를 칭찬하고 그 빛깔이야말로 다른 모든 빛깔을 능가하고 있다고 노래하고 있기 때문이지. 갈색에는 신비가 깃들어 있다며 갈색에 찬사를 바치는 노래도 있어.

그런데 넌 말이다. 루크문 근처에 자라 있는 당아욱 그대로요, 빛깔은 흑색에다 누런 줄이 있어 모든 것이 낱낱이 유황으로 만든 것 같애. 무슨 여자가 그러냐? 말라빠진 여뀌풀아, 놋쇠 냄비의 구리녹아, 어두운 밤의 올빼미 낯짝아, 지옥의 나무 자쿰의 열매야. 네 밤자리 동무는 가슴이 터져서 무덤 속에 묻혀 있는 게 아니냐? 어디 하나 뜯어봐도 쓸모라곤 찾을 수가 없구나. 누렇게 뜬 그 얼굴은 나의 불행한 마음에 한층 더 짜증만 더해 두통거리를 만드는구나."

처녀들의 언쟁이 끝나자 주인은 처녀들을 화해시킨 다음 값진 선
물을 하사했다.

이야기를 듣고 난 칼리프 알 마문은 그 여섯 노예 처녀를 사고 싶어
견딜 수가 없었다. 그래서 바스라의 무함마드에게 금화 6만 디나르를
주고 여섯 노예 처녀를 사 오라고 시켰다.

칼리프가 사고 싶다는 말에 노예 주인은 한 푼도 돈을 받지 않고 노
예 처녀들을 그냥 바쳤다.

칼리프는 자주 주연을 베풀고 여섯 노예 처녀가 뽐내는 유창한 변
설과 색다른 개성에 경탄하며 한껏 즐겼다.

얼마 후 노예의 전 주인은 처녀들이 너무 보고 싶어 견딜 수가 없었
다. 그래서 노예 처녀들에 대한 그리움과 애절함을 호소하는 편지를
써서 칼리프에게 보냈다.

칼리프는 6만 디나르의 돈을 덧붙여 여섯 노예를 전 주인에게 돌려
보냈다.

한 처녀를 두고
아부 노와스를 희롱한 칼리프

칼리프 하룬 알 라시드는 잠이 오지 않아 궁정 회랑을 왔다갔다 걷
고 있었다. 그러던 중 입구에 휘장을 늘어뜨린 방 앞을 지나다가 우
연히 휘장을 들쳐보니 침대 위에 시커먼 것이 누워 있었다. 그 좌우

에는 초가 타고 있었고 술병 위에는 술잔이 덮여 있었다.

검둥이인 줄 알고 자세히 들여다보니 자기 머리칼로 몸을 덮고 자고 있는 여자가 아닌가. 머리칼을 들추고 보니 보름달처럼 아름다운 처녀였다. 칼리프는 손수 잔을 채워 처녀의 장미색 뺨을 위해 건배했다. 이윽고 희롱하고 싶은 마음이 든 칼리프는 처녀의 얼굴에 난 까만 점에 입을 맞추었다. 깜짝 놀란 처녀가 벌떡 일어나더니 버럭 소리를 질렀다. 하지만 그가 바로 칼리프임을 안 처녀는 칼리프와 함께 술을 마시며 비파를 뜯고 흥겹게 놀았다.

처녀는 칼리프에게 자기는 누군가로부터 지독한 학대를 받았다고 실토했다.

"임금님의 아드님께서 저를 10만 디르함에 사서 임금님께 바칠 작정이었다고 합니다. 그런데 왕비님이 이걸 알고 아드님에게 돈을 주고 제가 임금님 눈에 띄지 않도록 방에 감금하도록 분부했던 것입니다."

처녀는 칼리프와 내일 밤에 잠자리를 하는 것이 소원이라고 말했다. 칼리프는 소원을 들어주겠다고 약속했다.

이튿날 아침 칼리프는 시종을 시켜 아부 노와스를 데려오라고 했다. 마침 아부 노와스는 미소년과 유흥을 즐기다가 술값 1,000디르함을 치르지 못해 선술집에 인질로 잡혀 있었다. 그럴만한 가치가 있는 미소년인지 아닌지 알아봐야겠다는 시종의 말에 아부 노와스는 소년을 데리고 왔다.

소년은 하얀 속옷을 입고 있었는데 그 밑에는 빨간 속옷을, 빨간 속옷 밑에는 새까만 속옷을 입고 있었다. 소년이 속옷을 하나씩 벗을 때마다 아부 노와스는 소년에 대한 애끓는 찬사를 시로 읊었다.

아부 노와스가 소년에게 홀딱 반해 있다는 걸 확인한 시종은 궁전으로 돌아가 칼리프에게 자초지종을 모두 설명했다. 칼리프는 은화 1,000디르함을 주었고, 이 돈으로 술값을 물어준 덕분에 아부 노와스는 술집에서 풀려나 칼리프 앞에 엎드렸다.

칼리프는 그에게 시를 부탁했다. 그런데 이게 무슨 조화인가. 아부 노와스는 마치 어젯밤 칼리프의 옆에서 모든 것을 다 보고 들은 것처럼 칼리프와 처녀 사이의 일을 그대로 시로 읊는 게 아닌가.

칼리프는 감탄하고, 아부 노와스를 데리고 처녀에게 가서 함께 술을 마셨다. 아부 노와스가 만취하여 곯아떨어진 사이에 칼리프의 명으로 처녀는 아부 노와스의 술잔을 자신의 허벅다리 사이에 감추었다.

칼리프가 칼끝으로 아부 노와스의 머리를 살짝 찌르자 그가 눈을 떴다. 그는 단도를 들고 머리맡에 서 있는 칼리프를 보고 깜짝 놀라 당장 취기가 사라져버리고 말았다.

칼리프는 술잔이 어디 있는지 말하라고 다그쳤다. 대답을 못하면 목을 치겠다고 으름장을 놓았다. 그러자 아부 노와스는 시를 지어 대답하였다.

술잔을 훔친 도둑은 바로, 저기 저 새끼사슴!
마시고 핥기도 전에, 흥겨운 맛을 보기도 전에
잔을 도둑맞고 말았구나. 감춘 곳 어딘가 하면
내가 오로지 그리워 마지않는 슬픈 그곳이지만
그곳 주인이신 임금님 무서워 차마 말 못하네.

아부 노와스가 정확히 처녀의 은밀한 그곳을 알아맞히자 칼리프는 감탄하여 소리쳤다.

"알라에게 얻어맞고 꺼꾸러져라! ("악마가 데려갔으면 한다"는 뜻의 농담조의 말) 도대체 그걸 어떻게 알았느냐? 하지만 네 말이 맞다."

칼리프는 아부 노와스의 타고난 색기와 탁월한 감각에 대한 보상으로 금화 1,000디나르와 옷을 하사했다.

개 밥그릇으로 쓴 황금 접시를 훔친 사내

멀지 않은 옛날에 한 사내가 살고 있었다. 이 사내는 빚에 쪼들리다 못한 나머지 미칠 듯한 심정으로 처자와 식구들을 버리고 혼자 여행을 떠났다. 그는 그렇게 정처 없이 떠돌아다니다가 우연히 어느 도성에 당도하였다. 고픈 배를 움켜쥐고 녹초가 되어 중심가를 걷고 있다가 지체 높은 한 무리의 사람들이 지나가는 걸 보고 뒤따라가게 되었다. 어느새 왕궁 같은 집 안으로 들어가게 되었는데, 권문세가의 집인 듯 측근에는 시동과 내시 들이 늘어서 있었고, 풍채 좋은 주인이 나와 손님 일행을 공손히 맞아들이고 있었다. 사내는 자신의 대담하고 뻔뻔한 행동에 자기도 모르게 어리둥절해지고 말았다. 잘못해서 들키면 큰일이다 싶다는 생각에, 사람들 눈에 띄지 않게 멀찍이 물러나 앉았다.

그런데 난데없이 어떤 사람이 사냥개 네 마리를 데리고 들어왔다. 황금 목줄을 건 이 개들 앞에 주인은 황금 접시에 맛있는 음식을 가득 담아 나눠주었다.

불쌍한 사내는 너무나 배가 고픈 나머지 개 먹이를 힐끔거리며 침을 삼켰다. 개 옆으로 가고 싶었지만 개가 무서워 가지 못하고 있는데, 다행히도 개 한 마리가 마치 사내의 딱한 사정을 알아보기라도 한 듯 저만큼 자리를 비켜주는 게 아닌가.

사내가 실컷 다 먹고 물러서려 하자 개는 접시마저 가져가라는 듯 앞발로 접시를 사내에게 밀어주었다. 사내는 황금 접시를 들고 집을 나왔다. 그길로 그는 다른 도시로 가서 황금 접시를 팔았다. 그 돈으로 상품을 사서 고향으로 돌아온 사내는 장사를 하여 빚도 갚고 재물도 늘려 끝내는 큰 부자가 되었다.

몇 년 동안 나라 밖으로 한 걸음도 떠난 적이 없던 이 사내는 무슨 일이 있어도 황금 접시 주인을 찾아가 사례를 하고 개에게도 받은 만큼은 돌려줘야겠다고 결심했다. 그래서 접시 값에 해당하는 돈과 선물을 가지고 여행을 떠나 예전의 그 도성에 도착했다.

그러나 예전의 그 집은 허물어지고 폐허로 변한 채 까마귀만이 슬피 울고 있을 뿐이었다. 발길을 돌리려 하는데 보기에도 소름이 끼치고 바위조차도 마음이 흔들릴 만큼 비참한 몰골을 한 사내를 만나게 되었다. 그 집과 주인에 대해 묻자 비참한 몰골의 사내는 자기가 바로 예전의 그 집주인이라고 말했다.

"알라께서는 현세에서 번영케도 하지만 또 반드시 다시 멸망케도 하십니다. 원인을 따지기 전에 모든 게 운명이라고 생각해보면 이상할 것도 없지요."

그는 탄식하며 자기를 찾은 연유를 물었다. 상인은 돈과 선물을 내밀며 그동안의 사연을 설명했다.

"내가 가난뱅이에서 부자가 되고, 내버렸던 집을 재건하고, 여러 난국을 헤쳐 나갈 수 있었던 것은 오로지 그 접시 덕택이었습니다."

그러자 집주인은 머리를 설레설레 가로저으며 자기 운명을 탄식하였다.

"여보시오, 당신 돌았소? 내 개가 당신에게 황금 접시를 주었다 한들 이제 내가 뻔뻔스럽게 개가 준 물건의 대가를 되돌려 받을 수 있겠소? 내 비록 이런 처지에 빠졌지만 당신한테서는 무엇 하나 받을 수 없소. 어림도 없는 소리! 손톱만 한 것도 받을 수 없소! 어서 당신 나라로 돌아가시오."

상인은 집주인의 발에 입 맞추고 고향으로 돌아오면서, 내내 그를 칭송했다.

알렉산드리아의 사기꾼과 경비대장

옛날 옛적의 일이다. 경비가 잘되어 있는 항구도시 알렉산드리아에 '신앙의 날카로운 갈'이란 별명으로 통하는 경비대장 후삼 알 딘이 살고 있었다.

어느 날, 근무 중에 기병 하나가 뛰어오더니 어젯밤 한 여관에서 잠을 자다가 깨어보니 안장주머니가 찢겨 있고 금화 1,000디나르가 든 지갑이 온데간데없이 사라졌다고 신고했다.

경비대장은 여관에 있던 손님을 모두 체포하여 감방에 가둬놓았다가, 아침이 되자 한 사람씩 끌어내 피해자 앞에서 자백할 때까지 곤장을 치게 했다. 그때 한 사내가 손님들을 헤치고 앞으로 나왔다. 그는 자신이 범인이라며 훔친 지갑을 경비대장 앞에 내놓았다.

손님들은 이구동성으로 도둑을 칭찬하며 축복해주었다. 도둑이 경비대장에게 말했다.

　"나리, 저의 진짜 재주는 자수해서 지갑을 내놨다는 게 아니라, 저 기병의 지갑을 훔쳐내는 요령입니다."

　경비대장이 물었다.

　"이봐 사기꾼, 도대체 어떻게 지갑을 훔쳤다는 거야?"

　"저는 카이로 환전 시장에 나가 서 있다가 기병이 환전한 금화를 지갑 속에 넣는 걸 보고 기병을 따라오기 시작했습니다. 그런데 카이로의 뒷골목 뒷골목을 따라다녔으나 기회가 오지 않았습니다. 이윽고 이 기병이 들어간 여관까지 따라 들어가 옆방에서 그가 잠들기를 기다렸다가, 몰래 들어가 이 조그만 칼로 안장주머니를 찢고서 감쪽같이 이렇게 지갑을 훔친 겁니다."

　도둑은 말을 하면서 행동을 재연하듯이 지갑을 집어 들었다. 경비대장이나 기병이나 모든 손님들이나 똑같이 도둑이 범행을 재연한다고 생각하고 물끄러미 쳐다보았다.

　그런데 그 순간 갑자기 도둑이 뛰기 시작했다. 그리곤 웅덩이로 뛰어들어 눈 깜짝할 새 어디론가 사라지고 말았다. 부하들이 뒤를 쫓았으나 알렉산드리아의 뒷골목은 모두 얽혀 있어 결국 찾지 못하고 돌아오고 말았다.

　경비대장은 탄식하며 기병에게 말했다.

　"이제 당신은 여관 손님들에게 할 말이 없소. 훔친 장본인이 나타나 지갑을 되찾고도 당신이 간수를 잘못해서 두 눈 뜨고 그 꼴을 당했으니 말이오."

　기병은 지갑을 빼앗긴 채 풀이 죽어 돌아갔고, 여관 손님들도 경비대장과 기병에게서 풀려나 돌아갔다. 모두 전능하신 알라의 뜻에 의한 것이 아니고 무엇이랴.

알 말리크 알 나시르와 세 명의 경비대장

술탄 알 말리크 알 나시르(살라흐 앗 딘, 흔히 '술탄 살라딘'으로 불린다)는 카이로, 불락(나일 강가에 있는 카이로의 외곽도시), 푸스타트(속칭 구 카이로로 불리는 지역)의 세 경비대장에게 재직 중 겪은 진기한 사건을 이야기해달라고 청했다.

카이로의 경비대장 이야기

카이로 시에는 살인이나 상해 사건의 증인으로 안성맞춤인 두 사내가 있었다. 그러나 이 두 사내는 허구한 날 놀음과 주색잡기에 빠져 있는지라, 견책도 소용이 없어 나는 그만 두 손을 들고 말았다. 그 대신 궁여지책으로 누구든 그들이 주색잡기에 빠져 있거나 놀음판을 열면 보는 즉시 보고하라고 명령했다.

어느 날 두 사내가 터무니없이 망측한 짓을 하고 있다는 신고가 들어왔다. 한달음에 현장으로 달려가 보니 두 사내는 술집 주인과 함께 술을 마시며 창녀들을 희롱하고 있었다. 나를 보고도 놀라거나 난처해하기는커녕 뻔뻔하게 잘 왔다고 환영하며 윗자리까지 내주었다. 게다가 술집 주인은 300디나르를 뇌물로 내놓으며 눈 감아달라고 나에게 부탁까지 했다.

난 돈의 유혹에 넘어가 그만 눈을 감아주기로 하고 이 일을 문제삼지 않고 그냥 넘어갔다.

그런데 이튿날, 재판관의 호출 명령이 떨어졌다. 가보니 두 사내와 술집 주인이 와 있는 게 아닌가. 술집 주인은 내가 그에게 300디나르를 빌렸다는 차용증을 내 보이고 두 사내를 증인으로 내세웠다. 할 수 없이 난 300디나르를 내놓고 법정을 나왔다. 망신만 톡톡히 당한 셈이었다.

불락의 경비대장 이야기

나는 언젠가 금화 30만 디나르(과장된 표현)나 빚을 진 적이 있었다. 아무리 가진 걸 다 팔아도 겨우 10만 디나르밖에 마련하지 못해 끙끙 앓고 있었다.

어느 날 밤, 문 두드리는 소리가 들렸다. 하인은 얼굴색이 누렇게 질리고 어깨 근육을 부들부들 떨고 있었다. 가죽옷 하나만 입은 반나체의 사내 둘이 똑같이 손에 칼을 뽑아들고 허리에는 단도를 차고서 나를 만나고 싶다고 대문간에서 기다린다는 것이다.

문간으로 나갔더니 두 사내는 금은 그릇이 가득 든 커다란 상자를 내밀었다. 자기들은 도둑인데 오늘 밤 아주 굉장한 물건을 훔쳤다고 했다. 내 형편을 도와주고 싶으니 자신들이 훔친 장물로 빚을 갚으라는 말에 나는 너무 기뻐 어쩔 줄 몰랐다. 대충 계산해봐도 빚을 깨끗이 청산하고도 금화가 남을 것 같았다. 두 도둑을 그냥 빈손으로 보낸다는 게 체면이 서지 않아 나는 그들의 온정에 감사하면서 갖고 있던 10만 디나르를 주어 보냈다.

그런데 다음 날 아침 상자 안의 물건을 살펴보니 이게 웬일인가. 그릇은 하나같이 금은으로 도금한 구리와 주석이었다. 잘해봤자 겨우 500디르함어치나 될까 말까였다. 겨우 장만한 10만 디나르마저 깨끗이 잃었으니 원통하기 그지없었다. 정말 어처구니없는 사건이었다.

구 카이로 경비대장 이야기

언젠가 도둑 열 명을 교수형에 처한 적이 있었다. 그날 밤 나는 호위병들에게 시신을 도둑맞지 않도록 잘 감시하라고 단단히 이르고 집으로 돌아왔다. 그런데 이튿날 아침 처형장에 가보니 '아홉 번째' 교수대에 시신 두 구가 매달려 있는 게 아닌가.

열 번째 교수대는 어디 갔느냐고 물었으나 호위병들은 모른다며 잡아뗐다. 자백할 때까지 때리겠다고 으름장을 놓자 그때서야 호위병들은 실토했다. 깜빡 잠이 든 사이에 누군가가 교수대째로 시신 한 구를 훔쳐 가버린 것이다. 겁이 난 호위병들은 때마침 당나귀를 탄 농부 하나가 지나가기에 그를 죽여서 아홉 번째 교수대에다 매달았다.

나는 농부가 타고 있던 당나귀에 달린 안장주머니 속을 열어보았다. 그러자 뜻밖에도 토막난 사내의 시신이 들어 있는 것이었다. 난

속으로 생각했다.

'이건 정말 귀신이 곡할 노릇이다. 농부가 목이 달려 죽은 것도 결국은 살인죄를 저질렀기 때문이다. 그리고 보면 신은 언제든 결코 불공평하지 않구나.'

도둑과 환전상

어느 해, 한 환전상이 금화가 든 주머니를 메고 도둑 패거리 옆을 지나갔다. 도둑 하나가 저 혼자 돈주머니를 훔쳐내겠다고 큰소리를 치고는 환전상 뒤를 따라갔다. 환전상은 집에 돌아오자 선반 위에 돈주머니를 올려놓고는 여자 노예에게 물병을 가져오라고 시킨 다음 화장실로 들어가 소변을 봤다. 여자 노예는 물병을 들고 화장실로 따라가면서 문을 활짝 연 채 내버려두었다. 그사이에 도둑이 몰래 들어가 돈주머니를 훔쳐 도둑 패거리들에게 돌아왔다. 도둑은 의기양양해서 패거리들에게 자랑했다. 그러자 도둑 패거리들이 그에게 말했다.

"네 기술은 정말 대단해. 아무나 할 수 있는 재주가 아니야. 그렇지만 말이야. 그 환전상이 화장실에서 나와 돈주머니가 없어진 걸 알면 틀림없이 여자 노예를 때리고 족칠 게 뻔해. 그러니 네가 그리 잘한 짓이라고만 할 수는 없을 걸. 진짜 도둑이라면 되돌아가서 여자 노예가 매를 맞고 책망을 당하지 않게 해주는 것이 좋을 거야."

도둑은 당장 가서 여자 노예를 구하고 다시 돈주머니를 가져오겠다며 떠났다. 아니나 다를까, 환전상 집에 되돌아가보니 여자 노예는 주인에게 지독한 고문을 당하고 있었다. 도둑은 문을 두들기고 들어갔다.

"거래처에서 당신과 거래하고 있는 사람의 사환입니다. 저의 주인께서 당신이 가게 입구에다 잊어버리고 놓고 간 돈주머니를 갖다 드리라고 해서 가져왔습니다."

도둑이 돈주머니를 내밀자 확실히 자기 것이라는 걸 확인한 환전상은 받으려고 손을 뻗쳤다. 그러자 도둑은 거래처 주인이 믿을 수 있게 돈주머니를 받았다는 증서를 한 장 써서 봉인해달라고 요구했다. 환전상은 증서를 쓰기 위해 안으로 들어갔고, 도둑은 그 틈에 돈주머니를 들고 뺑소니를 쳤다. 노예 처녀도 고문에서 구하고, 돈도 감쪽같이 훔친 것이다.

쿠스의 경비대장과 사기꾼

어느 날 밤, 쿠스의 경비대장 알라 알 딘에게 풍채가 좋은 한 사내가 상자를 머리에 인 시종 하나를 데리고 찾아왔다. 용모도 단정할 뿐 아니라 아주 담력도 커 보이는 인물이어서 경비대장은 예를 다해 그를 맞았다.

"실은 나는 강도인데, 당신의 도움으로 과거의 잘못을 회개하고 알라의 곁으로 돌아가고 싶습니다. 나는 당신께서 관할하는 영내에서 감시받고 있는 몸인지라 당신의 힘을 빌리고자 합니다. 자 여기 큰 상자 안에는 4만 디나르어치의 물건이 들어 있습니다. 당신 외에는 아무도 이걸 자유롭게 처분할 권한이 없습니다. 그러니 제발 이걸 받아주시고, 그 대신 당신께서 정직하게 일해서 번 돈 1,000디나르만 주십시오. 앞으로 참회의 생활에 필요한 조그만 자본으로 삼고, 생계를 위해 죄를 저지르지 않고 살고 싶으니까요."

그렇게 말하면서 사내는 큰 상자를 열어 보였다. 거기엔 금괴, 은괴, 장신구며 온갖 보석이 가득 들어 있었다. 경비대장은 눈이 휘둥그레졌다. 그리고 몹시 기뻐하면서 1,000디나르를 선뜻 건네주었다.

이튿날 대장장이를 불러 상자 속의 물건을 보였더니, 모두가 주석과 놋쇠뿐이었고 보석은 유리로 만든 가짜였다. 경비대장은 분해서 이를 갈았으나 끝내 그 강도의 행방은 찾을 길이 없었다.

이브라힘 빈 알 마디와 상인의 누이동생

칼리프 알 마문에게 백부 이브라힘 빈 알 마디는 지금껏 경험한 일 가운데 가장 이상한 사건을 들려주었다.

어느 날, 나는 말을 타고 거리로 나갔다. 어느 집에선가 맛있는 음식 냄새가 나기에 그 집 앞에서 서성대고 있자니까 격자창 뒤로 아름다운 손목이 홀끗 보였다. 그런 아름다운 손목은 그때껏 본 적이 없었다. 난 머리가 아찔하여 음식 냄새는 까맣게 잊고 어떻게든 그 집에 접근할 방도를 궁리했다. 잠시 후 근처에 옷 가게가 눈에 띄어 들어갔다. 재봉사가 말하기를, 그 집은 부호 상인 아브 후란의 집이며 주인은 상인들하고만 교제한다고 말해주었다.

마침 공부깨나 한 듯한 두 사내가 집 앞으로 다가왔다. 재봉사는 저들은 부호 상인의 친구라며 이름까지 가르쳐주었다. 나는 그들을 향해 아는 척 반갑게 인사하고 집주인 아브 후란이 기다리고 있다면서 그들과 함께 집 안으로 들어갔다. 친구들은 내가 집주인의 친구라고 생각하고 정중히 대해주었고, 집주인은 나를 두 사람의 친구라고 생각하고 상석에 앉혔다. 이렇게 해서 나는 양쪽 모두에게 각별한 예우를 받았다.

마침 버들가지처럼 아름다운 처녀가 들어와 절묘한 솜씨로 비파를 타며 간드러지게 노래를 불렀다. 나는 노래 가운데 좀 모자라는 데가 있다고 지적했다. 처녀는 버럭 화를 내더니 집주인에게 예의도 모르는 촌뜨기를 친구라고 사귀느냐며 비파를 내동댕이쳤다. 좌중의 분위기는 모두 나를 원망하는 눈치였다. 나는 아차, 싶어 후회했다. 하지만 이 위험한 고비를 넘기려면 자진해서 비파를 타는 수밖에 없었다. 나는 처녀가 빠뜨린 대목을 타겠다면서 비파를 받아 가락을 탔다. 곡이 끝나자 처녀는 내 발밑에 머리를 숙이고 용서를 빌었다.

일행이 돌아간 뒤 집주인과 나, 단둘만 남게 되자 집주인은 내 신분을 집요하게 추궁했다. 할 수 없이 내가 신분을 밝히자 집주인은 소스라치게 놀라 자리에서 벌떡 일어났다.

나는 이 집에 들어오게 된 경위를 들려주었다. 그리고 음식 냄새에 끌려왔다가 맛있는 음식을 대접받았으니 소원 하나는 이룬 셈이었다. 하지만 아름다운 손목의 주인이 누구인지는 알지 못해 아쉽다고 말했다.

주인은 노예 처녀를 하나씩 불러들여 보여주었으나 끝내 그 손목의 주인은 나타나지 않았다. 이제 남은 여자는 주인의 어머니와 누이동생뿐이었다. 누이동생이 들어와 손목을 보였다. 바로 그 손목의 주인이었다. 집주인은 금화 2만 디나르를 꺼내고 증인을 부르더니 누이동생과 나를 결혼시켜주었다. 신방까지 마련해준 집주인의 너그러운 마음에 오히려 내 얼굴이 붉어질 정도였다. 결국 난 그 집에 신방을 차려 첫날밤까지 치를 수 있었고, 아내와의 사이에 칼리프를 모시고 있는 이 사내아이를 두게 되었다.

백부 이브라힘이 이야기를 마치자, 칼리프 알 마문은 그 장인의 너그러움에 감탄하고, 그를 어전에 불러들여 그의 재치와 세련된 교양을 확인한 뒤, 중신으로 임명했다.

가난한 자에게 베풀고서 두 손이 잘린 여자

옛날 어느 국왕이 백성들에게 명령했다.
"남에게 무엇이든 베푸는 자가 있다면 반드시 그 손을 자르리라."
이로 인해 백성들은 저마다 희사를 꺼리고 아무도 남에게 온정을 베풀 수가 없었다. 그러던 어느 날 거지 하나가 어떤 여자에게 배가 고프니 먹을 것을 달라고 애원했다. 여자는 그를 불쌍히 여겨 보리떡 두 개를 주었다. 이 일은 곧 왕의 귀에 들어가 여자는 두 손이 잘리고 말았다.
얼마 뒤 왕은 어머니에게 왕비를 맞고 싶으니 아름다운 여자를 골라달라고 청했다. 어머니는 노예 처녀 중에서 아주 깔끔한 처녀가 있는데 두 손이 잘린 흠이 있다고 말했다. 왕은 어쨌든 얼굴이나 한번 보여달라고 졸랐다. 그런데 그 처녀는 다름 아닌, 거지에게 보리떡 두 개를 주었다가 두 손이 잘린 바로 그 여자였다.

처녀를 만나자마자 왕은 수려한 용모와 농염한 자태에 반해 당장 결혼하여 아들 하나를 낳았다. 왕이 왕비를 총애하자 질투를 느낀 애첩들은 왕비가 다른 사내와 부정하게 사통하여 아이를 낳았다고 참소하였다. 이 참소를 그대로 믿은 왕은 대노하여, 어머니에게 왕비를 사막으로 끌어내라고 명령했다.

어머니는 할 수 없이 눈물을 머금고 두 모자를 사막에다 버리고 말았다.

여자는 탄식하며 정처 없이 사막을 헤매다 개울가에 이르렀다. 그런데 물을 마시려고 머리를 숙인 순간 등에 업고 있던 아이가 물속에 빠지고 말았다. 여자는 슬퍼하며 엉엉 울었다. 때마침 두 사람이 울고 있는 여자에게 다가와 아이를 구해주겠다며 알라께 기도를 올렸다. 그러자 아이는 상처 하나 입지 않고 무사히 물 밖으로 나왔다. 그들은 이번엔 여자에게 두 손을 그 전처럼 다시 회복하고 싶어 하는지 물었다. 여자가 그렇다고 대답하자 다시 기도를 올렸다. 여자는 전보다 더 아름다운 손을 갖게 되었다. 두 사람은 여자에게 절하며 말했다.

"우리들은 그 두 개의 보리떡입니다. 당신은 그것을 베풀어주신 죄로 두 손을 잃으셨지요? 전능하신 알라를 칭송하십시오. 두 손도, 아이도 원상회복이 되었으니까요."

여자는 알라의 전지전능하심을 믿고 알라를 칭송했다.

신앙심이 두터운 유대인

옛날 신앙심이 매우 굳은 한 유대인이 살고 있었다. 집안 식구들이 실을 짜면 그가 이 실을 팔아서 새 솜과 빵을 사다 식구들을 부양하곤 했다. 어느 날 한 동료가 어려움에 처한 걸 알고 그는 그날 실을 팔아 번 돈을 모두 동료에게 주고 빈손으로 돌아왔다.

솜과 빵을 사지 못했으니 집안 식구들은 걱정이 태산 같았다. 마침 집에 금이 간 나무 접시와 물병이 있어 그걸 들고 시장에 나갔으나 아무도 사려는 사람이 없었다. 때마침 생선 장수가 다가오더니 아무도 사지 않는 그 물건을 자기의 생선과 바꾸자고 제안했다. 유대인은 승낙하고 생선을 들고 집으로 돌아왔다.

빵 대신 생선을 먹으려고 생선 배를 갈랐는데, 이게 웬일인가. 생선의 뱃속에서 주먹만 한 크기의 진주가 나온 것이다. 유대인은 생선 주인에게 진주를 가져 가서 어찌했으면 좋겠느냐고 물었다.

"실을 꿰어보시오. 진주가 실에 꿰어지면 그건 따로 주인이 있는 진주요, 꿰어지지 않으면 알라께서 주신 선물입니다."

아무리 찾아봐도 구멍이 없기에 유대인은 틀림없이 신이 주신 선물이라고 생각했다.

다음 날 유대인은 보석 감정 가게로 찾아갔다. 주인은 깜짝 놀라며 1,000디나르 이상의 가치가 있는 보석이라고 했다. 그리고 돈도 더 많고 감정도 더 잘하는 다른 보석상을 안내해주었다. 유대인은 그 보석상을 찾아가 3,500디나르를 받아 집에 돌아왔다.

대문 앞에 이르니 거지 하나가 구걸하는 게 아닌가.

"알라께서 당신에게 베풀어주신 것을 제게도 베풀어주십시오."

바로 어제까지도 거지와 똑같은 처지였음을 생각한 유대인은 돈을 절반으로 나누어 거지에게 주었다. 그러자 거지는 돈을 도로 돌려주며 말했다.

"나는 당신을 시험해보기 위해 신이 파견한 천사요."

아브 하산 알 자디와 호라산 순례자

한때 아브 하산 알 자디는 빚 독촉에 시달린 적이 있었다.

채소 가게, 빵집, 그 밖의 가게에서 어찌나 빚을 독촉하는지 죽을 지경이었다. 수입도 없어 찢어지게 가난하고 살길도 막막한 그런 판국이었다.

그러던 어느 날 우연히 한 호라산 순례자가 찾아왔다. 순례 여행을 끝내고 돌아올 때까지 1만 디르함을 맡아달라는 것이었다. 다행히 무사히 돌아오면 돈을 도로 찾아가겠지만, 만약 대상 일행이 다 돌아왔는데도 자기 혼자만 안 나타나거든 죽은 걸로 알고 맡긴 돈을 다 가져도 좋다고 말했다.

아브 하산은 하늘이 내린 좋은 기회라 여겼다. 그래서 그가 맡긴 돈으로 빚을 모두 갚고, 순례자가 돌아올 때까지는 뭔가 살아날 길이 생길 것이라는 막연한 기대를 품고 남은 돈까지 아낌없이 다 써버렸다.

그런데 난데없이 다음 날 호라산 순례자가 찾아왔다. 부친이 갑자기 돌아가셨기 때문에 순례 여행을 그만두고 고국으로 돌아가야겠으니 맡긴 돈을 돌려달라는 것이었다.

아브 하산은 눈앞이 캄캄하고 당황한 나머지 대답할 말을 잃었다. 증서를 쓴 것도 아니니까 모른다고 잡아떼면 일단은 넘어가겠지만, 돈을 다 써버렸다고 하면 저쪽은 악을 쓰며 톡톡히 창피를 줄 것이다. 그래서 아브 하산은 큰 돈이라서 안전한 장소에 보관하려고 어떤 사람 집에 맡겼다고 했다. 돈을 찾아놓을 테니 내일 다시 와달라고 둘러댔다.

그날 밤 잠을 설친 아브 하산은 새벽같이 당나귀를 타고 정처 없이 길을 떠났다. 당나귀가 가는 대로 몸을 싣고 가는데 당나귀는 자꾸만 바그다드 동쪽을 향했다. 그런데 도중에 한 무리의 사람들이 다가오기에 그는 옆길로 피했다. 그들은 설교사 두건을 쓰고 있는 나를 보고는 혹시 아브 하산 댁을 아느냐고 물었다. 내가 바로 아브 하산이라고 대답했더니, 그들은 알 마문 칼리프께서 부르신다며 그를 칼리프에게 데리고 갔다.

아브 하산은 칼리프에게 자신의 신분을 밝혔다.

"저는 재판관 아부 유숩의 친구이며 법률과 전설을 전공한 학자이옵니다."

그리고 현재 처한 난국을 털어놓았다. 칼리프는 슬퍼하며 이렇게 말했다.

"참 딱하구나! 알라의 천사가 세 번씩이나 꿈에 나타나 빨리 아브 하산을 도와주라고 꾸짖는 게 아니겠나? 그래서 그대의 행방을 사방팔방으로 찾게 한 것이다."

칼리프는 2만 디르함을 내놓더니 1만 디르함은 호라산인의 빚을 갚고, 1만 디르함은 살림에 보태 체통을 잃지 말라고 타일렀다. 덧붙여 3만 디르함을 주면서 만일의 경우에 대비했다가 순례일이 돌아오거든 칼리프를 찾아오라고 일렀다.

아침이 되자 아브 하산은 호라산인에게 돈을 돌려주었다. 호라산인은 자기가 맡긴 돈과 다르다는 걸 알고 그 까닭을 물었다. 아브 하산은 자초지종을 들려주었다.

"처음부터 사실을 실토했으면 이렇게 실례되는 일을 하지 않았을 텐데 그랬군요. 어쨌든 사실을 안 이상 절대로 이 돈을 받을 수 없습니다. 당신은 법률상 아무 책임도 없습니다."

그리고 호라산인은 그냥 떠나버렸다.

순례일이 돌아오자 아브 하산은 칼리프 알 마문을 찾아갔다.

칼리프는 그를 성스러운 도시 메디나의 서부지방 재판관으로 임명하고 덧붙여 이렇게 충고했다.

"천사께서 배려하신 바를 소홀히 여기지 말지어다."

가난한 사내와 그 친구

옛날에 한 부자의 아들이 있었다. 그는 아버지가 남긴 막대한 재산을 마구 탕진하여 빈털터리가 되고 말았다. 그는 친구들에게 딱한 사정을 털어놓고 구원을 요청했다. 그러자 한 친구가 500디나르를 꿔주었다. 그는 그 돈으로 보석 가게를 차렸다.

어느 날, 사내 셋이 가게로 찾아와서는 부친을 찾았다. 부친은 돌아가시고 자기가 그의 아들이라고 했더니 그들은 아들이란 걸 증명할 사람들을 데려오라고 했다. 보석상은 친구들을 불러 증인을 서게 했다. 세 사내는 값비싼 보석과 금은 덩어리 외에 10만 디나르가 들어 있는 안장주머니 한 쌍을 주었다. 아버지가 맡긴 물건이라는 것이다.

얼마 뒤 또 한 여자가 찾아왔다. 이번엔 500디나르짜리 보석을 사고 대금으로 3,000디나르를 내놓았다. 보석상은 친구에게 빌린 돈 500디나르를 갚았다. 친구는 그냥 준 돈이니 넣어두라며 종이쪽지와 함께 주었다. 집에 가서 쪽지를 읽어보니 다음과 같은 시구가 적혀 있었다.

> 그대를 찾아간 사람은 내 두 백부와 살리 빈 알리,
> 그대 가게에서 보석을 사간 여인은 내 어머니라네.
> 보석과 금화는 친구에게 주는 나의 진실한 선물,
> 행여 그대에게 마음의 상처 입히진 않을까, 그대
> 부끄러워하진 않을까 염려하여 그리한 것이라네.

꿈을 믿었기에 부자가 된 사내

옛날 바그다드에 한 부자의 아들이 살고 있었다. 그는 아버지가 돌아가신 후 막대한 유산을 모두 탕진하여 빈털터리가 되는 바람에 노동으로 겨우 생계를 이어가고 있었다. 어느 날 그는 꿈을 꾸었다.

"네 행운은 카이로에 있다. 거기 가서 그것을 찾아보라."

그 목소리를 들은 그는 꿈을 믿고 카이로로 갔다.

해가 저물 때 도착하였으므로 할 수 없이 어느 사원에 들어가 잠자리를 찾았다. 그런데 도둑들이 사원에 들어와 그곳을 통해 이웃집으로 침입했다. 잠이 깬 이웃집 사람들이 큰 소리를 지르자 도둑들은 도망치고 말았다.

경비대장이 부하들을 데리고 현장으로 달려오자 도둑들은 재빨리 몸을 감췄다. 사원 안을 수색하던 경비대장은 바그다드에서 온 사내를 발견하고 체포하여 종려나무 채찍으로 호되게 때리며 자백을 강요했다. 뭇매 세례를 받은 사내는 숨이 넘어갈 지경이 되어서야 감옥에 보내졌다. 사흘 후 경비대장의 심문이 시작되었다.

바그다드에서 카이로로 온 경위를 추궁하자 사내는 꿈속에서 계시를 받고 카이로에 왔다고 했다.

"그런데 카이로에 와보니 그 행운의 계시란 게 나리께서 죽어라고 때린 종려나무 채찍이었군요."

그 말에 경비대장은 사랑니가 드러나도록 껄껄 웃었다.

"이 병신 같은 놈아! 나도 꿈속에서 세 번이나 계시를 받은 적이 있다. '바그다드의 이러저러한 지역에 있는 집이 있는데, 이러저러한 모양으로 그 안마당은 화원풍으로 되어 있고, 한쪽 구석엔 분수가 있으며 그 분수 아래에 막대한 돈이 묻혀 있으니, 거기 가서 보물을 찾아보라'고 말이다. 그러나 난 가지 않았다. 근데 너는 그런 엉터리 수작에 지나지 않는 꿈을 진짜로 믿고 여기까지 왔구나. 정말 바보 같은 녀석이다."

경비대장은 사내더러 고향으로 돌아가라며 얼마간의 노자를 쥐어주었다.

그런데 경비대장이 계시를 받았다는 집은 바로 바그다드의 그 사내 집이었다. 그는 집에 돌아오자마자 즉시 마당의 분수 밑을 파보았다. 그랬더니 정말로 엄청난 보물이 묻혀 있었다.

칼리프 알 무타와킬과 궁녀 마부바의 사랑

칼리프 알 무타와킬(아바스 왕조 10대 칼리프, 재위 847~861)은 궁녀 400명을 거느리고 있었는데, 200명은 그리스인, 나머지 200명은 노예로 태어난 아랍인과 아비시니아인이었다. 오바이드 이븐 타히르는 여기에다 백인 처녀 200명과 아비시니아인 200명과 고국의 처녀들을 칼리프에게 바쳤다.

그런데 이 많은 여자 노예들 가운데 마부바('연인'이란 뜻)라는 바스라 태생의 미인이 있었다. 칼리프는 마부바 곁을 잠시도 떠나지 않을 정도로 총애하고 열애하였다. 마부바는 칼리프의 총애를 믿고 자만심에 빠져서 점점 거만해졌다.

칼리프는 화가 나서 마부바 곁을 떠나고 말았다. 그리고 어느 누구도 마부바와 이야기를 나누지 말라고 엄명을 내렸다. 그러나 칼리프의 속마음은 여전히 마부바에게 기울어져 있었다. 이 때문에 칼리프는 마부바와 화해하는 꿈을 꿀 정도였다. 칼리프가 신하들에게 전날 밤 꿈 얘기를 하고 있었다. 그때 한 시녀가 들어오더니 칼리프에게 귓속말을 속삭였다. 마부바가 비파를 뜯으며 노래를 부르고 있는데 도무지 무슨 뜻인지 모르겠다는 것이다.

칼리프는 마부바의 방으로 갔다. 마부바는 칼리프를 그리워하며 화해를 간절히 바라는 노래를 부르고 있었다. 마부바 역시 전날 밤 칼리프와 화해하는 꿈을 꾸고 칼리프에 대한 사랑과 그리움이 사무쳤던 것이다. 두 사람이 똑같은 꿈을 꾸었다는 사실을 안 칼리프는 한달음에 뛰어 들어가 마부바를 껴안고 화해했다.

마부바는 자신의 뺨에 사향으로 칼리프의 성을 새겼을 정도로 칼리프를 사랑했다.

칼리프 알 무타와킬이 세상을 떠나자 궁전 안에 있던 수많은 여자들은 칼리프를 까맣게 잊어버렸으나, 오직 마부바만이 밤낮으로 고인을 애도하다가 끝내 숨을 거두고 칼리프 곁에 묻혔다.

곰을 사랑한 여자와 푸줏간 주인 와르단

칼리프 알 하킴(파티마 왕조 갈리프, 재위 996~1021) 치세 때의 일이다.

와르단이라는 사람이 카이로에 살고 있었는데, 그는 양고기를 파는 푸줏간 주인이었다. 그런데 매일같이 한 귀부인이 나타나 그의 가게에서 1디나르어치의 새끼 양고기를 사 가곤 했다. 돈이 하도 무거워서 이집트 금화로는 거의 두 닢 반에 해당하는 무게인지라 부인은 항상 짐꾼을 대동하고 나타나 돈을 주고 나서 고기를 받아 바구니에 넣어 가곤 했다.

오랫동안 하루도 거르지 않고 이런 일이 되풀이되자 와르단은 귀부인의 정체가 궁금해졌다. 그래서 짐꾼에게 날마다 그 부인과 어디로 가는지 살짝 물어보았다. 그러자 짐꾼이 대답했다.

"나도 잘 모르겠소. 그건 정작 내가 물어보고 싶은 말이오. 당신네 가게에서 새끼 양고기를 산 다음, 식사에 필요한 생과일과 마른 과일, 1디나르어치의 초를 사지요. 그리고 나사렛인 가게에서 술 두 병을 1디나르에 산다오. 장짐을 바구니에 담아 지고 여자네 집 정원 입구에 도착하면, 여자가 내게 눈가리개를 씌우는 바람에 그다음부터는 어디로 가는지 도무지 알 수가 없다오. 나올 때도 다시 정원 입구까지 와서야 눈가리개를 떼고 은화 10디르함을 받아 돌아오곤 한다오."

와르단은 호기심에 못 이겨 어느 날 그 귀부인을 미행했다.

짐꾼의 말 그대로 여자는 카이로 시내를 벗어나 어느 대신의 집 정원에 이르더니, 짐꾼의 눈을 가리고 이리저리 걸어 어느 산기슭의 커다란 돌 앞에서 멈추었다. 그리고 바구니를 내려놓은 뒤에는 다시 짐꾼을 집 정원까지 바래다준 다음, 여자 혼자 산기슭의 돌 앞으로 되돌아왔다. 그런데 여자가 눈 깜짝할 새에 모습을 감춰버리고 말았다. 와르단은 이리저리 둘러보다가 돌을 들쳐보았다. 놀랍게도 그 돌 밑에 놋쇠 뚜껑으로 덮인 구멍이 있었다. 그 구멍 속으로는 계단이 쭉 뻗어 있는 게 아닌가.

와르단은 조심조심 지하로 내려갔다. 휘황찬란한 복도를 지나자 닫혀 있는 큰 방문이 앞을 가로막았다. 마침 층계가 달린 구석방이 보이기에 와르단은 그곳으로 올라갔다. 그리고 둥근 창이 달린 방 쪽으로 가서 몸을 숨긴 채 안을 들여다보았다.

귀부인은 가장 좋은 양고기 살을 베어 냄비 속에 넣고, 나머지는 큰 곰에게 던져 주었다. 곰은 고기를 깨끗이 먹어치웠다. 여자 또한 냄비의 요리를 맛있게 다 먹은 뒤, 과일과 과자, 술을 꺼내 자기도 마시고 곰에게도 황금 술잔으로 마시게 했다.

술이 취해 얼굴이 상기된 여자는 속옷을 벗고 드러누웠다. 그러자 곰이 여자 몸 위에 올라타더니 허리를 놀리기 시작했다. 여자가 아담의 자손들의 보배 중에서 가장 귀중한 것을 곰에게 내맡기자 곰은 한 번 일을 마치고 쉬더니 얼마 후 또다시 여자에게 달려들어 교접을 시작했다. 이렇게 도합 열 번이나 일을 치르자 마침내 곰도 여자도 녹초가 되어 마루 위에 쓰러져 꼼짝없이 길게 누워 있었다.

와르단은 이때다 싶어, 예리한 식칼을 들고 곰과 여자 앞으로 다가갔다. 둘 다 몸을 너무나 혹사했기 때문에 움직이지 못하고 있었다. 와르단은 우선 곰의 목에 칼을 대고 푹 찔렀다. 그리고 머리와 몸뚱이를 동강내버렸다. 곰이 천둥 같은 소리를 지르는 바람에 여자는 소스라치게 놀라 뛰어 일어나더니 혼이 육체를 떠난 것이 아닌가 싶게 찢어지는 듯한 비명을 질렀다.

여자는 와르단을 원망했다.

"이 곰을 죽인 것처럼 나도 죽여줘요. 그리고 이 땅굴에 있는 물건을 다 가지세요."

와르단은 여자에게 구애했다.

"내가 이 곰보다 몇 배 나을 거요. 당신이 알라께 회개한다면 당신을 부인으로 맞아주리다. 여기 있는 이 보물을 가지고 여생을 함께 즐깁시다. 어때요?"

그러자 여자는 반대로 와르단을 협박했다.

"어림도 없는 소리! 곰이 죽었는데 내가 어찌 살 수 있겠어요? 만일 당신이 날 안 죽이면 내가 당신의 목숨을 뺏을 거예요! 괜히 쓸데없는 소리를 지껄였다간 지옥행을 재촉하게 될걸요. 자, 이제 당신 좋을 대로 하세요!"

"정 원한다면 죽여주지! 알라의 저주나 받아라."

와르단은 여자의 머리채를 움켜쥐고 그 목을 잘랐다. 땅굴 안을 살펴보니 황금을 비롯하여 갖가지 보석과 진주 등 보물이 가득 차 있었다. 와르단은 담을 수 있을 만큼 바구니에 보물을 채워서 돌아왔다.

그런데 카이로 시내로 들어오는 성문에 이르렀을 때, 뜻밖에 칼리프 일행과 마주치게 되었다. 칼리프는 와르단이 여자와 곰을 죽인 사실과 바구니 속의 보물 등에 대해 마치 옆에서 보고 들은 것처럼 훤히 다 알고 있었다. 와르단은 보물이 가득 찬 동굴로 칼리프 일행을 안내했다. 동굴 앞에 이르자 칼리프는 와르단에게 돌 덮개를 열라고 말했다. 돌에는 와르단의 이름과 천성으로 주문이 걸려 있었기 때문에 와르단만이 그걸 열 수 있었던 것이다. 와르단이 알라의 축복을 외며 돌에 손을 대자 덮개가 아주 가볍게 들리는 게 아닌가.

칼리프는 와르단을 시켜 동굴 아래로 내려가 금은보화를 모두 밖으로 날라 오게 하였다.

"이 동굴이 생긴 이래로 네 이름과 천성을 가진 자 외엔 아무도 여기에 들어온 사람은 없었다. 곰과 여자를 네 손으로 죽인 것도 숙명이었다. 그것은 이미 내 수첩에 기록되어 있다. 다만 나는 그것이 성취될 날을 기다리고 있었을 뿐이다."

지금도 카이로에는 '와르단의 시장'이 남아 있다.

원숭이와 바람난 공주와 푸줏간 젊은이

옛날에 흑인 노예에게 홀딱 빠진 한 공주가 있었다. 공주는 흑인 노예에게 처녀를 빼앗긴 이후 정사에만 정신이 팔려 자나깨나 한시도 쾌락을 즐기지 않고서는 견딜 수가 없었다. 그래서 시녀에게 사정을 하소연하자 시녀는 비비(원숭이)만큼 근사하게 해주는 것도 세상에 없다고 가르쳐주었다.

어느 날, 원숭이 흥행사가 커다란 원숭이 한 마리를 데리고 지나갔다. 공주는 베일을 걷어 젖히고 원숭이에게 눈으로 신호를 보냈다. 원숭이는 밧줄과 쇠사슬을 끊고 공주에게로 달려왔다. 공주는 방 안에서 원숭이와 함께 숨어서 밤낮을 가리지 않고 먹고 마시고 동침하며 지냈다. 이 추잡스런 소문이 부왕의 귀에 들어가자, 부왕은 차라리 공주를 죽여버리는 편이 낫겠다고 생각했다.

이를 눈치챈 공주는 금은보화를 잔뜩 당나귀에 싣고 백인 남자 노예로 가장하여 원숭이를 데리고 카이로를 벗어났다. 그리고 수에즈의 사막 경계에 있는 교외의 한 민가를 빌려 처소로 삼았다.

백인 남자 노예로 가장한 공주는 푸줏간을 정해놓고 날마다 고기를 사가곤 했다. 푸줏간 주인 젊은이가 보니까 노예의 안색이 누렇게 뜨고 수척한 것이 분명 무슨 말 못할 비밀이 있어 보였다.

젊은이는 몰래 노예의 뒤를 밟았다. 사막 가장자리 변두리 집에 도착한 노예는 집 안으로 들어갔다. 젊은이는 문틈으로 안을 엿보았다. 노예는 원숭이와 함께 배불리 먹고 나서 눈부시게 화려한 옷으로 갈아입었다. 젊은이는 깜짝 놀랐다. 노예는 남자가 아니라 여자였다.

여자와 원숭이는 함께 술을 마셨다. 술이 취하자 원숭이는 여자에게 달려들어 계속해서 몇 번이나 연장을 박았다 뽑았다 했고, 그 바람에 여자는 너무 좋아하다 못해 기절하고 말았다. 원숭이는 여자 몸에 작은 이불을 덮어주고는 자기 자리로 돌아갔다.

젊은이는 이때를 놓치지 않고 칼을 빼들고 안으로 뛰어들어 다짜고짜 원숭이의 배를 푹 찔러버렸다. 대번에 내장이 튀어나온 원숭이는 비명을 질렀고, 그 소리에 눈을 뜬 여자는 죽은 원숭이를 보자 몸을 부들부들 떨더니 혼이 몸에서 빠져나온 게 아닌가 싶을 정도로 비명을 지르고 다시 기절해버렸다.

공주는 자기도 죽여달라고 사정했으나 젊은이는 원숭이 대신 자기가 실컷 재미를 보게 해주겠다고 달랬다. 이렇게 하여 푸줏간 젊은이는 공주를 아내로 맞이하였다.

그러나 막상 잠자리에 들어가면 그만 일이 싱겁게 끝나버렸다. 그는 숨이 차고 힘들어서 도저히 견딜 재주가 없었다. 그래서 어떤 노파에게 사정을 호소했더니 "잡물이 섞이지 않은 식초가 가득 든 냄비와 상처풀(야로우. 허브의 일종)을 한 댓 근쯤 구해 오라"고 일렀다. 이윽고 노파는 냄비에다 식초와 상처풀을 함께 넣고 부글부글 끓이더니, 젊은이더러 어서 여자와 교접하라고 시켰다.

젊은이는 여자가 기절할 때까지 교접을 계속했고 마침내 여자가 인사불성으로 녹초가 되자, 노파는 여자를 껴안아 일으켜 펄펄 끓는 냄비 주둥이에 여자의 옥문을 갖다 대었다. 뜨거운 김이 들어가자 옥문에서 뭔가가 굴러떨어졌다. 자세히 보니 조그마한 벌레 두 마리였다. 하나는 까맣고 하나는 누런색이었다. 노파가 말했다.

"까만 벌레는 검둥이와 붙어서 생긴 거고, 누런 벌레는 비비하고 붙어서 생긴 거야."

비로소 제정신으로 돌아온 여자는 그 뒤부터 아주 즐거운 나날을 보냈으며, 예전처럼 귀찮게 졸라대는 일도 없어졌다. 알라의 덕택으로 음란 벌레가 없어졌기 때문이었다. 부부는 노파를 어머니로 삼아 극진하게 모시고 행복하게 잘살았다. ☽

카마프 왕자, 흑단마를 타고 저 멀리 사라지다

옛날 옛적, 페르시아에 사부르라고 하는 권세가 하늘을 찌를 듯 높은 대왕이 있었다. 그는 너그럽고 자비로우며 인심이 후했다. 그래서 가난한 백성을 불쌍히 여기고, 외국인에겐 은총을 베풀며, 약자를 돕고 강자를 누르는 그야말로 성군이었다.

사부르 왕의 슬하엔 공주 셋과 왕자 하나가 있었다. 왕자의 이름은 카마프 알 아크마트('달 중의 달'이란 뜻)였다.

그런데 이 나라에는 1년에 두 번씩 새해와 추분에 축제를 여는 관습이 있었다. 축제일에는 왕궁을 개방하고, 관리를 승진시키고, 죄수를 사면하는 등 널리 은혜를 베풀었으며, 백성들은 왕에게 많은 선물을 바치며 선정을 기렸다. 평소 학예를 사랑한 왕은 현자들을 어전에 불러들이곤 했다.

어느 해 축제일이었다. 마침 인도와 그리스, 페르시아 현자가 어전에 엎드렸다.

인도인은 왕에게 귀중한 보석으로 장식한 황금 상을 진상했는데, 황금 상의 한쪽 손에는 황금 나팔이 있었다. 인도인은 이 황금 상을 도성 성문에 세워두면 도성의 수호신이 될 것이라고 말했다. 적이 쳐들어오면 이 황금 상이 스스로 나팔을 불어대고, 이 소리를 들은 적은 당장에 팔다리에 경련을 일으키며 쓰러진다는 것이다.

그다음, 그리스인은 왕에게 황금으로 된 어미 공작과 24마리의 새끼 공작새가 새겨진 은반을 선물로 바쳤다. 이것은 일종의 시계인데 낮밤을 가리지 않고 24시간 동안, 어미 공작은 한 시간마다 새끼를 부리로 쪼고 홰를 치며 운다는 것이다. 그리고 월말이 되면 어미 공작의 입에서 초승달이 나타난다고 했다.

마지막으로, 페르시아인이 황금과 보석으로 장식한 새까만 흑단마黑檀馬를 왕에게 바쳤다. 이 말에는 왕후에 어울리는 안장과 고삐와 등자가 모두 갖추어져 있었다. 사부르 왕은 그 아름다운 모습과 정교한 솜씨에 넋을 잃었다. 이 말은 사람을 등에 태우고 하늘을 날아가는 말이었다. 1년 걸려 갈 곳을 불과 단 하루 사이에 날아간다고 했다.

왕은 세 가지 선물의 신기한 영험을 직접 실험해본 다음 하늘에라도 오를 듯 기뻐하며 세 현자의 소원을 들어주기로 했다. 그런데 공교롭게도 세 사람 모두 공주를 배필로 삼게 해달라고 청하는지라, 왕은 공주 셋을 그들에게 시집보내기로 하고 재판관을 불렀다.

그런데 막내 공주가 휘장 뒤에 숨어서 이 광경을 보게 되었다. 신랑이 될 페르시아인을 바라보니 백발이 성성한 노인인 데다가 차마 눈 뜨고 볼 수 없는 추남이 아닌가. 공주는 울면서 얼굴을 때리고 옷을 갈기갈기 찢었다.

때마침 막 여행에서 돌아온 왕자가 누이동생이 슬피 우는 걸 보고 사연을 알게 되었다. 왕자는 동생을 위로한 다음 부왕에게 가서 따져 물었다.

"막내 동생을 시집보내기로 한 그 페르시아 마법사는 도대체 누구이옵니까? 그 자가 가져온 선물이 도대체 뭐기에, 그렇게 싫어하는 누이동생을 괴롭히면서까지 강제로 시집을 보내시려는 것이옵니까?"

마침 옆에 있던 페르시아인은 왕자의 이 말을 듣고 화가 나 얼굴이 새빨개졌다.

부왕은 시종에게 흑단마를 가져오라고 명령했다.

"아들아, 너도 그 말을 한 번 보면 놀라 자빠지고 말게다."

그런데 이게 무슨 조화란 말인가. 흑단마를 보자마자 왕자는 한눈에 끌리고 말았다. 왕자는 마술을 익힌 기사인지라 당장 말에 올라타고는 삽 모양의 등자로 옆구리를 걷어찼다. 그러나 말은 꼼떡도 하지 않았다.

왕은 페르시아인에게 "말의 조정법을 왕자에게 가르쳐주면 왕자가 그대의 소원이 이루어지도록 애써줄지 모르지 않느냐"고 말했다. 하지만 페르시아인은 속으로 왕자를 미워하고 있었다. 왕자가 공주와 자기의 결혼을 반대했기 때문이었다. 그래서 페르시아인은 말의 오른쪽에 달려 있는 상승침을 비틀라는 한마디를 남기고는 그 자리를 떠나버렸다.

왕자가 상층침을 비틀자 말은 작은 새처럼 하늘 높이 날아올라 끝내는 시야에서 아주 사라져버리고 말았다. 왕은 걱정이 되어 견딜 수가 없었다. 그래서 페르시아인에게 빨리 왕자를 아래로 내려오게 하라고 명령했다.

"임금님, 저로선 방도가 없습니다. 부활의 날까지 다시는 왕자님을 보지 못할 것입니다. 왜냐하면 왕자님은 무지와 교만함 때문에 제게 하강법을 묻지 않으셨고, 저도 그걸 가르쳐드리는 걸 깜빡 잊고 말았습니다."

사부르 왕은 몸을 부르르 떨며 페르시아인을 마구 채찍으로 때린 뒤 옥에 가두었다.

왕은 슬픔과 비탄에 젖어 왕궁의 출입구를 모두 폐쇄해버렸다. 왕비도 공주도 도성의 백성들도 모두 비탄에 잠겼다. 이렇게 하여 하루 아침에 기쁨은 번뇌로 변하고 환락의 세상은 즉시 비통의 세상으로 변하고 말았다.

이국의 공주를 범하려다 들킨 왕자, 피를 써서 도망치다

왕자는 정처 없이 하늘을 날아 마침내 태양 근처에까지 오게 되었다. 왕자는 페르시아인이 누이동생과 결혼하는 것을 반대해서 보복당했음을 깨닫고는 자신의 경솔함을 후회했다. 그러나 상승침만 만들고 하강침을 만들지 않았을 리가 없었다.

머리가 뛰어나고 분별력이 있는 왕자는 말의 동체를 낱낱이 더듬기 시작했다. 오른쪽 어깨와 왼쪽 어깨 위에 단추같이 생긴 수탉의 벼슬만한 나사못이 하나씩 나와 있을 뿐 그밖엔 아무것도 보이지 않았다.

먼저 왕자는 오른쪽 단추를 비틀었다. 그러자 말은 갑자기 속력을 올리며 상공으로 치솟았다. 이번엔 왼쪽 단추를 비틀었다. 말은 대번에 움직임이 둔해지면서 속력을 늦추더니 조금씩 지상을 향해 내려오기 시작했다.

조작법을 터득하게 되자 기쁨에 찬 왕자는 자유자재로 상하로 올라갔다 내려갔다 하면서 말을 조종하는 기술을 익혔다.

왕자는 아래로 내려오면서 여러 도시와 나라를 내려다보았다. 모두 생소한 곳이었다. 그런데 유독 푸르고 아름다운 도시가 눈길을 끌었다. 사나라는 도시였다. 나무는 울창하게 우거져 있고 개울은 도처에서 졸졸 흐르고 영양은 발걸음 가볍게 들판을 돌아다니고 있었다.

마침 해가 기울어 서쪽으로 가라앉으려는 참이었다. 여기서 하룻밤을 보내고 다음 날 귀국할 작정으로 왕자는 도시의 한복판에 하늘 높이 솟아 있는 왕궁의 지붕 위로 새처럼 사뿐히 내려앉았다. 말에서 내린 왕자는 말을 이리저리 살펴보면서 거듭 감탄하였다. 돌아가면 이런 기막힌 말을 만든 훌륭한 명공 페르시아인에게 은총을 베풀고 최대의 자비를 내리겠다고 마음먹었다.

왕자는 일단 궁전 안의 사람들이 잠들 때까지 기다리기로 했다. 하지만 부왕과 헤어진 후 아무것도 먹지 못하고 마시지 못해 심한 허기와 갈증을 느낀 왕자는 말을 두고 계단 아래로 내려갔다. 하얀 대리석과 석고를 깐 안마당에 이르자 때마침 달빛을 받아 반짝이는 궁전의 웅대함과 화려한 아름다움에 왕자는 넋을 잃었다.

왕자는 어디로 갈까 좌우를 두리번거리다가 불빛이 새어나오는 곳을 따라갔다. 한 내시가 머리맡에 촛불을 켜놓은 채 문 앞에서 자고 있었다. 통나무보다 키가 크고 걸상보다 몸집이 뚱뚱한 사내였다. 촛

불에 반짝이는 칼자루를 안고서 등에 문을 기대고 자고 있었는데 그의 머리맡에는 가죽 자루 하나가 화강암 기둥에 매달려 있었다.

왕자는 가죽 자루를 꺼내 열고 그 안에 들어 있는 맛있는 음식을 실컷 먹고 물까지 마신 다음 다시 가죽 자루를 화강암 기둥에 걸어놓았다. 그리고 내시가 가슴에 품고 있는 칼집에서 살그머니 칼을 뽑아들고 두 번째 문 앞의 휘장을 치켜들고 안으로 들어갔다.

중앙에는 갖가지 보석으로 치장한 순백 상아 침대가 놓여 있고 그 주위에는 시녀 넷이 자고 있었다. 침대에는 동쪽 지평선에서 떠오르는 보름달 같은 젊은 여자가 머리칼로 살을 가린 채 새근새근 자고 있었다. 이마는 꽃처럼 희고 둘로 가른 머리칼은 아름답게 빛나고 새빨간 아네모네가 아닌가 싶은 두 볼에는 고상하게 보이는 점이 있었다. 왕자는 온몸을 부들부들 떨면서 기쁨에 사로잡혀, 위험 따위는 잊어버린 채 처녀의 뺨에 입을 맞추었다.

처녀는 샤무스 알 나하르 공주였다. 공주는 깜짝 놀라 눈을 떴다. 눈앞에 서 있는 왕자를 본 공주는 누구이며 어디서 왔느냐고 질문을 퍼부었다. 공주는 눈앞에 서 있는 왕자기 어제 부왕에게 청혼했다가 거절당한 인도의 왕자일 거라고 오인했다. 부왕은 그가 너무 못생긴 추남이라서 거절했다고 했지만 부왕이 거짓말을 한 것이라고 짐작했다. 공주는 이목구비가 수려한 왕자를 보자마자 그만 첫눈에 반하여 활활 타오르는 연모의 정에 사로잡히고 말았다.

때마침 시녀들도 잠이 깨 눈을 떴다. 시녀들은 어제 청혼한 인도의 왕자는 이 남자가 아니라고 말했다. 시녀들은 내시를 흔들어 깨웠다. 별궁의 감시를 맡은 내시는 놀라 벌떡 일어났다. 웬 사내가 침입했다는 말에 칼을 뽑으려 했으나 이미 왕자가 칼을 빼버렸으므로 아연실색한 내시는 부들부들 떨며 공주의 방으로 들어왔다. 왕자가 공주와 정답게 이야기하는 걸 본 내시는 왕자더러 인간인지 마신인지를 물었다. 왕자는 미처 날뛰는 사자와 같은 기세로 칼을 잡고서 내시에게 호통을 쳤다.

"나는 국왕의 사위다. 공주를 내게 주시고 백년해로의 맹세를 맺도록 분부하셨다."

내시는 놀라 큰 소리로 울부짖으며 어전으로 달려갔다. 왕자의 모습으로 변신한 마신이 공주님의 방에 있다는 둥, 임금님께서 허락하신 사위라는 둥, 이목구비가 수려하고 예의 바르며 집안 좋은 귀공자라는 둥 내시는 횡설수설 떠들었다.

왕은 단칼에 베어 죽이리라 작정하고 공주의 방으로 달려왔다. 그리고 일단 휘장을 살며시 치켜들고 안을 살펴보았다. 그런데 보름달처럼 잘생긴 귀공자가 공주와 정답게 이야기를 나누고 있는 게 아닌가.

왕은 딸의 체면을 생각할 겨를도 없이 질투심으로 흥분된 마음을 억제할 수가 없어 성난 마귀처럼 칼을 빼들고 다짜고짜 달려들었다. 그 순간 왕자도 벌떡 일어서더니 칼을 빼들고 왕에게 맞서려고 했다. 왕은 상대가 더 강해 보이자 칼을 칼집에 넣고 그 자리에 우뚝 멈춰 섰다.

왕자는 어엿한 왕의 혈통을 받은 왕자의 신분임을 밝혔으나 왕은 노기를 풀지 않았다.

"왕의 후예라면 어째서 허락도 없이 궁전으로 들어와 내 체면을 짓밟고 공주에게 접근하여 공주의 남편으로 가장하여 내가 그대에게 딸을 주었다는 터무니없는 소리를 했는가? 나는 공주를 달라는 왕과 왕자를 몇 명씩이나 내 손으로 죽인 사람이니라."

왕자는 공주의 배필로 자신만큼 훌륭한 적임자는 없다고 뽐냈다. 미남에다 담력 있고 신분과 권력에서도 자기만큼 뛰어난 인물은 없다고 자랑했다. 왕도 그 점은 인정했지만 문제는 왕자의 무례함으로 인해 손상된 공주와 왕의 체면을 회복하는 일이었다.

"하지만 나는 왕다운 법도를 따르고 싶다네. 공공연히 내 딸을 그대에게 주려면 증인이 있는 앞에서 그대에게 공주를 건네는 게 이치에 맞지 않겠는가? 하지만 이제 비록 내 딸을 그대에게 몰래 준다 해도 그대는 공주의 살을 범했으니 이미 내 체면은 말이 아니게 되고 말았도다."

왕자는 고민하고 망설이는 왕을 끈질기게 설득했다.

"하지만 대왕께서 병사들을 불러 제 목숨을 빼앗는다 해도 결국 대왕의 수치를 만천하에 알리게 될 뿐입니다. 천하의 민심은 대왕을 믿는 쪽과 의심하는 쪽 둘로 갈라질 게 뻔한 일이니까요. 대왕께서 지금부터 제가 드린 말씀에 따르신다면 모든 일이 순조롭게 풀릴 것입니다."

"그렇다면 어디 얘기해보게."

"날이 새거든 대왕의 군대를 정비하여 저와 맞서게 하십시오. 제가 죽으면 확실히 공주와의 비밀은 지켜지고 대왕의 체면도 설 것입니다. 대신 제가 전군을 격파해 승리한다면 이 세상 모든 왕들이 다투어 사위로 삼고 싶어 하는 인물이 될 테니, 대왕께서도 전혀 거리낄 게 없지 않겠습니까?"

왕은 전군과 맞서 싸우겠다는 왕자의 호언장담에 다소 겁이 났다. 그의 대담무쌍함에 두려움을 품긴 했어도 마음속으로는 왕자가 져서 죽게 되면 자신은 창피함을 면할 거라는 확신이 들었다. 왕은 왕자의 제안을 받아들이기로 했다. 공주는 왕자의 사려 깊은 교양과 식견에 완전히 탄복하고 말았다.

날이 새자 왕은 전군의 병사를 소집하여 무장을 갖추고 말에 오르라고 명령했다. 왕과 왕자가 연병장으로 나가니 10만의 엄청난 대군이 무장을 갖추고 전열을 갖춰 대기하고 있었다. 왕은 큰 소리로 전 장병들에게 고했다.

"여봐라. 공주를 달라고 온 젊은이가 하나 있다. 이 젊은이만큼 잘생기고 대담무쌍한 사람은 아직껏 본 적이 없다. 이 젊은이는 단신으로 너희를 상대로 격파해 보이겠다고 호언장담하고 있다. 비록 10만의 병력이라도 숫자는 문제도 되지 않는다고 큰소리치고 있다. 그러니 이 어처구니없는 젊은이가 공격을 시작하거든 너희는 창끝으로 그 공격을 막고, 칼날로 맞서 단숨에 격파하도록 하라!"

그런데 군사들은 모두 말을 타고 있는데 왕자에게는 말이 없었다. 왕이 자기 말을 주겠다고 하자 왕자는 왕궁의 지붕에 있는 자기 말을 타고 싸우겠다고 고집을 부렸다. 왕은 어이가 없었다. 하지만 신하를 시켜 지붕으로 가보라고 하니 왕자가 말한 대로 정말 잘생긴 말이 한 마리 있었다. 그런데 그건 진짜 말이 아니라 흑단과 상아로 만든 목마였다. 신하들은 모두 왕자가 실성했다며 껄껄 웃고는 목마를 짊어지고 지붕에서 내려왔다.

왕은 흑단마를 보자마자 균형 잡힌 사지의 아름다움과 안장과 마구의 호화스러움에 놀라 감탄사를 연발하였다. 신기한 조종술을 보여주겠다는 왕자의 말에 왕은 병마를 멀리 물러서게 하라고 명령했다. 10만의 군사와 왕과 문무백관이 늘어선 가운데 왕자는 말에 올랐다. 그리고 상승침을 비틀었다. 그러자 말은 순식간에 하늘로 날아올랐다. 그리고 눈 깜짝할 새에 10만의 병력이 보는 눈앞에서 사라지고 말았다.

왕은 기막힌 묘기에 놀라 한달음에 공주에게 달려가 이 사실을 알려주었다. 공주는 왕자가 떠난 것을 슬퍼하다 못해 마침내 중병에 걸려 자리에 누워버렸다. 왕은 잘되었다며 왕자를 욕하기도 하고 저주하였으나 공주는 비탄에 젖어 이렇게 맹세했다.

"알라께 맹세코 그분을 만날 때까지 먹지도 않고 마시지도 않으리라!"

샤무스 공주, 페르시아인에게 납치되었다가 낯선 왕궁에 갇히다

왕자가 고국으로 돌아오니 궁전 문턱에는 재가 뿌려져 있었다(상중임을 알리는 풍습). 모두들 왕자가 죽은 줄 알고 검은 상복을 입고 비탄에 젖어 있었다. 부왕은 왕자를 보자마자 기절하여 쓰러졌다. 왕비와 공주들도 모두 울며불며 법석을 떨었다.

이윽고 왕은 온 백성에게 왕자의 무사함을 알리고 일주일 동안 축하연을 베풀었다. 그리고 왕자의 청을 받아들여 페르시아인을 감옥에서 석방하고 사과의 뜻으로 어의를 하사하고 공손히 대접도 했으나 공주와의 결혼만큼은 승낙하지 않았다.

왕자는 부왕에게 사나 왕과 그 공주 때문에 일어난 모험담을 이야기했다. 부왕은 살아 돌아온 것만도 다행이니 앞으로는 조심하라고 단단히 주의를 주었다.

연회가 끝나고 모두들 돌아간 다음 왕도 왕자와 더불어 왕궁으로 돌아와 편히 쉬며 비파의 명인으로 이름난 시녀를 불러 노래를 들었다. 시녀는 연인의 애절한 이별 노래를 경쾌한 가락에 실어 불렀다.

> 그대와 헤어져 홀로 지낸들 어찌 그리운 임 잊을 쏜가.
> 내 생각에서 그대를 지우면 아무것도 남는 게 없다오.
> 세월은 흘러 사라져도 임 향한 그리움만은 더해간다네.
> 그대 그리며 나 죽고, 그대 그리며 나 다시 살아나거니.

이 노래를 들은 왕자의 가슴에는 공주를 향한 연모의 불꽃이 더욱 거세게 타올랐다. 왕자는 공주에 대한 그리움으로 죽을 것만 같았다. 그는 부왕의 눈에 띄지 않게 궁전을 빠져나와 다시 목마를 타고 상승침을 비틀었다. 목마는 새처럼 하늘로 비상하여 순식간에 중천을 날았다. 이튿날 또다시 왕자가 없어진 걸 안 부왕은 목마를 감춰두지 않은 걸 후회하면서 아들이 돌아오면 반드시 목마를 부숴버리겠다고 다짐했다.

왕자는 사나 도성에 도착하여 먼저처럼 왕궁 지붕에 말을 내려놓고 몰래 별궁에 있는 공주의 방으로 들어갔다. 잠도 못 자고 비탄의 눈물을 흘리고 있던 공주는 왕자를 보자마자 목에 매달려 입을 맞추었다. 왕자도 공주에 대한 그리움과 애절한 사랑을 호소하며 부둥켜안았다. 두 사람은 날이 샐 때까지 먹고 마시고 이야기를 나누었다. 밖이 훤히 밝아오자 왕자는 떠나려고 일어섰다. 일주일에 한 번씩 찾아오겠다고 맹세했지만 공주는 두 번 다시 이별의 쓰라림을 맛보지 않겠다며 함께 데리고 가달라고 애원했다. 왕자는 할 수 없이 공주를 목마에 태우고 하늘 높이 날아올랐다.

이윽고 고국의 수도가 가까워졌다.

왕자는 사랑하는 공주에게 사나 국왕보다 부왕의 권세와 위풍이 훨씬 크다는 것을 보여주고 싶었다. 그는 부왕이 평소 소풍 나가곤 하던 교외의 한 정원에 내렸다. 공주를 둥근 지붕의 정자로 안내한 다음, 입구에 매어 놓은 흑단마를 잘 감시하라고 일렀다.

"심부름하는 사자가 올 때까지 여기서 기다려주십시오. 나는 먼저 이 길로 부친에게 가서 당신이 거처할 궁전을 마련하여 깨끗이 치우고 당신에게 유서 깊은 우리 가문을 보이고 싶소."

공주 역시 신분에 어울리는 상당한 영예와 존경을 받으며 도성으로 들어가고 싶었다. 그래서 승낙하고 기다리기로 했다.

왕자는 부왕의 궁전으로 돌아와 사나 공주를 데려왔다고 알렸다. 부왕에게 성대한 행렬로 공주를 맞이해 부왕의 당당한 위풍과 군세를 보여달라고 부탁했다. 왕은 기뻐하며 시내를 화려하게 장식하고 모든 군신을 데리고 온갖 악기를 울리면서 위풍당당하게 말을 몰고 성밖으로 마중을 나갔다. 왕자 역시 공주에게 줄 보석과 옷, 빨강과 노랑의 둥근 지붕이 달린 가마를 마련했다. 그는 서둘러 부왕보다 한 발 앞서 공주가 기다리고 있는 정자 쪽으로 걸어갔다.

그러나 아무리 찾아도 공주도 목마도 보이지 않았다. 왕자는 얼굴을 때리고 옷을 찢고 미친 사람처럼 정원을 헤매고 다녔다. 그러다 정원지기를 만나 물어보니 약초 캐는 페르시아인 외엔 아무도 정원에 들어온 사람이 없다는 게 아닌가. 공주를 납치해 간 장본인은 틀림없이 페르시아인이었다. 누이동생과의 결혼을 거절한 데 대한 복수로 공주를 납치해 간 게 분명했다.

　왕자는 아연실색하여 어찌할 바를 몰랐다. 여러 사람을 볼 낯이 없었다. 왕자는 부왕에게 자초지종을 설명했다. 부왕도 어쩔 수 없이 도성으로 돌아갈 수밖에 없었다. 부왕은 왕자에게 다른 여자를 찾아보자고 권했지만 왕자는 공주를 찾을 때까지는 돌아오지 않을 것이라고 맹세하고는 떠나버렸다.

　한편 페르시아인은 약초를 캐러 정원에 들어왔다가 왕자가 타고 간 흑단마를 발견했다. 이게 웬 떡이냐 싶어 당장 달려가 말을 타고 떠나려고 했다. 그 순간 공주의 몸에서 나는 사향과 향료의 냄새가 코를 찔렀다. 냄새를 따라가 보니 정자 안에 한 여자가 혼자 앉아 있는 게 아닌가. 맑게 갠 창공에 화사하게 빛나는 태양인가 싶을 정도로 눈부신 여자였다. 한눈에도 신분이 보통 고귀한 여자가 아님을 알 수 있었다. 그런데 왕자가 이렇게 고귀한 신분의 공주와 귀하디 귀한 말을 남겨두었다면 분명 그에 마땅한 이유가 있을 터였다. 아무래도 공주를 맞이하기 위해 대대적인 환영 행사를 준비하려고 왕궁으로 간 것이 분명했다.

　여기까지 생각이 미치자 페르시아인은 왕자가 보낸 시종처럼 가장하고 공주에게 다가가 공손히 엎드렸다. 그리고 왕자의 분부로 공주를 모시러 왔다고 말했다. 공주는 페르시아인의 얼굴이 너무나 못생긴 데다가 지저분하여 의아해했다. 페르시아인은 왕자가 공주를 너무 사랑한 나머지 질투심에 못 이겨 일부러 추한 몰골의 시종을 뽑아 보낸 것이라고 둘러댔다. 공주는 그럴듯한 말이라고 생각했다. 그래서 페르시아인의 음흉한 속셈을 까맣게 모른 채 목마의 뒤에 탔다.

　말의 배가 부풀어 올랐다. 페르시아인이 몸을 좌우로 흔들자 말은

핵 하고 하늘 높이 공중으로 떠올라 자꾸만 비상하였다. 순식간에 도
성이 시야에서 사라져버렸다. 공주는 깜짝 놀라 어찌하여 도성에서
멀리 떠나느냐고 따져 물었다.

"나는 이 흑단마를 만든 진짜 주인이다. 이제야 내 손에 다시 돌아
왔다. 그동안 그놈이 나를 괴롭혔던 것처럼 이번엔 내가 그놈을 괴롭
힐 차례다. 두 번 다시 이 말을 그놈 수중에 넘기지 않을 것이다. 그
리고 걱정 말아라. 난 부자니까 내 말에 복종만 하면 얼마든지 호강
시켜줄 것이다."

공주는 속임수에 넘어간 사실에 분통이 터져 자신의 얼굴을 때리며
엉엉 목 놓아 울었다. 목마는 쉬지 않고 계속 날았다. 마침내 그리스
에 도착해 숲이 우거지고 개울이 흐르는 어느 들판에 내렸다.

때마침 사냥을 나온 그곳 왕이 우연히 페르시아인이 처녀와 말을
데리고 있는 걸 발견했다. 왕의 노예는 순식간에 달려들어 페르시아
인을 붙잡아 왕 앞에 끌고 왔다. 왕이 둘의 관계를 묻자 페르시아인
은 부부라고 대답했다. 공주는 그의 거짓말에 일일이 반박하며 사실
을 낱낱이 왕에게 고했다.

왕은 페르시아인을 곤장으로 실컷 두들겨 패고는 감옥에 처넣었다.
그리고 공주는 후궁에 가둬두도록 하고, 흑단마는 창고에 넣어두라고
명했다.

미친 척한 공주, 의사로 가장한 왕자와 흑단마를 타고 도망치다

왕자는 초연히 두 사람의 행방을 수소문하며 이 나라 저 나라 이 도시 저 도시로 방랑을 계속했다. 그러나 사나 도성에서도 공주의 소식을 아무도 몰랐고 사나 왕 역시 공주가 없어져 슬퍼한다는 소문만 들려왔다.

왕자는 발길을 그리스로 돌렸다. 그리스에 도착하여 어느 주막에 들어갔는데 마침 상인들이 세상 이야기꽃을 피우고 있었다. 그중 한 사람이 하는 말이, 어느 도시의 왕이 사냥을 나갔다가 추남인 노인과 절세가인인 처녀, 그리고 신기하기 짝이 없는 목마를 발견했다는 이야기를 들려주었다. 왕자는 상인으로부터 도성과 왕의 이름을 듣고 가슴을 두근거리며 뜬눈으로 밤을 새웠다. 이튿날 날이 밝자 왕자는 길을 재촉하여 그 도성을 찾아갔다.

그런데 막상 시내로 들어가자 경비병들이 달려들더니 다짜고짜 체포하였다. 그런데 하필이면 그때가 저녁 시간이라서 곧장 왕에게 끌고 갈 수가 없었다. 경비들은 하룻밤 옥에 가두어야겠다고 생각하고 감옥으로 데려왔다. 그러나 옥지기들은 이목이 수려한 왕자를 차마 옥에 처넣을 수가 없어 벽 밖에 앉히고 함께 식사를 했다.

왕자는 파르스 제국에서 온 제왕이라고 자기 신분을 밝혔다. 옥지기 일동은 모두 껄껄 웃었다. 이들은 자신을 제왕이라고 밝힌 왕자와 자신을 현자라고 우기는 페르시아인을 똑같은 허풍쟁이라고 생각하고 비웃었던 것이다. 그리고 페르시아인과 함께 잡혀온 여자 이야기를 들려주었다.

"임금님은 여자에게 홀딱 반해 함께 살고 싶으시다는 거야. 그러나 여자는 그만 머리가 돌아버렸대. 임금님은 어떻게든 여자의 병을 고쳐보려고 의사나 점성가에게 많은 돈을 쓰셨다지. 그래도 영 효험이 없다는 거야. 지금 말은 왕실 창고에 들어가 있고, 그 추남은 옥에 갇혀 있거든, 근데 이놈이 밤이면 어찌나 울어대는지 우리들까지 한숨도 잠을 못 자는 형편이라네."

왕자는 하룻밤 사이에 옥지기들로부터 많은 정보를 얻어들었다. 왕자는 이튿날 아침 왕 앞에 끌려갔다.

"저는 파르스에서 온 하르자라고 합니다. 저는 특히 의술을 공부하여 병자와 마술에 걸린 사람을 고칠 수 있습니다. 이게 저의 직업입니다."

왕자의 말에 왕은 뛸 듯이 기뻐하며 공주의 병을 고쳐주면 뭐든 원하는 대로 해주겠다고 약속했다. 왕자는 우선 목마의 상태를 확인하고 싶었다. 그래서 목마를 보고 거기서 병을 고칠 수 있는 단서를 찾아보겠다고 왕의 허락을 얻어낸 다음 보물 창고에 숨겨놓은 목마를 이리저리 살펴보았다. 목마가 아무 이상이 없음을 확인한 왕자는 공주의 방으로 갔다.

공주는 두 손을 비벼대고 몸을 마루에 내던지고 옷을 갈기갈기 찢고 있었다. 왕자는 공주가 미친 척하고 있다는 걸 단박에 알아챘다. 왕이 공주 옆에 접근하지 못하게 하기 위함이었다. 왕자는 부드럽게 위로하는 척하면서 공주의 귀에 대고 속삭였다.

"이봐요, 샤무스, 나는 카마프입니다."

공주는 이 말을 듣자마자 너무 기쁜 나머지 비명을 지르다가 기절하고 말았다. 왕자는 다시 공주의 귀에 대고 속삭였다. 폭군의 손아귀에서 벗어나려면 모쪼록 조심하고 꾹 참으라고 격려한 뒤에 왕자는 그곳을 벗어날 책략을 말해주었다.

"왕에게는 당신이 마신에게 홀려서 실성했다고 말해두겠소. 그리고 만일 왕이 공주의 결박을 풀어주면 내가 악령을 몰아내 보겠다고 둘러대겠소. 그러니 왕이 가까이 오거든 내가 병을 고친 것처럼 일부러 상냥하게 구시오."

왕자는 왕에게 말했다.

"다행히 병의 원인을 발견했습니다. 마신에게 홀린 걸 알고 거의 고쳐놓았습니다. 자, 이제 가보십시오. 상냥하게 말을 거시고 위로해주시고 공주가 해달라는 대로 해주십시오. 그럼 임금님께서 원하는 것을 성취하실 수 있을 겁니다."

왕은 한달음에 공주의 방으로 들어갔다. 공주가 일어나더니 왕 앞에 엎드려 공손히 왕을 맞아주었다. 왕은 뛸 듯이 기뻐하며 공주를 목욕시키고 새 옷을 입히고 장식품을 달게 했다. 보름달처럼 아름다운 공주가 어전에 들어 절을 하자 왕은 기뻐서 어쩔 줄 몰랐다.

왕은 왕자의 뛰어난 의술을 입이 마르게 칭찬했다.

"오, 임금님, 공주의 병이 완쾌되려면, 처음 공주를 모셔왔던 그 장소로 가야 합니다. 그 목마도 잊지 말고 가져가야 합니다. 왜냐하면 그 말 속에 악마가 숨어 있기 때문입니다. 그놈을 몰아내지 않으면 또다시 월초만 되면 그놈이 공주를 괴롭힐 겁니다."

왕은 즉시 병사들과 공주를 데리고 목마를 끌고 들판으로 나갔다. 공주를 발견했던 그 장소에 도착하자 왕자는 공주와 목마를 왕과 병사들에게서 멀리 떼어놓게 하였다. 왕과 병사들이 눈앞에서 지켜보는 가운데, 왕자는 목마에 올라 공주를 태워 끈으로 단단히 묶고는 상승침을 비틀었다. 말은 공중으로 날아올라 사람들의 시야에서 완전히 벗어나고 말았다.

왕은 이제나저제나 그들이 돌아오기를 기다렸으나 반나절이나 지나도 끝내 돌아오지 않았다. 그제야 왕은 속은 걸 알고 페르시아인을 불러 실컷 화풀이를 한 뒤 체념하고 말았다.

왕자는 무사히 부왕의 궁전에 도착하여 왕궁 지붕에 내린 뒤 부왕에게 용서를 구했다. 카마프 왕자와 샤무스 공주는 성대한 결혼식을 올리고 널리 연회를 베풀어 온 백성들과 함께 기쁨을 누렸다.

부왕은 흑단마를 때려 부쉈다. 왕자와 장인은 해마다 한 번씩 편지와 선물을 주고받았다. 부왕 사부르 왕이 세상을 떠난 뒤 카마프 왕자는 왕위에 올라 공정하게 정사를 돌보고 몸을 삼가며 나라를 다스렸다.

그리하여 카마프 알 아크미트 왕과 샤무스 알 나하르 왕비는 죽는 날까지 현세의 만족과 위안을 모두 맛보며 행복하게 살았다. ☽

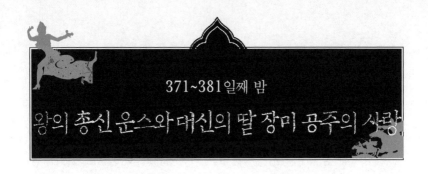

장미 공주, 연애편지가 발각되어 외딴 성에 갇히다

옛날에 샤미후라는 나라가 있었다. 그 나라엔 재상 이브라힘이 있었는데, 그의 딸 알 와루드 휠 아크맘은 일명 장미 공주라 불릴 만큼 재색을 겸비한 데다 재기 발랄하여 왕도 무척 총애하고 있었다.

어느 날, 왕의 초청으로 영내의 귀공자들이 모두 모여 공놀이 대회를 열게 되었다. 창가에 앉아 공놀이를 구경하던 장미 공주는 유독 용모가 수려한 한 청년에게 자기도 모르는 사이에 마음을 빼앗기고 말았다. 청년이 말을 몰고 창 앞을 지나갈 때 장미 공주는 우연을 가장하여 슬쩍 사과 하나를 떨어뜨렸다. 누가 장난을 쳤나 싶어 청년이 위쪽을 올려다보자, 밤하늘에 환히 빛나는 보름달처럼 눈부시게 아름다운 여자가 창가에 앉아 있는 게 아닌가. 잠깐 동안 눈길이 스쳤지만 청년 역시 몸과 마음을 몽땅 이 처녀에게 빼앗기고 말았다.

청년의 이름은 운스 알 우유드('세상의 환희'라는 뜻)로 그 역시 왕이 총애하는 신하였다. 장미 공주는 마음속으로 혼자 운스를 사모하며 괴로워했다. 장미 공주의 불타는 연정을 눈치챈 유모는 그녀를 위로하고 격려해주었다.

"연정이란 정말 어떻게 할 수 없는 폭군이에요. 가슴속에 담아두면 쇠도 타서 녹아버리고, 병과 번민이 생기게 마련이랍니다. 그러니 혼자 속 태우지 말고 털어놓으세요. 절대로 비밀을 누설하지 않을게요. 편지를 전해드려서, 아가씨의 소원을 풀어드릴게요."

장미 공주는 유모를 믿을 수가 없었다. 유모는 꿈속에서 계시를 받았다고 말했다.

"꿈속에서 어떤 목소리가 들렸어요. '네 여주인과 운스는 서로 좋아하고 있다. 그러니 두 사람의 사랑이 이루어질 수 있도록 편지를 전해주고 비밀을 지켜주어 잘 섬기도록 하여라. 그러면 네게도 좋은 일이 있을 것이다.' 아, 글쎄 이러지 않겠어요?"

유모가 비밀을 지키겠다고 거듭 맹세하자, 그제야 마음을 놓은 공주는 편지를 써서 유모에게 주었다. 유모는 운스와 공주 사이를 오가며 사랑의 편지를 전달했다. 그러던 어느 날, 공주의 편지를 받아 들고 막 밖으로 나가려던 길에 유모는 한 시종과 맞부딪히고 말았다. 당황한 유모는 허둥대다가 그만 편지를 떨어뜨리고 그대로 나가버렸다. 유모는 현관을 나간 뒤에야 편지를 잃어버린 걸 알았다. 다시 돌아와 편지를 찾아보았으나 편지는 아무 데도 없었다. 공주에게 돌아가 자초지종을 털어놓았다. 한편 시종은 유모가 떨어뜨린 편지를 주워 대신에게 내밀었다. 편지를 읽어보니 딸이 운스에게 쓴 연애편지가 아닌가.

대신은 근심에 휩싸였다. 왕이 총애하는 운스와 대신의 딸이 서로 좋아한다는 소문이 세상에 알려지면 큰일이었다. 왕은 총애하는 신하 때문에 체면을 잃고, 대신은 사랑하는 딸 때문에 체면을 잃을 것이다. 또한 그로 인해 어떤 귀찮은 문제가 생길지 모를 일이었다.

대신은 아내와 의논했다. 딸의 연애 사건이 세상에 알려지지 않도록 하는 방법을 강구한 끝에, 결국 '보물의 바다' 한복판에 있는 '자식을 잃은 어머니의 산'에다 새로 성을 쌓고 딸을 거기에 살게 하기로 했다. 그렇게 하면 딸의 마음도 진정되고 또 연애 사건도 무마할 수 있을 것으로 생각했다.

대신은 서둘러 공사를 진행하여 마침내 난공불락의 성을 쌓았다. 곧 성까지 가는 여행에 필요한 식량과 탈 것도 준비되었다. 공주에게는 밤에 바람 쐬러 나갈 테니 준비하라고 일렀다.

공주는 문득 이별의 슬픔이 눈앞에 닥쳤음을 깨달았다. 그리하여 문간에다 일의 자초지종을 운스에게 알리는 글을 적었다. 거기에는 온몸이 떨리고, 머리카락을 곤두서게 하며, 아무리 굳은돌도 시름으로 녹이고, 모든 사람들이 눈에서 눈물을 흘릴 만큼 깊은 애정과 슬픔이 절절이 담긴 시도 함께 적어넣었다.

> 임이여, 만일 아침에 내 집 앞을 지나시거든
> 연인들끼리의 관례대로 반갑게 인사하세요.
> 영문을 모르실 테지요, 오늘 밤 나의 정처를.
> 나 또한 모르나니, 이 여행길 어디로 가는지,
> 가벼운 차림 빠른 발, 사랑에 앞서 달리누나.
> 새들도 슬피 울어서 불행한 운명을 알리나니,

간절한 사랑 앞에 애타는 이별이 놓였도다.

넘치는 이별의 슬픈 술잔, 내 입술에 댔나니,

임 없는 세상이라면 술맛도 살맛도 없어라.

밤이 되자 대신은 딸과 함께 일행을 거느리고 '보물의 바다'를 건 넜다. 그리고 대신은 먼저 딸을 바다 한가운데 있는 우뚝 솟은 산 위에 세운 성안에 가둔 다음, 바닷가로 되돌아와 딸을 태우고 온 배를 부쉈다. 일행은 공주의 운명을 슬퍼하며 고국으로 돌아갔다.

운스, 사자와 은자의 도움으로 장미 공주가 갇힌 성에 도착하다

한편 운스는 입궐하는 길에 대신의 집 앞을 지나게 되었다. 문득 문 옆에 써 있는 시구를 발견하고 읽어보니 사랑하는 공주가 이별의 슬픔을 절절이 알리고 있지 않은가. 운스는 미칠 듯한 슬픔에 안절부절 못하였다. 애처로운 괴로움과 연모의 정으로 가슴을 태우다 못해, 해가 지고 어스름이 깔릴 무렵 운스는 미친 사람처럼 길을 떠났다. 신분을 감추기 위해 누더기 옷을 입고 탁발승으로 변장하여 밤의 어둠을 타고 정처 없이 나선 것이다.

사막을 건너고 숲을 가로질러 걸을 때였다. 난데없이 사자 한 마리가 불쑥 튀어나왔다. 더부룩한 갈기가 목까지 뒤덮고, 머리는 둥근 지붕처럼 크고, 입은 문보다도 넓고, 코끼리 이빨을 연상케 하는 이를 드러내며 으르렁거렸다.

운스는 평소 책에서 읽은 사자를 떠올렸다. 아첨으로 속여 넘길 수 있고 상냥한 말을 걸면 쉽게 넘어가며 칭찬해주면 순해진다는 내용이었다. 그는 사자 앞에 엎드려 호소했다.

"오, 숲의 대왕이시여! 무서운 레오(라이온에서 따온 이름)이시여! 백수의 왕자이시여! 나는 사랑과 이별에 괴로워하는 사랑의 노예이옵니다. 사랑하는 여자와 헤어진 이후 분별도 잊어버린 가련한 젊은이랍니다. 그러니 내 말을 잘 듣고 이 사랑과 희망과 시름을 불쌍히 여겨주옵소서!"

사자는 뒷다리를 꺾고 앉아 운스 쪽으로 머리를 들고는 꼬리를 흔들면서 앞다리를 비벼댔다. 그리고 사랑의 아픔을 담은 운스의 시에 귀를 기울였다.

황야의 임금 사자여, 목숨부터 빼앗을 참이냐,

사랑의 슬픈 노예, 임을 한번 만나보기도 전에.

실연의 아픔으로 야윈 몸, 한 입 거리도 안 되는데

백수의 왕이여, 내 번뇌 웃음거리로 삼으려는가.

이별의 불행에 빠져 비탄의 눈물로 젖는 이 몸,

임만 생각하면 가슴 터질듯하여 가눌 곳이 없어라.

운스가 노래를 마치자 사자는 몸을 일으켜 천천히 운스에게 다가오더니 혀끝으로 운스의 몸을 핥기 시작했다. 그리고 나서 마치 자기를 쫓아오라는 듯 앞서 걷기 시작했다. 운스는 사자를 뒤따라갔다. 그리고 사자의 안내로 산을 넘어 반대편 기슭에 도착하였다. 그곳엔 대상

들이 지나간 발자국이 또렷했다. 다름 아닌 장미 공주 일행이 지나간 흔적이었다. 운스가 알아채고 발자국을 뒤쫓아 가자 사자는 어디론가 사라져버렸다.

운스는 밤낮을 가리지 않고 발자국을 쫓아 마침내 파도가 굽이치는 바다에 이르렀다. 발자국이 뚝 그친 걸로 미루어 여기서부터 배를 타고 항해를 했다는 걸 알 수 있었다. 운스는 가로막힌 바다 앞에서 절망의 눈물을 흘렸다. 이대로 있다간 야수의 습격을 받을지 몰라 운스는 산기슭으로 올라갔다.

그때 동굴 속에서 사람의 목소리가 들려왔다. 그것은 속세를 버리고 신앙에 빠져 있는 고행자의 목소리였다. 세 번 문을 두드렸으나 문은 열리지 않았다. 운스가 헤어진 연인을 찾아 나선 나그네의 슬픔과 괴로움을 토로하며 호소하자 은자가 문을 열어주었다.

은자는 바로 어제 이곳을 지나가는 사람들 일행의 목소리를 들었다고 했다. 분명히 누군가를 태우고 다시 돌아와서는 배를 부숴 없애버렸다고 전해주었다. 운스가 찾는 연인이 바로 섬에 갇힌 여자임을 안 은자는 운스의 슬픔과 절망을 위로하며 두 팔로 그를 꽉 껴안았다. 그렇게 해서 두 사람은 의형제를 맺고 소원을 이룰 방법을 찾게 해달라고 신께 기도를 올렸다.

운스는 은자가 가르쳐준 대로 골짜기의 종려나무 숲 속에 가서 종려나무 껍질을 벗겨 와 그걸로 새끼를 꼬고 그 새끼줄로 그물 주머니를 만들었다. 이번엔 골짜기 한가운데로 가서 바가지나무를 찾아냈다. 그곳에서 그물 주머니 가득히 바가지를 채워가지고 왔다. 은자는 바가지가 가득 담긴 그물 주머니의 아가리를 꼭 묶은 다음 바다에 띄웠다. 그리고 운스에게 그 위에 올라타고 바다로 나가라고 말했다.

호랑이 굴에 들어가지 않고선 호랑이 새끼를 잡을 수 없는 법이다. 어쩌면 소원을 이룰지도 모를 일이 아닌가.

운스는 은자가 올리는 기도 덕분에 솔솔 불어오는 순풍을 타고 먼 바다로 나왔다. 그 후 사흘 동안 거센 파도에 시달리며 바다를 표류했다. 운스는 심해의 공포와 불가사의를 지켜보면서 한시도 마음을 놓지 못했다. 천신만고 끝에 '자식을 잃은 어머니의 산'에 도착하였다. 땅에 기어오르자, 눈은 어지럽고 몸은 비틀거렸다. 허기와 갈증에 시달려 운스는 이내 기진맥진하고 말았다. 개울물을 마시고 나무 열매를 따먹고 겨우 기운을 차린 운스는 다시 앞으로 얼마를 더 걸어나갔다.

그때 저 멀리 하얀 물체가 보였다. 그것은 견고한 요새의 성곽이었다. 그러나 성문엔 자물쇠가 굳게 채워져 있었다. 운스는 문 앞에 앉아 기다렸다. 사흘이 지나서야 성문이 열리고 내시 한 사람이 나왔다.

"저는 이스파한에서 왔습니다. 물건을 싣고 항해하던 중 배가 난파되어 이 섬으로 밀려왔습니다."

내시는 자기의 고향도 이스파한이라며 내시가 된 신세한탄을 늘어놓았다. 사촌 누이동생을 사랑했는데 힘깨나 쓰는 놈들에게 잡혀 전리품 신세로 내시가 되어 팔려 왔다는 것이었다.

운스는 내시의 안내로 성안으로 들어갔다. 안마당에는 주위에 나무들이 심겨 있는 큰 수조가 있고, 나뭇가지에는 황금 문짝에 백은으로 만든 새장이 여러 개 매달려 있었다. 새장에는 산비둘기, 새끼 비둘기, 흉내쟁이 새, 나이팅게일 등 온갖 새들이 응보의 신을 찬양하며 지저귀고 있었다.

내시는 운스에게 성의 내력을 설명해주었다. 재상이 딸을 지키기 위해 세운 성이며, 여기 사는 재상의 딸이나 시종이나 똑같이 갇혀 사는 신세라고 한탄했다. 성문은 한 해에 단 한 번, 식량을 넣을 때만 열린다고 했다. 운스는 마음속으로 생각했다. 사랑하는 사람을 찾았으니 일단 첫 번째 소원은 이루어진 셈이었다.

성을 탈출한 장미 공주, 사자왕 디르바스의 도움을 받다

한편 장미 공주는 날이 갈수록 운스에 대한 그리움이 커져 미칠 듯했다. 구석구석을 찾아봐도 출입구는 눈에 띄지 않았다. 생각 끝에 좋은 옷과 패물을 몸에 걸치고 성의 지붕으로 올라갔다. 그녀는 밧줄 대신 바르바크 천으로 만든 옷 여러 벌을 연결하여 고리에 맨 다음 그걸 타고 땅으로 내려왔다. 그런 다음 황무지와 물기 없는 들판을 가로질러 해변에 당도했다. 때미침 어부가 배를 타고 연신 노를 저으며 섬 쪽으로 오고 있었다. 그런데 공주를 본 어부는 깜짝 놀라더니 노를 저어 멀리 달아나려고 했다. 공주는 큰 소리로 되돌아오라고 손을 흔들며 사정했다. 사랑하는 연인을 만나고 싶은 애타는 마음과 이별의 슬픔을 들려주며 제발 연인을 만날 수 있게 도와달라고 애원했다. 공주의 애끓은 하소연에 감동한 어부는 자신의 젊은 시절을 회상했다. 열정에 사로잡혀 애절한 사랑으로 미칠 것 같은 그리움에 시달리기도 하고, 사랑의 불길에 몸을 태웠던 시절이 떠올랐던 것이다. 어부는 배를 되돌려 공주를 태운 다음 공주가 가고 싶은 곳에 데려다

주겠다고 약속했다.

그러나 배는 먼바다로 나가기도 전에 돌풍을 만나 사흘 동안 표류를 계속했다. 나흘째 되는 날 바람이 잦아지자 마침내 배는 바닷가 근처 한 도시에 당도했다.

그 도성을 다스리는 왕은 사자왕 디르바스였다. 그때 왕은 창가에 앉아 무심코 바다를 바라보고 있었다. 마침 배가 한 척 다가오기에 자세히 보니 젊은 여자가 타고 있는 게 아닌가. 값비싼 홍보옥 귀걸이에 보석 목걸이를 한 아름다운 미녀였다.

왕은 뒷문으로 나와 어선 쪽으로 다가갔다. 공주는 왕에게 자신의 신분을 밝히고 기구한 내력을 낱낱이 털어놓았다. 공주가 사랑으로 괴로워하는 걸 알게 된 왕은 어떻게든 도와주고 싶은 연민의 정이 솟구쳤다. 왕은 공주에게 반드시 소원을 이루어줄 테니 걱정하지 말라고 위로하였다.

그리고 즉시 샤미후 왕에게 운스를 데려오라는 친서를 써서 사신을 통해 보냈다.

샤미후 왕은 운스가 행방불명되어 소식을 모르고 있던 차에 이런 편지를 받고 보니 더욱 운스가 그리웠다. 왕도 운스의 행방을 모른다는 말에 사신은 운스를 데려가지 못하면 왕이 자신을 죽일 것이니 꼭 찾아달라고 애원했다.

왕은 대신 이브라힘에게 명하여 사자왕의 사신과 함께 풀뿌리를 파헤쳐서라도 운스를 꼭 찾아오라고 분부했다.

이브라힘과 사자왕의 사신 일행은 도시와 촌락, 들판과 황야, 돌 많은 산과 숲을 샅샅이 뒤졌으나 운스에 대해서는 한결같이 모른다는 말뿐이었다. 이윽고 일행은 '보물의 바다' 한복판에 떠 있는 '자식을 잃은 어머니의 산'에 당도했다. 이브라힘은 사신에게 이 산 이름의 유래를 설명해주었다.

"옛날 옛적에 이 산에는 중국의 마신족에서 나온 마녀신이 살고 있었습니다. 이 마녀신은 한 남자에게 반해 그를 사랑하게 되었는데, 혹시 동료들에게 피살될까 염려하여 애인을 숨길 장소를 찾아 온 세계를 돌아다니다가 이 산을 발견하게 되었습니다. 인간과 마신의 세계에서 멀리 떨어져 있어 아무도 쉽게 접근할 수 없다고 생각한 마녀신은 곧 애인을 이 산으로 데려왔습니다. 그리고 친척들의 눈을 피해 몰래 찾아오곤 했는데, 그러는 동안 아이들의 수가 자꾸 불어나게 되었습니다. 그런데 어느 날 상인들이 먼바다를 항해하던 중 이 산 가까이 오게 되었습니다. 그때 마치 젖먹이를 뺏긴 어머니의 울음소리 같은 아이들의 울음소리가 산에서 들려오지 않겠습니까? 그때 이후 사람들은 이 산을 '자식을 잃은 어머니의 산'이라는 이름으로 부르게 된 것입니다."

이윽고 일행은 성으로 다가기 문을 두드렸다. 문 앞에는 내시와 하인들 사이에 낯선 탁발승 한 명이 끼어 있었다. 이브라힘이 누구냐고 물으니 바다를 표류하다가 겨우 목숨을 건져 지금은 신앙에 전념하고 있는 탁발승이라고 했다.

이브라힘은 그 탁발승이 운스인 줄도 모르고 그냥 지나쳐 성안으로 들어갔다. 그런데 이미 장미 공주는 성을 빠져나와 도망친 뒤였다. 이브라힘은 딸을 걱정하며 탄식하였다. 지붕에서 딸이 도망칠 때 사용한 바르바크 천으로 만든 옷으로 연결한 끈을 발견한 이브라힘은 그제야 애절한 사랑에 몸부림치는 딸의 마음을 깨닫고, 연인들의 사이를 억지로 갈라놓으려던 자신의 잘못을 뉘우쳤다.

한편 운스는 장미 공주가 성에서 도망쳐 행방을 감췄다는 소식에 그만 정신을 잃고 쓰러져버렸다.

운스와 장미 공주, 사자왕의 보살핌으로 마침내 결혼하다

이브라힘 대신은 딸이 실종되어 미칠 것 같은 지경에 이르렀다. 디르바스 왕의 사신은 운스를 찾는 것을 중단하고 일단 철수하기로 했다. 그 대신 정신을 잃고 쓰러진 탁발승이라도 데려가야겠다고 생각했다. 혹시나 이 탁발승이 왕의 진노를 누그려뜨려줄지 모른다고 생각했기 때문이었다.

사신 일행은 디르바스 왕에게 돌아가기 위해 여행을 계속했다. 사흘이 지나서야 탁발승은 겨우 깨어났다. 이윽고 일행이 도성 가까이 도착할 무렵이었다. 마음이 조급해진 디르바스 왕은 사자를 보내 일행에게 왕명을 전달했다. 만약 운스를 데려오지 못했다면 아예 성안에 발을 들여놓을 것도 없이 그대로 영원히 떠나라는 왕명이었다. 왕의 진노가 이만저만 격한 게 아니었다. 사신은 신세를 탄식하며 탁발승에게 일의 자초지종을 들려주었다. 탁발승은 사신에게 걱정 말라고 위로했다.

"걱정 마십시오. 마음을 크게 먹고 저와 함께 어전으로 갑시다. 머지않아 운스 알 우유드가 이곳에 나타날 것을 제가 보증하겠소이다."

탁발승의 장담에 사신은 적이 안도했다. 왕은 사신을 보자마자 다짜고짜 운스는 어디 있느냐고 다그쳐 물었다. 탁발승이 대답했다.

"저는 그 젊은이가 있는 곳을 알고 있습니다. 가까이에, 바로 옆에 있습니다만, 도대체 그를 어떻게 할 작정인지를 먼저 말씀해주시면 당장 데려오겠습니다."

왕은 어전에 있는 모든 사람을 물리친 다음 탁발승만 따로 거실로 불러들여 자초지종을 들려주었다. 탁발승은 어의 한 벌을 하사하시면 운스를 데려오겠다고 말했다. 탁발승은 이윽고 화려한 어의로 갈아입은 다음 자신의 정체를 밝혔다.

"제가 바로 세상의 기쁨인 그 운스 알 우유드, 질투심 많은 사람들에게 미움을 받고 있는 사람입니다."

왕은 기뻐서 큰 소리로 외쳤다.

"정말 두 사람은 참된 연인이요, 빛나는 별의 아름다운 낙원에서 사는 부부로다."

장미 공주의 신상에 관한 이야기와 운스의 기구한 역정을 하나도 빼놓지 않고 알게 된 왕은 즉시 재판관과 증인을 불러 두 사람의 혼인 계약서를 작성해주고 온갖 선물과 은총을 내렸다. 샤미후의 왕에게도 이 사실을 알리자 그 역시 크게 기뻐하며 축하의 답신을 보내왔다.

"혼인계약서 의식만큼은 귀하의 궁전에서 했다니까 결혼식과 신방을 꾸미는 의식은 나의 궁전에서 치렀으면 합니다."

이리하여 두 사람은 디르바스 왕의 선물을 가득 싣고 샤미후 국에 도착하여 이레 동안 성대한 결혼식 연회를 벌인 뒤 첫날밤을 맞았다. 부부는 꿈같은 사랑의 환락을 맘껏 즐겼다. ☾

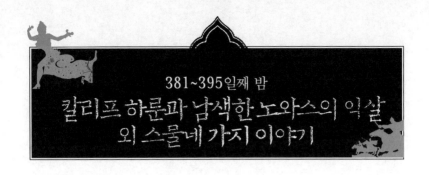

칼리프 하룬과 남색한 노와스의 익살

어느 날, 아부 노와스는 거리에서 미소년 셋을 만났다. 이목이 수려하고 모든 이의 가슴을 설레게 만드는 멋쟁이들이었다. 원래 아부 노와스는 전부터 미소년들과 어울려 희롱하며 환락을 즐기던 남색한男色漢이었다. 아부 노와스는 어린 미소년들을 갖은 수단으로 유혹하여 못 가게 잡아놓고는 마침내 자기 집으로 데리고 왔다. 그리고 함께 먹고 마시면서 껴안고 입맞추며 희롱하였다. 술잔이 오고 가자 아부 노와스는 곤드레만드레 취해 손과 머리도 구분 못하고 마음이 들뜰 대로 들떠 아무거나 붙잡고 늘어지고 매달려 입을 맞추고 다리를 갖다대고 비비고 껴안으며 염치도 체면도 잊은 채 음탕한 행위에 빠졌다.

바로 이때 문 두드리는 소리가 들리더니 뜻밖에도 칼리프 하룬 알라시드가 들어섰다.

모두들 놀라 자리에서 벌떡 일어나 엎드렸다. 아부 노와스 역시 취기는 간데없이 사라지고 온몸을 벌벌 떨었다. 칼리프가 명령했다.

"여봐라, 아부 노와스! 나는 전능하신 알라의 계시에 따라 그대를 창녀집 주인과 뚜쟁이의 재판관으로 임명하겠다. 내일 아침 입궐하여라."

이 한마디를 남기고 칼리프는 노기 탱천하여 발길을 돌렸다.

아부 노와스는 칼리프가 떠나자마자 언제 그랬냐는 듯 세 미소년과 환락의 밤을 즐기고 다음 날 예복을 입고 입궐했다.

칼리프는 큰 소리로 검사 마스룰을 불렀다. 아부 노와스의 예복을 벗기고 등에 당나귀 안장을 얹고, 목에 고삐를 매며, 밀치를 엉덩이 밑에 맨 다음에, 후궁들의 방마다 한 바퀴 끌고 돌아다니며 실컷 여자들의 놀림거리가 되게 한 뒤 목을 잘라 가져오라고 명령했다.

마스룰은 아부 노와스를 끌고 1년의 날수만큼 되는 후궁들의 방 365개를 돌아다녔다. 그런데 타고난 익살꾼 아부 노와스는 광대 짓으로 여자들을 웃겼고 그 바람에 얼마간의 돈을 받아 돌아올 때는 호주머니에 돈이 가득 찼다.

때마침 칼리프의 중대한 명을 수행하고 입궐하던 자파르는 아부 노와스의 꼴을 보고 도대체 무슨 죄를 저질러서 이런 벌을 받게 되었느냐고 물었다. 그러자 아부 노와스는 태연하게 말했다.

"아무것도 아닙니다. 칼리프께 가장 잘된 시를 지어 보냈더니 칼리프께서 그 상으로 가장 좋은 옷을 하사하신 것뿐입니다."

이 말을 들은 칼리프는 마음속으로는 분하기 짝이 없었지만 그만 자기도 모르게 불쑥 웃음이 터져나와, 아부 노와스를 용서하고 돈을 듬뿍 하사하였다.

총독을 감동시킨
주인과 노예의 지극한 '사랑'

바스라에 사는 사내가 노예 처녀를 하나 사서 훌륭하게 교육시키고 길렀다. 주인은 그녀를 몹시 사랑하여, 함께 데리고 놀러다니고 흥청거리며 먹고 마시다가, 그만 재산을 다 탕진하고 끝내 빈털터리가 되고 말았다.

노예는 주인에게 자기를 팔아 돈을 마련하라고 했다. 막다른 골목에 몰린 주인은 할 수 없이 여자를 노예시장에 데리고 나갔다. 거간꾼은 바스라의 총독 압둘라 빈 마아마르 알 타이미라에게 노예를 선보였다. 총독은 노예를 보자마자 단번에 혹해서 500디나르를 치르고 여자를 샀다.

주인이 돈을 받아가지고 떠나려 하자 여자는 갑자기 눈물을 흘리며 탄식했고, 주인도 발길을 떼지 못하고 눈물을 흘렸다. 주인과 노예가 서로 깊이 사랑한다는 걸 알게 된 총독은 둘 사이를 갈라놓는 것이 마음에 걸렸다. 그래서 주인에게 돈도 그대로 갖고 여자도 데리고 가라고 말했다. 두 사람은 이후 죽음이 둘 사이를 갈라놓을 때까지 사이좋게 지냈다.

죽어서야 사랑을 이룬 오즈라족 두 연인

옛날, 오즈라 부족 마을에 한 사내가 있었다. 그는 이목이 수려하고 예능에도 뛰어났다. 어느 날, 같은 부족의 한 처녀에게 반해서 열심히 연애편지를 보냈으나 여자는 거들떠보지도 않았다. 사내는 사랑의 고통이 날로 더해 거의 미칠 지경에 이르러 결국 상사병이 들고 말았다. 병세는 나날이 심해지고 고통도 깊어졌다.

사내의 상사병 소문이 널리 퍼져 세상 사람들 입에 오르내리게 되자 여자 쪽 가족들도 사내를 걱정하기 시작했다. 가족들이 여자에게 한번 문병 가보라고 권했으나 여자는 듣지 않았다. 어느새 사내의 임종이 다가오자 여자는 완고했던 마음이 누그러져 문병을 갔다. 사내는 여자를 보자 눈물을 흘리며 애끓는 사랑을 호소했다. 여자는 상사병에 걸려 파멸의 구덩이에 떨어진 사내를 보자 감동하고 말았다. 이럴 줄 알았다면, 진작 찾아볼 걸 하는 후회마저 들었다. 이 말을 들은 사내는 구름이 비를 내리듯이 눈물을 흘렸다. 그리고 한 번 크게 슬픈 목소리로 부르짖고 나서 그만 숨을 거두고 말았다.

여자는 사내의 시신에 매달려 입맞춤을 퍼부으며 흐느껴 울다가 기절하고 말았다. 한참 만에 겨우 정신을 차린 여자는 자기가 죽거든 사내의 무덤에 합장해달라고 그 가족에게 부탁하고 돌아왔다. 집에 오자마자 울며 탄식하며 슬퍼하기를 거듭하던 여자는 얼마 안 가 세상을 떠나고 말았다. 여자는 소원대로 사내의 무덤에 합장되었다. 살아서는 맺어지지 못하고 죽어서야 맺어진 묘한 사랑의 장난이었다.

글방 선생과 젊은 제자의 동성애

예멘의 대신 바드르 알 딘에게는 뛰어나게 아름답고 젊은 동생이 있었다. 대신은 인격이 고상하고 풍채가 당당하며 행실도 단정하고 신앙심이 두터운 장로 하나를 이웃으로 두고 그에게 매일 집에 와서 동생의 가정교사 노릇을 하며 가르치게 하였다.

늙은 가정교사는 젊은이에게 정이 들었고, 이내 사랑의 감정으로 발전하여 끝내 음욕의 시달림을 받았다.

어느 날, 선생은 제자에게 자기 속마음을 털어놓았다. 하지만 동생은 형님이 늘 곁에 붙어 있기 때문에 아무 짓도 할 수 없었다. 선생은 잠깐이면 된다고 꾀었다.

"내 집은 바로 옆이니까 아주 쉬워. 형님이 잠든 사이에 화장실에 가서 잠든 척하는 거야. 그러고 나서 지붕난간으로 나오면 내가 담 쪽에서 널 맞아주마. 잠깐만 같이 있어주면 돼. 형님이 눈치채기 전에 돌아올 수 있으니까."

이렇게 하여 늙은 선생과 젊은 제자는 한밤중에 몰래 만나 보름달 빛을 받으며 환락을 즐겼다. 이루 다 말할 수 없을 정도였다.

때마침 형은 잠이 깼다. 동생이 없어지고 문이 열린 걸 보고 형도 지붕으로 올라갔다. 그런데 이웃집에서 웃고 떠드는 소리가 들려오는 게 아닌가. 난간을 넘어 이웃집 지붕에 오른 형이 불빛이 새어나오는 집 안을 들여다보니 동생과 그 선생이 주연을 벌이고 있었다. 형은 벽에 몸을 숨기고 들여다보았다. 선생은 형이 몰래 보고 있다는 걸 눈치채고는 형에게 들으라는 듯이 젊은이에 대한 사랑을 숨기지 않고 솔직하게 고백하는 노래를 불렀다.

> 그댈 위해 마셨노라, 입술 속 달콤한 미주.
> 천인화, 장미조차도 무색케 하는 그대의 뺨,
> 황홀히 비벼대며 껴안고 이 밤을 새운다네.
> 그대는 이 세상에 다시없는 홍안의 미소년.
> 보름달이여, 바라건대 형에게 중상하지 마라.

형은 이 노래를 듣고 나서 너그러운 마음으로 "좋다, 너의 신뢰를 저버리진 않겠다"고 중얼거렸다. 너그럽기로 소문난 대신 바드르 알 딘은 흥겹게 놀고 있는 두 사람을 모른 척하고 그곳을 떠났다.

노예 소녀와 사랑에 빠진 소년

자유 신분의 소년과 노예 신분의 소녀가 학교에서 함께 공부하고 있었다. 소년은 소녀를 죽어라고 좋아했다. 그래서 다른 친구들 눈을 피해 소녀의 공책에다 사랑을 고백하는 시를 적었다. 소녀는 소년이 가련하여 눈물을 흘리며, 그 마음을 받아주는 답시를 써주었다.

때마침 선생이 들어와 몰래 그 공책을 들고 시를 읽었다. 둘의 사랑을 가련히 여긴 선생은 소녀의 공책에다 이렇게 썼다.

그대의 연인을 보듬어 위로하라.

행여 책망 들을까, 겁내지 말고.

그대의 스승이라도 두려워 마라.

그대가 사랑을 알기 훨씬 이전에

스승도 알았노라, 사랑의 그 맛을.

　때마침 불쑥 학교를 찾은 노예 소녀의 주인이 무심코 소녀의 공책을 보게 되었다. 소년과 소녀의 사랑 시뿐 아니라 선생의 글까지 읽고 난 주인은 이렇게 덧붙였다.

알라여, 부디 이 둘 사이를 갈라놓지 마소서.

누구든 비웃는 자, 치욕의 징벌을 받으리라!

선생님이야말로 하늘이 낸 사랑의 뚜쟁이로세.

　그런 다음, 주인은 당장 증인을 불러 둘을 결혼시키고 축복해주었다.

연적마저 감복한 부부의 사랑

　알 무타람미스(이슬람 전기의 시인)는 알 누만 빈 문지르(바빌로니아 남부의 옛 이름인 칼데아의 히라 지역의 왕으로서 주정뱅이에다 피에 굶주린 폭군)의 손길을 피해 오랫동안 숨어 나타나지 않았다. 이로 인해 세상 사람들은 모두 그가 죽은 줄로만 알고 있었다.

그런데 이 시인에게 우마이마라는 이름의 아름다운 아내가 있었다. 남편이 죽은 줄로만 안 가족들이 그녀에게 아무리 재혼을 권해도 우마이마는 늘 거절했다. 마음속에서 남편을 사랑하고 있었기 때문이다. 하지만 하도 집요하게 권하는 바람에 우마이마는 내키지 않은 결혼을 승낙하고 말았다. 재혼 상대는 우마이마와 같은 부족 출신의 사내였다.

그런데 공교롭게도 결혼식 날 밤에 남편 알 무타람미스가 돌아왔다. 피리와 북 소리가 요란하여 결혼 축하연이 벌어진 걸 알고는 알 무타람미스가 사람들 틈에 끼어 집으로 들어선 것이다. 그런데 신혼부부가 들어 있는 방에서 신부가 한숨을 쉬며 부르는 노래가 들렸다.

"나의 무타람미스여, 어느 먼 나라에 계시는가."

알 무타람미스는 곧바로 화답했다.

"나의 우마이마여, 나 여기 있네. 나 또한 그대를 연모하여 마지않았네."

새신랑은 직감적으로 앞뒤 사정을 깨달았다. 그래서 둘을 그대로 둔 채 그길로 방을 빠져나와 끝내 돌아오지 않았다. 그리고 사람들 사이에서 영원히 모습을 감춰버렸다.

이후 알 무타람미스와 그의 아내 우마이마는 세상을 떠나는 날까지 위안과 기쁨을 다하며 여생을 보냈다.

목욕하는 즈바이다 왕비를 본 칼리프의 춘정

　칼리프 하룬 알 라시드는 왕비 즈바이다를 몹시 총애하였다. 그래서 왕비를 위해 일부러 정원을 만들고 그 안에 커다란 연못을 설치한 다음, 주위에 나무를 빽빽이 심어 사람들이 엿보지 못하게 가리고는 사방에서 물을 끌어왔다.

　몹시 무더운 어느 날이었다. 왕비는 옷을 벗고 그 연못으로 들어갔다. 그런데 연못은 몸이 완전히 물속에 잠길 정도로 깊지가 않았다. 그래서 왕비는 드러난 몸에다 백은 그릇으로 물을 끼얹었다.

　왕비가 목욕 중이라는 말을 들은 칼리프는 나무 뒤에 숨어 몰래 엿보았다. 왕비는 평소에 감추고 보이지 않던 알몸을 드러내고 있었다. 이윽고 인기척에 놀란 왕비는 칼리프를 보자 알몸을 보이기가 부끄러워 가슴을 두 손으로 가렸다. 그러나 '비너스의 언덕'은 더욱 크게 솟아올라 가린 손가락 사이로 삐져나왔다.

　"정든 그댈 보니 묵은 춘정 되살아나는구려."

　칼리프는 여기까지 시를 지었으나 다음 구절이 막혀 나오지 않았다. 아부 노와스를 불러 다음 구절을 이어보라고 했더니 아부 노와스는 눈 깜짝할 사이에 훌륭한 시를 완성하였다.

> 정든 그댈 보니 묵은 춘정 되살아나는구려.
>
> 연꽃 두 개 솟은 곳, 내 심신 사로잡는 것은
>
> 영양 같은 그대, 목욕하는 눈부신 나신이여.

불쑥 들쳐 감추려하지만, 그 가는 손가락으로

모두 감추기엔 너무나 탐스러운 젖가슴이여.

아, 올라타고 싶어라, 그대 고운 나신 위에

두 번이라면 더욱 좋겠지만 한 번만이라도.

이 시를 들은 칼리프는 흐뭇해하며 시인에게 선물을 듬뿍 안겨주었다.

칼리프를 울리고 웃긴 노와스의 시

어느 날 밤, 칼리프 하룬 알 라시드는 잠이 오지 않아 왕궁 안을 이리저리 거닐고 있었다. 그때 만취하여 인사불성이 된 시녀를 만나게 되었다. 평소 이 시녀에게 마음을 빼앗겼던 칼리프는 시녀의 몸을 자기 쪽으로 끌어당겼다. 그러자 어깨에 걸친 얇은 비단옷이 벗겨지고 끈이 풀어지면서 속옷 아랫도리가 흘러내렸다. 그걸 본 칼리프는 흥분하여 시녀의 몸을 요구했다. 그러나 여자는 오늘 밤은 칼리프를 모실 준비를 하지 못했으니 내일 밤까지 기다려달라고 호소했다. 칼리프는 시녀의 약속을 믿고 자리를 떠났다.

이튿날 아침 칼리프는 어젯밤의 그 시녀에게 시동을 보내 오늘 밤 행차하겠다고 전했다. 그러자 시녀에게서 대답이 왔다.

"밤이 새는 것과 동시에 밤의 맹세는 사라지는 법입니다."

칼리프는 신하들에게 이 말을 넣어서 시를 지어보라고 했다.

두 시인에 이어 세 번째로 아부 노와스가 시를 읊었다. 그런데 이게 웬일인가. 마치 어젯밤 그 장소에 함께 있지 않고서는 도저히 지을 수 없는 시를 읊는 게 아닌가.

> 사랑이란, 오래 떨어져 몸이 멀면 멀어지는 법,
> 잦은 말다툼도 이제는 이미 부질없는 싸움이라.
> 어느 밤에 나 보았느니, 취해서 늘어진 그대를,
> 취했어도 여전히 상냥한 그대 자태, 갸륵하도다.
> 어깨 드러나고 아랫도리 풀어져 애간장 녹이고,
> 탐스런 엉덩이, 탱탱한 석류 송이 얼핏 보이누나.
> 끓는 춘정을 견딜 수 없어 품에 안고 얼렀더니,
> 내일 밤엔 모실 테니 기다려달라 맹세해놓곤
> 날 밝아 그 맹세 지키라 했더니, 처녀 대답하길
> 밤이 새면 그 밤의 맹세도 사라지는 법이라 하네.

앞의 두 시인에게 금화 1만 디나르씩을 하사한 칼리프는, 아부 노와스의 시를 듣고 그가 어젯밤 그 광경을 훔쳐본 게 틀림없다고 여기고서, 당장 아부 노와스의 목을 치라고 명령했다. 아부 노와스는 분명히 어젯밤 내내 자기는 집에서 잤다며 죄를 완강히 부인했다. 그리고 이렇게 변호했다.

"알라께서 말씀하신 대로, 시인은 마치 미친 듯이 골짜기를 헤매고, 스스로 하지 않은 일을 노래하는 사람이란 걸 모르십니까?"

칼리프는 파안대소하며 아부 노와스를 용서하고 금화 2만 디나르를 하사했다.

무스아브와 아이샤의 밤낮 없는 정사

무스아브 빈 알 즈바이르(칼리프 사칭으로 유명한 압둘라 빈 알 즈바이르의 이종 형제)에 관해서는 이런 이야기가 전해 내려오고 있다.

그는 메디나에 사는 빈틈없는 여자 잇쟈에게 "타라의 딸 아이샤를 아내로 맞이하고 싶으니 어떤 여자인지 알아봐달라"고 부탁했다. 잇쟈는 "아이샤가 얼굴은 미인이고 몸매는 탐스럽다"고 전해주었다. 무스아브는 당장 아이샤와 백년가약을 맺었다.

얼마 후 잇쟈는 아이샤와 크라인슈 부족 여자들을 자기 집으로 초대하였다. 그 자리에서 아이샤 부부의 성생활이 드러났다. 아이샤는 남편 무스아브와 첫날밤 일곱 번이나 정사를 했다고 자랑했다. 그런가 하면 그 집의 노예였다가 지금은 해방된 한 여자가 아이샤의 집에서 목격한 정사 이야기를 들려주었다. 대낮에 무스아브와 아이샤 부부가 자기가 보는 앞에서 온갖 몸짓을 다 동원하여 노골적인 정사를 벌였다는 것이다. 아이샤는 밤낮을 가리지 않고 부부가 정사를 즐기는 건 너무 자연스런 일이라며 자랑했다.

애꾸눈마저 아름답게 만드는 사랑

아부 알 아스와드는 애꾸눈 노예 색시가 마음에 들어 사들였다. 사람들은 여자를 헐뜯었지만 아스와드는 두 손바닥을 하늘 쪽으로 쳐들고 이렇게 노래했다.

세상 사람들은 그녀를 헐뜯지만
내 눈엔 흠결 하나 안 보인다네,
다만 한쪽 눈에 있는 별 외에는.
비록 한 눈에 별 하나 있을망정
위론 늘씬하고 아래론 탐스럽네.

칼리프 하룬 알 라시드와 두 노예 처녀

칼리프 하룬 알 라시드는 어느 날 밤, 두 노예 처녀 사이에 누워 있었다. 하나는 메디나 출신이고, 또 하나는 쿠파 출신이었다. 쿠파 출신 처녀는 칼리프의 팔을 주무르고 있었는데, 메디나 출신 처녀가 다리를 주무르다가 그만 칼리프의 연장을 크게 화나게 하여 발딱 서게 하고 말았다.

쿠파 출신 처녀가 불평했다.

"이 얌체야. 너 혼자 독차지할 셈이냐. 나에게도 좀 나누어주지 않고서."

그러자 메디나 출신 처녀가 말했다.

"말리크 님은 히샴 이븐 오르와 님이 조부한테 들었다는 이야기를 인용해서 이렇게 말했어. 예언자의 말씀에 죽은 자는 소생시킨 자에게 속하는 법이라고."

그러자 쿠파 출신 처녀는 상대방을 밀쳐버리고 자기 손 안에 칼리프의 연장을 움켜쥐고 말했다.

"아브달라 빈 마스우드 님에게서 전해들은 하이사 마님의 말씀에 따르면, 예언자께서 말씀하시기를, 사냥에서 잡은 짐승은 손에 넣은 자에게 속하며, 몰이꾼에게는 속하지 않는 법이라고 하셨어."

칼리프 하룬 알 라시드와 세 노예 처녀

칼리프 하룬 알 라시드는 어느 날 밤, 노예 처녀 세 명을 옆에 끼고 잤다.

메디나 출신 처녀가 손을 뻗어 칼리프의 연장을 쥐고 만지작거리니까 연장이 발딱 일어섰다. 그러자 메카 출신 처녀가 벌떡 일어나 자기 쪽으로 그것을 끌어당겼다.

메디나 출신 처녀는 얌체처럼 가로챘다고 화를 냈다.

"사이드 빈 사이드 님에게서 배운 말리크 님은 내게 이런 전설을 가르쳐주셨어. 알라의 사도가 이르기를, 죽은 자는 소생시키는 자에게 속한다고 말이야."

그러자 메카 출신 처녀가 응수했다.

"아부 호라이라 님에게서 전해지고, 알 아라지 님의 손을 거쳐 아부 자 자나드 님이 배우고, 다시 그 가르침을 받은 스푸얀 님은 이렇게 말했지. '알라의 사도가 이르기를, 사냥에서 잡은 짐승은 이것을

손에 넣은 자에게 속하며, 몰이꾼에게는 속하지 않는 법이니라' 하고
말이야."

그러자 지금껏 가만히 있던 이라크 출신 처녀가 둘을 떠밀더니 연
장을 손에 쥐고 외쳤다.

"너희들의 시비가 끝날 때까지 이건 내 꺼야!"

방앗간 주인과 바람난 마누라

옛날에 한 방앗간 주인이 살고 있었는데, 그는 연자매를 돌리는 당
나귀 한 마리를 기르고 있었다. 남편은 아내를 진심으로 위해주고 있
었으나 그의 아내는 뱃속이 시커멨다. 그녀는 이웃집 사내에게 반해
서 남편을 무시하고 있었다. 이웃집 사내는 사내대로 방앗간 집 아내
를 싫어해서 본 체도 하지 않았다.

어느 날 밤 방앗간 주인이 꿈을 꾸었는데, 방앗간에서 당나귀가 모
는 이러저러한 곳을 파보면 보물이 나올 것이라는 계시를 받았다. 그
는 아내에게 이 사실을 들려주며 절대 비밀이니 누구에게도 말하지
말라고 단단히 일렀다. 그러나 아내는 이웃집 사내의 환심을 사고 싶
은 나머지 곧장 이 사실을 그 사내에게 다 불어버리고 말았다. 그리
하여 이웃집 사내와 방앗간 집 아내는 몰래 방앗간에 숨어들어 흙을
파내고 보물을 찾아 도망쳤다.

방앗간 집 아내는 이웃집 사내에게 보물을 절반으로 나누어갖고 서
로 상대방 배우자를 버리고 둘이 부부가 되자고 꾀었다. 이웃집 사내

는 코웃음을 쳤다.

"어쩌면 당신은 나중에 악마의 유혹을 받고 나 이외의 다른 샛서방을 또 두게 될지도 몰라. 집 안에 있는 돈이란 건 이 세상의 해님과 같은 것이니까. 보물은 몽땅 내게 맡겨두고, 임자는 어떻게 남편을 처치하고 내게로 도망쳐 올까, 궁리나 하는 게 좋을걸."

방앗간 집 아내도 양보할 수 없다며 응수했다.

"걱정되는 건 나도 마찬가지야. 아무래도 당신한테 내 몫을 줄 순 없어. 당신한테 보물을 캐내게 한 건 나니까."

그러자 탐욕에 눈이 먼 이웃집 사내는 방앗간 집 아내를 죽이고 그 시체를 텅 빈 보물 구덩이에 던져버리고 흙을 덮을 겨를도 없이 날이 밝자마자 보물을 챙겨 도망쳐버렸다.

새벽이 어슴푸레 밝아왔다. 방앗간 주인은 아내가 눈에 띄지 않아 혼자 방앗간으로 들어가 당나귀에 멍에를 메우고 큰 소리로 몰아댔다. 그런데 당나귀는 조금 앞으로 가다가 걸음을 멈추었다. 죽어라 채찍으로 때려도 소용없고 때릴수록 꽁무니를 빼는 것이었다. 당나귀는 여자의 시체를 보고 겁이 나 앞으로 나갈 수가 없었던 것이다. 그 것도 모르고 주인은 화가 나서 단도를 빼들고 당나귀를 몇 번이나 찔렀다. 그래도 당나귀는 꼼짝도 하지 않았다. 더욱 화가 치민 주인은 단도로 당나귀 옆구리를 푹 찔러버렸다. 당나귀는 그 자리에 쓰러져 죽고 말았다.

날이 훤히 밝자 주인은 그때서야 죽은 당나귀와 보물 구덩이에 내던져진 아내의 시체를 발견했다. 주인은 보물뿐 아니라 아내와 당나귀마저 잃어버리고 미친 사람처럼 펄펄 뛰었다. 이 모든 비극은 비밀을 가슴속에 간직해두지 않고 털어놓은 벌이었다.

바보와 사기꾼

어떤 바보가 고삐를 등 뒤로 잡고 당나귀를 끌면서 걸어가고 있었다. 이걸 본 한 사기꾼은 "저 바보한테서 당나귀를 훔쳐보겠다"고 패거리들 앞에서 뽐냈다. 그리고 당나귀 옆으로 다가가 고삐를 느슨하게 늦춰 당나귀를 풀어내서는 패거리에게 넘겨주었다. 그리고 고삐를 자기 목에다 걸고 바보 뒤를 쫓아갔다. 패거리가 당나귀를 끌고 완전히 사라진 걸 확인한 다음에야 사기꾼은 우뚝 발걸음을 멈추었다.

바보가 고삐를 확 끌었으나 사기꾼은 꼼짝도 하지 않았다. 바보가 뒤돌아보니 고삐가 사람 목에 걸려 있는 게 아닌가. 누구냐고 묻자 사기꾼은 당나귀라고 대답했다. 그리고 기막힌 자기 신세 이야기를 털어놓았다.

"내겐 신앙심 두터운 어머니가 한 분 계신데, 어느 날 술에 만취하여 집에 들어갔더니 어머니가 회개하라며 잔소리를 하지 뭐요. 그래서 화가 난 나는 막대기로 어머니를 후려치고 말았지요. 근데 바로 그 순간에 어머니가 나를 저주하는 바람에 알라는 나를 당나귀로 바꿔놓고 말았던 거요. 근데 오늘은 어머니가 내 생각이 나서 무척 그리워진 모양이오. 그래서 나를 위해 기도를 올려준 덕분에 신께서 나를 예전의 모습으로 되돌려주신 거라오."

바보는 사기꾼을 놓아주며, 그동안 사람을 당나귀로 알고 타고 다닌 걸 후회했다. 집에 돌아온 바보는 마누라에게 자초지종을 들려주었다. 마누라는 걱정스럽게 말했다.

"큰일 났소. 사람을 짐승처럼 부렸으니 천벌을 받으면 어쩌지요."

그리고 속죄하기 위해 희사도 하고 용서를 빌기도 했다. 그 후 바보는 집에 틀어박힌 채 빈둥빈둥 놀고만 있었다. 마누라는 남편에게 화를 냈다.

"장에 나가서 당나귀를 사가지고 부지런히 일하세요."

바보는 마누라가 하라는 대로 당나귀 시장에 나갔다. 여기저기를 둘러보고 있는데, 예전에 자기가 몰던 그 당나귀가 매물로 나와 있는 게 아닌가. 바보는 당나귀 옆에 다가가 귀에 대고 속삭였다.

"이 망나니 같은 놈아! 또 술 처먹고 어머니를 때렸구나. 이젠 절대로 네놈을 사지 않을 테다."

그리고 바보는 당나귀 옆을 떠났다.

지혜로운 재판관 아부 유숩

칼리프 하룬 알 라시드가 어느 날 낮잠을 자려고 침상에 올라가보니 방금 흘린 것 같은 정액이 흥건히 고여 있는 게 아닌가. 깜짝 놀란 칼리프는 즈바이다 왕비를 불러 물어보았다. 왕비 역시 정액인 것은 틀림없지만, 도무지 모르는 일이라고 했다.

칼리프는 재판관 아부 유숩을 불렀다. 재판관은 천장을 올려다보더니 틈이 있는 걸 발견하고 칼리프에게 말했다.

"이건 박쥐의 정액입니다. 박쥐의 정액은 인간의 정액과 매우 비슷합니다."

재판관이 긴 창으로 천장의 틈을 찌르자 박쥐 한 마리가 뚝 떨어졌다.

이로써 칼리프의 의심은 풀렸고, 즈바이다 왕비가 결백하다는 것이 만천하에 드러났다. 왕비는 크게 기뻐하며 유숩에게 큰 상금을 주기로 약속했다.

마침 왕비에게는 철이 아닌 때에 열린 아주 맛좋은 과일이 있었다. 물론 왕비의 정원에는 다른 많은 과일도 열려 있었다. 왕비는 유숩에게 여기 있는 과일과 여기 없는 과일 중에서 어떤 과일을 원하느냐고 물었다.

"여기 없는 것에 대해서는 판정을 내리지 못하겠으니, 여기 없는 걸 갖다 주면 그때 결정하겠습니다."

왕비는 두 종류의 과일을 갖다 주고 나서, 어떠냐고 물었다. 유숩이 대답했다.

"한쪽을 칭찬하려 하면 다른 쪽이 자기 권리를 주장하니까 판단하기 어렵군요."

칼리프는 유숩의 신중하고 지혜로운 판단력에 감탄하고 후한 상금을 내렸다.

칼리프 알 하킴과 상인

칼리프 알 하킴 비 아마르일라의 행렬이 위풍당당하게 거리를 행차하고 있었다. 행렬이 한 정원 옆을 지나고 있는데 흑인 노예와 내시를 거느린 사내가 칼리프의 눈에 띄었다. 칼리프가 물을 한 잔 청하자, 사내는 물을 바치면서 칼리프에게 자신의 정원에서 쉬다 가라고 청했다. 칼리프는 신하들을 이끌고 그의 정원으로 들어갔다.

그 사내는 양탄자, 가죽 깔개, 보료를 각각 100장씩 꺼내 오고, 과일 접시, 과자 접시, 설탕에 절인 셔벗 항아리를 각각 100개씩 늘어놓았다.

"이보게 주인장, 정말 놀랍구려. 그대는 내가 올 걸 미리 알고 이렇게 준비를 한 건가?"

그러자 주인이 대답했다.

"아닙니다. 절대 그렇지 않습니다. 임금님께서 왕림하시리라고는 꿈에도 생각지 못했습니다. 저는 한낱 상인에 지나지 않습니다만, 첩을 100명이나 거느리고 있습니다. 그래서 첩 100명에게 정원으로 식사를 내오라고 명령한 것입니다."

칼리프는 백성에게 이런 은총을 베푼 알라를 높이 칭송했다. 그리고 그해에 막 주조한 은화(모두 370만 디르함)를 모두 가져오게 하여 상인에게 주었다.

"인색하지 않은 그대의 고마움에는 이것도 부족할 정도니라."

키스라 야누시르완 왕과 지혜로운 시골 처녀

어느 날, 정의의 왕 키스라 아누시르완 왕(사산조페르시아의 전성기를 이룩한 호스로 1세, 재위 531~579)은 사냥을 나가 사슴을 쫓던 중 그만 일행과 떨어져 길을 잃고 말았다. 얼마 후 조그만 마을이 하나 나타났다. 왕은 길가 집 문 앞에 있는 처녀에게 물을 한 잔 청했다. 처녀는 사탕수수를 짠 즙을 물에 타서 그 위에 먼지 같은 향료를 띄워 내왔다. 왕은 조심을 하면서 마셨다. 그리고 고맙다는 인사와 더불어 먼지만 없었다면 각별한 맛이었을 텐데, 하며 아쉬워했다. 그러자 처녀가 수줍어하며 말했다.

"갈증이 심할 때 물을 급히 들이켜면 잘못되기 쉬워 일부러 조심하시라고 향료를 넣었습니다."

왕은 처녀의 지혜와 분별에 감탄했다.

사탕수수를 몇 개 짰느냐고 물으니 한 개라고 했다. 세금 대장을 살펴보니 부과세가 아주 적었다. 사탕수수 하나에서 저렇게 많은 즙을 짜낼 수 있는데 어째서 세금은 이렇게 쌀까, 왕은 의아해하면서 세금을 늘려야겠다고 작정했다. 일행을 만나 다시 사냥을 계속한 왕은 해 질 무렵 혼자 다시 그 집을 지나며 마실 것을 청했다. 아까 본 그 처녀가 들어가더니 한참 만에 나왔다. 왕은 이상하게 생각하여 왜 이렇게 시간이 많이 걸렸느냐고 물었다.

"사탕수수 하나로는 부족해서 세 대를 짰습니다. 그래도 아까 그 한 대 분의 즙도 나오지 않았습니다."

왕은 그 까닭을 거듭 물었다. 처녀가 대답했다.

"임금님의 마음이 변하여 백성을 쥐어짜고 학대하면 백성의 번영은 중지되고 행복도 훨씬 줄기 때문입니다."

왕은 웃으며 증세 계획을 취소했다. 그리고 명석한 머리와 상냥한 마음에 감동하여 처녀와 그 자리에서 백년가약을 맺었다.

은방집 부부와 물장수

옛날 부하라 마을에 물장수가 살고 있었다. 그는 평소 은방 주인집에 물을 길어다주는 일을 하면서 이럭저럭 30년의 세월을 보내고 있었다. 그런데 이 은방 주인의 아내는 보기 드문 미인에다 상냥하고 신앙심이 깊어 정숙하고 도량이 깊다는 평판이 자자했다.

어느 날, 물장수가 늘 하듯이 물통에 물을 길어다 붓고 있었다. 은방 주인집 아내는 마당 한가운데 서 있었다. 그때 갑자기 물장수가 주인집 아내에게 다가가 손을 잡고 쓰다듬기도 하고 꽉 움켜쥐기도 하다가 쓱 지나갔다.

은방 주인이 시장에서 돌아오자 아내는 남편에게 캐물었다.

"오늘 밖에서 알라의 노여움을 살 만한 무슨 짓을 하지 않았어요?"

남편이 부인하자 아내는 사실대로 말하지 않으면 집을 나가겠다며 계속 다그쳤다. 남편은 사실대로 실토했다.

"실은 말이오. 가게에 앉아 있는데 불쑥 웬 여자가 금팔찌를 하나 주문하더란 말이오. 그리고 다시 여자가 찾으러 왔기에 팔찌를 여자의 손목에 끼워주었소. 그런데 여자의 하얀 손과 예쁜 손목을 보고 그만 나도 모르게 반해버렸지 뭐요. 결국 난 여자의 손을 움켜쥐고 말았소."

그러자 아내가 남편에게 말했다.

"실은 30년 동안 한 번도 나쁜 생각을 하지 않던 물장수가 오늘따라 내 손을 잡고 꼭 쥐지 않겠어요?"

아내의 말에 남편은 적이 깜짝 놀랐다. 부부는 알라께 용서를 빌며 기도를 올렸다.

이튿날 물장수가 찾아와 은방 주인집 아내의 발밑에 몸을 던졌다. 그리고 땅에 머리를 조아리고 용서를 빌었다.

"부인, 제발 용서해주십시오. 내 마음을 흐린 것은 악마였어요."

"죄는 당신에게 있었던 게 아니라 우리 남편에게 있었어요. 그이는 가게에서 당신과 똑같은 짓을 했으니까요. 그래서 내가 알라의 벌을 받은 것이에요."

저녁에 집에 돌아온 남편은 물장수가 아내에게 사과했다는 말을 듣고 말했다.

"모든 건 인과응보, 천벌이 내린 거야. 내가 좀 더 지독한 짓을 했다면 그 녀석도 당신에게 더 나쁜 짓을 했을 테니 말이오."

그 후 이 이야기는 세상 사람들 입에 꾸준히 오르내리며 격언처럼 되었다.

후스라우 왕을 감동시킨 지혜로운 어부

페르시아의 왕 후스라우 샤힌샤(아누시르완 왕의 손자로서, 무함마드의 편지를 찢어 자기 왕국을 붕괴시킨 조로아스터 왕)는 생선을 아주 좋아했다. 어느 날 시린 왕비와 단둘이 앉아 있는데 한 어부가 커다란 물고기 한 마리를 들고 와서 왕에게 바쳤다. 왕은 기뻐 당장 4,000디르함을 어부에게 주라고 명했다.

옆에 있던 왕비는 한낱 어부에게 그렇게 많은 돈을 주면 안 된다고 참견하였다.

"만약 신하에게 같은 액수를 주면 신하는 어부에게 준 만큼밖에 안 줬다며 불평할 것이고, 그보다 적은 액수를 주면 신하는 임금이 자기를 업신여겨 어부에게 준 것보다 적게 주었다고 불평할 것입니다."

왕비의 말이 지당하긴 했지만, 이미 준 것을 되돌린다는 건 왕의 수치가 아닐 수 없었다. 왕이 왕비의 충고를 거절하자 왕비는 좋은 꾀를 냈다.

"어부를 다시 불러서 아까 그 물고기가 수놈인지 암놈인지 물어보세요. 수놈이라면 암놈이 필요하다고 하고, 암놈이라면 수놈이 필요하다고 말씀하세요. 그렇게 거절하면 될 겁니다."

왕은 왕비의 계교대로 어부에게 그 물고기가 암놈인지 수놈인지를 물었다. 머리 좋고 재치 있는 어부는 이렇게 대답했다.

"고기는 양성을 겸비하였으므로 수놈도 아니고 암놈도 아닙니다."

왕은 재치 있는 어부의 답변에 감탄하여 4,000디르함을 더 주라고 명했다.

어부는 재무계로 가서 8,000디르함을 받아 주머니에 넣고 어깨에 짊어졌다. 그때 은화 하나가 바닥에 떨어졌다. 어부는 짊어졌던 돈 주머니를 내려놓고 허리를 숙이고 은화를 주우려고 했다. 때마침 왕비가 어부의 이 모습을 보더니 비꼬았다.

"단돈 1디르함까지 주우려고 몸을 숙이다니 참으로 치사하구나. 누군가 다른 사람이 주워 가지라고 내버려둘 것이지."

왕비의 말이 맞다고 여긴 왕도 어부에게 몹시 화를 냈다.

"이 치사한 놈! 그렇게 돈이 가득 찬 주머니를 짊어지고 있으면서도 일부러 무거운 주머니를 내려놓고 그까짓 단 돈 1디르함까지 줍다니, 정말 구차하기 짝이 없구나. 그 푼돈이 그리도 아깝더냐?"

어부는 바닥에 엎드려 변명했다.

"돈이 아까워서 마루에 떨어진 은화를 주운 것이 아닙니다. 은화의 표면에는 임금님의 초상이, 후면에는 임금님의 이름이 새겨져 있기 때문입니다. 모르고서 누군가 이걸 밟게 되면 임금님의 용안과 어명을 더럽히게 되고 제가 그걸 내버린 책임을 지게 될 것이 아니겠습니까?"

어부의 영리한 기지와 충성을 칭찬하며 왕은 또다시 4,000디르함을 더 주라고 명령했다. 그리고 조리꾼을 시켜 왕국 전체에 이 말을 알리게 했다.

"아무도 여자의 충고를 따르면 안 된다. 여자의 충고에 귀를 기울이는 자는 자기의 1디르함을 잃을 뿐 아니라 다시 다른 2디르함도 잃게 되리라."

후덕한 야햐와 소심한 가난뱅이 사내

바르마크 가문의 야햐 빈 하리드가 퇴궐하여 집으로 돌아오니, 집 앞에 웬 사내가 앉아 있었다. 그 사내는 자기 처지가 매우 곤궁하니 야햐에게 의지하게 해달라고 청했다.

야햐는 방 하나를 내주고 자기가 먹는 것과 똑같은 음식을 대접하면서 날마다 1,000디르함씩을 주었다. 꼬박 한 달이 지나자 3만 디르함이라는 거금이 모이게 되었다. 사내는 행여 돈을 뺏기지 않을까 불안한 나머지 어느 날 몰래 집을 빠져나가 도망쳐버렸다.

야햐는 몹시 서운했다.

"죽는 날까지 똑같이 대접해주려고 했는데, 그것도 모른 채 의심하고 가버리다니."

야햐의 덕행은 말로 표현할 수 없을 정도로 소문이 자자했다.

무함마드 알 아민과 노예 처녀

자파르 빈 무사 알 하디(하룬 알 라시드 선대의 칼리프, 즉 아바스왕조 4대 칼리프)는 예전에 알 바드르 알 카비르라는 이름을 가진 비파를 잘 타는 노예 처녀를 하나 두고 있었다. 수려한 이목과 단정한 용모, 우아한 행동거지와 뛰어난 색향까지, 그리고 무엇보다 노래와 비파 타는 솜씨가 아주 뛰어난 여자였다.

즈바이다 왕비의 아들 무함마드 알 아민(하룬 알 라시드의 후계자, 아바스왕조 6대 칼리프)은 그녀의 소문을 듣고 자파르에게 연신 그 노예를 팔라고 졸랐다. 하지만 자파르는 손때를 묻혀가며 기른 애라서 진상하고 싶어도 그럴 수가 없다고 완곡히 거절했다.

며칠 후 무함마드 알 아민은 자파르의 집에 놀러갔다. 자파르는 향연을 베풀고 그 노예 처녀를 불러 비파를 타게 했다. 무함마드는 술을 마시고 신나게 떠들면서 자파르에게 계속 술을 권했다. 그리고 자파르가 잔뜩 취한 사이에 노예 처녀를 자기 집으로 데려와 버렸다. 하지만 여자의 몸에는 손가락 하나 대지 않았다.

이튿날 무함마드 알 아민은 자파르를 집으로 초대하고 주연을 베풀었다. 그리고 휘장 뒤에서 노예 처녀로 하여금 비파를 연주하게 했다. 자파르는 그녀의 목소리를 알아듣고는 몹시 화가 났지만 겉으로는 조금도 내색하지 않았다. 주연이 끝나고 자파르가 집으로 돌아갈 때가 되자 무함마드 알 아민은 하인을 시켜 막대한 금화를 비롯하여 하나에 2만 디르함이나 나가는 아름다운 진주 1,000개와 온갖 선물을 잔뜩 실어 보냈다.

사람됨이 고결하고 도량이 큰 인품에 대한 선물이었던 것이다.

야햐의 너그러운 두 아들과 사이드 총독

사이드 빈 사림 알 바히리(칼리프 알 아문 치세의 호라산 총독)는 이런 이야기를 들려주었다.

나는 그 옛날 칼리프 하룬 알 라시드 시절에 아주 가난하여 허리가 휠 만큼 많은 빚을 지게 되었다. 그런데 나는 그 빚을 다 갚을 능력조차 없을 뿐 아니라 빚쟁이들이 집 앞 출입구를 딱 가로막고 떼를 지어 연신 빚 독촉을 하고 졸라댔기 때문에 정말이지 죽을 지경이었다.

고민 끝에 나는 압둘라 빈 말리크 알 후자이(하룬 알 라시드 치세의 궁정감독관)에게 좋은 수가 없을까 구원을 청했다. 그는 바르마크 집안을 빼놓고 구원해줄 사람은 없으니 그들을 찾아가보라고 충고했다. 마음이 썩 내키지는 않았지만 난처한 입장을 모면하기 위해선 어쩔 수 없이 참아야만 했다. 결국 나는 야햐 빈 하리드의 아들 알 파즈르와 자파르를 찾아가 곤란한 입장을 하소연했다. 그들은 정중하게 나를 위로했다.

"알라의 자비로 반드시 구원을 받을 것입니다."

우울하고 답답한 마음에 아브달라 집에 가서 기다리고 있는데 하인이 와서 전하기를, 알 파즈르와 자파르 빈 야햐 님의 대리인이 집 앞에 수많은 당나귀에 짐을 잔뜩 싣고 와 있다는 것이 아닌가. 급히 집으로 달려가 보니 정말이었다. 그때 현관 앞에 기다리고 있던 대리인이 내게 쪽지 하나를 건네주었다.

"당신이 곤란한 입장에 처해 창피를 무릅쓰고 찾아와 원조를 구했다는 말을 칼리프께 말씀드렸더니 칼리프께서는 당신에게 빚을 갚으라고 100만 디르함을 내주고 생활비조로 따로 30만 디르함을 내주었습니다. 우리 두 사람도 각자 재산 중에서 100만 디르함씩을 내놓았습니다. 그래서 모두 330만 디르함을 보냅니다. 이 돈을 잘 활용하여 여생을 편안히 보내시기 바랍니다."

남편을 속인 아내의 간계

한 상인이 있었다. 그는 금요일에 마누라에게 생선 한 마리를 갖고 와서는 "사원에 온 사람들이 기도가 끝날 때까지 생선을 요리해놓으라"고 시켜놓고는 장사를 하러 다시 가게로 나갔다.

그런데 마누라의 남자 친구들이 몰려와 잔칫집에 놀러가자고 꾀자

마누라는 물병에다 고기를 넣어갖고 남자들을 따라 나가서 꼬박 일주일 동안 집을 비우고 돌아오지 않았다.

그동안 남편은 마누라의 행방을 찾아 집집마다 수소문하고 다녔지만 누구 하나 아는 사람이 없었다.

다음 금요일이 되어서야 마누라가 돌아왔다. 남편이 왜 일주일씩이나 외박을 했느냐고 나무라자 마누라는 오히려 화를 벌컥 내면서 생사람 잡는다고 대들었다. 마누라는 물병 속에서 아직도 살아 있는 물고기를 꺼내놓고, 이웃 사람들을 증인으로 삼아 터무니없는 거짓말을 늘어놓았다.

"내 남편이 미쳤어요. 집에만 있는 나를 보고 일주일씩이나 집을 비웠다며 난리지 뭐예요. 만약 그랬다면 이 물고기가 어떻게 지금껏 살아 있죠?"

남편이 뭐라고 변명했지만 이웃 사람들은 다들 "당신 아내가 그리 오래 집을 비웠다면 물고기가 그렇게 오랫동안 살아 있을 리가 없다"면서, 아내의 거짓말만 믿고 남편의 머리가 돌았다며 남편을 감옥에 넣고 놀림거리로 삼았다.

신앙심 깊은 여자와 사악한 두 노인

옛날, 이스라엘 백성 가운데 아주 절개가 굳센 여자가 살고 있었다. 이 여자는 신앙심이 깊어서 기도소에 나가기 전에 먼저 이웃 정원에 들어가 가벼운 목욕부터 하는 습관이 있었다. 그런데 이 정원의 정원지기 노인 둘이서 이 여자에게 반해 몸을 뺏으려고 추근거렸다. 그들은 몸을 허락하지 않으면 간음했다는 증거를 대겠다고 협박까지 했다. 그러나 여자는 요지부동 그들의 요구를 들어주지 않았다.

그러자 두 노인은 정원 문을 열고 밖에다 큰 소리로 외쳤다. 사람들이 모여들자 두 노인이 말했다.

"우린 이 여자가 젊은 사내와 붙어먹는 걸 보았소. 그 사내놈은 도망치고 말았소."

당시 풍습은 간음한 남녀를 사흘 동안 대중 앞에 끌어내 창피를 준다음 돌로 때려죽이게 되어 있었다. 그래서 사람들은 사흘 동안 한길에서 여자의 이름을 외쳤고 두 노인은 매일같이 여자 옆으로 와서 머리 위에 손을 올려놓고 저주를 퍼부었다.

나흘째 되는 날, 사람들은 여자를 때려죽이기 위해 형장으로 끌고 갔다.

때마침 열두 살짜리 다니엘이란 소년이 사람들 뒤를 따라가고 있었다. 형장에 도착한 다니엘이 외쳤다.

"내가 판정을 내릴 때까지 성급하게 그 여자를 죽여선 안 됩니다."

모두 의자를 내놓자 다니엘은 의자에 앉아 노인을 한 사람씩 따로 불렀다. 간음한 장소가 어디냐고 묻자 한 노인은 동쪽 배나무 밑이라고 대답했고, 또 한 노인은 서쪽 사과나무 밑이라고 대답했다. 그동안 여자는 신께 구원을 간청하며 기도를 올리고 있었다.

그때 갑자기 알라께서는 두 노인에게 저주의 불을 내려 태워 죽이고 여자의 결백을 입증하였다. 이것이 예언자 다니엘이 행한 최초의 기적이었다.

자파르의 놀림을 뒤집기로 갚은 지혜로운 노인

어느 날 칼리프 하룬 알 라시드는 교외로 나갔다. 그때 사막에서 당나귀를 타고 오는 바다위인 노인을 만났다. 노인은 바스라에서 안약을 구하러 바그다드로 가던 길이었다. 칼리프는 자파르에게 노인을 한번 놀려주라고 했다. 자파르는 노인에게 눈병 특효약을 처방해주겠다고 제안했다.

"잘 들어보시오. 바람 3온스, 태양광선 3온스, 달빛과 램프 빛 3온스를 잘 섞어 석 달 동안 바람을 쐬시오. 그러고 나서 밑바닥이 없는 그릇 속에 석 달쯤 넣었다가 가루가 될 때까지 잘 빻고, 가늘게 간 다음, 깨진 접시에다 옮겨 또 석 달 동안 바람을 잘 쐬시오. 그다음 약을 복용하는데, 매일 밤 잠든 후에 세 드라쿰씩 복용하시오. 인샬라! 그러면 당신 눈을 고칠 수 있소."

노인은 굉장히 요란한 방귀를 한 번 뀐 다음 말했다.

"당신이 처방을 가르쳐준 사례로 이 방귀를 드리겠소. 만약 내가 그 처방대로 복용해서 눈병이 낫으면 내 노예 계집 하나를 바치리다. 그 노예는 살아 있을 동안은 잘 섬길 테지만, 그 때문에 알라는 당신의 천수를 단축시킬 것이오. 그리고 당신이 죽으면 그 노예는 자기 똥으로 당신 얼굴을 까맣게 칠하고 얼굴을 때리면서 이렇게 말할 거요. '오, 영감. 당신은 어쩌면 그렇게도 바보였소!' 하고 말이오."

칼리프는 뒤로 나자빠질 정도로 배를 움켜쥐고 큰 소리로 껄껄 웃었다. 그리고 바다위인 노인에게 은화 3,000디르함을 선사했다. 🌙

살인 사건이 빚은 따뜻한 미담 외 열네 가지 이야기

살인 사건이 빚은 따뜻한 미담

후사인 빈 라이얀이라는 샤리후(무함마드의 자손을 말하며 녹색 두건을 쓰고 있다)는 이런 이야기를 전하고 있다.

어느 날, 칼리프 우마르 빈 알 하타브 앞으로 이목이 수려하고 깨끗한 옷을 입은 한 청년이 잘생긴 두 젊은이에게 끌려왔다. 두 젊은이는 청년의 목덜미를 잡고 어전에 무릎을 꿇게 했다. 칼리프가 사연을 묻자 두 젊은이는 자초지종을 털어놓았다.

"우리 둘은 형제입니다. 아버지는 부족의 존경을 받는 분이었는데, 오늘 정원에서 과일을 따고 있던 중 갑자기 한 청년이 던진 돌에 맞아 돌아가시고 말았습니다. 아버지를 살해한 이 청년을 바르게 재판하여 처벌해주셨으면 합니다."

칼리프는 청년을 무서운 눈으로 쏘아보며 할 말이 있으면 변명해보라고 외쳤다. 청년은 소심의 옷을 벗어버리고 비겁의 겉옷도 벗어버리고 상냥한 목소리로 말하기 시작했다.

"결과만 듣고 보면 두 사람의 진술에 거짓은 없습니다. 그러나 이제부터 제 변명을 들어보십시오. 저는 아라비아인 중의 아라비아인으로서 하늘 아래 인간 중에서 가장 고결한 사람이올시다. 황야와 골짜기에서 태어나 자랐지만 불행하게도 저의 부족 전체가 기근을 당하게 되었습니다. 저는 가족을 데리고 가재도구를 꾸려 이 도시의 교외로 왔습니다. 그런데 낙타 무리를 이끌고 교외의 과수원으로 통하는 길을 가던 중, 제가 애지중지하는 값비싼 암낙타 한 마리가 고삐를 자르고 도망쳐 이 형제의 아버지가 있는 정원으로 달려가서 담 위로 삐죽 솟아오른 나뭇잎을 먹기 시작했습니다. 저는 달려가 낙타를 데려오려 했습니다. 그 순간 담 안에서 백발노인이 화가 나서 이글이글 타는 눈으로 사자와 같은 기세로 달려오더니 돌을 움켜쥐고 힘껏 던졌습니다. 암낙타는 급소를 맞아 그 자리에서 죽고 말았습니다. 순간 노여움의 불길에 휩싸인 저는 그 돌을 집어 들어 노인에게 던졌습니다. 바로 노인을 죽게 한 것입니다. 자승자박이란 이런 걸 두고 한 말입니다. 자기가 죽인 것으로 자기가 죽은 셈입니다. 돌에 맞은 노인이 비명을 지르며 쓰러진 걸 보고 제가 급히 떠나려고 하자 두 형제가 저를 붙잡아 이곳으로 끌고 온 것입니다."

칼리프는 청년을 처형하라고 명령했다.

"너는 자기 죄를 자백했다. 하지만 무죄로 사면할 수는 없다. 복수의 법도는 어쩔 수 없는 것이기 때문이다."

청년은 이슬람교의 법도가 요구하는 대로 따를 것이며 이의는 없다고 대답했다.

"그러나 제겐 아직 나이 어린 동생이 하나 있는데, 아버지는 돌아가시기 전에 아우에게 줄 유산을 제게 맡겼습니다. 저는 아우의 재산을 땅에 묻었는데, 저 외에는 아무도 그 장소를 모르고 있습니다. 만일 제가 당장 이 자리에서 처형당하면 제 아우는 모든 재산을 잃게되고, 그 손실은 바로 임금님께서 초래한 셈이 됩니다. 그렇게 되면 심판의 날에 제 아우는 임금님께 자기 권리를 요구할 것입니다. 그러니 임금님께서 제게 사흘간의 말미를 허락하신다면 아우의 재산을 원만히 처리할 후견인을 구해놓고 처형을 받으러 다시 돌아오겠습니다. 이 약속을 어기지 않을 것을 보증할 증인도 세우겠습니다."

칼리프가 잠시 머리를 숙이고 생각에 잠겼다가 누구를 증인으로 세우겠느냐고 묻자, 청년은 주위를 찬찬히 둘러보더니 아부 자르를 증인으로 지목했다. 칼리프가 아부 자르에게 청년의 보증을 서겠느냐고 묻자 그가 선선히 승낙했다. 칼리프는 청년을 석방했다.

그런데 약속받은 은혜의 날이 끝나 가도록 청년은 돌아오지 않았다. 두 형제는 피의 복수를 역설하며 증인을 서준 아부 자르를 추궁했다. 칼리프는 이슬람교 법도에 따라서 정한 대로 증인을 처형하겠다고 다그쳤다. 여기저기서 탄식이 높아져 주위는 시끄럽기 짝이 없었다. 사람들은 고소한 두 형제에게 복수 배상금을 받으면 어떻겠느냐고 타협안을 권했으나 두 형제는 한마디로 거절하고 "눈에는 눈의 복수를 하지 않으면 안 된다"고 고집을 부렸다. 주위 사람들은 웅성거리며 증인의 처지를 동정하며 눈물을 흘렸다.

마침 그때 청년이 나타났다. 청년은 아우의 재산에 관한 일을 외가에 맡기고 돈을 감춘 장소도 가르쳐주고 한낮의 더위를 무릅쓰고 달려와 약속을 지킨 것이다. 사람들은 도의심이 굳고 성실하고 게다가 목숨을 아끼지 않는 청년의 대담성에 감탄했다.

"죽음이란 한 번 모습을 나타내면 그것을 모면할 수 없다는 걸 잘 알 겁니다. 제가 약속을 지킨 것은 '신의는 어디서도 찾을 길이 없다'는 말을 듣고 싶지 않아서였습니다."

증인 아부 자르도 이렇게 청년을 칭찬했다.

"저는 이 청년이 어떤 부족인지도 몰랐고, 한 번도 만난 적이 없습니다. 그러나 이 청년이 많은 사람들 가운데 저를 선택해서 증인을 부탁했을 때, 그 부탁을 거절하는 건 잘못이라고 생각했습니다. 부탁에 응한다고 해서 별로 나쁠 것도 없고 또 부탁한 사람을 실망시키고 싶지가 않았습니다. '자비는 이 세상에서 사라졌다'는 말을 세상 사람들에게서 듣고 싶지 않았습니다."

이번엔 두 형제가 앞으로 나섰다.

"저희 형제는 이 청년이 아버지를 살해한 죄를 용서하겠습니다. 이 청년이 세상의 쓸쓸함을 기쁨으로 바꿔주었다는 걸 알았습니다. 저희 형제도 '인정은 이 세상에서 사라졌다'는 말을 듣고 싶지 않습니다."

칼리프는 청년의 성실성과 도의심에 감탄하여 그를 무죄로 사면하였다. 그리고 아부 자르의 깊은 자비심을 칭송하고 귀한 선물을 하사하였다. 또한 두 형제가 자비로운 결단을 보인 것을 기려, 죽은 아버지의 배상금을 국고에서 지출해주었다. 하지만 두 형제는 알라를 사모하여 용서해준 것이니, 배상금 같은 것을 타서 욕되게 하고 싶지 않다며 극구 사양하였다.

칼리프 알 마문과 이집트의 피라미드

칼리프 알 마문은 카이로 시의 피라미드를 파괴하여 안에 들어 있는 것을 꺼낼 작정으로 공사에 착수하였다. 그러나 일은 잘되지 않고 막대한 비용만 탕진하고 말았다.

간신히 피라미드 하나에 구멍을 뚫는 데 성공하자 칼리프는 마침내 공사에 들어간 액수만큼의 보물을 발견했다고 여기고 거기서 공사를 중단해버렸다.

남아 있는 세 개의 피라미드는 세계의 불가사의 가운데 하나다. 피라미드는 거대한 암석으로 만들었으며 하나의 돌에 구멍을 뚫어 그 안에 철봉을 꼿꼿이 세운 다음, 또 다른 돌에 구멍을 뚫어 이것을 맨 먼저의 돌 위에 포개고, 그 다음 철봉에다 납을 녹여 부어 돌을 기하학적으로 늘어놓았다. 이렇게 하여 전체 공사가 완성된 것이다.

피라미드는 각기 100쿠비트(약 50미터)의 높이에, 4면으로 되어 있고, 각 면은 그 밑면이 300쿠비트인데, 위쪽으로 가면서 완만하게 경사를 이루고 있어, 꼭대기는 뾰족하게 되어 있다.

서쪽 피라미드에는 얼룩 섬장암閃長岩으로 만든 방이 서른 개나 되고, 그 안에는 보석과 수많은 보물, 그리고 보기 드문 진기한 상, 집기, 값비싼 무기 등이 가득 차 있으며 모두 부활일까지 녹슬지 않도록 연고가 발라져 있다고 했다. 그리고 우아하고 깨지지 않는 유리그릇도 있는데 거기엔 조제며 약물이 들어 있었다.

두 번째 피라미드에는 한 사람에 한 장씩 섬장암의 서판에 적은 승려들의 기록이 있고, 하나하나에 일일이 승려의 재능과 불가사의한 기예가 새겨 있다. 벽에는 우상이 아닌가 싶은 사람 상의 벽화가 있고 온갖 종류의 손재주를 보이면서 단위의 옥좌에 앉아 있다.

각 피라미드에는 수호자가 있어 세월의 포악과 세상의 영고성쇠에도 아랑곳하지 않고 영원히 그곳을 감시하고 지키고 있다.

상인과 뻔뻔스러운 도둑

옛날에 알라에게 마음속으로부터 참회하고 나쁜 짓을 회개한 도둑이 있었다. 그는 포목상을 열어 장사를 시작했다. 어느 날, 그가 가게 문을 닫고 집에 돌아간 뒤에 한 교활한 도둑이 포목상 주인으로 변장하고 소매에서 열쇠를 꺼내더니 시장의 창고지기에게 초에 불을 켜달라고 말했다. 창고지기는 초를 들고 불을 켜기 위해 잠시 자리를 비웠다.

창고지기가 자리를 비운 사이 도둑은 가게 문을 열고, 갖고 온 다른 초에 불을 붙였다.

창고지기가 돌아와 보니 도둑은 장부를 들고 가게에 앉아 계산을 하고 있었다. 창고지기는 영락없는 가게 주인이라고 믿고서 밤이 샐 때까지 그냥 지켜보았다. 이윽고 날이 밝아오자 도둑은 창고지기에게 낙타몰이꾼과 낙타를 불러오게 했다. 그리고 낙타 등에 피륙 4짝을 싣고 창고지기에게는 수고비조로 2디르함을 주고 사라져버렸다.

아침이 되자 진짜 주인이 가게에 나왔다. 창고지기는 어젯밤 받은

2디르함에 대한 사례를 했다. 주인은 영문을 몰라 이상하게 생각했다. 가게 안으로 들어가니 촛농이 흘러 있고 장부가 흩어져 있으며, 피륙 네 짝이 없어지고 말았다.

주인은 창고지기를 통해 사건의 전말을 전해 듣고 도둑이 들었음을 깨달았다. 그래서 낙타몰이꾼을 추궁한 끝에 짐을 부두로 날라 배에 실은 걸 알게 되었다. 낙타몰이꾼의 안내로 부두에 나가 선주를 만났더니 배가 어디론가 가버렸다는 것이었다. 그래서 다시 그곳에서 짐을 날라준 낙타몰이꾼을 추적한 끝에 마침내 도둑이 머물렀던 주막과 도둑의 가게를 찾아내게 되었다. 도둑의 가게 문을 열고 들어가 보니 훔쳐온 피륙 네 짝이 소매 없는 외투로 덮여 있었다. 주인은 피륙과 외투를 함께 낙타에 싣고 부두로 갔다. 막 배에 실으려는데 도둑이 헐레벌떡 뒤를 쫓아왔다.

"당신은 물건을 되찾았으니 손해 본 게 없을 거요. 그러니 내 외투를 돌려주시오."

주인은 웃으면서 외투를 돌려주고는 도둑을 놓아주었다.

제 꾀에 넘어간 검사 마스룰

칼리프 하룬 알 라시드는 잠이 오지 않아 대신 자파르를 불러 무슨 좋은 수가 없느냐고 물었다.

때마침 옆에 서 있던 검사 마스룰이 웃었다. 그러자 칼리프는 "이놈, 날 비웃는 것이냐 아니면 실성한 것이냐"며 버럭 성을 냈다. 마스룰은 칼리프에게 웃은 사연을 털어놓았다.

"바로 어젯밤 일입니다. 궁전 근처를 걷고 있는데 티그리스 강변 가까이에 사람들이 많이 모여 있기에 가보니까 이븐 알 카리비가 사람들을 모아놓고 웃기고 있지 않겠어요? 지금 막 그 사람이 한 말이 생각나서 그만 웃고 만 것입니다. 제발 용서해주십시오!"

칼리프는 당장 알 카리비를 데려오라고 일렀다.

마스룰은 한달음에 달려가 그에게 칼리프의 명을 전했다. 만약 칼리프가 상을 내리면 그 가운데 4분의 3은 자기에게 달라고 요구했다. 그러자 알 카리비가 반반씩 나누자고 요구했으나 마스룰이 거절하자 둘은 팽팽히 맞섰다. 결국 옥신각신한 끝에 마스룰에게 3분의 2를 주기로 합의했다.

칼리프가 알 카리비를 윽박질렀다.

"그대가 만일 나를 웃기지 못한다면 이 주머니로 세 번 때릴 테니 그리 알아라."

알 카리비는 속으로 채찍을 맞아도 아무렇지 않은데 그까짓 주머니쯤이야 하고 대수롭지 않게 생각했다. 주머니가 텅 비어 있다고 생각했기 때문이었다.

그런데 아무리 시름에 잠긴 사람이라도 웃음보를 터뜨릴 말수작과 온갖 익살을 떨어보여도 칼리프는 웃기는 고사하고 미소 한 번 띠지 않았다. 알 카리비는 덜컥 겁이 났다. 마침내 칼리프는 매 맞을 차례라며 주머니로 일격을 가했다. 그런데 주머니 안에는 무게가 2로톨(1로톨은 약 1킬로그램)이나 되는 돌이 네 개 들어 있었다. 목덜미에 일격을 맞은 알 카리비는 비명을 내지르고 말았다. 그 순간 그의 머릿속에 마스룰과의 약속이 떠올랐다.

"오, 임금님, 잠깐만 제 말씀을 들어주십시오. 실은 마스룰 님과 약속한 것이 있습니다. 임금님께 선물을 받게 되면 뭐든지 3분의 2는 마스룰 님에게 주기로 했습니다. 그런데 임금님께 받은 것이라곤 매밖에 없는데, 저는 이미 3분의 1인 한 대를 맞았으니 제 몫을 다 받은 셈입니다. 지금 마스룰 님이 자기 몫을 받으려고 대기하고 있는 모양이니 부디 나머지 두 대의 매는 마스룰 님에게 내리십시오."

칼리프는 뒤로 나자빠질 정도로 크게 웃었다. 그리고 마스룰을 불러 일격을 가했다. 마스룰은 죽겠다고 비명을 지르며 말했다.

"오, 임금님, 저도 3분의 1로 족하오니, 나머지는 저 사람에게 내리십시오."

칼리프는 껄껄 웃으며, 두 사람에게 1,000디나르씩을 하사하였다.

성자의 삶을 살다 간 젊은 왕자

칼리프 하룬 알 라시드에게 왕자 하나가 있었다. 왕자는 열여섯 살이 되자 세상을 버리고 금욕과 고행의 길을 걸었다. 그리고 매일같이 묘지를 찾아가 죽은 이들을 향해 말했다.

"내가 알고 싶은 건 너희들이 한 말, 너희들이 귀로 들은 말이다!"

이렇게 외치곤 공포와 시름에 시달린 사람처럼 눈물을 흘렸다.

어느 날, 여느 때와 마찬가지로 왕자가 묘지에 앉아 있으려니 칼리프 하룬 알 라시드가 신하들을 거느리고 위풍당당하게 왕자 곁을 지나가고 있었다. 모직의 긴 옷을 입고, 두건 대신 털을 꼬아 머리 위에 올려놓고 있는 왕자를 보자 일행은 이구동성으로 한마디씩 던졌다. 임금님 얼굴에 똥칠을 한다느니, 임금님께서 한마디만 꾸짖으면 저런 생활을 그만둘 것이라느니 하며 수군거렸다.

화가 치민 칼리프는 왕자를 호되게 꾸짖었다.

"들었느냐, 아들아. 네가 그따위로 사니까 내 체면이 땅에 떨어졌지 않느냐 말이다."

왕자는 아무 대답도 하지 않고 궁전의 외벽 위에 앉아 있는 새를 손짓해 불렀다.

"부탁이니 내 손에 앉아다오."

그러자 신기하게도 새가 곧 내려오더니 왕자의 손에 앉았다. 이번엔 먼저 자리로 되돌아가라니까 곧 돌아갔다. 이번엔 임금님 손에 내려앉으라고 했으나 새는 말을 듣지 않았다.

왕자는 부왕에게 이렇게 선언했다.

"속진을 사랑하는 나머지 성인 사이에서 제 이름을 더럽힌 분은 바로 아버님이십니다. 이 순간 저는 아버님과 헤어지기로 결심했습니다. 내세라면 몰라도 두 번 다시 아버님 곁으로 돌아오지 않겠습니다."

왕자는 그렇게 영영 궁전을 떠났다. 그리고 바스라로 가서 회 만드는 직공으로 일하며 하루 임금으로 불과 1디르함 1다니크를 받았다. 왕자는 1디르함은 가난한 사람에게 희사하고 나머지 1다니크만으로 식사를 했다.

바스라의 이부 아미르는 왕자에 대해서 다음과 같은 일화를 들려주었다.

언젠가 우리 집 벽이 헐어 벽을 수리할 일꾼을 찾으러 인력시장으로 갔다. 얼굴이 잘생긴 젊은이가 눈에 띄기에 데리고 왔다. 그가 내건 조건은 두 가지였다. 임금은 반드시 1디르함 1다니크만 줄 것과 기도 시간에 맞춰 기도하러 보내줄 것을 요구했다.

젊은이는 일솜씨도 훌륭하고, 목욕한 뒤 기도하는 것도 철저하게 지켰다. 오후 기도 시간 뒤에는 일이 끝났음에도 불구하고 그는 혼자 남아 해가 떨어질 때까지 쉬지 않고 일했다. 하도 열심히 일하는 모습에 감복하여 3디르함을 주려고 해도 그는 뿌리치고 약속한 이상은 결코 받지 않았다.

그런데 다음 날, 그다음 날에도 그가 인력시장에 나오지 않았다. 주위 사람들에게 물어보니 토요일에만 나온다는 것이었다. 그래서 토요일 인력시장에 나가 그를 다시 데려다 일을 시켰다. 몰래 숨어서 일하는 걸 살펴보니 그가 진흙 한 덩이를 벽에 바르자 자갈이 저절로 쌓여 올라갔다. 그는 바로 알라를 섬기는 성자였던 것이다.

그런데 세 번째 토요일에 나가보니 그가 보이지 않았다. 아파서 누워 있다는 것이다. 나는 신앙심 깊은 노파가 사는 묘지 안의 초가집으로 그를 찾아갔다. 그는 아무것도 깔지 않은 마루 위에 벽돌 하나를 베개로 삼고 초승달 같은 얼굴로 힘없이 누워 있었다.

그는 나더러 내일 아침에 다시 한 번 와달라고 부탁했다. 자기가 죽어 있거든, 자기 옷을 풀어 가슴주머니에 있는 물건을 꺼내 천으로 싸서 잘 보관한 뒤에 무덤을 파고 시신을 씻어 묻어달라고 했다. 그리고 바그다드에 가서 하룬 알 라시드 칼리프께 천으로 싼 그 물건을 보여드리고 안부를 전해달라고 당부했다.

그런 다음, 젊은이는 자못 쾌활한 목소리로 신을 찬양하고 코란을 외면서 기도를 드리더니 자기 아버지에게 남기는 유언인 듯한 시를 낭랑하게 읊었다.

> 오, 아버님! 덧없는 현세의 쾌락에 속지 마소서.
> 세상은 부질없는 것, 언젠간 슬픔을 아실 겁니다.
> 도탄에 빠진 백성의 원망 어린 신음 소리 들린다면
> 버림받은 영혼들에게 자비를 베푸는 건 당연지사.
> 사람의 주검을 무덤으로 가져가 묻으려 할 그때,
> 당신도 언젠간 그 길을 따르리란 걸 아실 겁니다.

나는 젊은이의 노래를 듣고 나서 집으로 돌아왔다가, 이튿날 가보
니 젊은이는 정말로 죽어 있었다. 옷을 풀고 가슴주머니를 찾아서
열자 금화 수천 디나르 가치는 나갈 법한 루비가 하나 나왔다. 장례
를 치른 뒤 나는 바그다드의 하룬 알 라시드 칼리프께 루비를 전했
다. 루비를 본 순간 칼리프는 정신을 잃고 쓰러졌다.

"아들은 이득을 봤지만 아비는 손해를 봤다."

칼리프와 왕비는 비탄에 잠겨 통곡했다.

"내가 칼리프가 되자 그 애는 나와 뜸해지더니 마침내 내 곁을 떠
나고 말았다. 그래서 나는 그 애 어미를 시켜 루비 하나를 주라고 일
렀다. 앞으로 재앙과 비운이라는 시련에 부닥칠 때를 대비하려는 뜻
에서였지. 그런데 왕자가 그 루비를 쓰지 않고 간직한 걸 보니 가슴
이 미어지고 아파서 견딜 수가 없구나."

칼리프는 바스라에 있는 왕자의 무덤을 찾아 알라의 축복을 내려주
었다.

노래 속의 여자와 사랑에 빠진 어리석은 선생

한 학자가 이런 이야기를 들려주었다.

어느 학교에 한 선생이 있었다. 대단한 미남자에다가 코란이며 조사법, 운율학, 사전편찬법 등 모르는 것이 없을 정도로 박학다식한 학자였다.

어느 날, 학교를 찾아갔더니 문이 닫혀 있었다. 이웃 사람이 말하기를 누군가가 죽어 선생이 집에 갔단다. 선생 집에 갔더니 그는 머리에 상주 머리띠를 두르고 있었다.

"누가 세상을 떠났습니까?"

"내게 가장 중요하고 그리운 사람, 다름 아닌 내 연인입니다."

이건 아무래도 머리가 모자란다는 뚜렷한 표시라는 생각이 들었다. 그래도 나는 선생을 위로해주었다.

"여자야 얼마든지 있지 않습니까? 더 예쁜 여자도….."

"저는 그녀와 한 번도 만난 적이 없습니다. 그래서 그보다 더 예쁜 여자가 있는지 없는지 모릅니다."

이건 머리가 모자란다는 두 번째 표시라는 확신이 들었다. 한 번도 만난 적이 없는 여자를 어떻게 사랑하게 되었단 말인가. 내가 의아해하자 선생은 자초지종을 들려주었다.

어느 날 한 사내가 창 앞을 지나면서 노래를 불렀다.

움 아무르여! 그대 은혜에 신의 보답 있으라.

내 마음 그 어디에 있든 그대로 돌려주소서!

이 노래를 듣자마자 선생은 그만 움 아무르에게 반하고 말았다. 절세의 미인이 아니라면 시인이 시를 지어 칭송할 리가 없다고 생각한 것이다.

그런데 며칠 후 그 사내가 울면서 노래를 부르며 또 창 앞을 지나갔다.

아, 당나귀도 아무르도 가버렸다네.
한 번 갔으니 영영 돌아오지 않으리.

이 노래를 들은 선생은 틀림없이 그 여자가 죽었다고 여기고 애도하며 사흘 동안 비탄에 젖었던 것이다.

세상에 이렇게 어리석은 선생이 또 있을까?

엽기 선생과 남자의 젖꼭지

옛날 한 학자가 살고 있었다. 어느 날, 그는 학교 선생을 찾아가 여러 이야기를 나누었다. 그 선생은 훌륭한 신학자이며 가인에다 문법학자, 어학자, 시인이었다. 학교에서 애들이나 가르치는 교사가 총명하고 교양이 풍부하며 흠잡을 데 없는 재능을 갖추고 있다는 것은 보기 드문 일이었다.

한참 대화를 나눈 뒤, 선생이 학자를 집으로 초대하여 극진히 대접했다. 밤도 이슥하여 학자는 잠자리에 들었다. 그런데 선생 부부 방에서 시끄러운 소리가 들려왔다.

선생이 피를 흘리며 기절한 채 누워 있었다. 조금 전만 해도 원기 왕성했던 사람이 아니었던가. 학자는 깜짝 놀랐다. 가까스로 깨어난 선생은 이렇게 대답하였다.

"전능하신 알라의 창조 능력에 관해 생각해보았습니다. '신께서 인간을 만드신 모든 것에는 효용이라는 것이 있다. 신께서는 물건을 쥐라고 손을 만들었고, 걸으라고 발을, 보라고 눈을, 들으라고 귀를, 자손을 퍼뜨리라고 음경을 만드셨다. 인체의 모든 기관은 다 그렇다. 그런데 이 남자의 젖꼭지만은 아무 소용이 없다.' 그래서 면도날로 제 젖꼭지를 잘라버렸습니다."

선생의 엽기적인 행동에 질린 학자는 기가 차서 중얼거렸다.

"책상머리에서 아이들만 가르치는 선생은 아무리 박학다식해도 지혜롭다 말하기는 어렵군."

학교 선생 행세를 한 까막눈 사내

옛날 어느 절에서 일하는 한 머슴이 있었다. 그는 쓰기는 고사하고 읽지도 못하는 까막눈인 주제에 사람을 속여 밥벌이를 했다. 어느날, 학교를 열어 아이들을 가르쳐보겠다는 욕심이 생겼다. 그는 칠판과 글씨 쓴 종이를 모아 높은 곳에 매달아놓고, 큰 두건을 쓰고 학교

입구에 앉아 학생들을 기다렸다. 사람들은 그가 선생이라고 믿고 아이들을 학교에 보냈다. 선생은 직접 가르치지는 않고 어떤 학생에게는 쓰라고 하고, 또 다른 어떤 학생에게는 읽으라는 식으로 늘 학생들에게 자습만 시켰다.

어느 날, 한 여자가 찾아와 편지를 읽어달라고 부탁했다. 사내는 편지를 거꾸로 들고서 물끄러미 지켜보다가, 두건이 흔들릴 정도로 머리를 흔들다가, 눈썹을 꿈틀꿈틀 움직이거나 화를 내다가, 불안한 표정을 짓기도 했다. 여행 중인 남편이 보낸 편지였으므로 그 여자는 선생의 거동을 보고 틀림없이 남편이 죽었다고 생각했다. 선생이 미안해서 차마 입밖에 내놓지 못한다고 생각한 여자는 남편이 죽었다면 그렇다고 말해달라고 부탁했다. 사내는 고개를 가로저으며 잠자코 있었다. 여자가 "옷을 찢을까요?" 하니까 사내는 "찢는 게 좋겠습니다" 하고, "얼굴을 때릴까요" 하니까 "때리는 게 좋겠죠" 하였다. 그래서 남편이 죽은 줄로 믿은 여자는 집으로 돌아오자마자 아이들을 껴안고 울기 시작했다.

그때 이웃에 사는 남편 친구가 무슨 일인가 싶어 이웃 사람들에게 물으니, 여자의 남편이 죽었다는 편지가 왔다는 것이었다. 이웃집 사내는 이상한 생각이 들었다. 어제 자기한테 온 편지에는 "건강하게 잘 지내고 있으며 열흘 후에는 돌아가겠다"고 적혀 있었기 때문이었다. 이웃집 사내는 여자에게 편지를 보여달라고 했다. 거기엔 이불 한 장과 불 끄는 뚜껑 하나를 보냈다고 씌어 있었다.

화가 단단히 난 여자는 선생을 찾아가 왜 그런 장난을 쳤느냐며 따졌다. 당황한 까막눈 사내는 임기응변을 발휘했다.

"실은 그때 걱정거리가 있어서 머리가 멍해 있었어요. 그래서 이불

로 불 끄는 뚜껑을 썼다는 것을 그만 깜박 남편께서 돌아가셔서 수의
로 썼다고 지레짐작을 한 것입니다."

농부의 정숙한 아내와 왕

옛날 어느 나라의 한 국왕이 있었다. 변장을 하고 민정 시찰을 나갔
던 왕은 목이 말라 어느 집 앞에서 물을 청했다. 한 여자가 물병을 들
고 나왔기에 그 물로 갈증을 해소한 왕은 여자의 미모에 반해 그만
욕망을 품게 되었다.

상대가 왕임을 알아본 여자는 왕을 집 안으로 모셨다. 여자는 왕에
게 책을 한 권 주며 자기는 하던 일을 마저 끝마치고 돌아올테니 그
동안 읽으라고 권했다. 책에는 신이 간음을 금한다는 것과 간음의 죄
를 저지른 자에게 알라께서 정하신 처벌 등이 씌어 있었다. 왕은 몸
을 부들부들 떨고 머리칼을 곤두세우고 참회했다. 그리고 여자를 불
러 책을 주고서 그 집을 떠났다.

남편이 돌아오자 아내는 낮에 일어난 일을 낱낱이 털어놓았다. 어
쩌면 앞으로 왕이 아내에게 손을 댈지도 모른다는 생각이 들자 남편
은 아내를 다정하게 대하고 싶지 않았다. 아내는 남편의 쌀쌀한 태도
에 슬퍼져 일가친척들에게 하소연했다.

친척들은 남편을 데리고 왕에게 갔다.

"이자는 우리들에게 땅을 빌려 경작하고 있었습니다. 그런데 요즘
은 땅을 묵혀놓고 갈지도 않고, 그렇다고 땅을 내놓지도 않습니다.

땅을 내놓으면 딴 사람에게라도 빌려주겠는데 말입니다. 갈수록 땅은 황폐해지고 이러다간 끝내 몹쓸 땅이 되고 말 것입니다. 땅은 씨를 뿌리지 않으면 못쓰게 되는 법입니다."

왕은 남편에게 물었다.

"그대는 왜 땅에 씨를 뿌리지 않는가?"

남편은 비유적으로 자신의 심정을 토로했다.

"실은 사자가 밭에 침입했다는 말을 들은 이후 겁이 나서 차마 그 밭에 들어갈 생각이 나지 않습니다. 사자와 맞설 힘도 없거니와 정말 사자가 무섭습니다."

왕은 그 비유의 뜻을 깨달았다.

"아니다. 사자는 그대 밭에 들어가 짓밟아놓지 않았다. 씨를 뿌리기엔 아무 지장이 없어. 사자는 어떤 장난도 치지 않을 것이니 어서 밭을 갈아라. 알라의 뜻으로 앞으로 좋은 알곡을 거둬들일 수 있을 것이다."

그리고 왕은 부부에게 많은 선물을 내렸다.

압드 알 라만이 들려준 큰 새 이야기

옛날 서아프리카 종족 가운데 사막과 바다를 건너 수많은 나라를 여행하며 돌아다닌 사내가 있었다. 그는 어느 때 난파를 당해 어느 섬에 표류해 오랫동안 살다가 돌아오는 길에, 아직 알을 깨고 나오지도 않은 새의 깃대를 하나 가지고 고국으로 돌아왔다. 워낙 큰 종류의 새인지라 이 깃대는 물을 가득 담은 산양 가죽 부대라도 능히 들어갈 만큼 컸다. 이 큰 새의 갓 깨어난 새끼 깃대만 해도 천 패덤은 되기 때문이다.

무어인(아라비아인) 압드 알 라만(이 사내는 중국에 오래 체류한 탓에 중국인이라고도 불렸다)은 신기한 모험담 한 가지를 들려주었다.

그가 상인 일행과 중국 바다를 항해하던 중이었다. 멀리 섬 하나를 발견한 일행은 손도끼와 밧줄과 물주머니를 들고서 땔나무와 물을 구하러 육지에 올랐다. 그런데 길이가 100쿠비트(약 50미터)나 되는 번쩍번쩍 하얗게 빛나는 둥근 지붕이 보였다. 가까이 가보니 그것은 큰 새의 알이었다. 모두들 손도끼와 돌과 막대기로 알을 두들겨 깨뜨려 보았다. 알에서 새끼가 나왔는데, 마치 떡 버티고 선 조그만 산 모양이었다. 일행은 곧 깃대 하나를 뽑았다. 그런데 여럿이 모두 다 힘을 합치지 않고서는 뺄 수가 없을 정도였다. 일행은 들 수 있을 만큼 살을 자르고 깃대를 뿌리째 뽑아서 배로 갖고 왔다.

배는 출발하여 밤새도록 항해하였다. 이윽고 아침 해가 떠올랐다. 그런데 그때 큰 새가 배를 쫓아오는 게 보였다. 일행이 타고 있는 배보다 더 큰 발톱에다 집채보다 큰 돌을 움켜쥐고서 쫓아오는 모습이 마치 거대한 구름 같았다. 큰 새는 배 바로 위에서 돌을 떨어뜨렸으나 배는 전속력으로 가던 중이라 다행히 돌은 배에 맞지 않고 그대로 바닷속으로 가라앉았다. 알라의 축복을 받아 가까스로 파멸을 면한 것이다.

저녁이 되자 모두들 큰 새 고기를 요리하여 먹었다. 그런데 일행 가운데 백발노인이 한 사람 있었다. 이튿날 눈을 떠보니 노인의 수염이 완전히 새까맣게 변해 있는 게 아닌가. 큰 새 고기를 먹은 사람은 그

후에도 흰머리가 나지 않았다. 사람들은 노인이 젊어진 이유가 칡녕쿨로 냄비를 데웠기 때문이라고도 하고, 큰 새 고기를 먹었기 때문이라고도 한다.

아디와 힌드 공주의 잘못된 만남

이라크의 아라비아인, 알 누우만 빈 알 문지르 왕 슬하에 힌드 공주가 살고 있었다.

공주는 기독교 성례전에서 성찬을 받기 위해 화이트 교회로 갔다. 그때 공주는 열한 살로 당대 비길 데 없이 귀엽고 사랑스런 소녀였다.

때마침 아디 빈 자이드라는 젊은이도 페르시아 왕이 알 누우만 왕에게 보내는 진상물을 갖고 히라로 왔다가 성찬을 받기 위해 화이트 교회로 왔다. 그는 키가 훤칠한 미남으로 눈매는 서늘하고 볼은 매끈했다. 그는 친구들과 함께 교회로 들어왔다.

마침 힌드 공주의 노예 시녀 마리야는 전부터 아디를 은근히 사모하고 있었으나 둘이 친하게 이야기를 나눌 기회가 없었다. 그래서 마리야는 힌드 공주에게 아디를 칭찬하면서 아디에게 말을 걸어보라고 부추겼다. 아디의 수려하고 훤칠한 미모와 남자다운 모습에 힌드 공주는 첫눈에 마음을 빼앗겼다. 아디 또한 힌드 공주를 보자마자 가슴을 두근거리며 연정에 불타올랐다. 그는 친구를 시켜 공주의 뒤를 밟게 한 결과 그녀의 신분을 알게 되었다.

이튿날 마리야는 아디를 찾아갔다. 전 같으면 본 척도 안 했을 테지만 힌드 공주의 시녀라는 걸 안 아디는 반갑게 대했다. 부탁이 뭐냐고 묻자, 마리야는 아디를 사랑한다고 고백하고 몰래 만나고 싶다고 말했다. 아디는 조건을 제시했다. 힌드 공주와 만날 수 있게 주선해 달라는 것이었다. 마리야가 승낙하자 아디는 마리야를 히라의 어느 뒷골목에 있는 포도주 파는 선술집으로 데리고 가 동침했다.

힌드 공주는 아디에게 홀딱 반해 밤잠도 자지 못하고 전전긍긍했다. 마리야는 공주의 부탁으로 공주가 볼 수 있는 장소로 아디를 데리고 왔다. 지붕 위에서 아디를 내려다본 공주는 너무 가슴이 벅차 그만 실신하고 말았다.

마리야는 누우만 왕에게 엎드려 힌드 공주가 아디를 미칠 듯 그리워하고 있으니 빨리 결혼을 시켜주라고 청했다. 만일 그러지 않으면 공주는 신세를 탄식하다가 사랑 때문에 죽고 말 것이며, 결국 부왕의 이름을 더럽히게 될 것이라고 겁을 주었다. 그러므로 두 사람을 서둘러 결혼시키는 것밖에 공주의 병을 고칠 길은 없다고 강조했다.

왕은 난감했다. 고민 끝에 이 사실을 세상에 알리지 않고 둘을 결혼시킬 좋은 방법을 물었다.

"아디 님은 공주님보다 몇 곱절 더 속을 태우며 공주님을 그리워하는지라 차마 못 볼 지경입니다. 그러니 제가 잘 이야기해서 처리하겠습니다. 다만 임금님께서는 이 일을 전혀 모르시는 것으로 하고, 임금님의 본심을 드러내놓지만 마십시오."

마리야는 그길로 아디에게 달려갔다.

"아디 님, 주연을 베풀어 임금님을 초대하세요. 그리고 임금님이 술에 취하시거든 공주님을 달라고 하세요. 싫다고는 안 하실 것입니다."

아디는 그러다가 왕이 화를 내면 어쩌나, 더럭 겁이 났다. 마리야는 아디를 안심시켰다.

"아무 걱정 마세요. 제가 그 일을 깔끔하게 마무리 지어 놓았으니까요."

며칠 후 아디는 왕과 대신을 집으로 초대했다. 주연을 즐기는 동안 왕이 술에 취하자, 아디는 따님을 달라고 간청했다. 왕은 승낙하고 돌아와 힌드 공주와 아디를 결혼시켰다. 그리하여 두 부부는 누우만 왕의 궁전에서 환락을 누리며 살았다.

그러나 3년 뒤 누우만 왕은 아디와 마리야와의 관계를 알게 되었다. 왕은 화가 치밀어 아디의 목을 베어 죽이고 말았다. 힌드 공주는 남편의 죽음을 애도하여 도성 교외에 암자를 세우고 틀어박혔다. 공주는 소복을 입고 죽는 날까지 수녀로 살았다. 그 암자는 히라의 교외에 아직까지 남아 있다.

죽 쒀서 친구에게 빼앗긴 디빌 알 후자이

디빌 알 후자이(8~9세기 아바스왕조의 시인)는 이런 이야기를 들려주었다.

어느 날, 나는 알 카르후의 성문 앞에서 뇌쇄될 만큼 간드러진 여자를 만나 첫눈에 반하고 말았다. 여자 역시 내가 마음에 들었는지 날 따라오게 되었다. 그런데 나한테는 이런 귀부인에게 어울릴 만한 집이 없었다. 그래서 근사한 집을 갖고 있는 친구인 무슬림 빈 알 왈리드의 집으로 여자를 데리고 갔다.

친구는 날 반갑게 맞아주었다. 그러나 그 역시 수중에 가진 돈이 없었다. 그는 손수건 한 장을 내게 주더니 이걸 팔아 음식과 주연에 필요한 물품을 사 오라고 했다. 난 그의 말대로 시장으로 달려가 수건을 팔아서 장을 봐가지고 돌아왔다.

그런데 집에 돌아와 보니 내 친구와 여자가 함께 지하실에 들어가 있는 게 아닌가. 내 발걸음 소리를 듣고 친구는 서둘러 방에서 나왔다.

"이보게, 친구. 자네의 친절에 알라께서 보답해주기 바라겠네."

그리곤 음식과 술을 빼앗고는 철컥 하고 문을 닫아버렸다. 난 화가 나서 어쩔 줄을 몰랐다. 그러나 내 친구 무슬림은 문 뒤에서 재미있어 죽겠다고 웃었다.

나는 비열하고 수치를 모르는 그의 행동을 비난하며 욕설을 퍼부었다. 무슬림은 문을 열고 나와 싱긋 웃었다.

"이 얼간이 바보야. 넌 내 집에 들어와 손수건을 팔아버리고 돈까지 써버리지 않았느냐? 이 창녀집 주인놈아!"

그리곤 문을 쾅 닫고 다시 들어가 버렸다.

"그래! 네 말이 옳다. 난 바보고 창녀집 주인이다. 너한테 이런 말 들어도 싸다."

겉으론 이렇게 말대꾸하고 돌아섰지만 마음은 영 편치가 않았다. 그때의 분한 마음이 오랫동안 잊히지 않았다. 오늘까지 그 귀부인을 한 번도 마음대로 해보지 못했을 뿐 아니라 그 후 다시는 소식조차 듣지 못했기 때문이다.

불청객으로 놀러 갔다가 비파로 맺어진 사랑

이샤크 빈 이브라힘 알 마우시리는 다음과 같은 이야기를 들려주었다.

　어느 날, 나는 궁전의 칼리프 옆에 있기가 싫어져서 울적한 마음이나 풀까 하여 교외로 나가 말을 타고 혼자 이리저리 배회하였다. 날이 몹시 더웠다. 나는 알 하람이라는 큰 거리에서 말을 멈추고, 도로 한 가운데 삐죽이 돌출한 건물의 널따란 차양 밑 그늘에서 잠시 쉬고 있었다.

　그때 한 여자가 당나귀를 타고 지나가고 있었다. 등에 실린 짐들은 하나같이 호사스러웠다. 여자도 값비싼 옷을 입고 있었다. 지나던 행인들에게 누구냐고 물으니 가희라고 했다.

　나는 한눈에 홀딱 반해 여자가 들어간 집으로 따라 들어가고 싶었다. 때마침 두 젊은이가 그 집으로 들어가는 걸 보고 나도 그 뒤를 따라 성큼 안으로 들어갔다. 젊은이들은 나를 집주인의 초대를 받은 사람으로 여기고 함께 자리에 앉았다. 음식을 먹고 술을 마시고 있는데, 여자가 비파를 들고 노래를 불렀다. 그렇게 한참을 있다가 내가 화장실에 다녀오느라 자리를 뜬 사이에 집주인은 젊은이들에게 방금 자리를 비운 사내는 누구냐고 물었다. 그들이 모른다고 대답하자 주인이 말했다.

　"건달인가 보군. 그래도 유쾌하니까 친절하게 대해줍시다."

내가 자리로 돌아오자 여자가 비파를 타며 잇달아 노래를 불렀다. 그 노래 가운데는 내가 지은 노래도 있었다. 여자에게 틀린 곳을 바로잡아줄 테니 다시 한 번 불러보라고 했다. 한 젊은이가 나서더니 버럭 역정을 냈다.

"당신만큼 뻔뻔한 인간은 처음이오. 공짜로 음식과 술을 얻어먹었으면 고맙게 가만히 있을 일이지, 웬 쓸데없는 참견이시오? 식객과 수다쟁이라는 속담은 바로 당신 같은 인간을 두고 하는 말인가 보오."

나는 너무나 수치스러운 나머지 고개를 숙이고 아무 대꾸도 하지 못했다.

잠시 후 기도 시간이 되어 모두 기도를 올리러 자리를 떴다. 난 일행보다 조금 뒤에까지 남아서 비파를 들고 나사를 틀어 가락을 맞추었다. 기도가 끝나고 다시 연회석으로 돌아온 뒤에도 계속해서 젊은이는 내게 핀잔을 주기 시작했다. 그래도 나는 꾹 참았다.

그런데 여자가 비파 줄을 만지다가 문득 가락이 달라진 걸 알아채고 말했다.

"누가 제 비파에 손을 댔어요?"

아무도 손대지 않았다고 일동이 대답하자 여자가 고개를 저었다.

"절대로 그럴 리가 없습니다. 누군가 손을 댔어요. 그런데 그 사람은 거장이에요. 비파의 천재예요. 줄을 조절하여 가락을 딱 알맞게 맞춰놓았군요."

"줄을 맞춰놓은 인간은 접니다."

내가 장본인임을 밝히자 여자는 내게 한 곡 뜯어달라고 청했다.

나는 가장 어렵고 보기 드문 곡을 뜯어 보였다. 모두들 내 연주에 귀를 기울였다. 살아 있는 자는 숨을 멈추고, 죽어 있는 자는 다시

숨을 돌릴 지경이었다.

연주가 끝나자 일동 모두가 우뚝 자리에서 일어서더니 학생들처럼 넙죽 엎드렸다. 그리고 제발 한 곡만 더 불러달라고 졸라댔다.

"나는 이샤크 빈 이브라힘 마우시리입니다. 오늘 나는 건방진 촌놈에게 톡톡히 모욕을 당했습니다. 저자가 이 자리에 있는 한 연주할 수 없습니다."

내가 연주하지 않고 버티자 결국 젊은이는 쫓겨났고, 난 유유히 비파를 뜯으며 노래를 불렀다. 여자에 대한 내 욕망을 실토하자 주인은 흔쾌히 여자를 내게 바쳤다. 다만 조건이 하나 있는데, 한 달쯤 자기 집에 머문다면 여자와 그 여자의 소유물 모두를 주겠다고 했다. 그렇게 해서 나는 그 집에서 꼬박 한 달을 머물며 여자와 온갖 환락을 즐겼다. 한 달 후 여자를 손안에 넣고 하늘에라도 오른 듯 기뻐하며 전 세계의 왕자라도 된 기분으로 집으로 돌아왔다.

칼리프 알 마문을 배알하자 칼리프는 화를 내며 호통을 쳤다.

"여봐라, 이샤크. 사방팔방으로 찾아도 행방이 없더니 그동안 어디 갔다 왔는가?"

그동안의 자초지종을 전했더니, 칼리프는 도량이 넓고 인심이 후한 주인에게 10만 디르함을 하사했다. 그리고 여자를 불러 비파 연주와 노래를 듣고 5만 디르함을 하사한 다음 앞으로 매주 목요일마다 입궐하여 휘장 뒤에서 노래를 부르라고 분부했다.

내가 말을 타고 교외까지 간 덕으로 나는 물론 여러 사람이 이득을 보게 된 셈이다.

불행한 세 연인

알 우트비(서기 9세기의 유명한 시인)가 학자들과 둘러앉아 세상 이야기에 꽃을 피우고 있는데, 화제가 연애 이야기로 옮아갔다. 잠깐 얘기가 뜸해진 사이, 그때까지 잠자코 듣고 있던 한 노인이 끼어들어 천천히 입을 열었다.

내 딸이 아무도 모르게 어떤 젊은이를 짝사랑하고 있었다. 그런데 이 젊은이는 한 가희를 짝사랑하고 있었고, 공교롭게도 그 가희는 내 딸을 짝사랑하고 있었다.

어느 날, 한 모임에 나가보니 그 젊은이와 가희가 와 있었다.

가희는 휘장 뒤에서 사랑 때문에 비참하게 쓰러진 연인을 노래했다. 젊은이가 가희에게 물었다.

"당신은 내가 죽기를 권하는 것입니까?"

"만일 당신이 나의 진짜 연인이라면요."

가희의 대답을 듣자 젊은이는 보료를 베고 눈을 감았다. 그런데 이게 웬일인가. 우리가 술잔을 권하며 몸을 흔들자 젊은이는 이미 죽어 있는 게 아닌가. 사람들은 시름과 슬픔에 사로잡혔다. 모임은 곧 해산되고 말았다.

예정보다 일찍 집에 돌아온 나는 식구들에게 젊은이에게 일어난 사건을 들려주었다. 그러자 딸이 벌떡 일어나더니, 자기 방에 가서 젊은이와 똑같이 보료를 베고 누웠다.

얼마 뒤, 걱정이 된 나는 딸의 방으로 들어가 딸의 몸을 흔들어보았다. 이럴 수가, 딸도 죽어 있는 게 아닌가.

이튿날 딸의 시신을 관에 담아 묻으러 가는데, 젊은이의 관도 운구되고 있었다. 그래서 함께 묘지로 향했다. 그런데 도중에 또 한 무더기의 사람들을 만나게 되었다. 그것은 가희의 장례 행렬이었다. 딸이 죽었다는 말을 들은 가희가 마찬가지로 보료를 베고 누워 숨을 거뒀다는 것이다.

결국 똑같은 날에 세 젊은이를 땅에 묻게 된 것이다. 이야말로 세상에서 보기 드문 전대미문의 연애 사건이 아닐 수 없다.

첫날밤 방귀 뀌고 도망친 신랑 야부 하산

예멘의 카우카반 마을에 파즐리족 사내가 살고 있었다.

그는 사막 생활에서 벗어나 다년간 도시 생활에 익어 이제는 아주 부유한 상인이 되어 있었다. 그 사내가 아부 하산이다. 그가 젊었을 때 그의 아내가 죽었다. 친구들은 그에게 재혼을 권했고 결국 그는 중매쟁이를 통해 인도의 바다 위에 빛나는 카노푸스(대웅좌의 별)와 같이 아름다운 처녀를 아내로 맞게 되었다.

결혼식은 아주 성대하게 치러졌다. 친구와 친척, 이웃은 물론 법률학자, 탁발승, 또는 그를 알고 있는 모든 사람이 초대되었다. 산해진미와 북적대는 하객들 틈에서 신부는 일곱 번이나 옷을 갈아입고 사람들 앞에 선을 보였고, 마지막으로 신랑이 신부 방으로 불려와 첫선을 보게 되었다. 신랑은 천천히 거드름을 피우며 긴 의자에서 일어났다.

그때 신랑은 자기도 모르게 큰 방귀를 뀌고 말았다. 잔뜩 먹고 마셨기 때문이었다. 좌중 사람들 모두가 신랑의 방귀 소리를 들었다. 그러나 사람들은 자기 목숨이 달아날까 봐 걱정하여 마치 아무것도 듣지 못한 듯 큰 소리로 떠들어댔다.

아부 하산의 가슴속에서는 몸을 태워버릴 것만 같은 수치심의 불길이 확 타올랐다. 그래서 소변을 보러 가는 척하고 안마당으로 나와 그대로 말을 타고 밤의 어둠 속으로 엉엉 울면서 도망을 치고 말았다.

얼마 후 라히지까지 온 아부 하산은 그때 막 인도를 향해 떠나려는 배에 올라타 말라바르의 칼리쿠트로 향했다. 그곳에서 그는 여러 아라비아 사람 특히 하드라마우트인을 만나 그의 천거로 국왕을 알현하고 호위병 대장으로 임명되었다. 그렇게 국왕을 모시고 온갖 위안과 즐거움을 맛본 지 어언 10년이 지났다.

어느 날, 아부 하산은 불현듯 고향이 그리워 견딜 수가 없었다. 그는 아침 목욕을 마치자마자 허락도 받지 않고 그대로 왕의 곁을 떠나 하드라마우트의 마칼라에 상륙했다. 그리고 수도자의 누더기 옷으로 갈아입고 신분과 이름을 감추고 도보로 카우카반 마을로 향했다. 그동안 아부 하산은 굶주림과 갈증의 고통을 참으며, 사자와 뱀, 식인귀의 습격을 몇 번이나 받는 위험을 무릅쓰고 걸어서 마침내 고향에 당도하였다.

아부 하산은 두 눈에 눈물을 가득 싣고 언덕 위에서 자기 집을 내려다보았다. 혹시 정체가 탄로날지 몰라 우선 교외를 돌아다니며 마을의 소문을 탐문하기로 했다. 이레 동안 쉬지 않고 탐문하던 중 어느 오두막집 문 앞에 앉아 있는데 집 안에서 한 처녀와 어머니가 나누는 이야기가 들려왔다.

"어머니, 제가 태어난 날을 알려주세요. 제 친구가 운수 점을 쳐준 대요."

"그래? 넌 아부 하산이 방귀를 뀐 날 밤에 태어났단다."

이 말을 들은 하산은 그 길로 다시 도망치고 말았다.

"내 방귀는 완전히 날짜에 올라 있구나. 앞으로 영영 지워지지 않 겠구나."

아부 하산은 그렇게 중얼거리며 다시 인도로 되돌아왔다. 그리고 죽을 때까지 타향의 하늘 밑에서 여생을 보냈다. 🌙

☞ 3권으로 이어짐

장르 문학의 선구

셜록 홈스, 브라운 신부, 애거사 크리스티로 대표되는 추리 문학, 《반지의 제왕》, 《나니아 연대기》, 《해리포터》 시리즈 같은 판타지 문학, 이런 장르 문학이 지금 전 세계 문학을 쓰나미처럼 뒤덮고 있다. 문학만이 아니다. 영화를 비롯한 문화 전반에 장르 문학의 바람이 세차게 몰아치고 있다. 그리고 그 장르 문학의 맨 앞에 수문장처럼 버티고 선 것이 바로 《아라비안나이트》다.

1. 다양한 구성에 버무려진 언어 마술의 흡인력

장편은 긴 호흡만으로도 읽기에 벅차다. 그래서 작가는 가급적 이야기를 이리저리 비틀거나 순서를 바꾸지 않는다. 독자들이 눈치 채지 못할 정도로 순탄하게 이야기를 진행한다. 과거에서 현재, 미래로 시간의 흐름에 따라 사건을 순차적으로 배열한다.

반면에 단편이나 중편 혹은 장편掌篇 이야기는 구성이 매우 다양하다. 각각의 이야기마다 그에 어울리는 기법이 다양하게 구사된다. 놀라울 정도로 구성 방법과 이야기 내용이 딱 맞아떨어진다. 내용에 따라 형식을 달리한다는 건 그만큼 구성 기법이 고도의 수준에 이르렀음을 의미한다. 이러한 측면에서 《아라비안나이트》가 문학 가운데 특히 현대 소설의 발전과 밀접한 연관이 있다는 학자들의 주장은 일리가 있어 보인다.

《아라비안나이트》 4권의 〈어진 아내 스아드의 한결같은 사랑〉은 현대 소설보다 더 현대적인 구성으로 짜여 있다. 이 이야기는 칼리프 무아위야가 다마스쿠스 궁전 창문을 모두 활짝 열어젖힌 채 창밖을 내다보는 장면으로 시작한다. 모든 것이 다 타버릴 듯 무덥고 바람 한 줄기 없이 푹푹 찌는 한낮, 저 멀리 대지의 열기에 타서 쩔뚝거리며 맨발로 터덜터덜 걸어오는 한 사내의 모습이 보인다. 그 사내를 가리키며 칼리프가 신하들에게 명한다.

"이런 무더운 시간에 밖을 걸어 다녀야 하는 저 사내 이상으로 비참한 인간은 없을 것이다. 만일 저 사내가 나를 만나러 오는 것이라면 열 일을 제쳐놓고 만나줘야겠구나. 또 수치를 당하고 있다면 반드시 구해주리라. 여봐라, 시동! 문간에 나가 있다가, 만일 저 사막의 아라비아인이 나를 만나겠다고 하거든 거절하지 말고 즉시 데려오너라."

이 도입부는 독자들을 강한 흡인력으로 단숨에 사로잡는다. 칼리프가 자청해서 만나겠다는 사내의 사연이 얼마나 기구할지 궁금증이 증폭되는 순간이다.

사연은 이렇다. 사내의 아내 스아드는 절세미인이다. 총독이 그녀를 빼앗고 사내를 고문해 추방했다. 칼리프는 즉시 총독에게 서신을 보내 그녀를 되찾아준다. 그런데 스아드를 본 칼리프 역시 마음이 흔들린다. 그러나 스와드의 한결같은 사랑에 감동한 칼리프는 부부에게 재물을 내리고 행복을 빌어준다.

사연을 다 알고 나면 그리 특별해 보이지 않는다. 기절할 듯 놀랍거나 절망적이지 않다. 살짝 실망스럽고 다소 김빠진 느낌이다. 그럼에도 이야기 끝까지 몰입하게 만든 것은, 도입부의 흡인력 때문이다.

독자를 이야기의 바다에 풍덩 빠뜨리는 재주는 기발하고 천재적이어야 한다. 독자의 마음을 들었다 놨다 꼼짝 못하게 사로잡는 치명적인 매력을 가진 언어의 마술사라야 한다. 이런 이야기꾼이 자신만의 '비술'을 펼치는 향연의 장이 바로《아라비안나이트》라는 무대다.

2. 반전의 미학을 곁들인 추리 문학의 전범

|추리소설의 정석|

사건이 먼저 발생하고 뒤에 진상이 밝혀지는 역순 구성은 모든 추리 소설 구성의 정석이다. 첫 장면에는 가장 극적이고 놀라운 사건이 배치된다. 유혈이 낭자한 섬뜩한 범죄 현장은 독자의 시선을 사로잡기 마련이다. 독자가 '왜? 도대체 무슨 일이?' 하는 순간, 이야기꾼은 '보따리'에 담긴 것들을 하나씩 천천히 풀어놓는다. 인과관계에 따라 범죄의 원인을 찾아 자연스럽게 현재에서 과거로 되돌아간다. 먼저 결과로서의 현재를 보여준 다음, 인과관계로서의 과거를 재현하는 식이다. 이렇게 하여 이야기는 맨 처음, 다시 현재로 돌아오는 것이다. 하지만 이때의 현재는 과거의 결과로서의 현재가 아니다. 미래의 결말을 향해 출발하는 현재인 것이다. 독자는 이야기의 결말이 궁금해

참을 수 없게 된다.

'현재→과거→현재'로 짜인 구성은 독자에게 흥미와 궁금증을 유발한다. 이는 이야기의 맛과 재미를 극대화하는 가장 효과적인 방법이다. 현대 소설 구성의 기초일 뿐 아니라 추리소설에서는 '정석'으로 굳어진 방법이다. 이런 구성법이 벌써 《아라비안나이트》에 흔하고 익숙하게 사용되었다. 《아라비안나이트》 이야기 가운데 추리소설과 구성이 같은 이야기 두 편을 살펴보겠다. 더구나 이 이야기들에는 놀라운 반전의 미학까지 있다.

|세 개의 사과에 얽힌 안타까운 비극|(1권)

바그다드의 티그리스 강에서 궤짝 하나가 발견된다. 이 궤짝 안에는 놀랍게도 토막 난 여자의 시신이 있었다. 분노한 칼리프는 대신 자파르에게 사흘 안에 사건을 해결하라고 명령한다. 그러나 사흘이 지나도록 범인을 잡지 못한 자파르는 처형장으로 끌려간다. 그 순간 한 젊은이가 나타나 자신이 범인이라고 자백한다. 잇따라 한 노인이 나타나 진짜 범인은 자신이라고 주장한다. 과연 둘 가운데 진짜 범인은 누구일까? 여기서 이야기는 과거로 돌아간다. 두 사람의 과거 이야기가 전개되는 과정에서 전혀 엉뚱한 인물이 진범으로 드러난다. 이러한 반전은 자파르가 칼리프에게 들려준 '신기하고 기구한 이야기' 덕분에 범인이 사면을 받아 목숨을 건지게 되는 또 다른 반전으로 이어진다.

|꼽추의 죽음과 네 명의 범인|(1권)

재봉사 부부가 거리에서 우연히 만난 꼽추에게 생선을 대접한다.

그런데 그만 생선 가시가 목에 걸려 꼽추가 죽게 된다. 겁이 난 재봉사 부부는 시신을 유대인 의사 집 앞에 버리고 도망친다. 유대인 의사는 꼽추 시신을 이웃에 사는 궁전 주방장 집 통풍구 앞에 버리고 도망치고, 궁전 주방장은 시신을 골목에 버린다. 이번엔 술에 취한 기독교도 거간꾼이 꼽추를 보고 자신의 두건을 훔쳐간 도둑으로 오인하여 꼽추를 때리고 그의 목을 조른다. 마침 이 광경을 목격한 사람들이 기독교도 거간꾼이 이슬람교도 꼽추를 죽였다고 외친다. 거간꾼은 총독 앞으로 끌려간다. 살인자란 누명을 쓴 기독교도 거간꾼이 처형당하려는 찰나, 궁전 주방장, 유대인 의사와 재봉사 부부가 차례로 나타나 자신이 범인임을 자백하며 사건의 전말을 밝힌다. 그런데 알고 보니 꼽추는 왕이 총애하는 어릿광대였다. 왕은 네 범인을 잡아다가 사건의 내막을 다 들은 다음, 재미있는 이야기를 들려준 네 범인을 용서하고 사면한다. 그런데 이게 끝이 아니다. 놀랍게도 또 다른 반전이 기다리고 있다.

3. 판타지와 신화

장르 문학에서 가장 인기 있는 소재는 판타지와 신화다. 《아라비안나이트》야말로 판타지와 신화의 대명사나 다름 없다. 마신들과 천사들은 현실 속에서 주인공들과 함께 어울린다. 마술 같은 사건들은 비일비재하게 널려 있다. 현실이 판타지고 판타지가 현실일 정도로, 둘은 그 구분과 경계 없이 뒤섞여 있다.

예전에는 판타지와 신화가 폄하되었다. 문학으로 취급되지도 않았다. 허무맹랑한 거짓말투성이라는 둥, 진지하지 않고 너무 가볍다는 둥, 현실과 동떨어진 비이성적인 통속문학이라는 둥 평가절하되었다. 하지만 최근 판타지와 신화의 밑바탕에 깔려 있는 철학과 역사에 주목하면서 새로운 변화가 일었다. 장르 문학이 대세다 보니 판타지와 신화가 문학의 외연을 넓히고 깊이를 더해줄 뿐 아니라 현실 문학의 스펙트럼을 문학의 경계 끝까지 확장시킨다는 긍정적 평이 쏟아진다.

《반지의 제왕》,《나니아 연대기》 같은 작품이 기독교 신화를 바탕에 깔고 있는 것처럼,《아라비안나이트》는 이슬람의 철학, 이념, 역사, 종교에 토대를 두고 있다. 다만 이를 처음 대하는 독자들은 낯선 것에 대한 두려움과 이슬람에 대한 부정적 선입견으로 인해《아라비안나이트》를 멀리할지도 모른다. 책을 읽기 전에 가슴과 머리를 활짝 열어젖히고, 더 넓은 세상을 온몸으로 품어보기 바란다.

판타지와 신화에 관련된 이야기 두 편을 살펴보겠다.

|나무꾼 하시브와 구렁이 여왕|(3권)

나무꾼 하시브는 지하 동굴에서 꿀을 따던 중 꿀을 독차지하려는 동료들에게 속아 지하 동굴에 갇히게 된다. 하시브는 구렁이 여왕을 만나 두 왕자 이야기를 듣는다. 동굴에서 2년이라는 세월을 보낸 하시브는 구렁이 여왕에게 앞으로 목욕탕에 절대 가지 않겠다는 맹세를 하고서야 집으로 돌아올 수 있었다. 그러던 어느 날 납치당한 하시브는 강제로 목욕탕에 끌려가 구렁이 여왕의 소재를 대라는 협박을 받는다. 결국 구렁이 여왕은 잡혀 문둥병에 걸린 왕의 치료를 위해 죽임을 당한다. 죽으면서도 하시브를 용서한 구렁이 여왕은 그에게 몇 가지 당부를 한다. 하시브가 구렁이 여왕의 당부를 그대로 따르자,

욕심 많은 대신은 죽고, 왕은 문둥병에서 치유되었다. 하시브는 지혜를 얻어 학자이자 재상으로 안락하게 산다.

|주다르와 그 형들|(3권)

이 이야기에는 진정한 용기가 무엇인지를 일깨워주는 놀라운 일화가 소개된다. 보물 창고의 문을 열기 위해서는 용기를 시험하는 일곱 단계를 거쳐야 한다. 칼, 창, 활로 무장한 사내들을 무찌르고, 사자와 용까지 물리쳐야 한다. 마지막 일곱 번째엔 어머니의 옷을 다 벗겨야 한다. 주다르는 이 마지막 단계를 이겨내지 못해 보물을 얻지 못한다. 칼도 창도 활도 사자도 용도 무섭지 않았지만 어머니 앞에서만은 꺾여버리고 말았다. 결국 주다르는 일 년 뒤에 일곱 단계를 거쳐 보물을 얻게 된다. 이 세상에서 가장 두려운 건 바로 가장 사랑하는 가족이라는, 그리고 어머니라는 존재를 넘어설 수 있을 때 진정한 용기를 얻을 수 있다는 깨달음 앞에서 전율을 느끼지 않을 사람은 아무도 없을 것이다.

4. 모험과 도전

《아라비안나이트》의 주인공들은 주로 상인이다. 농부는 거의 없다시피 하고, 간혹 어부도 등장하지만 절대다수가 상인이다. 상인들은 새로운 장삿길을 개척하기 위해, 혹은 원산지에서 질 좋고 값싼 물건을 직접 가져오기 위해, 위험천만한 모험과 도전을 각오하고 먼 길을 떠난다. 물론 성지순례도 위험하기는 하지만 사막과 바다를 건너야

하는 상인들의 여로만큼 험난하지는 않다. 장삿길에는 도둑이 들끓고 질병도 생긴다. 언제 어디서 무슨 일이 벌어질지 한시도 긴장을 늦출 수가 없다. 상인들의 긴 여정에서 벌어지는 모험과 도전으로 가득한 이야기는 언제나 사람들의 눈과 귀를 사로잡는다. 모험과 도전의 대명사 신드바드의 이야기 한 편을 살펴보자.

|선원 신드바드와 짐꾼 신드바드|(3권)

흔히 신드바드 이야기 하면 거부가 된 신드바드의 모험만 생각하기 쉽다. 그 예상을 보기 좋게 깨는 것이 이 이야기의 첫 장면이다. 가난뱅이 짐꾼 신드바드가 거부 신드바드 집 앞에서 비지땀을 흘리며 자기 신세를 한탄한다. 대문 밖에서 들려오는 땅이 꺼질 듯한 한숨 소리에 거상 신드바드는 짐꾼 신드바드를 집 안으로 초대한다. 짐꾼 신드바드에게 음식을 대접한 뒤, 거상 신드바드는 자신이 거부가 되기까지 겪은 기상천외한 모험담을 들려준다. 일곱 차례에 걸쳐 이야기를 하는데, 그때마다 짐꾼 신드바드는 집 안으로 초대되었고, 이야기를 다 듣고 귀가할 때는 용돈까지 두둑이 받아 간다는 내용이다.

거상 신드바드의 일곱 차례에 걸친 모험담도 뛰어나지만, 두 인물을 대비시켜 한 사람은 이야기꾼으로 한 사람은 청중으로 등장시킨 점도 재미있다. 이야기 구조를 연극의 한 막 한 막으로 재현한 솜씨에는 혀를 내두르지 않을 수 없다. 다른 구조는 상상할 수 없을 정도이다.

신드바드 이야기 말고도 《아라비안나이트》에는 같은 이름 다른 운명에 대한 이야기가 많다. 〈기묘한 인연으로 얽힌 네 명의 압둘라〉(5권)에는 어부 압둘라, 인어 압둘라, 빵가게 주인 압둘라, 왕 압둘라, 등 네 명의 압둘라가 등장하여 각각의 운명을 펼쳐 보인다.